Sherlock Holmes

THE MEMOIRS OF SHERLOCK HOLMES

[
이 경 아

—

한국외국어대학교 러시아어과와 같은 대학 통역번역대학원 한노과를 졸업했다. 현재 한국외국어대학교 통역번역대학원에서 강의하면서 전문 번역가로 활동중이다. 옮긴 책으로 『탐정 매뉴얼』, 『제인 오스틴 왕실 법정에 서다』, 『오시리스의 눈』, 『영국식 살인』, 『붉은 머리 가문의 비극』, '탐정 글래디 골드' 시리즈 외 다수가 있다.
]

*

이 도서의 국립중앙도서관 출판예정도서목록(CIP)은
서지정보유통지원시스템 홈페이지(http://seoji.nl.go.kr)와
국가자료공동목록시스템(http://www.nl.go.kr/kolisnet)에서 이용하실 수 있습니다.
CIP제어번호 : CIP2016026568

—

이 작품의 한국어판은 단편 「장기 입원 환자」에 한해
영국 Oxford University Press의 'THE OXFORD SHERLOCK HOLMES'(1993)를 번역하였습니다.
그 외 단편은 영국 Penguin Books의 'THE PENGUIN SHERLOCK HOLMES COLLECTION'의
『The Memoirs of Sherlock Holmes』(2011)을 번역 저본으로 삼았으며,
앞서 언급한 Oxford University Press판을 참고하였습니다.

셜록×홈스

Sherlock Holmes

THE MEMOIRS OF SHERLOCK HOLMES

셜록 홈스의 회상록

Arthur Conan Doyle

아서 코넌 도일 지음 / 이경아 옮김

엘릭시르

*

실버 블레이즈 실종 사건

"왓슨, 내가 어딜 좀 다녀와야겠네."

어느 날 아침 홈스는 식사를 하려고 자리에 앉으며 불쑥 말했다.

"다녀온다고? 어딜 말인가?"

"다트무어에 있는 킹스 파일랜드에."

홈스의 대답은 전혀 놀랍지 않았다. 오히려 그가 이 신기한 사건에 아직도 손을 대지 않았다는 사실이 솔직히 더 놀라웠다. 요즘은 잉글랜드 어딜 가든 이 이야기밖에 하지 않기 때문이다. 어제 하루 종일 홈스는 고개를 푹 숙이고 미간을 좁힌 채 방안을 서성이며 가장 독한 검은 담배를 파이프에 채우고 피우기를 반복했다. 내가 아무리 말을 걸고 질문을 해도 귀가 먹었는지

들은 척도 하지 않았다. 신문 판매점에서 최신호가 나올 때마다 배달해준 신문은 한번 훑어보고 방구석으로 던져버렸다. 물론 그가 입을 꾹 다물고 있어도 무슨 생각을 하는지 나는 내 손바닥을 보듯 빤히 알 수 있었다. 세간에 그의 분석력에 도전장을 던지는 문제는 단 하나뿐이었다. 바로 웨섹스컵 경마 대회의 우승 후보인 말 실버 블레이즈가 실종되고 담당 조교사調教師가 살해된 비극에 얽힌 수수께끼였다. 그러므로 홈스가 갑작스레 비극이 벌어진 무대로 가봐야겠다고 한 건, 나로서는 바라마지않던 일인데다 당연히 일어나지 않을까 기대하던 일이었다.

"방해가 안 된다면 같이 가고 싶군."

"왓슨 이 친구야, 자네가 함께 가준다면 내가 고맙지. 전혀 시간이 아깝지 않을 걸세. 유례없이 기묘한 사건이거든. 세부사항을 잘 보면 알 수 있다네. 지금 바로 출발해서 패딩턴발 기차를 타세나. 사건에 대해서는 가는 길에 더 말해주지. 이왕이면 자네의 훌륭한 쌍안경도 챙겨주겠나?"

한 시간 남짓 흐른 후 나는 데번 주 엑서터를 향해 화살처럼 빠르게 달려가는 기차의 일등칸 객차에 앉아 있었다. 귀덮개가 달린 여행용 모자를 쓴 홈스는 날카로운 얼굴에 진지한 표정을 지은 채 패딩턴 역에서 구한 최신호 신문들을 재빨리 훑어보았다. 기차가 레딩을 지나고도 한참 후에야 홈스는 마지막 신문을 좌석 아래로 쑤셔넣고는 내게 담뱃갑을 내밀며 담배를 권했다.

"잘 달리는군. 지금 기차의 속도는 시속 팔십육 킬로미터일세."

그는 창밖을 계속 보다가 시계를 힐끔 보며 말했다.

"나는 사백 미터 표지판을 하나도 못 봤는데."

"나도 그래. 하지만 이 노선에는 전신주가 오십오 미터마다 서 있거든. 그러니 간단한 계산으로 알아낼 수 있지. 자네도 조교사인 존 스트레이커가 살해되고 경주마인 실버 블레이즈가 사라진 사건을 잘 알지?"

"《텔레그래프》와 《크로니클》에 실린 기사를 읽어봤지."

"이 사건은 말이야, 새로운 단서를 모으기보다 기존의 사소한 단서들을 샅샅이 살펴 필요한 단서만 뽑아내는 데 추론가로서의 능력을 발휘해야 하는 사건일세. 이 비극적인 사건은 너무나 희한하고 해결의 실마리도 전혀 보이지 않아. 거기다 사라진 말에 많은 사람들의 이해관계가 직결되어 있지. 그렇다 보니 온갖 추측이며 억측과 가정이 쏟아져 나와 우리 일이 더 힘들어질 수밖에 없는 거야. 잡다한 가설을 내세우는 사람들과 기자들이 늘어놓은 장황한 소식에서 사실, 그것도 절대적이고 부인할 수 없는 사실만 골라내서 사건의 뼈대를 세운다는 게 여간 까다로운 일이 아니거든. 일단 뼈대를 확실히 세우고 나면 가능한 가설이 무엇이고 어떤 부분에서 모든 수수께끼가 비롯되었는지 파악할 수가 있지. 실은 화요일 저녁에 실버 블레이즈의 주인인 로스 대령과 수사 담당자인 그레고리 경위에게 동시에 전보를 받았다네. 두 사람 모두 수사에 손을 빌려달라고 요청하더군."

"화요일 저녁? 지금은 목요일 저녁 아닌가. 왜 어제 당장 내려가지 않았나?"

내가 깜짝 놀라서 되물었다.

"내가 어처구니없는 실수를 했기 때문이라네, 왓슨. 자네의 회상록으로 나를 아는 사람들의 생각보다 실제의 나는 실수를 더 자주 하잖나. 솔직히 말해서 영국에서 가장 주목받는 경주마가, 다트무어의 북부처럼 사람 구경하기 힘든 곳에서 그렇게 오랫동안 발견되지 않을 줄은 꿈에도 몰랐어. 말이 발견되고 말을 훔쳐간 자가 존 스트레이커까지 살해한 거라는 소식이 들리겠거니 하고 어제 하루 종일 기다렸지. 그런데 오늘 아침까지도 피츠로이 심프슨이라는 남자를 체포한 것 말고는 진척이 없더군. 그제야 나설 때가 되었구나 싶었지. 하지만 생각해보면 어제도 시간만 허비한 건 아니라네."

"이미 사건에 대해 가설을 세웠다는 말인가?"

"핵심 사항 몇 가지를 파악했다고 할 수 있지. 이제부터 말해주겠네. 다른 사람에게 들려주는 것만큼 사건의 정황을 말끔하게 정리하는 데 좋은 방법이 없으니까. 어디부터 수사를 시작할지 알려주지도 않고 자네의 협조를 기대할 수는 없지."

나는 담배를 뻐끔뻐끔 피우며 좌석의 쿠션에 편하게 몸을 기댔다. 한편 몸을 살짝 앞으로 기울인 홈스는 중요한 내용이 나올 때마다 가늘고 긴 검지로 왼손 손바닥을 눌러가며 우리를 아침부터 다트무어로 이끈 사건을 간략하게 설명하기 시작했다.

"실버 블레이즈는 아이소노미라는 유명한 경주마의 혈통을 이어받은 말이라네. 대단한 조상에 뒤지지 않을 정도로 화려한 기록을 자랑하는 경주마지. 이제 다섯 살인데, 복 많은 주인 로스 대령에게 우승의 영예를 연달아 안겨줬네. 재앙과 다름없는 이번 사건이 일어나기 전까지만 해도 웨섹스컵의 가장 유력한 우승 후보로서 배당률은 세 배였지. 지금까지 경마 애호가들이 가장 좋아하는 말이었고 한 번도 그들을 실망시킨 적이 없으니 배당률이 낮은데도 사람들이 그 말에 엄청난 판돈을 거는 거야. 이런 배경을 생각해보면 다음주 화요일에 실버 블레이즈가 출주를 못 하기를 원하는 사람들도 잔뜩 있을 걸세.

물론 대령의 마구간이 있는 킹스 파일랜드에서도 이 사실을 잘 알고 있네. 실버 블레이즈를 지키기 위해 필요한 조치란 조치는 다 취했지. 그곳 조교사인 존 스트레이커는 전직 기수야. 로스 대령의 말을 타다가 체중이 불어서 기수를 못 하게 되자 은퇴를 했다더군. 스트레이커는 대령 밑에서 기수로 오 년, 조교사로 칠 년을 보내면서 열과 성을 다해 일했어. 마구간은 규모가 작고 말이 네 마리뿐일세. 그가 아랫사람으로 부리는 젊은이 셋이 한 명씩 돌아가면서 마구간의 불침번을 서고 나머지 두 명은 다락에서 잠을 잤다네. 모두 믿을 만한 청년들이야. 존 스트레이커는 아내와 함께 마구간에서 이백 미터가량 떨어진 작은 주택에서 살았어. 부부는 아이가 없고 하녀를 하나 두었지. 꽤 윤택하게 살아왔나 보더군. 집 주변은 삭막한 황무지야. 하지만 북쪽으로 팔백 미터만 가면 태비스톡의 토건업자가 깨끗한 다트무어의 공기를 즐기고 싶은 사람이나 환자를 대상으로 지은 주택들이 모여 있어. 태비스톡 마을은 서쪽으로 삼 킬로미터쯤 가면 나오고 거기서 황무지를 가로질러 또 삼 킬로미터쯤 가면 케이플턴에 마구간이 있지. 킹스 파일랜드 마구간보다 규모가 더 큰 곳이야. 주인은 백워터 경이고 조교사는 사일러스 브라운이라는 사람이지. 지금 말한 곳들을 제외하면 마구간 사방이 아무것도 없는 황무지라네. 가끔 떠돌이 집시들만 황무지에 머물러. 이상이 월요일 밤, 그러니까 사건이 일어난 밤의 전반적인 상황이야.

그날 저녁 킹스 파일랜드 마구간에서는 평소처럼 경주마들을 훈련시킨 후 물을 마시게 했다더군. 그리고 9시에 문을 걸어 잠갔지. 일꾼 두 명은 조교사의 집으로 가서 주방에서 저녁을 들었네. 그 시간에 네드 헌터란 일꾼이 혼자 남아 마구간을 지켰지. 9시 직후에 조교사 집의 하녀 이디스 백스터가 마구간으로 헌터의 저녁을 가지고 갔어. 그날 저녁은 양고기 카레였지. 음료수는 따로 가져가지 않았어. 마구간에 수도가 설치되어 있거든. 게다가 일꾼들은 근무중에 물 이외의 음료는 마시지 않는 게 규칙이라네. 밖이 너무 어두워서 하녀는 등불을 가지고 갔어. 조교사의 집에서 마구간까지 황무지에 난 좁은 길을 따라갔지.

하녀가 마구간에 거의 다 갔을 때였네. 마구간까지는 삼십 미터도 남지 않은 컴컴한 곳에서 어떤 남자가 불쑥 모습을 드러내더니 그녀를 불러 세웠어. 등불의 노란 불빛이 만든 빛의 원으로 남자가 들어오자 그제야 생김새가 또렷이 보였지. 남자는 회색 트위드 정장에 납작한 모자를 쓰고 각반을 차고 있어서 점잖은 사람처럼 보였네. 손잡이가 달린 묵직한 지팡이도 하나 들었지. 하녀는 남자의 안색이 유독 창백한 것과 몹시 불안해 보이는 태도가 신경쓰였다더군. 남자는 서른을 훌쩍 넘긴 나이 같았어.

그녀를 본 남자가 이렇게 물었지.

'여기가 어딥니까? 꼼짝없이 이 황무지에서 밤을 나야겠구나 싶었는데 아가씨가 든 등불빛이 보이더군요.'

'여기는 킹스 파일랜드 마구간 근처예요.'

하녀의 대답에 남자가 반색을 했네.

'오, 정말요? 이렇게 운이 좋을 수가! 매일 밤 마구간지기가 그곳에서 혼자 잠을 잔다죠? 지금 가져가는 게 그 사람의 저녁이겠어요. 아가씨는 새 드레스를 살 돈을 마다할 만큼 뻣뻣한 사람은 아닌 것 같은데, 그렇죠?'

남자는 그런 말을 주워섬기면서 몇 번 접은 하얀 종이를 조끼 주머니에서 꺼냈어.

'마구간지기에게 오늘밤에 이걸 꼭 전해줘요. 그러면 예쁜 드레스를 살 돈을 벌 수 있어요.'

하녀는 남자의 태도가 너무 진지해서 오히려 겁을 먹었어. 후다닥 뛰어 남자를 지나쳐 늘 저녁 식사를 넣어주는 마구간의 창문으로 달려갔지. 헌터는 열어놓은 창문 안쪽의 작은 탁자에 앉아 있었어. 하녀가 방금 있었던 일을 말해주는데 남자가 다시 나타났다네.

남자는 창문으로 헌터에게 말을 걸었다더군.

'안녕하십니까. 잠시 이야기를 나눌 수 있을까요.'

하녀는 남자의 주먹 쥔 손에 방금 전에 본 흰 종이가 삐죽 튀어나온 걸 봤다고 증언했다네. 네드 헌터가 물었지.

'여기는 무슨 일로 오셨습니까?'

'당신 주머니가 두둑해질 수 있는 일로 왔소이다. 이 마구간에 웨섹스컵에 내보낼 경주마 두 필이 있죠. 실버 블레이즈와 베이어드 말이오. 내게 확실한 정보를 줘요. 손해볼 일은 없게 해드릴 테니까. 부담 중량■을 적용하면 베이어드가 실버 블레이즈에게 오 펄롱에 일 킬로미터가량 앞설 테니 이 마구간 사람들은 모두 베이어드에게 걸었다는 소문이 돌던데, 사실이오?'

그 말에 헌터가 소리를 버럭 질렀다네.

'이제 보니 빌어먹을 염탐꾼이군! 킹스 파일랜드에서 당신 같은 작자들을 어떻게 다루는지 똑똑히 보여주지.'

마구간에는 개가 한 마리 있었네. 헌터는 자리에서 일어나 한쪽으로 뛰어가서는 개를 풀었어. 하녀는 서둘러 조교사의 집으로 도망쳤지. 달려가면서 뒤를 돌아봤는데, 남자가 창문에 기대어 마구간 안으로 얼굴을 들이밀고 있었다더군. 잠시 후에 헌터가 사냥개를 데리고 마구간에서 뛰쳐나왔을 즈음에는 이미 도망을 치고 없었네. 헌터가 마구간 주위를 샅샅이 뒤졌지만 흔적을 찾지 못했지."

내가 그의 말을 끊었다.

"잠깐, 일꾼이 개를 몰고 나올 때 문을 열어놓은 거 아닌가?"

홈스가 웅얼거리듯 대답했다.

■ 경주에 출전하는 말이 필수로 얹고 달려야 하는 중량. 경주 능력을 비슷하게 맞추기 위해 연령, 성별, 유전적 특징 등을 고려해 각 말에 다르게 부여한다.

"훌륭해, 왓슨. 역시 훌륭해! 나도 그 점이 중요하다는 사실을 깨닫고 어제 다트무어에 특급 전보를 보내 확인해봤다네. 헌터는 나가면서 분명히 문을 잠갔다더군. 참고로 식사를 넣어주는 창문은 작아서 사람이 드나들 수 없어.

헌터는 동료들이 돌아올 때까지 기다렸다가 스트레이커에게 사람을 보내 방금 전에 일어난 일을 알렸네. 스트레이커는 이야기를 듣고 흥분했지만 그 소동이 의미하는 게 뭔지 정확히 이해하고 반응한 건 아니었던 모양이야. 결국 막연한 불안감이 남았나 보더군. 스트레이커 부인이 새벽 1시에 잠에서 깼는데, 남편이 옷을 갈아입고 있었지. 왜 옷을 갈아입느냐고 물어봤더니 말들이 걱정되어서 잠을 이룰 수가 없으니 잘 있는지 확인해봐야겠다고 대답했다는 거야. 마침 빗방울이 창문을 후드득 두드리는 소리가 들려서 남편에게 그냥 집에 있으라고 했어. 하지만 아내의 만류에도 그는 커다란 방수 외투를 입고 집을 나섰네.

스트레이커 부인은 다음날 7시에 잠에서 깼어. 그런데 남편이 그때까지도 돌아오지 않은 거야. 서둘러 옷을 갈아입고 하녀를 불러 함께 마구간으로 가보니 문이 열려 있는데다 안에는 헌터가 정신을 잃고 의자에 널브러져 있었지. 우승 후보인 말이 있던 칸은 텅 비었고 조교사의 모습은 어디에도 보이지 않았어.

그녀는 다른 일꾼들을 얼른 깨웠네. 그들은 건초를 두는 다락에서 자고 있었지. 마구를 보관하는 방 바로 위에 있는 곳이었는데, 밤새 아무 소리도 못 들었다고 했네. 깊이 잠드는 사람들이었거든. 헌터는 강력한 약물에 취한 게 분명했어. 그에게서 횡설수설하는 말밖에 듣지 못하자 다른 일꾼들과 하녀와 스트레이커 부인은 헌터를 그대로 두고 사라진 말과 조교사를 찾으러 나갔어. 그때까지만 해도 그들은 스트레이커가 나름의 이유를 갖고 아침 훈련을 위해 말을 데리고 나갔길 바랐다네. 그런데 주위가 훤히 내려다보이는 근처 둔덕에 올라가서 살펴봐도 실버 블레이즈의 모습은 보이지 않았지. 대신 불상사가 일어났다는 것을 직감하게 하는 물건이 시선을 사로잡았어.

마구간에서 사백 미터 정도 떨어진 곳에 가시금작화 덤불이 있다네. 그 덤불에 스트레이커의 외투가 걸려서 펄럭거리고 있었던 걸세. 덤불 바로 너머에 사발 모양으로 푹 파인 구덩이에서 흉행을 당한 조교사의 시체가 발견되었네. 머리는 둔기에 잔인하게 맞아 박살이 났고 허벅지에도 상처가 있었지. 길고 깔끔하게 베인 자상으로, 모양을 보아 흉기는 매우 날카로운 물건이었다네. 스트레이커는 습격자에게 격렬히 저항한 게 분명했어. 오른손에 쥔 작은 칼의 손잡이까지 피가 말라붙어 있었거든. 또 왼손에는 검은색과 붉은색이 들어간 실크 넥타이를 움켜쥐고 있었는데, 하녀는 전날 밤 마구간을 찾아온 낯선 남자가 매고 있던 것이라고 확인해줬네.

약기운을 떨친 헌터도 넥타이의 주인에 대해 하녀와 똑같은 증언을 했지. 바로 그자가 전날 밤 창가에 서 있을 때 양고기 카레에 약을 타 불침번을 서던 자기를 잠재웠을 거라고 강력하게 주장도 했고.

사라진 말 이야기를 하자면, 사건이 발생한 구덩이의 진흙 바닥에는 몸싸움이 벌어지는 동안 말이 그곳에 있었다는 증거가 잔뜩 남아 있었네. 하지만 그 후의 행방이 묘연했지. 거액의 사례금을 내걸었기 때문에 다트무어의 집시들이 모두 사라진 말의 행방을 쫓고 있어. 아직까지는 말을 찾았다는 소식이 없네. 헌터가 먹다 남긴 저녁은 분석해보니 아편이 상당량 들어 있었어. 그런데 그날 저녁으로 똑같은 양고기 카레를 먹은 다른 사람들은 아무렇지도 않았지.

여기까지가 사건에서 중요한 부분만 최대한 간결하게 정리한 내용이야. 이제는 경찰의 수사 내용을 간단하게 들려주겠네.

사건을 담당하는 그레고리 경위는 실력이 좋은 경찰이라네. 상상력까지 갖춘다면 경찰 조직에서 최고의 자리에 오를지도 모르는 재목이지. 그는 사건 현장에 도착하자마자 당연히 가장 의심스러운 사람을 찾아내 체포를 했네. 용의자를 수월하게 찾아냈지. 경마와 관련해 주위에 소문이 파다한 사람이었거든. 피츠로이 심프슨이라는 자였어. 좋은 집안에서 태어나 교육도 잘 받았는데 경마로 한재산 날리고 지금은 화려했던 날들을 곱씹는 신세라더군. 런던의 스포츠 클럽을 전전하며 조용히 마권을 팔아 생계를 유지한다네. 내기 장부를 조사한 결과 그가 실버 블레이즈의 경쟁마에 오천 파운드라는 거금을 걸었다는 사실이 밝혀졌네.

체포된 심프슨은 킹스 파일랜드에서 훈련시키는 경주마들의 정보를 얻을 수 있을까 싶어서 다트무어까지 왔다고 순순히 털어놓았네. 겸사겸사 케이플턴 마구간에서 사일러스 브라운이 조련하는 두 번째 우승 후보마 데즈버러의 정보도 얻어가고. 그는 전날 밤 행적을 딱히 부인하지 않았어. 누구를 해코지하려던 게 아니라 마구간에서 직접 정보를 얻고 싶었을 따름이라고 해명했지. 하지만 넥타이를 보여주자 얼굴이 사색이 되면서 피해자가 왜 그것을 쥔 채 죽었는지 아무런 설명도 못 했네. 체포될 당시 옷이 젖어 있던 것을 보면 전날 밤 비가 내렸을 때 야외에 있었던 게 분명해. 게다가 페낭 로이어 지팡이는 납을 채워서 묵직했지. 그 지팡이로 여러 번 가격한다면 죽은 조교사의 머리에 남은 것 같은 끔찍한 상처를 내고도 남았을 거라네.

그런데 몸 어디에도 상처가 없지 뭔가. 스트레이커가 쥔 칼을 보면 공격자 가운데 적어도 한 명은 어딘가에 상처를 입었을 텐데 말이야. 자, 여기까지가 이 사건을 간략하게 정리한 내용이라네, 왓슨. 뭐든 자네 생각을 이야기해준다면 정말 고맙겠네."

나는 귀를 쫑긋 세우고 홈스답게 논리정연하게 정리해 들려주는 사건의 개요를 들었다. 대부분 아는 내용이었지만 그때까지는 알려진 사실들이 각각 어느 정도 중요한지, 서로 어떤 관계가 있는지 제대로 파악하지 못하고 있었다.

"스트레이커가 머리를 다치는 바람에 발작을 일으켜 자기 칼에 베였을 가능성은 없을까?"

내가 의견을 말하자 홈스는 대꾸했다.

"가능성이 있는 정도가 아니라네. 충분히 그랬음 직해. 그 가정대로라면 피의자가 무죄를 입증하는 데 유리한 사실 하나가 사라지겠군."

"그런데 나는 아직도 경찰의 가설을 잘 모르겠는데."

"우리가 어떤 가설을 세우든 경찰의 가설과는 무척이나 다를 걸세. 경찰은 피츠로이 심프슨이 헌터의 저녁 식사에 약을 탔으며 어떤 방법으로든 마구간의 복제 열쇠를 손에 넣었다고 여기거든. 심프슨이 그 열쇠로 마구간으로 들어가 실버 블레이즈를 훔칠 목적으로 끌고 나갔다는 거야. 마구간에서 굴레가 사라졌는데, 경찰은 심프슨이 굴레를 가져다 말에 씌웠을 거라고 주장하네. 말하자면 이렇지. 심프슨은 문을 열어둔 채 말을 데리고 마구간을 나와 황무지로 나갔다. 그런데 거기서 조교사와 마주쳤거나 조교사에게 따라잡혔다. 당연히 몸싸움이 벌어졌고 심프슨이 묵직한 지팡이로 조교사의 머리를 수차례 가격했다. 그럼에도 심프슨은 조교사가 방어하기 위해 휘두른 칼에 아무 상처도 입지 않았다. 그 후에 심프슨이 말을 아무도 모르는 은신처로 끌고 갔거나, 싸움이 벌어지자 말이 도망쳐서 지금쯤 황무지를 떠돌고 있다. 경찰은 사건이 이런 식으로 전개되었다고 생각하거든. 물론 그랬을 가능성은 충분해. 하지만 지금까지 밝혀진 사실만 놓고 보면 얼마든지 다른 식으로도 해석할 수 있지. 현장에 도착하면 곧장 심프슨이 범인이라는 가설을 살펴볼 생각이네. 지금 아는 것만으로는 더이상 추리를 할 방도가 없군."

우리는 저녁이 다 되어서야 태비스톡 마을에 도착했다. 태비스톡은 원형을 그리고 있는 드넓은 다트무어 황무지 한가운데에 방패에 돋을새김으로 넣은 장식처럼 들어선 마을이었다. 역에는 우리를 마중나온 신사가 두 명 있었다. 금발머리와 턱수염을 사자 갈기처럼 기른 남자는 피부가 희고 키가 컸다. 연한 푸른 눈이 묘하게 사람을 꿰뚫어보는 느낌을 주는 남자였다. 다른 남자는 키가 작고 빈틈없는 분위기를 풍겼는데, 프록코트를 입고 각반을 찬 모습이 단정하고 깔끔했다. 구레나룻을 짧게 길렀으며 외알 안경을 걸치고 있었다. 키가 작은 쪽이 유명한 스포

츠맨인 로스 대령이었고 큰 쪽이 그레고리 경위였다. 경위는 잉글랜드 경찰계에서 빠른 속도로 명성을 쌓고 있었다.

대령이 먼저 인사를 건넸다.

"홈스 씨, 여기까지 친히 내려와줘서 정말 고맙소. 여기 경위님이 해볼 만한 조치는 다 해보고 있소. 불쌍한 스트레이커의 복수를 하고 내 말을 되찾기 위해서라면 그 외에도 뭐든 해볼 생각이라오."

"그간 진전이 있었습니까?"

홈스가 경위에게 물었다.

"안타깝게도 아직 수확이 없군요. 마차를 대기시켜두었습니다. 어두워지기 전에 현장을 보고 싶으실 테니 가면서 이야기를 나누시죠."

잠시 후 우리는 마차에 편안하게 자리를 잡고 앉았다. 마차는 덜컹거리며 데번 주의 고풍스럽고 오래된 마을을 지나기 시작했다. 그레고리 경위는 사건으로 머릿속이 꽉 찼는지 의견을 봇물처럼 쏟아냈다. 홈스는 경위의 이야기를 들으며 간간이 질문을 던지거나 감탄사를 내뱉었다. 로스 대령은 팔짱을 끼고 모자를 기울여 눈을 가린 채 좌석에 몸을 묻고 앉아 있었다. 나는 형사와 탐정의 대화를 주의깊게 들었다. 경위가 이야기하는 가설은 홈스가 기차에서 짐작한 내용을 벗어나지 않았다.

"수사망이 피츠로이 심프슨에게로 좁혀지고 있습니다. 저는 그자가 범인이라고 확신합니다. 물론 아직은 정황증거뿐이니 사건 전개에 따라 상황이 뒤집어질 수도 있죠."

"스트레이커의 칼과 관련한 사실은 어떻게 정리하셨습니까?"

"쓰러지면서 자기 칼에 베였다는 쪽으로 결론이 났습니다."

"내 친구인 왓슨 박사도 여기 오면서 똑같이 추측했죠. 심프슨이라는 남자는 더 불리해지겠군요."

"두말하면 잔소리죠. 그는 칼도 없었지만 몸에 상처도 없었습니다. 그에게 불리한 방향으로 강력한 증거죠. 우승 후보마가 사라지면 큰돈을 벌고요. 마구간을 지키던 헌터의 음식에 약을 탔다는 의혹도 받고 있습니다. 비가 쏟아질 때 야외에 있었던 게 확실한데다 무거운 지팡이를 지녔습니다. 죽은 스트레이커가 그의 넥타이를 손에 쥐고 있었고요. 이 정도면 충분히 배심원들 앞에 세울 수 있습니다."

경위의 말에 홈스가 고개를 가로저었다.

"영리한 변호사라면 그 정도 증거는 쉽사리 무력하게 만들 겁니다. 심프슨은 왜 말을 마구간에서 데리고 나왔을까요? 상처를 내는 거야 그 자리에서 할 수도 있지 않습니까? 복제 열쇠를 가지고 있던가요? 아편을 판 약사는 누구입니까? 무엇보다 이

지역을 잘 모르는 외지인이 말을 어디에 숨기겠습니까? 다른 말도 아니고 실버 블레이즈를 말입니다. 마구간지기에게 전해 달라고 하녀에게 주려던 종이에 대해서는 뭐라고 하던가요?"

"십 파운드짜리 지폐였다더군요. 지갑에 들어 있었습니다. 방금 지적하신 사항들은 별문제 아닙니다. 일단 그자는 이 지역에 처음 오지 않았습니다. 여름에 두 번이나 태비스톡에 묵었거든요. 아편은 분명 런던에서 샀을 테고 열쇠야 목적을 달성한 후 어딘가에 던져버렸겠죠. 말은 황무지 어딘가의 구덩이나 폐광에 죽어 있을 겁니다."

"넥타이에 대해서는 뭐라고 했나요?"

"본인 것이라고 인정했습니다. 잃어버렸다더군요. 그리고 새로운 단서가 나타났으니 그가 말을 마구간에서 끌고 나간 정황을 설명할 수 있을지도 모릅니다."

홈스가 귀를 쫑긋 세웠다.

"살인이 일어난 지점에서 이 킬로미터도 떨어지지 않은 곳에서 지난 월요일 밤 집시 무리가 야영을 한 흔적을 발견했습니다. 그들은 화요일에 바로 그곳을 떠났습니다. 이 집시들과 심프슨 사이에 미리 이야기가 되어 있었다고 가정하면, 심프슨이 스트레이커에게 추격을 당했을 때는 말을 집시들에게 데려가던 중 아니었겠습니까? 실버 블레이즈는 지금 집시들의 수중에 있을지도 모르죠."

"가능성이 충분하군요."

"그 집시들을 찾아 지금 황무지를 수색중입니다. 저는 태비스톡은 물론 반경 십오 킬로미터 안에 있는 마구간과 헛간까지 빠짐없이 뒤졌습니다."

"문제의 마구간과 상당히 가까운 곳에 다른 마구간이 있는 걸로 압니다만?"

"그렇습니다. 절대 무시해서는 안 되는 요소죠. 그곳의 경주마인 데즈버러는 두 번째 우승 후보이기 때문에 그곳에서도 실버 블레이즈의 행방에 관심을 가지고 있습니다. 사일러스 브라운은 이번 경마에 큰돈을 걸었다고 하더군요. 게다가 죽은 스트레이커와 사이도 그다지 좋지 않았고요. 그 마구간도 수색을 해봤지만 이번 사건과 연결 지을 만한 증거는 나오지 않았습니다."

"심프슨과 케이플턴 마구간의 이익을 연결 지을 만한 증거도 없고요?"

"전혀 없습니다."

홈스는 의자에 편히 기댄 채 더이상 아무 말도 하지 않았다. 잠시 후 처마가 튀어나온 깔끔하고 아담한 붉은 벽돌집 앞에 마차가 섰다. 집은 길가에 서 있었다. 근처 작은 방목장 너머로, 집에서 약간 떨어진 곳에 회색 지붕의 마구간이 길게 누워 있었다. 시선을 어디로 돌리든 양치식물에 구릿빛으로 물든 황무지가 완만한 곡선을 그리며 지평선까지 뻗어 있었다. 그 곡선을 깨는 건 태비스톡 마을의 뾰족한 첨탑들이나 케이플턴 마구간으로 짐작되는, 서쪽에 옹기종기 모인 건물 몇 채뿐이었다. 다른 사람들은 서둘러 마차에서 내렸지만 홈스는 내리지 않고 시선을 허공에 고정한 채 가만히 앉아 있었다. 무슨 생각에 푹 빠진 게 분명했다. 내가 팔을 건드리자 그제야 화들짝 놀라며 마차에서 내렸다.

"죄송합니다. 잠시 생각에 빠져 있었군요."

살짝 놀란 표정으로 보던 대령에게 홈스가 사과했다. 눈을 반짝 빛내는 홈스의 태도에서 흥분을 애써 억누르는 기색이 느껴졌다. 내게는 익숙한 모습이었다. 그가 모종의 실마리를 잡았구나 싶었다. 물론 어디에서 실마리를 찾아냈는지는 감을 잡을 수 없었지만 말이다.

"사건 현장부터 보고 싶으시겠죠, 홈스 씨?"

그레고리 경위가 물었다.

"먼저 여기에서 세부 사항 두어 가지를 알아봐야 할 것 같습니다. 스트레이커의 시신은 여기로 옮겨왔겠죠?"

"그렇습니다. 시신은 2층에 안치했습니다. 검시 배심은 내일입니다."

"고인이 여러 해 동안 대령님을 위해 일을 했다고요?"

"내내 일을 잘하는 사람이었소."

"경위님, 고인이 사망할 당시 주머니에 있던 물건 목록을 작성해두셨겠죠?"

"소지품을 보고 싶어 하실 경우를 대비해 응접실에 따로 모아두었습니다."

"지금 당장 보고 싶습니다."

우리는 모두 응접실로 들어가 중앙의 탁자 주위에 모여 앉았다. 경위가 네모난 주석 상자를 열어 안에 든 물건들을 눈앞에 꺼내놓았다. 성냥갑 하나와 오 센티미터 길이의 수지 양초 한 자루, A.D.P. 브라이어 파이프 한 자루, 길게 자른 씹는담배 삼십 그램이 든 물개 가죽 주머니, 금시곗줄이 달린 은시계, 일 파운드짜리 금화 다섯 개, 알루미늄 필통, 서류 몇 장, 마지막으로 상아 손잡이가 달린 칼 한 자루가 있었다. 매우 날카롭고 단단한 칼날에 "와이스 앤드 코, 런던"이라고 새겨져 있었다.

"매우 독특한 칼이군요. 칼날에 남은 핏자국을 보니 고인이 손에 쥐고 있던 칼이라는 걸 알겠습니다. 왓슨, 이 칼은 자네 분야와 관련이 있어 보이는데."

홈스가 칼을 들고 요모조모 뜯어보며 말했다.

"백내장 메스라고 부르는 칼이군."

내가 대답했다.

"그럴 줄 알았어. 세밀한 작업에 쓰는 칼이라 날이 몹시 예리하군. 말을 찾으려고 나가면서 가져간 칼치고는 이상한데. 이런 메스는 주머니에 넣을 수도 없었을 텐데."

경위가 알려주었다.

"찔리지 않게 칼끝에 꽂았던 동글납작한 코르크가 시체 옆에 떨어져 있었습니다. 스트레이커 부인은 요 며칠간 그 칼이 화장대 위에 있었고 지난밤 고인이 가지고 나갔다고 증언했습니다. 무기로는 부실하지만 그 순간에는 그 칼이 최선이었겠죠."

"충분히 있을 수 있는 일이군요. 서류들은 뭡니까?"

"세 장은 건초상에게 받은 청구서였고 한 장은 로스 대령님의 지시 사항이 적힌 편지입니다. 나머지 한 장은 의상실에서 보낸 삼십칠 파운드 십오 실링짜리 청구서더군요. 본드 스트리트에 있는 마담 르쉬리에라는 가게에서 윌리엄 더비셔라는 사람에게 발행한 청구서죠. 스트레이커 부인 말로는 더비셔 씨가 남편의 친구인데, 가끔 우편물이 여기로 온다더군요."

홈스가 청구서를 힐끔 내려다보며 말했다.

"마담 더비셔는 취향이 꽤나 고급스럽군요. 옷 한 벌에 이십이 기니라면 상당한 액수인데 말입니다. 더이상 알아낼 건 없습니다. 이제 사건 현장으로 가죠."

우리가 응접실에서 나가자 복도에서 기다리고 있던 여자가 앞으로 한 발자국 나오며 경위의 소매에 손을 살짝 얹었다. 그녀는 얼굴이 초췌하고 수척했으며 소식이 간절해 보였다. 느닷없는 변고에 충격을 받은 기색이 역력했다.

"범인을 잡으셨나요? 찾으셨어요?"

그녀가 숨을 몰아쉬며 물었다.

"아직입니다, 스트레이커 부인. 하지만 우리를 돕기 위해 여기 홈스 씨가 런던에서 오셨습니다. 힘을 합쳐 최선을 다해 수사를 하겠습니다."

홈스가 부인에게 말을 걸었다.

"얼마 전에 플리머스에서 열린 가든파티에서 만난 분이군요, 스트레이커 부인."

"그럴 리가요. 뭔가 착각을 하셨어요."

"설마요, 분명히 그곳에서 부인을 만났다고 맹세할 수도 있습니다. 그때 타조 깃털로 장식한 비둘기색 실크 드레스를 입고 계셨지 않습니까."

"저는 그런 드레스가 없습니다."

스트레이커 부인이 딱 잘라 대답했다.

"아, 제가 잘못 알았나 봅니다."

홈스는 이어 사과를 한 후 경위를 따라 밖으로 나왔다. 황무지를 가로질러 잠시 걸어가니 시신이 발견된 구덩이가 나왔다. 구덩이의 가장자리에 피해자의 방수 외투가 걸려 있던 가시금작화 덤불이 보였다.

"그날 밤은 바람이 없었다죠."

홈스가 말했다.

"네, 바람은 불지 않았습니다. 폭우가 쏟아졌죠."

"그렇다면 외투는 바람에 날려 가시금작화 덤불에 걸린 게 아니라 애초에 그곳에 놓아둔 거겠군요."

"그렇습니다. 덤불에 가로놓여 있었죠."

"이야기를 들으니 갑자기 흥미가 생깁니다. 지면에 발자국이 많은 걸 보니 월요일 밤부터 많은 사람들이 밟고 지나갔나 봅니다."

"이쪽에 깔린 매트 한 장이 보이시죠. 모두 그 매트만 밟았습니다."

"잘하셨습니다."

"이 가방에 스트레이커가 신었던 부츠 한 짝과 피츠로이 심프슨의 구두 한 짝이 있습니다. 실버 블레이즈의 편자도요."

"경위님, 정말 대단하십니다!"

홈스는 가방을 받아들고 발밑의 매트를 조금씩 구덩이의 중심부로 밀며 내려가기 시작했다. 그러더니 매트에 몸을 쭉 뻗고

엎드린 채 턱을 양손에 괴고 발자국이 잔뜩 남은 코앞의 무른 지면을 찬찬히 관찰하기 시작했다.

"이것 좀 보십시오! 이런 게 있군요."

홈스가 갑자기 우리에게 소리쳤다.

반쯤 탄 성냥이었다. 진흙 범벅이 된 탓에 언뜻 나뭇조각처럼 보였다.

"제가 왜 놓쳤는지 모르겠군요."

경위는 짜증스러운 표정을 지으며 말했다.

"진흙에 묻혀 있어서 안 보였겠죠. 나는 이걸 찾으려고 땅바닥을 살폈기 때문에 발견한 겁니다."

"뭐라고요? 있는 줄 아셨단 말입니까?"

"여기 있을 거라고 생각했습니다."

홈스는 가방에서 두 사람의 구두를 꺼내 땅바닥에 찍힌 발자국과 비교했다. 작업을 마치자 이번에는 구덩이의 가장자리까지 기어오르더니 양치식물과 덤불 사이를 기었다.

"발자국은 더 없을 텐데요. 사방으로 백 미터 안의 지면을 철저하게 조사했거든요."

경위의 말에 홈스가 일어서며 대답했다.

"대단합니다! 그렇게까지 말씀하시는데 굳이 같은 조사를 또 하는 무례를 범해서는 안 되겠죠. 그래도 어두워지기 전에 황무지를 좀더 돌아보고 싶습니다. 안 그러면 내일까지 기다려야 볼 수 있을 테니까요. 행운을 위해 당분간 편자는 제가 가지고 있겠습니다■."

홈스가 아무 설명도 없이 혼자 꼼꼼하게 조사를 진행하는 모습을 보던 로스 대령은 초조한 기색을 숨기지 않았다. 그는 시계를 흘낏 보더니 말했다.

"나와 같이 돌아갑시다, 경위. 조언을 구하고 싶은 문제가 몇 가지 있소. 무엇보다 출주마 명단에서 실버 블레이즈를 빼야 할지 고민이라오."

"그러지 마십시오. 저를 믿고 출주마 명단에 그대로 남겨두세요."

홈스가 사뭇 단호한 어조로 소리쳤다. 대령이 고개를 숙여 보이며 대답했다.

"홈스 씨가 그런 생각이라니 정말 든든하오. 우리는 불쌍한 스트레이커의 집으로 가 있겠소. 황무지를 다 둘러보면 그곳으로 오시오. 우리와 같이 마차를 타고 태비스톡 마을로 돌아가면 된다오."

대령이 경위와 함께 조교사의 집으로 돌아간 뒤 홈스와 나는

■ 서양에서는 말의 편자가 행운의 상징이다.

천천히 황무지로 나갔다. 태양은 케이플턴 마구간 너머로 서서히 지고 있었다. 우리 앞으로 펼쳐진 황무지의 완만한 비탈은 이미 황금빛으로 물들었고 시시각각 색이 더 깊고 짙어졌다. 시든 양치식물과 검은딸기나무는 이미 저녁놀을 머금어 적갈색으로 빛났다. 이토록 찬란한 풍경에 내 친구는 아무런 감흥을 느끼지 못했다. 눈앞의 풍경도 아랑곳 않고 깊은 생각에 빠져 있었기 때문이다.

마침내 홈스가 말문을 열었다.

"이렇게 해야겠네. 지금은 존 스트레이커를 죽인 살인범을 찾는 문제를 옆으로 밀어두고 말에게 무슨 일이 있었는지부터 알아내는 거야. 그날 밤 비극이 벌어지던 도중이나 이후에 말이 도망쳤다면 어디로 갔을까? 말은 무리를 지어 사는 짐승이야. 황무지에서 혼자가 되었다면 본능적으로 킹스 파일랜드로 돌아가거나 케이플턴으로 가지, 혼자 떠돌아다니진 않을 걸세. 지금쯤이면 분명히 본 사람이 있을 거야. 집시도 말을 훔칠 이유가 없어. 이 사람들은 근처에서 골치 아픈 일이 벌어졌다는 이야기만 들려도 당장 자리를 뜨거든. 경찰이 성가시게 굴까 봐 말이지. 설령 훔쳤다고 해도 실버 블레이즈 같은 말을 어디에 팔겠나. 말을 데려갔다간 별 이득도 없이 막대한 위험만 떠안게 되지. 불 보듯 뻔한 일이라네."

"그렇다면 말은 지금 어디에 있을까?"

"아까 말하지 않았나. 킹스 파일랜드로 되돌아갔거나 케이플턴으로 갔겠지. 지금 제 마구간에 없으니 당연히 케이플턴에 있을 거야. 일단 이 가설이 옳다고 가정하고 따라가보세. 아까 경위의 말대로 이 부근은 땅이 무척 말라서 단단해. 케이플턴 방향으로 갈수록 지대가 낮아지지. 여기서 보면 저쪽에 꽤 넓은 저지대가 잘 보이지 않나. 저기는 월요일 밤에는 빗물이 고여 질척거렸을 걸세. 가설이 맞다면 실버 블레이즈는 저곳을 가로질러 갔을 테니 근처로 가서 말의 흔적을 찾아야겠어."

우리는 대화를 나누며 발걸음을 재촉했다. 이윽고 지대가 푹 낮아지는 지점에 도착했다. 홈스의 부탁으로 나는 오른쪽 경사면으로 내려갔고 그는 왼쪽으로 내려갔다. 오십 보도 가지 않아 홈스의 고함소리가 들렸다. 손을 흔들며 나를 부르고 있었다. 그 앞의 부드러운 지면에 말발굽 자국이 선명하게 남아 있었다. 홈스가 주머니에서 꺼낸 편자와도 정확히 일치했다.

"상상력이 얼마나 중요한지 한번 보게나. 그레고리 경위에게는 결코 없는 능력이지. 우리는 어떤 일이 벌어졌을지 상상을 했고 그걸 바탕으로 가설을 세워 움직였어. 그리고 입증했지. 계속 가보세."

우리는 질퍽한 저지대를 가로질러 물기가 다 말라 단단해진 잔디밭을 사백 미터가량 걸었다. 다시 저지대가 나타나자 말의 발자국도 나타났다. 그 직후 팔백 미터가량 자취도 없이 사라졌다가 케이플턴 마구간과 상당히 가까운 지점에서 도로 나타났다. 홈스는 의기양양한 표정을 지은 채 찾아낸 발자국을 가리켰다. 말발굽 자국 옆으로 남자의 발자국이 찍혀 있었다.

"아까만 해도 말발굽 자국밖에 없었는데!"

내가 놀라 소리쳤다.

"그랬지. 방금 전까지만 해도 말 혼자였다네. 어라! 왜 이러지?"

홈스의 말에 땅을 다시 보니 두 줄인 발자국이 방향을 꺾어 킹스 파일랜드로 향한 것이 아닌가. 그 모습을 본 홈스가 휘파람을 불었다. 우리는 발자국을 따라갔다. 홈스는 발자국에만 시선을 집중하고 걸었는데, 나는 우연히 옆으로 시선을 돌렸다가 놀랍게도 똑같은 발자국들이 반대 방향으로도 찍혀 있는 것을 발견했다.

내가 그 발자국들을 가리키자 홈스가 말했다.

"한 건 했군, 왓슨. 자네 덕분에 여기로 되돌아오며 헛걸음을 하지 않아도 되겠어. 이쪽으로 돌아오는 발자국을 따라가세."

그리 멀리까지 가지 않아도 되었다. 발자국이 케이플턴 마구간의 정문으로 이어진 아스팔트 포장로에서 끝이 났기 때문이다. 마구간으로 다가가자 그곳의 일꾼이 우리를 보고 냉큼 뛰어 나왔다.

"이 근처에서 어슬렁거리면 안 됩니다."

"한 가지만 물어봅시다."

홈스는 엄지와 검지를 조끼 주머니에 집어넣은 채 말문을 열었다.

"당신 고용주인 사일러스 브라운 씨를 내일 새벽 5시에 이곳에서 뵐 수 있을까요? 시각이 너무 이른가요?"

"아뇨. 그 시각에도 나와 계실 겁니다. 브라운 씨는 제일 일찍 일어나시거든요. 여기 계시니 직접 물어보시지요. 안 됩니다, 선생님. 안 돼요. 제가 선생님의 돈을 받는 모습을 들켰다가는 경을 칠 겁니다. 꼭 주시겠다면 나중에 주세요."

셜록 홈스가 주머니에서 꺼낸 반 크라운 은화를 다시 집어넣는데 험상궂은 인상의 중년 남자가 사냥용 채찍을 휘두르며 나왔다.

"무슨 일이야, 도슨? 잡담은 금지야! 가서 일이나 해! 그리고 당신들, 여기서 뭘 하는 거요?"

남자는 다짜고짜 소리를 쳤다.

"브라운 씨와 십 분만 따로 이야기를 나누고 싶습니다."

홈스가 최대한 상냥한 목소리로 대답했다.

"놈팡이들과 노닥거릴 시간은 없어. 외부인은 사절이니 어서 꺼지시지. 안 그러면 개를 풀 테다."

그때 홈스가 조교사를 향해 몸을 내밀더니 귀에다 대고 무슨 말인지 소곤거렸다. 그러자 조교사가 화들짝 놀라며 얼굴이 관자놀이까지 벌겋게 달아오르는 것이 아닌가.

"이 자식이 어디서 헛수작이야! 말도 안 되는 소리 집어치워!"

남자가 고래고래 소리쳤다.

"좋습니다. 그렇다면 여기서 따져보는 게 낫겠습니까? 브라운 씨가 편한 곳에서 점잖게 상의하는게 낫겠습니까?"

"당신이 바라는 대로 안으로 들어가지."

홈스가 웃는 얼굴로 내게 말했다.

"몇 분이면 끝날 걸세, 왓슨. 자, 브라운 씨, 편하신 곳으로 안내해주시지요."

몇 분이면 끝난다던 이야기는 족히 이십 분이 걸렸다. 조교사와 홈스가 나왔을 때는 주위를 붉게 물들였던 저녁놀이 잿빛으로 변하고 있었다. 나는 그 짧은 시간에 사일러스 브라운만큼 인상이 확 달라진 사람을 본 적이 없다. 얼굴은 핏기라곤 없이 창백했고 이마는 송글송글 맺힌 땀방울로 번들거렸다. 양손은 어찌나 심하게 떠는지 손에 쥔 채찍이 사시나무 떨듯 흔들릴 정도였다. 거칠고 고압적인 태도는 싹 사라졌고 옆에서 주인을 따르는 개처럼 홈스에게 줄곧 굽실거릴 뿐이었다.

"지시하신 대로 처리하겠습니다. 반드시 지시대로 처리하겠습니다."

"절대 실수해선 안 되오."

홈스가 조교사를 돌아보며 말했다. 그는 홈스의 눈빛에서 위협적인 분위기를 감지하고 움찔했다.

"그럼요, 물론이죠. 절대 실수는 없을 겁니다. 분명히 거기 나올 겁니다. 일단 돌려놓을까요? 아니면 나중에?"

홈스는 잠시 생각에 잠기더니 느닷없이 웃음을 터뜨렸다.

"아니, 돌려놓지 말고 놔두시오. 그 문제를 어떻게 처리할지는 편지로 알려드리겠소. 더이상 속임수는 금물이오. 안 그러면……."

"물론이죠. 믿으셔도 됩니다. 믿으셔도 되고말고요!"

"당신 것처럼 보이게 해야 하오."

"저만 믿으십쇼."

"그러지. 그럼 내일 다시 연락하겠소."

홈스는 이 말을 끝으로 사일러스 브라운이 벌벌 떨며 내민 손을 본체만체하며 몸을 홱 돌렸다. 우리는 곧장 킹스 파일랜드로 발걸음을 옮겼다.

"저 사일러스 브라운이라는 조교사만큼 깡패와 겁쟁이와 좀

도둑이 완벽하게 결합한 인간은 보기 드물 거야."

홈스가 돌아가는 길에 말했다.

"말은 그자가 데리고 있나?"

"처음에는 딱 잡아떼더군. 그래서 그날 아침에 그 작자가 한 짓을 그대로 들려주었네. 그랬더니 내가 지켜보고 있었다고 철석같이 믿지 뭔가. 자네도 앞코가 각진 독특한 구둣발 자국을 똑똑히 봤지? 그자가 신은 부츠가 그 발자국과 정확하게 일치하네. 그뿐만 아니라 그 마구간의 일꾼들 가운데 어느 누가 감히 그런 짓을 하겠나. 나는 그 작자가 한 일을 말해줬네. 그는 평소 습관대로 아침에 제일 먼저 마구간에 나왔다가 황무지를 돌아다니는 낯선 말을 보았어. 다가가서 이마의 하얀 무늬를 본 뒤엔 실버 블레이즈의 이름이 똑같은 무늬에서 유래했다는 사실을 떠올리고 상당히 놀랐지. 자기 돈을 전부 건 말을 이길 수 있는 유일한 말이 눈앞에 있었으니 말이지. 그러고 나서 그가 어떻게 했는지 세세하게 묘사해줬네. 처음에는 킹스 파일랜드로 돌려보내려고 말을 끌고 가다가, 경주가 끝날 때까지만 말을 숨겨두면 되겠다는 생각이 떠올라서 다시 케이플턴으로 돌아갔어. 그리고 감췄지. 그날 새벽의 일을 낱낱이 들려주자 결국 항복했다네. 그다음부터는 어떻게든 상황을 모면할 생각뿐이더군."

"경찰이 케이플턴 마구간도 수색했다고 하지 않았나."

"닳아빠진 사기꾼이니 꼼수야 많겠지."

"그런 작자에게 실버 블레이즈를 맡겨둬도 괜찮을까? 어느 모로 보나 지금 말에게 상처를 내는 게 이익일 텐데?"

"사일러스 브라운은 그 말을 소중히 지켜줄 걸세. 그래야만 추궁을 당하지 않고 무사히 빠져나갈 수 있다는 사실을 잘 알거든."

"로스 대령은 무슨 일이 있어도 그냥 넘어갈 사람으로는 보이지 않던데."

"로스 대령과는 상관없는 일이야. 나는 내 식대로 일을 처리하지. 대령에게 진상을 어디까지 들려줄지도 내가 정하기 나름이고. 비공식적으로 움직일 때는 이런 게 좋지. 왓슨, 자네도 느꼈는지 모르겠지만 대령의 태도가 거만하더라고. 그래서 조금 곯려줄 생각이네. 자네도 당분간은 입단속을 해주게."

"자네가 언질하지 않는 한 절대 말하지 않을 테니 걱정 붙들어 매게."

"게다가 당연한 소리지만 말의 행방이야 존 스트레이커를 죽인 범인을 찾아내는 일에 비하면 아무것도 아니지."

"이제부터 범인 검거에 전력을 기울일 건가?"

"반대야. 밤 기차로 런던으로 돌아갈 걸세."

나는 어안이 벙벙해졌다. 데번 주에 도착한 지 몇 시간 만에 큰 성과를 올려놓고는 이번엔 돌연 수사를 중단하고 돌아가겠다니 도저히 홈스를 이해할 수 없었다. 하지만 조교사의 집으로 돌아갈 때까지 나는 어떤 설명도 들을 수 없었다. 대령과 경위는 그 집 응접실에서 기다리고 있었다.

"저는 제 친구와 함께 자정에 출발하는 특급열차를 타고 런던으로 돌아가겠습니다. 여기 와서 아름다운 다트무어의 환상적인 공기를 실컷 마시고 갑니다."

홈스의 말에 경위는 눈이 휘둥그레졌고 대령은 입매를 비틀며 조소를 머금었다.

"불쌍한 스트레이커의 살인범을 잡을 가능성이 없다는 거군."

대령이 쏘아붙이자 홈스가 어깨를 으쓱하며 말했다.

"그 문제를 해결하는 데 심각한 난관이 있는 건 분명합니다. 하지만 대령님의 말이 화요일 경주에 출주하리라 기대하고 있습니다. 그러니 기수에게 경주 준비를 잘하라고 말해두십시오. 존 스트레이커 씨의 사진을 한 장 받을 수 있을까요?"

경위가 주머니에 넣어둔 봉투에서 사진을 꺼내 건넸다.

"그레고리 경위님, 제가 뭘 필요로 할지 예상하고 계시는군요. 잠시 여기서 기다려주시겠습니까. 하녀에게 물어볼 게 하나 있습니다."

홈스가 응접실을 나가자마자 대령이 퉁명스럽게 말문을 열었다.

"런던에서 모셔온 자문 탐정이 저 모양이라니 상당히 실망이군. 저자가 온 이후로도 사건 조사는 진전이 없잖소."

"대령님의 말이 경주에 나갈 수 있을 거라는 확답을 듣지 않으셨습니까."

내가 발끈해서 대꾸했다.

"그렇소. 탐정의 호언장담은 똑똑히 들었소. 하지만 나는 그보다 실버 블레이즈를 얼른 되찾고 싶소."

친구를 옹호하려고 입을 벌리는 순간 그가 응접실로 들어왔다.

"자, 여러분. 이제 태비스톡으로 떠나도 되겠습니다."

우리가 마차에 오르는 동안 마구간에서 일하는 일꾼이 마차 문을 잡아주었다. 홈스는 그를 본 순간 뭔가 떠오른 것 같았다. 그는 몸을 앞으로 숙여 일꾼의 소매를 건드리더니 말을 걸었다.

"마구간의 방목장에서 양을 키우는군. 양들은 누가 돌보나?"

"제가 돌봅니다."

"혹시 최근 양들에게 무슨 문제가 없었나?"

"글쎄요. 별일은 없었습니다. 그러고 보니 양 세 마리가 갑자기 다리를 절긴 했습니다."

일꾼의 대답에 홈스가 껄껄 웃으며 양손을 마주 비볐다. 아주 흡족해하는 것이 분명했다.

"대담한 계획이군, 왓슨. 그 사람, 머리를 정말 잘 썼어!"

홈스가 내 팔을 살짝 꼬집으며 말했다.

"그레고리 경위님, 조언을 하나 해드리겠습니다. 양들 사이에 퍼진 독특한 전염병에 주목하십시오. 마부, 이제 출발하시오!"

로스 대령은 여전히 내 친구의 능력을 못 믿겠단 표정이었다. 하지만 경위는 표정을 보니 방금 전 홈스의 말에 관심을 보이는 게 분명했다.

"그게 중요하다고 생각하십니까?"

경위가 물었다.

"엄청나게 중요하죠."

"제가 신경을 썼으면 하는 문제가 또 있습니까?"

"한밤중에 개가 보인 이상한 행동을 다시 조사해보십시오."

"그날 밤 개는 아무 행동도 하지 않았는데요."

"그게 바로 이상하다는 겁니다."

셜록 홈스가 대꾸했다.

나흘 후 홈스와 나는 다시 한번 윈체스터행 기차에 몸을 실었다. 웨섹스컵을 구경하기 위해서였다. 약속한 대로 로스 대령이 역 앞에서 기다리고 있었다. 그의 마차를 타고 교외의 경마장으로 향했다. 대령은 표정이 침울했고 태도도 쌀쌀맞기 그지없었다.

"아직 말은 구경도 못 했소."

대령이 불쑥 말했다.

"실버 블레이즈를 보시면 금방 알아보시겠습니까?"

홈스가 물었다.

"이래 봬도 이 바닥에서 이십 년을 굴러먹었소이다. 그걸 지금 질문이라고 하는지 모르겠군. 이마에 하얀 반점이 있고 앞다리에 얼룩덜룩한 무늬가 있는 말을 보면 어린아이라도 실버 블레이즈라는 걸 알아볼 거요."

대령이 발끈하며 홈스에게 쏘아붙였다.

"지금 배당률은 어떻습니까?"

"그게 참 신기하단 말이오. 어제만 해도 배당률이 열다섯 배였는데 점점 떨어져서 지금은 세 배도 안 되지 뭐요."

"흠! 진상을 아는 사람이 있군요. 분명합니다!"

홈스가 말했다.

우리를 태운 마차가 특별 관람석 근처에 멈춰서자 나는 경주에 출전한 말들을 확인하려고 출마표를 보았다.

웨섹스컵

경주당 출주 등록금 오십 파운드, 등록 취소 시 반액 반환.

상금 1등 일천 파운드, 2등 삼백 파운드, 3등 이백 파운드.

4세와 5세 말만 출장 가능. 2.6킬로미터 거리의 신규 주로에서 경기.

1. 히스 뉴턴 씨의 니그로 (붉은색 모자와 황갈색 상의)
2. 워들로 대령의 퓨질리스트 (분홍색 모자와 푸른색과 검은색 상의)
3. 백워터 경의 데즈버러 (노란색 모자와 노란색 소매)
4. 로스 대령의 실버 블레이즈 (검은색 모자와 붉은색 상의)
5. 밸모럴 공작의 아이리스 (노란색과 검은색 줄무늬)
6. 싱글퍼드 경의 래스퍼 (보라색 모자와 검은색 소매)

"당신 호언장담에 모든 희망을 걸고 다른 말은 내보내지도 않았소. 아니, 저게 뭐지? 실버 블레이즈가 우승 후보마라고?"

대령이 말했다.

"실버 블레이즈에 1.25배! 실버 블레이즈에 1.25배! 데즈버러에 3배! 나머지 출주마들은 1.25배!"

장내에 이런 소리가 우렁차게 울려 퍼졌다.

"출주마들이 입장하고 있습니다. 모두 여섯 필이군요."

내가 소리쳤다.

"여섯 필이라고! 내 말도 달린다는 건가. 안 보이는데. 내 기수는 아직 지나가지 않았소."

대령이 초조한 듯 소리쳤다.

"지금까지 다섯 필이 지나갔습니다. 이번에 지나가는 말이 실버 블레이즈겠군요."

내가 말을 마치자 힘이 펄펄 넘치는 암갈색 말이 체중 검량소에서 보무도 당당하게 나와 구보로 우리를 지나갔다. 그 말에는 검은색 모자와 붉은색 상의를 입은 대령의 기수가 타고 있었다.

그 모습을 본 대령이 비명이라도 지르듯 말했다.

"저건 내 말이 아니야. 저 말은 몸에 흰 털이라곤 없지 않소. 홈스 씨, 당신 대체 무슨 짓을 한 거요?"

"자, 자. 일단 저 말이 어떻게 달리는지 지켜봅시다."

홈스는 아무렇지도 않게 대꾸하더니 쌍안경으로 한참 동안 주로를 뚫어져라 지켜보았다. 그러다 갑자기 소리쳤다.

"대단해! 출발이 좋았어! 저기 온다! 곡선 주로를 돕니다!"

우리가 앉은 마차에서 말들이 직선 주로로 접어드는 모습이 한눈에 잘 들어왔다. 경주마가 모두 바짝 붙어서 접전을 펼치는 바람에 말들을 양탄자 하나로 다 덮을 수 있을 것 같았다. 경주로를 반쯤 달렸을까, 케이플턴 마구간의 노란색이 선두로 나왔다. 하지만 우리가 있는 곳을 지나면서 힘이 빠진 데즈버러가 뒤로 처졌고 대령의 말이 순식간에 앞으로 튀어나와 경쟁 말을 족히 육 마신馬身이나 앞서며 결승선을 통과했다. 밸모럴 공작의 아이리스가 큰 차이로 3위로 들어왔다.

"내 말이 우승을 하기는 했군. 지금 뭐가 뭔지 하나도 모르겠소. 홈스 씨, 이 정도면 말할 때가 되지 않았소?"

"물론이죠, 대령님. 전부 말씀드리겠습니다. 일단 가서 말부터 보시죠. 아, 저기 있군요."

마주와 마주의 친구들만 입장할 수 있는 검량소로 들어가는데 홈스가 다시 말문을 열었다.

"대령님, 알코올로 말의 얼굴과 다리를 닦아보십시오. 그러면 그 말이 실버 블레이즈라는 걸 알아볼 수 있으실 테니까요."

"놀라서 정신을 못 차리겠소!"

"어느 사기꾼의 수중에 있는 걸 찾아냈습니다. 실례인 줄은 알지만 이곳으로 보내 그 모습 그대로 달리게 했죠."

"홈스 씨, 당신은 기적을 일으켰군요. 말은 건강하고 좋아 보입니다. 오늘만큼 잘 달린 적도 없소. 당신의 능력을 의심한 일에 대해서는 몇 번을 사과해도 부족하오. 잃어버렸던 말을 되찾아줘서 너무나 감사하오. 존 스트레이커를 죽인 범인까지 검거했더라면 고마움을 말로 다 하기 힘들었을 거요."

홈스가 차분하게 대답했다.

"범인이라면 벌써 찾아냈습니다."

대령과 나는 너무 놀라 홈스만 멀뚱멀뚱 바라보았다.

"범인을 잡았다고! 그자는 지금 어디에 있소?"

"여기 있습니다."

"여기라고? 어디 말이오?"

"지금 저와 함께요."

대령이 발끈하며 얼굴을 붉혔다.

"홈스 씨, 내가 얼마나 큰 은혜를 입었는지 잘 아오. 하지만 방금 당신이 한 말은 형편없는 농담이 아니면 나를 향한 모욕이라고밖에 생각이 안 되는군."

셜록 홈스가 웃음을 터뜨렸다.

"분명히 말씀드리지만 범인이 대령님이라고 생각하지 않습니다. 진범은 바로 대령님 뒤에 서 있습니다."

홈스는 대령을 지나 윤기 흐르는 말의 목덜미에 손을 올렸다.

"범인이 말이라고?"

대령과 내가 동시에 소리쳤다.

"그렇습니다. 이 말입니다. 정당방위였고 존 스트레이커가 대령님의 신뢰를 받을 자격이 없으니 말의 죄는 한결 가벼워지겠죠. 종소리가 들리니 이만 가봐야겠습니다. 다음 경주에 돈을 약간 걸었거든요. 자세한 이야기는 적당한 시간을 봐서 나중에 들려드리죠."

우리 세 사람은 그날 저녁 런던행 기차의 특등실 구석에 자리를 잡고 앉았다. 나처럼 로스 대령도 런던까지의 여행이 순식간에 끝나버렸다고 느꼈을 것이다. 우리는 런던으로 가는 동안 월요일 밤에 다트무어의 마구간에서 어떤 일들이 벌어졌으며 홈스가 그 진상을 어떻게 파헤쳤는지 자세하게 듣느라 시간 가는 줄을 몰랐기 때문이다.

홈스가 말했다.

"솔직히 털어놓자면 제가 런던에서 신문을 읽고 파악한 내용으로 세웠던 가설들은 죄다 틀렸습니다. 하지만 신문에도 분명히 단서는 있었어요. 잡다한 사실들에 단서들의 진짜 의미가 가려져 있었을 뿐이죠. 데번 주에 갈 때만 해도 당연히 피츠로이 심프슨이 범인일 것이라고 생각했습니다. 범인으로 단정할 증거가 충분하지 않다는 사실을 알고 있었지만 말입니다.

도착해서 마차를 타고 가는데 문득 양고기 카레가 중요하다는 생각이 들더군요. 조교사의 집에 막 도착했을 때였습니다. 기억하실 겁니다. 그때 제가 정신이 딴 데 팔리는 바람에 여러분이 마차에서 내린 후에도 멍하니 앉아 있지 않았습니까. 그때 저는 어떻게 뻔히 보이는 실마리를 못 보고 지나쳤는지 놀라고 있었죠."

"여기서 양고기 카레가 왜 나오는지 도무지 짐작도 못 하겠소."

대령이 끼어들었다.

"양고기 카레가 추리 과정의 첫 번째 고리였습니다. 아편은 특유의 맛이 있습니다. 역하지는 않지만 먹으면 금방 알아차릴 수 있죠. 평범한 요리에 아편을 넣었다면 먹는 사람은 분명히 음식에 뭔가를 탔다는 사실을 알아차릴 겁니다. 그러면 더 안 먹을 수도 있죠. 카레는 아편 맛을 감추기에 안성맞춤인 음식이었던 겁니다. 어떤 식으로 생각을 해도 피츠로이 심프슨이 그날 조교사의 집에서 카레를 먹게 할 수는 없었습니다. 그렇다면 심프슨이 아편을 챙겨서 내려온 날 하필 아편의 맛을 숨겨줄 음식이 조교사 집의 저녁으로 나왔다는 말인데, 너무 딱 맞아떨어지는 우연의 일치라 등골이 오싹할 정도가 아닙니까. 그래서 피츠로이 심프슨을 용의 선상에서 제외했습니다. 이제 우리는 존 스트레이커와 부인을 주목해야 합니다. 왜냐하면 그날 저녁으로 양고기 카레를 고를 수 있는 사람은 부부뿐이니까요. 범인은 헌터의 저녁에만 아편을 탔을 겁니다. 다른 사람들도 똑같이 카레를 먹었지만 아무 증상도 없었으니까요. 자, 하녀 몰래 일꾼의 저녁에 약을 탄 사람은 부부 중 어느 쪽이었을까요?

문제의 해답을 알아내기 전에 그날 밤 개가 조용했다는 사실의 중요성을 깨달았습니다. 제대로 시작한 추리는 어김없이 다른 추리들로 이어지죠. 심프슨이 불쑥 찾아왔을 때 어떤 일이 일어났는지 듣고 마구간에 개가 한 마리 있다는 사실을 알았습니다. 게다가 누군가 마구간으로 들어와 말을 데리고 나가는데도 개가 짖지 않아 다락방에 잠들어 있던 두 사람이 깨지 않았다는 사실도 알았고요. 다시 말해 한밤의 방문자는 개가 잘 아는 사람이었던 겁니다.

그 무렵 저는 존 스트레이커가 죽은 날 마구간에 침입해 실버 블레이즈를 훔쳐간 사람이 존 스트레이커 본인이라는 사실을 이미, 아니 거의 확신한 상태였습니다. 목적이 뭐였을까요? 불순한 의도가 분명했습니다. 아니라면 일꾼에게 약을 왜 먹였겠습니까. 물론 여전히 이유는 짐작이 가지 않았습니다. 예전에 조교사들이 대리인을 통해 담당하는 말이 지는 쪽에 큰돈을 건 후 부정한 수법으로 말을 경주에 지게 한 사건들이 있었습니다. 기수가 가담한 사건도 있죠. 더 확실하고 교묘한 수법을 이용한 경우도 있습니다. 이 사건에서는 어떤 방법을 썼을까요? 스트레이커의 소지품에 해답이 있기를 바랐습니다.

제 짐작이 옳았습니다. 두 분은 죽은 조교사가 손에 쥐고 있던 특이한 칼을 기억하시겠죠? 판단력이 멀쩡한 사람이라면 호신용으로 지닐 칼이 아닙니다. 그 칼은 왓슨 박사의 말처럼 외과에서 가장 세밀한 수술을 할 때 쓰는 메스였습니다. 사건이 일어난 밤에도 메스는 세밀한 수술에 사용될 예정이었습니다. 로스 대령님은 경마에 대해서라면 온갖 일을 겪으셨을 테니 짐작이 가실 겁니다. 말의 허벅다리 뒤쪽 피하조직을 약간 베면 흔적은 전혀 남지 않지만 말이 다리를 살짝 절게 되죠. 그렇다고 한들 훈련중에 다리를 삐었거나 류머티즘이 살짝 왔다고 생각될 거고요. 누가 부정행위의 가능성부터 떠올리겠습니까?"

"천하의 악당! 천하의 사기꾼 같은 놈!"

대령이 소리쳤다.

"이제 존 스트레이커가 말을 황무지로 데리고 나간 이유를 아시겠죠. 말처럼 혈기왕성한 짐승이 칼에 베여 따끔하면 가만히 있겠습니까. 요란하게 날뛰면 아무리 깊이 잠든 사람들도 잠이 깨겠죠. 그러니 무슨 일이 있어도 황무지로 나가서 처리해야 했습니다."

"그동안 나는 눈뜬 장님이었군. 그랬어. 그래서 양초가 필요했고 성냥을 켠 거군."

"그렇습니다. 유류품을 조사하다가 운 좋게도 범행 수법뿐 아니라 동기도 알아냈습니다. 대령님, 세상사에 밝으시니 누구든 주머니에 다른 사람의 청구서를 넣고 다닐 리 없다는 것쯤은 잘 아시겠죠. 대개 자기 청구서를 처리하는 게 고작이죠. 저는 스트레이커가 이중생활을 한다는 사실을 금세 알아차렸습니다. 어딘가에 정부를 두고 있는 거죠. 청구서를 보니 사치가 심한 여자와 딴살림을 차렸다는 사실을 알 수 있었습니다. 대령님이 고용인들에게 아무리 월급을 후하게 주신다고 해도 스트레이커가 여자에게 이십 기니나 하는 외출복을 사주기는 쉽지 않겠죠. 저는 스트레이커 부인이 알아차리지 못하게 드레스에 대해 슬쩍 물었습니다. 부인이 전혀 모른다는 사실을 확인한 후 런던의 의상실 주소를 메모해뒀죠. 가서 스트레이커의 사진을 보여주면 더비셔 부인의 정체를 알아낼 수 있을 것 같았거든요.

그때부터는 불을 보듯 뻔했습니다. 스트레이커는 성냥불이 보이지 않도록 움푹 팬 구덩이로 말을 끌고 갔습니다. 심프슨이 도망치면서 떨어뜨린 넥타이는 스트레이커가 보고 말의 다리를 잡아맬 때 쓸 생각에 챙겼을 겁니다. 구덩이에 도착하자 그는 말의 뒤에 자리를 잡고 성냥을 그었습니다. 그때 말은 갑자기 주위가 환해지자 덜컥 겁을 먹었죠. 게다가 동물의 불가사의한 본능으로 위험을 감지하고는 그만 뒷발질을 해버린 겁니다. 결국 쇠 편자가 스트레이커의 이마를 정통으로 강타했죠. 비가 내리는 중이었지만 그때 그는 세밀한 작업을 하기 위해 방수 외투를 벗어놓은 상태였습니다. 그래서 넘어질 때 들고 있던 메스에 허벅지를 다친 거죠. 이제 모든 의문이 풀리셨겠죠?"

"놀랍소! 훌륭합니다! 마치 그 일을 직접 목격한 것 같소!"

대령이 감탄했다.

"이제 와 말하지만 결정적인 단서는 운 좋게 얻었습니다. 스트레이커처럼 교활한 사람이 연습 없이 힘줄을 자르는 세밀한 작업을 할 리가 없다는 생각이 문득 든 겁니다. 그럼 연습을 어떻게 했을까요? 그때 양을 봤습니다. 일꾼 청년에게 당장 질문해보았더니 놀랍게도 짐작이 들어맞았죠."

"사건의 진상을 완벽하게 밝혀냈군요, 홈스 씨."

"런던에 돌아간 후에는 의상실을 찾아갔더니 주인이 사진을 보자마자 금방 단골을 알아보더군요. 스트레이커가 아니라 더비셔로요. 주인은 더비셔가 값비싼 드레스를 유난히 좋아하는 화려한 아내를 둔 남자라고 알고 있었죠. 여자 때문에 빚더미에 앉은 스트레이커가 파렴치한 범죄를 저지른 게 분명합니다."

"홈스 씨, 한 가지만 빼고 모든 의문을 다 풀어주셨소. 그동안 말은 어디에 있었습니까?"

대령이 물었다.

"아하, 말은 그 자리에서 도망을 친 후 대령님 이웃의 보살핌을 받았습니다. 그 점에 대해서는 아량을 베풀어주시면 좋겠군요. 지금 보니 여기는 클래펌 환승역 아닌가요? 십 분 안에 빅토리아 역에 도착하겠군요. 대령님, 저희 집에서 담배 한 대 피우시지 않겠습니까? 그러면 재미있는 뒷이야기들을 기꺼이 들려드리죠."

누런 얼굴

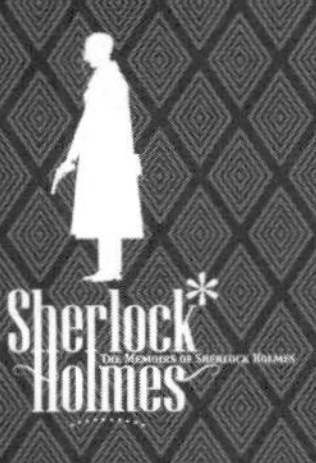

나는 친구의 특별한 능력에 이끌려 여러 사건에 귀를 기울였고, 몇몇 기묘한 사건에서는 등장인물로 활약하기까지 했다. 그리고 당연하게도 그 사건들을 지금처럼 짧은 이야기로 정리해 발표할 때는 친구가 실패한 사건보다 성공적으로 해결한 사건을 되짚었다. 그의 평판을 생각해서 그러는 게 아니다. 오히려 홈스는 한계에 부딪혔을 때 더욱 감탄스러운 재능과 열정을 뽐냈다. 다만 그가 실패했을 때는 대부분 사건이 해결되지 않아 완결된 이야기로 사건을 소개할 수 없었다. 홈스가 실패했는데도 사건의 진상이 밝혀지는 일도 가끔 있었는데, 내게는 그런 사건에 대한 기록이 여섯 개나 있다. 그중에서도 '두 번째 얼룩' 사건과 지금부터 이야기하려는 사건이 가장 흥미롭다.

셜록 홈스는 체력을 단련하려고 운동을 한 적이 없다. 그런데도 그보다 근력이 대단한 사람은 거의 보지 못했다. 권투 실력만 봐도 홈스는 같은 체급에서 기량이 가장 뛰어난 축에 들었다. 막상 홈스는 이유 없이 운동을 해봤자 힘만 낭비할 뿐이라며 사건 수사에 필요하지 않으면 체력 단련도 하지 않는데 말이다. 그러고도 평소에 지치지도 피곤해하지도 않는 걸 보면 어떻게 강인한 체력을 유지하는지 놀라울 따름이었다. 그는 식사를 극히 간소하게 했으며 평소 생활도 금욕주의자에 가까울 정도로 단출했다. 가끔 하는 코카인 외에는 특별히 나쁜 버릇도 없었다. 마약도 사건이 없거나 신문에 흥미로운 기사가 없어 도저히 지루함을 견딜 수 없을 때나 의지할 뿐이었다.

이른 봄날이었다. 그날따라 홈스가 꽤 느긋한 기분이었기에 우리는 공원까지 산책을 나갔다. 봄을 맞아 공원의 느릅나무에서는 새순이 파릇파릇하게 돋기 시작했고, 끝부분에 난 끈적거리는 겨울눈 때문에 창처럼도 보이던 밤나무 가지에서는 막 잎사귀들이 움터 다섯 손가락을 활짝 펼치고 있었다. 두 시간 동안 우리는 여유롭게 산책했다. 서로를 속속들이 아는 친구들이 으레 그러듯 대화는 거의 나누지 않았다. 산책을 마치고 베이커 스트리트의 집으로 돌아오니 5시가 다 되었다.

사환 소년이 현관문을 열어주며 홈스에게 말했다.

"저, 어떤 신사가 탐정님을 만나러 오셨습니다."

홈스가 원망스러운 눈초리로 나를 바라보고는 말했다.

"오후 산책을 너무 길게 했군! 그분은 그냥 가셨나?"

"네, 가셨어요."

"들어와서 기다리시라고 하지는 않았고?"

"그렇게 말씀드렸어요. 그래서 들어오셨고요."

"얼마나 계셨지?"

"삼십 분요. 몹시 초조해하시는 것 같았어요. 기다리시는 내내 안절부절못하고 여기저기 서성거리셨거든요. 제가 문밖에서 있어서 소리를 다 들었어요. 마침내 복도로 나오시더니 큰 소리로 말하셨죠.

'영영 안 돌아올 셈인가?'

정확하게 이렇게 말하셨어요. 그래서 조금만 더 기다리시라고 말씀을 드렸더니 이러셨어요.

'밖에서 기다려야겠구나. 여기 있으니 숨이 막힐 것 같아. 곧 돌아오마.'

그러고는 순식간에 나가버리셨어요. 제가 뭐라고 말하든 나가셨을 거예요."

"그래, 괜찮아. 넌 최선을 다했다."

홈스는 방으로 걸어가며 내게 속내를 털어놓았다.

"어쨌든 짜증나는군, 왓슨. 그렇잖아도 지금 사건을 맡고 싶어서 조바심이 나 있는데, 신사가 초조해했다니 무척 중요한 사건 같지 않나. 아니! 탁자 위의 파이프가 자네 것이 아니잖는가! 그 신사가 두고 간 모양일세. 오래되었지만 좋은 브라이어 파이프야. 길고 훌륭한 설대 부분은 담배 애호가들이 호박琥珀이라고 부르는 종류군. 런던에 있는 호박 물부리 중에 진짜 호박이 과연 몇 개나 될까. 어떤 사람들은 호박 안에 파리가 들어 있으면 진짜라고 생각해. 하지만 인조 파리를 인조 호박에 집어넣는 것도 꽤 짭짤한 사업이지. 신사가 머릿속이 혼란스럽고 어지러운 나머지 소중하게 여기는 파이프를 두고 간 게 틀림없네."

"신사가 소중하게 여기는 건지 어떻게 아나?"

"음, 저 파이프는 값이 칠 실링 육 펜스쯤 나갈 걸세. 그런데 여길 보게. 두 번이나 고쳐서 쓰고 있잖은가. 한 번은 나무로 된 부분을 고쳤고 한 번은 호박 부분을 고쳤어. 게다가 모두 은테를 둘러 수선한 게 보이지? 이렇게 고치면서 파이프 값보다 수선비가 더 나왔을 거야. 새 파이프를 사고도 남을 돈을 수선비로 들일 만큼 소중하게 여기는 파이프가 틀림없다네."

"또 뭘 알아냈나?"

홈스가 파이프를 손에 쥐고 요모조모 뜯어보며 숙고하는 눈치이기에 물어보았다.

그는 파이프를 들어 길고 가느다란 검지손가락으로 톡톡 쳤다. 흡사 뼈에 대해 강의를 하는 교수 같았다.

"어떨 때 보면 파이프는 놀랍도록 흥미진진한 물건이라네. 시계와 구두끈만큼이나 주인의 개성을 잘 보여주지. 여기 남은 흔적은 그리 두드러지지도 중요하지도 않지만 말일세. 이 파이프의 주인은 분명 근육질에 왼손잡이일 걸세. 치아는 건강하고 치열이 가지런할 거야. 행동거지에 조심성이 없고 돈을 아낄 필요도 없는 사람이지."

홈스는 이런 이야기를 주저 없이 늘어놓으면서도 내가 제대로 이해하는지 확인하려는 듯 곁눈으로 나를 슬쩍 살폈다.

"칠 실링짜리 파이프를 쓰니 살림이 넉넉할 거라는 건가?"

홈스는 파이프를 손바닥에 톡톡 쳐서 담배 가루를 조금 털더니 대답했다.

"이건 온스당 팔 펜스나 하는 그로브너 혼합 담배라네. 사 펜스만 들여도 괜찮은 담배를 산다는 걸 생각해보면 이 신사는 돈을 아낄 필요가 없는 사람일 테지."

"또 다른 점은?"

"파이프에 불을 붙일 때 등잔이나 가스등을 쓰는 사람이군. 여기 한쪽이 심하게 그을린 게 보이지? 성냥을 쓴다면 이럴 리 없어. 무엇 때문에 성냥을 파이프 옆으로 들겠나? 그런데 등잔으로 불을 붙이면 담배를 넣는 머리 부분이 이렇게 그을릴 수밖에 없지. 또한 그을린 자국은 전부 오른쪽에 남아 있어. 그래서 주인이 왼손잡이라고 추리한 거라네. 파이프를 등에 가져가보게. 자네는 오른손잡이니까 자연스럽게 파이프의 왼쪽이 불꽃에 닿겠지. 물론 왼손으로도 불을 붙일 수는 있지만 그럴 일은 거의 없을 거야. 이 파이프가 언제나 오른쪽만 탔다는 게 뭘 의미하겠나. 그리고 주인에게 호박 물부리를 물어뜯는 습관이 있군. 흔적을 보면 힘도 좋고 기운이 넘치는데다 잇자국을 보건대 치열이 고르고 이빨이 튼튼한 사람이야. 들리는 소리로 판단하건대 지금 그 신사가 계단을 올라오고 있네. 이제 이 파이프보다 더 흥미로운 게 손에 들어오겠군."

홈스의 말이 끝나기 무섭게 문이 열리면서 키가 큰 젊은 남자가 들어왔다. 그가 차려입은 짙은 회색 정장은 수수해 보여도 고급이었다. 손에는 챙이 넓은 갈색 중절모를 들고 있었다. 첫인상에 서른가량이겠거니 했는데, 실제 나이는 좀더 많았다.

"실례합니다."

그는 당혹감을 감추지 못하며 말문을 열었다.

"노크를 먼저 했어야 했군요. 그래요, 노크를 먼저 했어야 했죠. 제가 지금 흥분한 상태라서요. 그래서 실례를 저질렀습니다. 이해해주십시오."

그는 머리가 아찔한 듯 한 손을 들어 이마를 문질렀다. 그러더니 쓰러지다시피 의자에 털썩 앉았다.

홈스가 편안하고 친근한 태도로 이야기를 시작했다.

“하루이틀 잠을 못 주무셨군요. 잠이 부족하면 일을 지나치게 많이 하거나 신나게 유흥을 즐기는 것보다도 지치기 마련이죠. 제가 뭘 도와드리면 되겠습니까?”

“조언을 구하고 싶습니다. 뭘 어쩌면 좋을지 모르겠어요. 제 인생이 산산조각 나버릴 것만 같습니다.”

“저를 자문 탐정으로 고용하고 싶으십니까?”

“그 이상입니다. 저는 현명하신 탐정님의 의견을 듣고 싶습니다. 세상 이치에 밝은 분이시지 않습니까. 제가 어떻게 하면 좋을지 말씀해주세요. 홈스 씨가 이 문제에 답을 꼭 들려주시면 좋겠습니다.”

그의 말은 길게 이어지지 못하고 폭발하듯 툭툭 튀어나왔다. 말하는 게 어찌나 고통스러워 보이는지 하고 싶지 않은 말을 굳은 의지로 간신히 이어가는 것처럼 보였다.

그가 다시 말문을 열었다.

“아주 조심스럽게 다뤄야 할 문제라서요. 어느 누가 가정사를 남에게 미주알고주알 털어놓고 싶겠습니까. 난생처음 만나는 신사분들께 아내의 행실을 이야기해야 하다니 너무나 끔찍합니다. 피할 수 없다는 게 처참하기까지 합니다. 하지만 이제 참을 수가 없습니다. 탐정님의 조언을 꼭 듣고 싶습니다."

홈스가 불렀다.

"친애하는 그랜트 먼로 씨."

손님은 듣자마자 의자에서 용수철처럼 벌떡 일어서며 소리쳤다.

"네? 저를 아십니까?"

홈스가 미소를 지으며 대답했다.

"이름을 밝히기 싫으시다면 모자 안감에 이름을 새기지 마셔야죠. 아니면 이름이 새겨진 부분을 대화 상대를 향해 돌리지 마시든가요. 아무튼 제 친구와 저는 바로 이 방에서 낯선 이들의 비밀을 수없이 들었습니다. 다행스럽게도 대부분 고통을 덜어드리고 평화를 안겨드렸죠. 당신에게도 평화를 안겨드릴 수 있을 겁니다. 한시가 급한 것 같으니 더이상 망설이지 말고 고민거리를 털어놓으시겠습니까?"

남자는 선뜻 말문을 열기 힘들다는 듯 또다시 손을 이마로 가져갔다. 몸짓과 표정으로 볼 때 그는 과묵하고 자제력이 뛰어나며 자존심이 센 사람이라 상처를 밖으로 드러내느니 안으로 꽁꽁 싸맬 부류 같았다. 그러다 그는 자제력을 벗어던지려는 듯 갑자기 주먹을 꽉 쥐고 손을 격렬하게 흔들더니 마침내 말문을 열었다.

"말씀드리겠습니다, 홈스 씨. 저는 결혼한 사람입니다. 삼 년 전에 식을 올렸죠. 그동안 저와 아내는 여느 부부처럼 서로를 사랑하며 행복하게 살았습니다. 우리는 의견 차이라는 것이 없었어요. 생각도, 말도, 행동도 늘 한사람 같았죠. 그런데 지금은, 지난 월요일부터는 갑자기 우리 사이에 벽이 생긴 것 같습니다. 길거리에서 스쳐지나가는 생판 남이라도 된 것처럼 아내의 삶과 생각을 조금도 짐작할 수 없어요. 결국 우리는 서먹서먹해졌죠. 그 이유가 궁금한 겁니다.

이야기를 진전시키기 전에 꼭 말씀드리고 싶은 사실이 있습니다, 홈스 씨. 에피는 절 사랑합니다. 그 점은 의심하지 마십시오. 그녀는 온 마음을 다해 저를 사랑하니까요. 지금보다 더 사랑할 수 없을 겁니다. 전 압니다. 느끼고 있어요. 그 점은 왈가왈부하고 싶지 않습니다. 남자는 여자가 자신을 사랑하는지를 쉽게 알 수 있죠. 하지만 우리 사이에 비밀이 가로놓인 이상 그것이 말끔하게 밝혀지기 전에는 두 번 다시 전처럼 지낼 수 없을 겁니다."

조바심이 나는지 홈스가 불쑥 끼어들었다.

"어떻게 된 사정인지 어서 말씀해주시지요, 먼로 씨."

"먼저 에피의 과거에 대해 아는 대로 말씀드리죠. 처음 만났을 때 그녀는 스물다섯이라는 젊은 나이였지만 남편과 사별한 후였습니다. 당시에는 히브런 부인으로 불렸고요. 어릴 때 미국으로 건너가 애틀랜타에서 살다가, 실력 있는 변호사인 히브런이라는 남자를 만나 결혼했답니다. 전남편과는 아이가 하나 있었는데 황열병이 유행해 남편과 아이를 모두 잃었다더군요. 제게 히브런 씨의 사망증명서를 보여준 적도 있습니다. 가족을 잃고 미국 생활에 미련도 사라진 그녀는 미들섹스 주의 피너에서 독신으로 사시는 고모님과 함께 지내기 위해 영국으로 돌아왔죠. 그녀는 남편의 유산으로 유복하게 살았습니다. 재산이 사천오백 파운드가량인데, 작고한 남편이 투자를 잘해서 연평균 칠 퍼센트의 수익을 올리고 있더군요. 그녀가 피너로 건너온 지 반 년쯤 되었을 때 우리는 처음 만났죠. 사랑에 빠져 만난 지 몇 주 만에 식을 올렸습니다.

저는 홉을 거래하는 상인입니다. 저의 수입도 연 칠백에서 팔백 파운드에 달하기 때문에 풍족하게 살고 있습니다. 얼마 전에는 노버리에 일 년 집세가 팔십 파운드인 괜찮은 주택을 빌렸습니다. 런던 근교인데도 꽤 시골 분위기가 나는 지역이죠. 근처에 여관이 하나 있고 저희 집 위로 조금 올라가면 다른 집이 두 채 있어요. 밭을 사이에 두고 마주보고 있는 조그만 집이 한 채 더 있고요. 이 집들을 제외하면 기차역으로 향하는 길을 반쯤 가도록 인가는 없습니다. 저는 직업상 철따라 런던을 자주 오가지만 여름에는 한가한 편입니다. 그래서 노버리의 집에서 아내와 한껏 행복한 시간을 보냈습니다. 이 저주스러운 일이 시작되기 전만 해도 우리 사이에는 그 어떤 그림자도 드리우지 않았습니다.

본론으로 들어가기 전에 한 가지만 더 말씀드리겠습니다. 결혼할 때 아내는 전 재산을 제게 넘겼습니다. 저는 반대했습니다. 혹시 제 사업이 잘못되기라도 하면 상황이 난처해질 것 같았거든요. 하지만 그녀가 고집을 피우는 바람에 결국은 뜻대로 처리했습니다. 그런데 오늘로부터 육 주쯤 전에 아내가 돈이 필요하다는 겁니다.

'잭, 내 돈을 가져갈 때 이렇게 말했죠? 돈이 필요하면 얼마든 이야기하라고.'

'물론이죠. 원래 당신 돈이잖아요.'

제가 대답하자 아내가 이러는 겁니다.

'그럼 백 파운드만 줘요.'

액수를 듣고 깜짝 놀랐습니다. 아내가 새 드레스나 사려는 줄 알았거든요.

'그렇게 큰돈을 어디에 쓰려고요?'

제 질문에 아내는 농담이라도 하듯 가볍게 말하더군요.

'당신은 내 은행가일 뿐이라고 했잖아요. 알다시피 은행가는 질문을 안 해요.'

'당신이 진심이라면 당연히 돈을 줘야죠.'

'물론이죠. 당연히 진심이에요.'

'어디에 쓸지는 말을 안 해주겠다는 거예요?'

'나중에요. 지금은 안 돼요, 잭.'

그렇게까지 말하니 저도 포기할 수밖에 없었습니다. 그때 처음으로 우리 사이에 비밀이라면 비밀이라고 할 만한 게 생겼습니다. 저는 아내에게 수표를 준 후로 그 일을 더이상 생각하지 않았습니다. 지금 닥친 문제와는 관계없는 일일지 모릅니다만 일단은 말씀드리는 편이 좋을 듯해서 이야기한 겁니다.

아까 집 근처에 조그만 집이 한 채 있다고 말씀드렸죠. 밭을 끼고 마주보는 집이다 보니 길을 따라 그쪽으로 가려면 꽤 둘러 가야 합니다. 큰길로 가다가 다시 좁은 숲길로 접어들어야 하죠. 그 집 너머로 유럽소나무가 자라는 예쁘고 자그마한 숲이 있습니다. 저는 숲이 마음에 들어서 자주 그곳으로 산책을 나갔습니다. 나무들을 보고 있으면 이웃사촌처럼 정겹게 느껴지거든요. 숲 근처의 그 집은 지난 팔 개월 동안 비어 있었습니다. 예쁜 집이라 제가 다 안타깝더군요. 인동덩굴이 이 층짜리 집을 타고 올라가 있고 예스러운 분위기의 현관도 잘 어울려요. 제대로 단장하면 얼마나 깔끔하고 아담한 집이 될까 하고 자주 상상했습니다.

지난 월요일 저녁이었습니다. 작은 집 쪽으로 난 좁은 숲길을 따라 산책을 하는데, 그곳에서 빈 짐마차가 나오는 게 아닙니까. 그 집의 현관 옆 풀밭에는 양탄자 한 무더기와 잡다한 물건들이 놓여 있었습니다. 누가 세를 얻은 게 분명했죠. 그냥 지나가려다가 특별히 바쁜 것도 아니라 발걸음을 멈추고 쓱 훑어보았습니다. 이웃에 어떤 사람들이 이사를 왔는지 궁금했거든요. 여기저기 두리번거리는데 2층 창문에서 누가 내려다보더군요.

정확히 어떤 얼굴인지는 살피지 못했지만 보자마자 등줄기에 소름이 쫙 끼쳤습니다. 그때 집 가까이에 서 있지 않아 이목구비를 또렷하게 보지 못했는데도 어딘지 부자연스럽고 사람의 얼굴이 아니라는 느낌이 들더군요. 그때 받은 인상은 그랬습니다. 자세히 보려고 재빨리 다가가자마자 얼굴은 사라져버렸죠. 어찌나 순식간에 사라지는지 방의 어둠 속으로 끌려들어간 것 같았어요. 오 분 정도 서서 방금 일어난 일을 되새겨봤습니다. 얼핏 받은 인상도 곰곰이 떠올려보고요. 여자인지 남자인지조차 분간하지 못하겠더군요. 시체처럼 핏기 없고 누렇기만 하던 얼굴색이 가장 기억에 남았죠. 표정은 뻣뻣하게 굳어 부자연스러웠어요. 당혹스러운 마음에 새 이웃에 대해 좀더 알아봐야겠다 싶었습니다. 집으로 다가가 문을 두드렸더니 금방 문을 열고 사람이 나왔습니다. 엄하고 사람을 꺼리는 듯한 분위기를 풍기는 키가 크고 깡마른 여자였습니다.

'무슨 일이시죠?'

말투가 북부 억양이었습니다. 저는 제 집을 가리키며 대답을 했죠.

'건너편 집에 사는 사람입니다. 이사를 오신 것 같아서요. 혹시 도와드릴 게 없나 해…….'

'없습니다. 필요한 게 있으면 그때 부탁드리겠습니다.'

여자는 말을 끝까지 듣지도 않고 불쑥 대답하고는 문을 쾅 닫아버리더군요. 무례하게 퇴짜를 맞으니 저도 그만 발끈해서 바로 발길을 돌려 집으로 돌아왔습니다. 저녁 내내 딴생각을 하려고 해도 낮에 본 창가의 유령 같은 얼굴과 무례한 여자 생각을 떨칠 수가 없었습니다. 아내에게는 이야기를 꺼내지 않았습니다. 아내가 신경이 예민하거든요. 불쾌한 인상을 전하고 싶지도 않았고요. 다만 잠자리에 들기 전에 밭 너머 작은 집에 누가 이사를 왔더라고만 했습니다. 그녀는 별말이 없더군요.

저는 평소에 깊이 잠드는 편입니다. 제가 잠에 곯아떨어지면 무슨 짓을 해도 못 깨운다고 식구들이 농담을 할 정도죠. 그런데 그날은 낮에 겪은 일 때문에 살짝 흥분했던지 평소보다 잠이 얕게 들었습니다. 자다가 비몽사몽간에 침실에서 뭔가가 움직이고 있다는 사실을 알아차렸죠. 점점 정신이 또렷해지면서 눈을 뜨니 아내가 옷을 갈아입고 있었습니다. 심지어 망토를 걸치고 보닛도 쓰더군요. 깊은 밤에 외출을 하려는 아내를 보고 놀라서인지 잔소리를 하려던 건지 잠에 취한 상태로 뭐라고 웅얼거렸습니다. 그때 반쯤 눈을 떠 촛불에 비친 아내의 얼굴을 본 순간 어찌나 놀랐는지 나오던 목소리가 그만 쏙 들어가버렸습니다. 아내가 처음 보는 표정을 짓고 있었거든요. 그 사람이 그런 표정을 지을 수 있다고는 꿈에도 생각지 못했습니다. 시체처럼 창백한 얼굴로 망토를 여미면서 자기 때문에 내가 깼는지 확인하려고 슬쩍슬쩍 내 쪽을 훔쳐보며 숨을 몰아쉬더군요. 마침내 내가 여전히 자는 중이라고 생각했는지 아내가 살금살금 방을 나갔습니다. 곧이어 삐걱거리는 소리가 날카롭게 울렸죠. 우리집에서 그런 소리가 날 만한 곳은 현관의 경첩뿐입니다. 일어나 앉아 꿈인가 생시인가 싶기에 주먹 쥔 손의 관절로 침대 난간까지 때려봤습니다. 베개 밑에 넣어둔 시계를 꺼내 보니 새벽 3시였죠. 도대체 아내는 그 시간에 뭘하러 나간 걸까요?

저는 이십 분 정도 멍하니 앉아서 방금 아내가 왜 나갔는지 생각해봤습니다. 생각하면 할수록 터무니없는 생각만 들고 영문을 모르겠더군요. 생각에 잠겨 있는데 현관문이 살며시 닫히고 2층으로 올라오는 발자국 소리가 들렸습니다.

방으로 들어오는 아내를 보고 물었습니다.

'어디 갔다 오는 거예요, 에피?'

그녀는 화들짝 놀라며 비명을 지르더군요. 저는 비명을 지를 정도로 놀라는 아내의 모습에 말할 수 없이 마음이 불편했습니다. 뭔지는 모르겠지만 죄를 지은 사람 같지 않습니까. 제 아내는 항상 솔직하고 숨기는 것이 없는 여자였습니다. 그런 아내가 침실에 슬그머니 들어오다가 남편의 말에 움찔하며 비명을 지르는 겁니다. 그러니 제가 얼마나 꺼림칙했겠습니까.

'깼어요, 잭?'

그녀가 불안해하는 기색으로 웃으며 말하더군요.

'누가 업어 가도 모를 사람이라고만 생각했는데.'

'어디 갔다 온 거예요?'

좀더 목에 힘을 주고 물었습니다.

'당신이 놀라는 것도 당연해요.'

아내는 망토를 풀면서 손을 벌벌 떨더군요.

'전에는 이런 적이 없었는데 방안이 너무 갑갑해서 숨이 막혔어요. 신선한 공기를 마셔야 살겠더라고요. 당장 안 나가면 그대로 기절할 것 같았어요. 몇 분 정도 문가에 서 있었더니 지금은 괜찮네요.'

대화를 나누는 동안 아내는 저를 한 번도 똑바로 보지 않았습니다. 목소리도 평소와 완전히 달랐죠. 거짓말을 하는 게 불 보듯 뻔히 보였어요. 저는 대꾸하지 않고 벽으로 시선을 돌려버렸죠. 마음은 아프고 머리는 추악한 의심과 의혹으로 터져나갈 것 같았습니다. 아내가 뭘 숨기려는 걸까요? 집을 나가 도대체 어디에 갔을까요? 답을 알기 전에는 마음이 편치 않겠더군요. 하지만 거짓 대답을 듣고 나니 더 물을 수가 없었습니다. 그날 밤은 끝내 다시 잠들지 못하고 밤새 뒤척이면서 이렇게도 생각해보고 저렇게도 생각해봤습니다. 하지만 생각을 하면 할수록 점점 더 터무니없는 상상만 떠올랐어요.

그날 낮에 런던에 가서 처리할 일도 있었지만 일 생각을 하기엔 머리가 너무 복잡하더군요. 아내도 저만큼 당황스러워했습니다. 계속 제 쪽을 힐끔거리며 눈치를 보았어요. 제가 자신의 말을 믿지 않는다는 걸 알았겠지요. 그러니 어째야 할지 갈피를 잡지 못한 거고요. 우리는 아침을 먹는 내내 대화도 거의 나누지 않았어요. 아침을 다 먹자마자 저는 산책을 나갔습니다. 신선한 아침 공기를 마시며 다시 생각해보려고요.

수정궁■까지 가서 한 시간 정도 주변을 쏘다녔습니다. 노버

■ 1851년 런던에 철골과 유리로 만들어 세웠던 만국박람회용 건물.

리로 돌아왔을 때는 1시가 다 되었더군요. 집으로 가다가 우연히 문제의 집을 지나쳤습니다. 저는 발걸음을 멈추고 창문을 재빨리 훑었습니다. 혹시라도 전날 저를 보고 있던 기묘한 얼굴을 다시 볼 수 있을까 해서요. 그리고 잠시 멈춰 섰는데 기절초풍할 일이 일어났습니다! 현관문이 열리더니 제 아내가 나오지 뭡니까!

아내를 보고 놀라서 숨이 턱 막혔습니다. 하지만 눈이 마주친 순간 아내의 얼굴에 떠오른 감정에 비하면 제가 놀란 건 아무것도 아니었습니다. 아내는 그대로 몸을 돌려 방금 나온 집으로 들어가버리고 싶어 하는 것 같았어요. 하지만 도망쳐봤자 소용없다는 사실을 깨달았는지 앞으로 걸음을 뗐습니다. 입술은 미소를 짓고 있었지만 시체처럼 창백한 안색하며 놀라 휘둥그레 뜬 눈은 미소가 거짓이라 말하고 있었죠.

'어머, 잭? 새 이웃에게 도울 일이 없나 해서 와봤어요. 왜 그렇게 쳐다봐요, 잭? 혹시 화났어요?'

제가 되물었죠.

'혹시 어젯밤에도 이 집에 다녀왔어요?'

'무슨 말이에요?'

'여기 왔었잖아요. 난 알 수 있어요. 이 집에 사는 사람들이 누구기에 당신과 그 시각에 만난 거죠?'

'난 방금 처음 온 거예요.'

'어떻게 그런 빤히 보이는 거짓말을 하죠? 지금 당신은 목소리까지 변했어요. 내가 언제 당신에게 비밀이 있던가요? 이 집에 들어가봐야겠군요. 직접 철저하게 조사해봐야겠어요.'

'안 돼요. 잭, 안 돼요, 제발요!'

그녀가 마침내 솔직한 감정을 드러내며 소리를 질렀습니다. 저는 아내가 그러거나 말거나 현관으로 다가갔죠. 그러자 아내가 제 소매를 움켜잡고는 악착같이 끌어당겼습니다.

'부탁이니까 제발 이러지 마요, 잭. 언젠가는 모든 걸 얘기할게요. 맹세해요. 하지만 지금 이 집에 들어가면 불행해지기만 할 뿐이에요.'

제가 뿌리치려고 하자 미친듯이 애원하며 매달렸습니다.

'날 믿어줘요, 잭. 이번 한 번만 믿어줘요. 절대 후회하지 않을 거예요. 당신을 위해서예요. 그게 아니라면 나도 절대 비밀을 만들지 않을 거예요. 당신도 잘 알잖아요. 우리 모두의 인생이 지금 이 일에 달려 있어요. 지금 함께 집으로 돌아가면 다 잘될 거예요. 하지만 날 뿌리치고 억지로 저 집에 들어가면 우리 사이는 끝이에요.'

아내가 어찌나 심각하고 필사적으로 애원하던지 저는 차마 뿌리칠 수 없었습니다. 한동안 선뜻 마음을 정하지 못하고 문

앞에 멍하니 서 있었죠.

'한 가지만, 단 한 가지 조건만 지켜줘요. 그러면 믿을게요. 이제부터 이런 비밀스러운 행동은 그만둬요. 비밀이 뭐든 말하지 않겠다면 말하지 않아도 괜찮아요. 하지만 이것만은 약속해줘요. 앞으로 다시는 밤에 몰래 나가지 않겠다고, 무슨 일이든 절대 나 모르게 하지 않겠다고 말이에요. 다시는 그러지 않겠다고 약속해주면 지금까지 있었던 일은 잊어볼게요.'

'날 믿어줄 줄 알았어요.'

아내는 진심으로 안심했다는 듯 한숨을 푹 쉬더군요.

'당신이 원하는 대로 할게요. 이제 가요. 어서 우리집으로 가요!'

아내는 계속 소매를 잡아끌면서 어떻게든 그곳에서 저를 떨어뜨리려고 했습니다. 그런데 집으로 가다가 무심코 뒤를 보니 전날 봤던 누런 얼굴이 2층 창문에서 우리를 보고 있지 않겠습니까. 그 사람과 아내는 무슨 관계일까요? 전날 만난 쌀쌀맞고 무례한 여자와 아내는 어떤 사이일까요? 이렇게 기묘한 수수께끼가 또 있을까요? 이 비밀을 풀지 못하면 결코 마음의 평온을 얻지 못할 겁니다.

그 일이 있은 후 이틀 동안 집에서 지냈습니다. 아내는 겉으로는 약속을 잘 지키는 듯했습니다. 한 번도 집밖으로 나가지 않았으니까요. 하지만 비밀은 아내가 의무도 남편도 저버리게 만들더군요. 셋째 날 저는 엄숙히 맺은 약속도 아내를 막기엔 역부족이라는 확실한 증거를 발견했습니다.

그날 저는 런던으로 볼일을 보러 나왔다가 평소에 타는 3시 36분 기차가 아니라 2시 40분 기차로 귀가를 했습니다. 집으로 들어가니 하녀가 깜짝 놀란 표정으로 홀에 나오는 겁니다.

제가 다짜고짜 물었습니다.

'아내는 어디 있지?'

'산책을 나가신 것 같아요.'

하녀가 대답하더군요.

제 마음은 순식간에 의혹으로 뒤덮였습니다. 곧장 2층으로 올라가 아내가 집에 없다는 사실을 확인했습니다. 2층을 둘러보다가 창밖을 내다봤는데 방금 대화를 나눈 하녀가 밭을 가로질러 그 집으로 달려가는 게 아닙니까. 어떻게 된 일인지 금방 알겠더군요. 아내가 다시 그 집을 찾아간 거죠. 가면서 하녀에게 제가 돌아오면 얼른 부르러 오라고 시켰고요. 분노에 사로잡힌 저는 집을 뛰쳐나가 밭을 달리기 시작했습니다. 아내와 하녀가 좁은 숲길을 따라 서둘러 돌아오더군요. 걸음을 멈추고 이야기를 나눌 생각은 눈곱만큼도 없었습니다. 그 집에 제 인생을 그림자로 뒤덮어버린 비밀이 웅크리고 있으니까요. 무슨 일이 있더라도 비밀을 밝혀내고야 말겠다고 다짐했습니다. 그 집에 도착하자마자 노크도 없이 불쑥 문을 열고 복도로 들어갔습니다.

실내는 아주 조용했습니다. 부엌에서는 불에 올려놓은 주전자가 끓고 있었죠. 바구니에 몸을 말고 누운 커다란 검은 고양이가 보였고요. 하지만 제가 만났던 여자는 어디에도 보이지 않았습니다. 다른 방으로 들어가봤지만 그곳도 텅 비어 있었죠. 위층으로 뛰어올라가 곧장 확인한 방 두 개도 삭막하게 텅 비어 있었습니다. 집안에는 아무도 없었습니다. 가구나 그림 들은 어디서나 볼 수 있는 평범하고 조잡한 것들이더군요. 하지만 제가 괴상한 얼굴을 봤던 창이 있는 방만은 예외로, 안락하고 우아하게 꾸며져 있었습니다. 그러다 그 방의 벽난로 선반에서 무언가를 보고 의심이 불타올랐습니다. 바로 아내의 전신사진이었죠. 겨우 석 달 전, 다른 누구도 아닌 제가 찍자고 해서 찍은 사진이었습니다.

집을 샅샅이 뒤져 아무도 없다는 사실을 확인하고서야 그곳을 나서는데, 제 평생 그렇게 마음이 무거웠던 때가 없었습니다. 집으로 돌아가자 아내도 따라서 홀에 들어오더군요. 너무 화가 나고 마음이 아파서 대화를 나눌 상태가 아니었습니다. 아내를 밀치듯 지나쳐 곧장 서재로 들어가는데, 미처 문을 닫기도 전에 아내가 따라 들어왔습니다.

'약속을 깨서 정말 미안해요, 잭. 하지만 사정을 알게 되면 당신도 분명 용서해줄 거예요.'

'그러면 다 이야기해줘요.'

그러자 아내가 외쳤습니다.

'그럴 수 없어요, 잭. 말할 수 없어요!'

'저 집에 이사 온 사람이 누구며 당신이 사진을 준 사람이 누군지 말해주지 않으면 나는 더이상 당신을 신뢰할 수 없어요.'

그 말을 끝으로 집을 나온 게 바로 어제입니다. 그 후로 아내를 보지도 않았고 이 해괴한 일에 대해서도 더이상은 모릅니다. 우리가 결혼한 후로 이런 그림자가 드리운 적은 처음입니다. 충격을 받은 나머지 뭐가 최선일지 모르겠더군요. 오늘 아침에 문득 탐정님이라면 조언을 해주실 수 있겠다 싶어 서둘러 와서 모든 사실을 털어놓은 겁니다. 혹시 이야기에 애매한 부분이 있다면 말씀해주십시오. 제가 뭘 어쩌면 좋을까요. 그것부터 알려주십시오. 고통스러워서 견딜 수가 없습니다."

홈스와 나는 먼로의 놀라운 이야기를 한마디도 빠짐없이 귀기울여 들었다. 그는 말을 하는 내내 격정을 주체하지 못해 몇번이고 입을 다물기도 했다. 홈스는 턱을 한 손에 괸 채 골똘히 생각에 잠겨 한동안 가만히 앉아 있었다.

마침내 그가 말문을 열었다.

"당신이 창가에서 본 것이 사람 얼굴이었다고 맹세할 수 있습니까?"

"장담은 못 하겠습니다. 얼굴이 나타날 때마다 저와 거리가 꽤 떨어져 있었습니다."

"제대로 보지 못했는데도 불쾌한 인상을 받으신 것 같군요."

"안색이 이상한데다가 얼굴이 부자연스럽게 굳어 있었거든요. 다가가니까 휙 사라져버리기까지 했고요."

"부인이 백 파운드를 달라고 하신 지는 얼마나 되었습니까?"

"두 달쯤 되어갑니다."

"부인의 전남편 사진을 보신 적이 있나요?"

"아뇨, 그가 죽은 직후에 애틀랜타의 집에 큰불이 나 아내가 갖고 있던 서류가 다 타버렸다더군요."

"하지만 사망증명서가 있다고 하셨죠. 직접 보셨고요."

"네, 아내는 화재 후 사본을 발급받았습니다."

"미국에서 부인과 알고 지낸 사람을 만난 적이 있습니까?"

"아뇨."

"미국으로 돌아가고 싶다는 이야기를 한 적이 있습니까?"

"아뇨."

"그곳에서 온 편지를 받은 적은요?"

"제가 알기로는 없습니다."

"고맙습니다. 이 문제를 좀더 생각해봐야겠습니다. 그 사람들이 집을 완전히 떠났다면 진상을 알아내기 쉽지 않을 겁니다. 하지만 어제 그 집 사람들이 경고를 받고 당신이 들어오기 직전에 몸만 빠져나간 것일 수도 있죠. 이쪽이 더 그럴듯해 보입니다. 이 경우라면 지금쯤 그 사람들은 다시 돌아왔을 테니 문제도 쉽게 해결할 수 있겠죠. 이제부터 어떻게 해야 할지 알려드리겠습니다. 당장 노버리로 돌아가십시오. 도착하면 그 집의 창문을 다시 확인해보세요. 사람이 있다고 믿을 근거를 확보하시면 절대 억지로 들어가지 말고 먼저 여기로 전보를 치십시오. 전보를 받자마자 한 시간 안에 계신 곳으로 가겠습니다. 그러면 사건의 진상은 이내 밝혀질 겁니다."

"집이 비었으면요?"

"그 경우엔 내일 그곳으로 가겠습니다. 그때 문제를 다시 상의하죠. 안녕히 가십시오. 무슨 일이 있어도 확실한 근거도 없이 성급하게 굴지 마세요."

홈스는 그랜트 먼로를 배웅한 후 이렇게 말했다.

"왓슨, 골치 아픈 사건이군. 자네는 어떻게 생각하나?"

"꺼림칙한 느낌이 드는데."

"그래, 내가 큰 착각을 하는 게 아니면 누가 협박을 한 것 같네."

"협박을 하는 사람이 누군가?"

"그거야 그 집에서 유일하게 안락하게 꾸민 방에 살면서 그녀의 사진으로 벽난로를 장식한 인물이겠지. 창가에 나타나는 시체 같은 얼굴에 흥미로운 비밀이 숨겨져 있다는 것만큼은 분명하네. 무슨 일이 있어도 이 사건을 끝까지 뒤쫓겠어."

"생각해둔 가설이 있나?"

"그래, 잠정적이지만 틀릴 리 없네. 그 집에는 부인의 전남편이 있을 걸세."

"왜 그렇게 생각하나?"

"먼로 부인이 먼로가 그 집에 갈까 전전긍긍하는 이유가 뭐겠나? 방금 들은 이야기대로라면 사정은 이럴 거야. 부인은 미국에서 결혼을 했어. 결혼 후 남편은 고약한 본색을 드러냈지. 아니면 혐오스러운 질병에 걸렸거나 나환자거나 질병의 후유증으로 지능에 문제가 생겼을 수도 있고. 결국 남편에게서 도망친 그녀는 영국으로 왔네. 성을 바꾸고 새 삶을 시작했지. 과거에서 완전히 벗어났다고 생각했을 거야. 결혼한 지 삼 년이 지나 꽤 안전해졌다고 자신할 만큼 말이지. 먼로에게 전남편의 사망증명서를 보여준 걸 생각해보게. 전남편의 이름도 그녀가 지어냈겠지. 그런데 느닷없이 전남편에게 행방이 발각되고 말았어. 어쩌면 전남편에게 들러붙어 사는 파렴치한 여자에게 들켰

거나. 그 둘은 영국에 있는 여자에게 편지를 썼어. 찾아가 진실을 폭로하겠다고 협박을 했지. 그러자 그녀는 돈으로 두 사람의 입을 막을 생각으로 남편에게 백 파운드를 달라고 했어. 그렇게 애를 썼지만 보람도 없이 두 사람이 나타났지. 남편이 대수롭지 않게 빈집에 누가 이사를 왔다는 말을 하자 그 두 사람일 거라고 직감한 거네. 그녀는 남편이 잠들기를 기다렸어. 전남편에게 자신을 가만히 내버려두라고 부탁하기 위해 서둘러 그곳으로 갔지. 소득이 없자 이튿날 아침에도 찾아갔네. 먼로가 말한 것처럼 그녀는 그 집에서 나오다가 남편과 마주치고는 다시는 가지 않겠다고 약속을 했어.

하지만 이틀 후 끔찍한 이웃을 몰아내고 싶은 마음이 너무나 강해졌겠지. 그쪽에서 요구했을 사진을 가지고 그 집을 찾았네. 담판을 짓는 중에 하녀가 달려와서 남편이 도착했다는 사실을 알렸어. 그 말을 듣자마자 남편이 곧장 그 집으로 찾아올 거라고 예상하고는 황급히 두 사람을 뒷문으로 내보냈지. 뒷문으로 나가면 근처에 있다고 했던 작은 유럽소나무 숲이 나올 거야. 그래서 먼로가 쳐들어갔을 때는 집이 텅 비어 있던 거지. 하지만 오늘 저녁에도 여전히 비어 있다면 그거야말로 놀랄 일이야. 내 생각이 어떤 것 같나?"

"추측일 뿐이잖아."

"적어도 모든 사실이 설명되지 않나. 이 가설과 들어맞지 않는 새로운 사실을 알게 되면 그때 가서 고쳐 생각하면 되네. 시간은 충분하니까. 당장은 노버리의 새 소식을 듣기 전에는 할 일이 없군."

전보를 오래 기다릴 필요도 없었다. 차를 다 마실 즈음 이런 내용의 전보가 도착했다.

그 집에는 여전히 사람이 살고 있음. 창가에서 그 얼굴을 또 봤음. 7시 기차에 맞춰 마중을 나가겠음. 도착할 때까지 일단 기다리겠음.

기차에서 내리자 먼로가 승강장에서 우리를 기다리고 있었다. 역을 밝힌 등불에 창백한 얼굴이 비쳤다. 그는 감정이 치미는지 몸을 떨고 있었다.

먼로는 홈스의 소매에 손을 얹으며 말했다.

"그자들이 지금 거기에 있습니다, 홈스 씨. 도착해서 보니 불이 켜져 있더군요. 제가 직접 진상을 밝힐 겁니다. 확실하게요."

홈스가 가로수가 늘어선 컴컴한 길을 걸으며 물었다.

"계획이 있으십니까?"

"당장 그 집으로 쳐들어가서 사는 사람이 누군지 제 눈으로 똑똑히 확인할 작정입니다. 두 분은 증인이 되어주십시오."

"부인께서는 당장은 비밀을 밝히지 않는 편이 낫다고 분명히 경고하셨습니다. 그런데도 어떻게든 비밀을 파헤치기로 마음을 먹은 모양이군요."

"그렇습니다. 꼭 할 겁니다."

"먼로 씨 생각대로 하는 게 좋을 것 같습니다. 진실이 뭐든 언제 풀릴지 모르는 의심에 고통받는 것보다야 낫겠죠. 지금 당장 가는 게 좋겠습니다. 법적으로야 변명의 여지가 없는 불법행위이지만 시도해볼 가치가 있어요."

그날 밤은 몹시 어두웠던데다 큰길에서 좁은 길로 접어들 무렵에는 비까지 부슬부슬 내리기 시작했다. 양쪽에 산울타리가 서 있는 길에는 바큇자국이 깊이 나 있었다. 길이 험한데도 그랜트 먼로는 초조한 듯 발걸음을 재촉했고 우리는 비틀거리면서도 열심히 그를 따랐다.

"저기 불 켜진 곳이 제 집입니다."

그는 나무들 사이로 비치는 불빛을 가리키며 목소리를 잔뜩 낮춰 말했다.

"그리고 제가 쳐들어가려는 집은 바로 이 앞에 있습니다."

그의 이야기를 들으며 길모퉁이를 돌자마자 바로 옆에 집 한 채가 나타났다. 살짝 열린 문으로 새어 나온 노란 불빛이 컴컴한 앞마당을 가로지르고 있었다. 2층에는 창문 하나가 환하게 밝혀져 있었다. 고개를 들어 그 창문을 보니 커튼 뒤를 지나가는 그림자가 눈에 들어왔다.

그랜트 먼로가 소리쳤다.

"저기 그자가 있습니다! 두 분도 누가 있다는 게 똑똑히 보이시죠? 절 따라오십시오. 이제 전부 밝혀질 겁니다."

우리가 문으로 다가가는데 시커먼 어둠 속에서 불쑥 어떤 여자가 나타나 황금색 불빛이 비치는 공간에 들어왔다. 여자의 얼굴은 잘 보이지 않았다. 하지만 애원하듯 양팔을 벌리는 모습만큼은 잘 보였다.

여자가 울부짖듯 간청을 했다.

"세상에, 잭! 오지 마요! 당신이 오늘 저녁에 올 것 같더라니. 다시 한번 생각해봐요, 제발요! 날 믿어줘요. 절대 후회하지 않을 거예요."

먼로도 차가운 표정으로 말했다.

"더는 믿을 수 없어요, 에피! 이거 놓아요! 난 들어가야 해요. 친구들과 함께 이 문제를 확실히 매듭지으려고 왔으니까."

그는 아내를 옆으로 밀고 앞으로 나갔고 우리는 그의 뒤에 바짝 따라붙었다. 그가 현관문을 활짝 열어젖히자 중년 여자가 다급하게 앞을 가로막았다. 먼로는 그 여자도 밀쳐냈다. 우리는 순식간에 계단을 올랐다. 먼로는 불이 켜진 방으로 득달같이 뛰어

들었고 우리도 뒤를 따랐다.

가구들로 잘 꾸며놓아 안락해 보이는 방이었다. 탁자 위의 촛불 두 개와 벽난로 선반의 촛불 두 개가 실내를 환하게 밝혔다. 방 한구석에는 웬 어린 여자아이가 책상 위로 몸을 숙이고 앉아 있었다. 우리가 들어가자 우리를 외면하여 다른 쪽으로 고개를 돌렸지만 목이 긴 흰 장갑을 끼고 붉은색 드레스를 입은 모습은 잘 보였다. 그 아이가 우리 쪽으로 고개를 홱 돌린 순간 나는 소스라치며 비명을 질렀다. 우리 쪽을 향한 얼굴은 뭐라 말할 수 없이 기묘한 납빛이었고 철저하게 무표정하기까지 했다. 수수께끼는 금방 풀렸다. 홈스가 껄껄 웃으며 손을 아이의 귀 뒤로 가져가자 얼굴에서 가면이 툭 떨어지나 싶더니 석탄처럼 새까만 아이 얼굴이 나타났다. 아이는 우리가 당황한 모습이 재미있다는 듯이 눈처럼 하얀 이를 드러내며 웃음을 깔깔 터뜨렸다. 유쾌한 모습에 전염이 된 듯 나도 그만 웃음이 터졌다. 하지만 그랜트 먼로는 숨이 막힌 듯 목을 움켜쥐고 아이를 뚫어져라 바라볼 뿐이었다.

"세상에! 이게 다 무슨 일인지?"

그때 그의 아내가 당당하고 침착한 얼굴로 방에 들어오며 소리쳤다.

"무슨 일인지 말해줄게요. 조만간 말하려고 했는데, 당신이 기어이 내 입을 억지로 열게 만들었군요. 이렇게 된 이상 이 상황에서 최선의 결과를 만들어내야겠죠. 내 전남편은 애틀랜타에서 죽었어요. 하지만 딸은 살아남았죠."

"딸이라고요?"

그녀는 가슴팍에서 은으로 된 커다란 로켓을 꺼냈다.

"이 로켓이 열린 걸 한 번도 못 봤을 거예요."

"열리지 않는 건 줄 알았어요."

그녀가 용수철 장치를 건드리자 뚜껑이 열렸다. 그 안에는 어떤 남자의 초상화가 들어 있었다. 눈부실 정도로 잘생긴 준수한 용모였지만 아프리카 혈통임을 보여주는 특징이 확연했다.

"이 사람은 애틀랜타에서 제가 결혼했던 존 히브런이에요. 이 세상 누구보다 고결한 남자였죠. 저는 이 사람과 결혼하기 위해 백인과 아예 인연을 끊었고 결혼 생활 내내 단 한 순간도 후회한 적이 없어요. 우리 사이에 태어난 아이가 제 쪽이 아니라 남편의 혈통을 더 물려받았다는 것이 불행이라면 불행이었죠. 종종 그런 일이 있다고 하더군요. 우리 루시는 제 아버지보다 피부가 더 검어요. 하지만 피부색이 어떻든 나의 사랑스러운 딸이고 보물이에요."

그 말에 어린아이는 방안을 쪼르르 달려와 엄마의 치마폭에 얼굴을 파묻었다.

“루시를 미국에 두고 온 건 아이가 몸이 약했기 때문이에요. 환경이 갑자기 바뀌면 건강을 해칠지도 모른다 싶었거든요. 그래서 예전에 우리집에서 일했던 스코틀랜드 출신의 충직한 하녀에게 아이를 맡겼죠. 아이를 버릴 생각은 한 번도 하지 않았어요. 그런데 운명적으로 당신을 만났어요, 잭. 당신을 사랑하게 되었지만 아이에 대해서는 차마 입이 떨어지지 않더군요. 신께서 용서해주시기를. 당신을 잃을까 봐 두려운 나머지 사실대로 말할 용기가 나지 않았죠. 당신과 아이 중 한쪽을 택해야만 했어요. 결국 마음이 약해져서 어린 딸을 저버렸죠. 지난 삼 년간 이 아이의 존재를 당신에게 철저히 숨겼어요.

그런데 하녀로부터 소식이 온 거예요. 아이가 건강해졌다고요. 소식을 듣고 나니 아이를 보고 싶은 마음을 도저히 억누를 수가 없었어요. 어떻게든 참아보려고 했지만 소용없었죠. 결국 위험을 무릅쓰고 몇 주만이라도 아이를 데리고 오기로 결심했어요. 당신에게 받은 백 파운드를 일단 보모에게 보내고, 우리집 근처에 있는 작은 집에 대해 몇 가지를 일러줬어요. 덕분에 겉으로는 저와 관계가 없는 사람인 것처럼 이사 올 수 있었던 거예요. 낮에는 애를 밖으로 내보내지 말고 손과 얼굴을 가리라고 단단히 이르고 조심했어요. 창가에 있는 아이를 누가 보더라도 이웃에 흑인이 이사를 왔더라는 소문이 돌지 않도록 말이에요. 지금 생각해보면 이렇게까지 조심하지 않는 편이 더 나았겠지만 그때는 당신이 알까 봐 두려워서 제정신이 아니었어요.

그러던 차에 바로 당신이 그 집에 누가 이사를 왔다고 알려주었죠. 다음날 아침까지 기다려야 했지만 가슴이 두근거려서 도저히 잠을 이룰 수가 없기에 한밤중에 몰래 집을 빠져나갔어요. 당신은 자다가 깨는 일이 좀처럼 없으니까요. 하지만 당신은 내가 나간 걸 알았죠. 그 일을 계기로 문제가 커졌고요. 이튿날 당신은 얼마든지 내게 비밀을 털어놓게 할 수 있었지만 너그럽게도 다그치지 않았죠. 그로부터 사흘 후, 보모가 아이를 데리고 뒷문으로 막 빠져나가자마자 당신이 이 집으로 들이닥쳤어요. 그리고 오늘밤 마침내 진실을 알았군요. 이제 나와 내 아이는 어떻게 되는 건가요?"

그녀는 두 손을 맞잡고 남편의 대답을 기다렸다.

이윽고 그랜트 먼로가 말문을 열었다. 그사이 흐른 시간은 고작 이 분이었지만 너무나 길게 느껴졌다. 나는 지금도 그의 대답을 흐뭇하게 떠올린다. 그는 아이를 번쩍 안아 들고는 입맞춤했다. 그리고 여전히 아이를 품에 안은 채 다른 손을 아내에게 내밀고는 문을 향해 돌아섰다.

그가 말했다.

"집에 가서 편안하게 다시 이야기합시다. 에피, 나는 아주 훌륭한 남자는 아니지만 당신이 생각하는 것보다는 더 괜찮은 남자예요."

홈스와 나도 그들을 따라 집을 나섰다. 집밖으로 나오는데, 홈스가 내 소매를 끌어당기며 이렇게 말하는 게 아닌가.

"우리는 노버리보다 런던에서 쓸모가 많은 사람들 같군."

그는 밤이 늦도록 사건에 대해 한마디도 하지 않았다. 마침내 자러 갈 때가 되자, 홈스가 양초에 불을 밝혀 들고 돌아서다가 말했다.

"왓슨, 앞으로 내가 능력을 믿고 우쭐하거나 사건을 성실하게 대하지 않는 모습을 보면 살짝 이렇게 말해주게. '노버리.' 그래준다면 정말로 고맙겠네."

증권회사의 직원

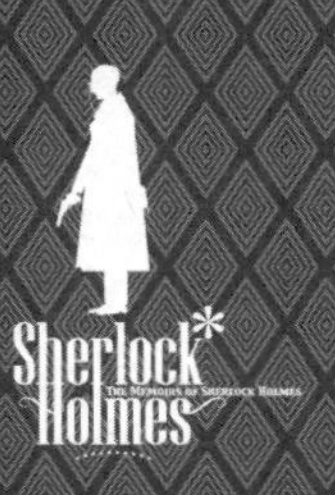

결혼을 한 직후 나는 런던 패딩턴에 있는 병원을 하나 샀다. 병원을 판 파쿼 씨는 왕년에 잘나가는 개업의였다. 하지만 나이가 들고 지병인 무도병이 심해지자 환자가 확 줄어버렸다. 어찌 보면 당연한 생각이지만 세상에는 남을 치료하는 사람은 건강해야 한다는 선입견이 있어서 사람들은 자기 병을 치료하지 못하는 의사를 불신의 눈으로 보기 마련이다. 파쿼 씨도 건강이 악화되면서 병원이 점점 파리를 날리게 되었다. 내가 병원을 샀을 때는 일 년 수익이 천이백 파운드에서 삼백 파운드 조금 넘는 수준까지 떨어져 있었다. 그래도 나는 자신 있었다. 내게는 젊음과 활력이 있지 않은가. 몇 년만 열심히 진료를 하면 예전처럼 환자들로 병원이 북적이리라 믿어 의심치 않았다.

병원을 인수하고 석 달 동안 진료에 정성을 쏟느라 홈스를 거의 만나지 못했다. 나는 바빠서 베이커 스트리트에 갈 짬이 나지 않았고 홈스는 일과 관련된 볼일이 아니면 통 집밖으로 나오지 않았기 때문이다. 그러니 유월의 어느 날 아침, 아침을 먹은 후《브리티시 메디컬 저널》을 읽고 있는데 초인종 소리에 이어 내 오랜 친구의 높고 약간 거친 목소리가 들렸을 때 내가 얼마나 놀랐겠는가.

홈스는 방안으로 성큼성큼 걸어 들어오며 인사를 했다.

"오, 왓슨. 오랜만에 만나니 정말 반갑군. 왓슨 부인은 '네 사람의 서명' 사건 때 살짝 심란해하셨는데, 지금은 괜찮으시겠지?"

나는 친구와 다정하게 악수를 나누며 대답했다.

"신경써줘서 고맙네. 우리는 아주 잘 지내고 있어."

홈스는 안락의자에 앉으며 말을 이었다.

"진료에 열중하느라 우리의 소소한 추리 문제에는 이제 관심이 사라졌나?"

"그 반대야. 지난밤만 해도 옛 사건 자료들을 다시 뒤지면서 결과에 따라 분류해보았네."

"사건 자료는 더 모을 필요가 없겠다고 생각한 건 아니겠지?"

"그럴 리가 있겠나? 또 수사에 참여할 수 있다면 바랄 나위가 없을 걸세."

"말이 나온 김에 오늘은 어떤가?"

"오늘도 좋지. 자네가 원한다면."

"멀리 버밍엄까지 다녀와야 한대도?"

"상관없네. 바라는 대로 하지."

"병원은 어쩌고?"

"이웃 병원 의사가 자리를 비울 때마다 내가 대신 환자를 봐주거든. 언제든 신세진 걸 갚으려고 할 걸세."

"하! 이보다 더 좋을 수 없군!"

홈스는 의자에 편안하게 기대어 반쯤 내리감은 눈으로 날카롭게 나를 보며 말을 이었다.

"최근에 몸이 안 좋았던 것 같군그래. 원래 여름 감기란 놈이 꽤 성가시지."

"안 그래도 오한이 심해서 지난주에는 사흘 동안 집에서 꼼짝도 못했다네. 지금은 병색이 다 사라졌을 텐데."

"그건 그래. 쌩쌩해 보이는군."

"내가 아팠다는 건 어떻게 알았나?"

"자네도 참. 내 방법을 알잖나."

"또 추리를 한 건가?"

"물론이지."

"뭘 보고?"

"실내화를 봤지."

나는 신고 있던 새 에나멜가죽 실내화를 힐끔 보았다.

"도대체 어떻게……."

내가 질문을 마치기도 전에 홈스가 대답했다.

"자네 실내화는 기껏해야 몇 주밖에 신지 않은 새거야. 그런데 지금 내 쪽을 향한 실내화 밑창에 살짝 눌어붙은 흔적이 있네. 처음에는 실내화가 젖어서 불에 말리다 살짝 태워먹은 건가 했네만 실내화 발등 근처에 상점 마크가 찍힌 동그란 작은 종이가 붙어 있더군. 실내화가 젖었다면 종이는 떨어졌겠지. 그렇다면 자네가 일부러 발을 불가로 죽 뻗은 채 앉아 있었다는 말인데, 건강했다면 아무리 지금처럼 습한 유월이라도 그렇게까지 불가에 붙어 앉지는 않았을 걸세."

홈스의 추리는 설명을 들으면 그렇게 간단할 수 없다. 내 표정을 읽었는지 홈스의 미소에서 씁쓸한 기색이 엿보였다.

"설명을 하느라 비법을 너무 많이 보여준 모양이군. 근거를 이야기하지 않고 결과만 보여주는 게 훨씬 인상적이지. 그건 그렇고, 버밍엄에 같이 가겠나?"

"가고말고. 이번에는 무슨 사건인가?"

"기차에서 이야기하세. 지금 의뢰인이 마차에서 기다리고 있거든. 당장 갈 수 있겠나?"

"물론일세."

나는 이웃에게 전할 메모를 급하게 쓴 후 위층으로 후다닥 올라가 아내에게 상황을 설명했다. 그리고 현관에서 기다리는 홈스에게 돌아갔다.

"옆집도 병원인가?"

홈스가 옆집의 청동 문패를 턱으로 가리키며 물었다.

"그래, 이웃도 나처럼 병원을 샀지."

"오래된 병원이었나?"

"우리 병원과 똑같네. 두 병원 모두 건물을 짓자마자 개업했지."

"아하, 자네가 둘 중에 더 잘되는 병원을 인수했군."

"그런 것 같아. 그건 또 어떻게 알았나?"

"계단을 보고 짐작했지. 자네 병원의 계단이 저쪽보다 십 센티미터 정도 더 닳아 있더군. 마차에 탄 신사는 의뢰인인 홀 파이크로프트 씨야. 인사하게. 마부 양반, 출발하시오. 기차 시간까지 얼마 남지 않았소."

맞은편에 앉은 남자는 체격이 좋고 건강해 보이는 젊은 신사였다. 솔직하고 정직해 보이는 인상에 숱이 적은 노란 콧수염이 빳빳하게 나 있었다. 유난히 반짝이는 실크해트를 쓰고 수수한 정장을 깔끔하게 입은 모습을 보니 어떤 사람인지 대충 감이 왔다. 런던에서 금융업에 종사하는 영리한 청년 같았다. 그는 런던에서 나고 자란 토박이였다. 군에 지원했으면 정예 의용부대에 속했을 것이고 운동을 했다면 영국 전역을 통틀어 누구보다 뛰어난 운동선수가 될 수도 있었을 사람 같았다. 둥글고 혈색 좋은 얼굴은 어딜 보나 유쾌하고 활달해 보였으나 얄궂은 상황에 빠진 사람처럼 입꼬리가 처져 있었다. 나는 기차의 일등칸에 올라타 버밍엄으로 출발한 후에야 이 신사가 셜록 홈스를 찾아올 수밖에 없었던 골칫거리가 무엇인지 들을 수 있었다.

홈스가 말문을 열었다.

"이제부터 꼬박 한 시간 십 분 동안 기차를 타고 가야 합니다. 홀 파이크로프트 씨, 당신의 흥미로운 경험을 이 친구에게 다시 들려주시겠습니까? 제게 말한 그대로도 좋고 더 자세히 말씀하셔도 됩니다. 처음부터 끝까지 한 번 더 들으면 제게도 도움이 될 겁니다. 왓슨, 이번 사건은 말이야, 대단한 사건이 될 수도 있지만 별일 아닐 수도 있다네. 하지만 자네라면 나처럼 이 사건에서 눈여겨볼 만한 독특하고 기묘한 부분들을 알아볼 수 있을 걸세. 자, 파이크로프트 씨, 더이상 방해하지 않겠습니다."

젊은 의뢰인이 눈을 반짝거리며 나를 바라보았다.

"이 이야기에서 제일 끔찍한 부분이 뭔지 아십니까? 제가 얼마나 지독한 멍청이인지 스스로 드러내고 말았다는 사실입니다."

그는 계속 말을 이었다.

"물론 이 일이 잘 해결될 수도 있고 제가 달리 어떻게 할 수 있었을지도 모르겠긴 합니다. 그래도 쥐고 있던 패를 잃은 주제에 얻은 것도 없다면 그건 그냥 제가 멍청하다는 얘기죠. 왓슨 박사님, 이야기를 하는 게 서툴러서 잘할 수 있을지 모르겠지만, 어쨌든 사연을 한번 들어주세요.

저는 드레이퍼스 가든스에 있는 콕슨 앤드 우드하우스에서 일했습니다. 여러분도 분명 기억하시겠지만, 베네수엘라 채권 때문에 봄에 큰 타격을 입고는 회복하지 못한 채 결국 파산한 회사죠. 그곳에서 오 년을 일했습니다. 회사가 문을 닫자 콕슨 씨는 황송할 정도로 훌륭한 추천서를 써주셨습니다. 그런데 실업자가 된 건 저만이 아니었어요. 직원들 모두 하루아침에 직장을 잃고 실업자가 되고 말았죠. 스물일곱 명 전원이 말입니다. 백방으로 직장을 알아봤습니다만 같은 처지의 구직자들이 워낙 많았던 터라 한동안 낙방의 연속이었습니다. 저는 콕슨에서 주급으로 삼 파운드를 받았습니다. 오 년 동안 칠십 파운드가량을 모았고요. 저축해둔 돈을 야금야금 쓰며 살다 그 돈도 바닥을 보였습니다. 한계에 도달했다는 뜻이었죠. 구인 광고를 읽고 지원서를 보내려고 해도 우표나 우표를 붙일 봉투가 없어 못 보내는 지경까지 온 겁니다. 직장을 구하려고 구두 밑창이 다 닳을 정도로 사무실 계단을 오르락내리락했습니다. 예전 같은 직장은 절대 구하지 못할 것만 같았어요.

그러던 어느 날 모슨 앤드 윌리엄스에 빈자리가 났다는 광고를 봤습니다. 롬바드 스트리트의 대형 증권회사죠. 건방진 말일지 모르겠습니다만 두 분은 이 분야를 잘 모르실 테죠. 그래도 이것만은 말씀드릴 수 있습니다. 모슨 앤드 윌리엄스는 런던에서 가장 돈이 많은 회사예요. 그곳에는 서면으로만 지원할 수 있었습니다. 당장 제 추천서와 지원서를 보냈지만 뽑히리라고는 기대하지 않았죠. 그런데 답장이 왔습니다. 다음 월요일에 출근을 하면 당장 업무가 주어질 것이라는 내용이었습니다. 다만 외모가 만족할 만한 수준이어야 한다는 단서가 붙어 있었습니다. 어쩌다 뽑혔는지 누가 알겠습니까. 담당자가 한 무더기로 쌓인 지원서에 손을 쑥 넣어 제일 먼저 잡히는 걸로 뽑았나 보다고 말하는 사람들까지 있었죠. 어쨌든 모처럼 찾아온 기회였습니다. 저는 뛸 듯이 기뻤습니다. 업무는 콕슨 때와 동일한데 주급은 일 파운드가 올랐거든요.

지금부터가 이 이야기에서 가장 기묘한 부분입니다. 저는 햄프스테드 웨이가 끝나는 부근의 하숙집에 삽니다. 주소는 포터스 테라스 17번지고요. 채용 통보를 받은 날 저녁이었습니다. 방에서 담배를 피우는데 주인 아주머니가 명함을 가지고 왔습니다. 명함에는 "아서 피너, 금융 거래인"이라고 적혀 있었죠. 난생처음 보는 이름이라 무슨 일로 찾아왔는지 짐작도 가지 않았지만 일단 아주머니에게 손님을 들여보내달라고 했습니다. 들어온 손님은 보통 체격에 검은 머리, 검은 눈에 턱수염도 검은색이었습니다. 코 주변이 약간 반짝거리더군요. 행동이 시원스럽고 말투가 빠릿빠릿한 것을 보니 시간이 얼마나 중요한지 아는 사람 같았습니다.

'홀 파이크로프트 씨죠?'

대뜸 이렇게 묻더군요.

'네, 그렇습니다만.'

저는 대답하면서 그 사람 쪽으로 의자를 밀어주었습니다.

'최근까지 콕슨 앤드 우드하우스에 근무하셨죠?'

'네.'

'지금은 모슨에 취직이 되셨고요?'

'그렇습니다.'

'음, 사실 말입니다. 금융 분야에서 파이크로프트 씨가 지닌 능력에 대해 몇 가지 놀라운 이야기를 들었습니다. 혹시 콕슨에서 일했던 파커를 기억하시나요? 파커가 입에 침이 마르도록

칭찬을 하더군요.'

'파커 씨라니, 정말 반갑군요. 사무실에서 제가 꽤 일을 잘했습니다만 이 바닥에서 그런 평가를 받는 줄은 상상도 못 했는데요."

'기억력이 좋다면서요?'

'꽤 좋은 편입니다.'

저는 겸손하게 대답했죠.

'실직 상태에서도 주식 시황은 늘 확인하셨겠죠?'

'그럼요. 아침마다 증권거래소 종목을 꼬박꼬박 읽는걸요.'

'그것만 봐도 자격이 있다는 걸 알 수 있죠! 그게 바로 성공하는 길입니다! 혹시 제가 시험해봐도 괜찮겠습니까? 어디 봅시다! 에어셔는 어땠습니까?'

'105파운드에서 105파운드 5실링으로.'

'그렇다면 뉴질랜드 정리 공채 기금은요?'

'104파운드.'

'그러면 브리티시 브로큰 힐스는?'

'7파운드에서 7파운드 6실링으로.'

'대단합니다. 역시 들은 이야기와 일치하는군요. 모슨의 직원으로 썩기에는 아까운 인재입니다!'

그가 양손을 들며 소리쳤습니다.

난데없이 극찬을 들었으니 제가 얼마나 놀랐겠습니까.

'글쎄요, 다른 사람들은 피너 씨처럼 생각하지 않습니다. 모슨에 취직하기까지 갖은 고생을 다 했죠. 지금 취직을 한 것만으로도 저는 무척 기쁩니다.'

'이봐요, 당신은 더 출세할 사람이에요. 진짜 있어야 할 곳을 아직 못 찾은 것뿐이죠. 무슨 말인지 지금부터 설명해드리리다. 내가 제안하는 곳은 당신의 능력에 비하면 보잘것없지만 모슨 같은 회사와 비교하면 하늘과 땅 차이일 거요. 어디 봅시다, 모슨에는 언제부터 출근하시죠?'

'월요일부터입니다.'

'하하하! 당신은 모슨에 출근하지 않을 거요. 내기를 해도 좋아요.'

'모슨에 출근을 하지 않는다고요?'

'그렇소. 월요일이면 프랑코-미들랜드 가정용품 유한회사의 영업 관리자가 될 테니까. 벨기에 브뤼셀과 이탈리아 산레모에 한 곳씩 지점을 두고 프랑스 전역의 도시와 마을에는 총 134개의 지점을 보유한 회사죠.'

그 말에 얼마나 놀랐는지요.

'처음 들어보는 곳입니다만.'

'들었을 리가 없죠. 비공개로 자본을 모아 조용하게 움직이고 있으니까요. 대중에게까지 문을 열기엔 수익이 너무 좋아서요. 내 동생인 해리 피너가 이 회사의 발기인인데 얼마 전 주식을 배당받고 사장으로 취임했습니다. 마침 내가 금융 쪽에 있으니 일 잘하는 젊은 친구를 구해달라고 부탁을 하지 뭡니까. 똑소리 나고 진취적인 젊은 인재 말입니다. 그러던 중에 파커에게 이야기를 듣고 내친김에 이렇게 불쑥 찾아온 겁니다. 지금은 약소하지만 연봉 오백 파운드로 시작을……'

'연봉 오백요!'

깜짝 놀라서 저절로 언성이 높아졌죠.

'일단 그 금액으로 시작합시다. 당신이 관리하는 대리인들이 계약을 성사시키면 건당 일 퍼센트의 수수료도 챙길 거고요. 분명히 그 수수료만 해도 연봉을 훌쩍 뛰어넘을 겁니다.'

'하지만 가정용품에 대해 전혀 모르는데요.'

'쯧, 이봐요. 당신은 숫자를 잘 다루잖소.'

머리가 아찔해서 의자에 앉아 있기도 힘들었습니다. 그런데 의심이 슬그머니 머리를 쳐들더군요.

'그렇게까지 말씀하시니 솔직하게 말하겠습니다. 모슨에서 주는 연봉은 이백 파운드입니다만 그곳은 안전한 직장입니다. 그런데 피너 씨가 말씀하신 곳은 좀……'

그러자 남자가 유쾌하다는 태도로 말하는 겁니다.

‘역시 똑똑하군! 똑똑해요! 당신이야말로 우리가 찾던 사람이오! 이렇게 말로만 해서는 안 되겠죠, 맞습니다. 자, 여기 백 파운드 수표가 있습니다. 함께 일을 할 수 있겠다 싶으면 가불을 했다 치고 이 돈을 주머니에 넣어둬요.’

‘정말 후하시군요. 언제부터 일을 시작하면 됩니까?’

‘내일 1시까지 버밍엄으로 가보시오. 이 편지를 동생에게 전해주면 됩니다. 코퍼레이션 스트리트 126B번지로 가면 돼요. 그곳에 임시 사무실이 있습니다. 동생이 최종 승인을 내려야 합니다만 내 추천이니 문제없을 겁니다.’

‘어떻게 감사를 표해야 할지 모르겠습니다, 피너 씨.’

저는 그에게 인사를 했습니다.

‘감사라뇨. 당신이 응당 받아야 할 대접을 받는 것뿐인데. 사소한 일을 한두 가지 더 처리하면 끝입니다. 단지 형식적인 절차죠. 거기에 종이가 있지요. 종이에 이렇게 써주시오.

“나는 프랑코-미들랜드 가정용품 유한회사에 최소 연봉 오백 파운드를 보장받고 영업 관리자로 기꺼이 근무하겠습니다.”’

시키는 대로 적자 그는 종이를 주머니에 넣었습니다.

‘처리해야 할 문제가 하나 더 남았습니다. 이제 모슨 건은 어떻게 정리하실 생각입니까?’

사실 저는 너무 좋아서 모슨을 까맣게 잊고 있었습니다.

'입사하지 않겠다고 편지를 써야죠.'

'절대 그러면 안 됩니다. 실은 당신 거취를 놓고 모슨의 담당자와 언쟁을 벌였지 뭡니까. 당신에 대해 몇 가지 물어보려고 갔더니 그 사람이 몹시 불쾌해하더군요. 직원을 빼내가려 한다면서 욕을 하지 뭡니까. 결국 나도 성이 나서 "돈이나 많이 주면서 능력 있는 직원을 쓰려고 하든가" 하고 대거리를 했습니다. 그가 되받아치더군요. 당신은 내 동생 회사의 큰돈보다 모슨에서 주는 적은 월급에 만족할 거라고요. 그래서 내가 쏘아붙였죠.

"내가 그 사람에게 일자리를 제안하면 이런 회사에는 두 번 다시 연락하지 않을 거라는 데 오 파운드를 걸겠소."

그 사람이 대답합디다.

"좋소! 그럽시다. 우리가 시궁창에서 그 사람을 건져준 거나 다름없소. 쉽게 관두지는 않을 거요."

정확히 이렇게 말입니다.'

저는 당연히 분통을 터뜨렸습니다.

'무례하기 짝이 없는 사람이군! 전 만난 적조차 없는 사람입니다. 뭐하러 배려하겠습니까? 편지를 쓰지 않는 편이 좋다고 하신다면 쓰지 않겠습니다.'

그 사람은 의자에서 일어나며 대답을 했습니다.

'좋소! 그럼 약속한 거요! 동생에게 훌륭한 인재를 구해줄 수 있어서 기쁘군요. 자, 여기 백 파운드 수표와 편지요. 주소를 잘 적어둬요. 코퍼레이션 스트리트 126B번지요. 약속 시간은 내일 오후 1시. 그럼 좋은 밤 보내시오. 행운이 늘 당신과 함께하기를 바라겠소.'

기억하는 대로 그 사람과 있었던 일을 다 말씀드렸습니다. 굴러 들어온 행운에 제가 얼마나 좋아했을지 상상이 되시겠지요, 왓슨 박사님. 밤새 뒤척이며 곰곰이 생각했습니다. 그리고 다음 날 버밍엄행 기차에 몸을 실었죠. 약속 시간까지 충분히 여유를 두고요. 저는 뉴 스트리트에 있는 호텔에 짐을 푼 후 전날 들은 주소로 찾아갔습니다.

약속 시간까지 십오 분이 남았지만 조금 일찍 간다고 문제될 건 없겠지 싶더군요. 126B번지 건물은 대형 상점들 사이로 출입구가 나 있었습니다. 각 층은 건물 안의 나선계단으로 이어져 있고, 회사와 전문직 종사자들이 사무실로 빌려 쓰는 방들이 많았습니다. 세입자들의 이름이 벽의 아래쪽에 페인트로 적혀 있었습니다. 그런데 프랑코-미들랜드 가정용품 유한회사는 통 보이지 않는 겁니다. 저는 순간 교묘한 사기극에 당한 게 아닌가 싶어 가슴이 철렁했습니다. 안절부절못하고 한참을 서 있었죠. 그런데 어떤 남자가 다가오더니 말을 걸었습니다. 전날 밤 찾아왔던 신사와 똑 닮은 사람이었습니다. 체격과 목소리가 똑같았거든요. 하지만 잘 보니 말끔하게 면도를 했고 머리카락 색도 더 밝더군요.

'홀 파이크로프트 씨이십니까?'

남자가 물었습니다.

'그렇습니다만.'

'아하! 기다리고 있었습니다. 약속 시간보다 조금 일찍 오셨군요. 오늘 아침에 형에게서 편지를 받았습니다. 당신에 대해 극찬을 하더군요.'

'사무실을 찾고 있는데 안 보이네요.'

'아직 명판을 달지 않았습니다. 임시 사무실로 이곳을 계약한 게 바로 지난주거든요. 함께 가면서 이야기를 나누시죠.'

저는 남자를 따라 가파른 계단 꼭대기까지 올라갔습니다. 지붕 바로 아래로 먼지가 풀풀 날리는 작은 빈방이 두 개 있더군요. 남자는 양탄자도 커튼도 없는 방으로 절 안내했습니다. 당연히 예전에 근무했던 사무실처럼 넓고 반들반들한 책상이 줄지어 있을 거라 생각했는데, 방에는 송판으로 만든 것 같은 의자 두 개에 작은 책상과 쓰레기통 하나와 장부 하나가 떨렁 놓여 있더군요. 저도 모르게 뚫어져라 본 모양이었습니다.

남자가 제 표정을 보고 말했습니다.

'실망하지 마세요, 파이크로프트 씨. 로마는 하루 만에 세워진 게 아니니까. 아직 사무실을 꾸미지는 않았지만 자금은 두둑합니다. 자, 여기로 앉으시죠. 가져온 편지를 보여주시겠습니까.'

그 사람은 제가 건네준 편지를 꼼꼼하게 읽었습니다.

'형이 파이크로프트 씨에게 매우 좋은 인상을 받은 모양이군요. 형은 사람 보는 눈이 까다롭죠. 형은 런던 사람을 좋아하고 나는 버밍엄 사람을 좋아하지만 이번만큼은 형의 판단을 믿어보죠. 채용하겠습니다.'

'제 업무는 뭡니까?'

제가 물었습니다.

'파이크로프트 씨는 파리에 있는 대형 창고를 관리하게 될 겁니다. 그 창고에서 프랑스 전역의 상점 백 곳과 대리점 서른네 곳에 영국산 그릇을 공급할 예정이죠. 물품 구매는 주중에 끝날 겁니다. 그동안 버밍엄에 머무르면서 일을 도와주세요.'

'뭘 도우면 됩니까?'

그 사람은 대답 대신 서랍에서 커다란 붉은 책을 한 권 꺼내더군요.

'사람들 이름 옆에 직업이 적힌 파리의 인명록입니다. 가지고 가서 목록에서 가정용품 판매인을 찾아 이름과 주소를 명단으

로 작성해주세요. 그런 명단이 쓸모가 있거든요.'

'주제별 인명록이 있을 텐데요.'

'그건 쓸모가 없어요. 프랑스 쪽 체계가 우리와 다르거든요. 열심히 정리해서 월요일 12시까지 보여주세요. 안녕히 가십시오, 파이크로프트 씨. 열정과 능력을 발휘한다면 우리 회사가 얼마나 좋은 곳인지 금방 느끼실 겁니다.'

저는 그 큰 책을 겨드랑이에 끼고 호텔로 돌아왔습니다. 오는 내내 마음이 착잡하더군요. 확실하게 취직이 되었고 백 파운드로 주머니도 두둑했습니다. 하지만 초라한 사무실하며 벽에 회사명도 안 적혀 있었다는 점이 영 찜찜하더군요. 금융계 사람인 제 눈에 의심이 가는 점들도 여럿 보여서 고용주가 미덥지 않았습니다. 마음은 복잡했지만 어쨌든 돈을 받았으니 맡은 일을 시작했습니다. 일요일 내내 그 일에만 매달렸지만 H까지밖에 끝내지 못했습니다. 월요일에 H까지 작성한 목록을 가지고 사무실로 나갔습니다. 여전히 휑한 방에 피너 씨가 있더군요. 그는 제게 수요일까지 끝내서 가지고 오라고 했습니다. 하지만 수요일까지도 다 끝내지 못해서 금요일까지 작업을 끌었습니다. 그게 어제죠. 완성한 인명록을 가지고 해리 피너 씨를 찾아갔습니다.

'정말 고맙습니다. 생각보다 시간이 드는 작업인 걸 몰랐습니

다. 요긴하게 쓰겠습니다.'

'시간을 많이 잡아먹더군요.'

제가 한마디했죠.

'이제는 가구 가게의 명단을 작성해주세요. 그런 가게에서도 도자기 그릇을 파니까요.'

'알겠습니다.'

'내일 저녁 7시까지 여기로 출근해주세요. 어디까지 했는지 보여주시고요. 너무 열심히는 하지 마십시오. 작업을 하고 저녁에는 두 시간 정도 데이스 뮤직홀에서 쉬어도 괜찮을 겁니다.'

그 사람이 껄껄 웃으면서 말했습니다. 그런데 그때 저는 그의 왼쪽 치아 하나가 금으로 거칠게 때워져 있는 모습을 보고 기겁을 했습니다."

셜록 홈스가 기쁨에 차 양손을 마주 비볐다. 나는 어리둥절해서 의뢰인을 빤히 바라보았다.

"영문을 몰라 하시는 것도 당연합니다, 왓슨 박사님. 그러니까 런던에서 아서 피너 씨와 이야기를 나눌 때 말입니다. 제가 모슨에 출근을 하지 않겠다고 하자 피너 씨가 웃음을 터뜨렸거든요. 그때 금으로 때운 이를 보았습니다. 그런데 동생인 해리 피너 씨도 똑같은 이를 같은 방식으로 때웠던 겁니다. 형제 모두 똑같은 자리에서 금이 반짝거리기에 눈에 띈 거였죠. 두 사람은 목소리와 체격이 똑 닮았고 면도기나 가발로 충분히 바꿀 수 있는 부분들만 달랐습니다. 그 이를 보고 저는 한 사람이 일인이역을 한다는 사실을 확신했습니다. 물론 쌍둥이처럼 닮은 형제라고 생각할 수도 있겠죠. 아무리 그렇다고 해도 똑같은 자리의 치아를 똑같은 방식으로 때울 리는 없지 않겠습니까. 그 사람이 제게 잘 가라고 인사를 하는데, 솔직히 그 순간은 제가 머리로 서 있는지 발로 서 있는지 분간도 못 하겠더군요.

정신없이 건물을 빠져나와 호텔에 돌아와서는 세면대에 차가운 물을 받아 머리를 집어넣었죠. 정신을 차리고 생각해보려고요. 그 사람은 왜 저를 런던에서 버밍엄으로 보냈을까요? 왜 먼저 버밍엄에 와 있었을까요? 왜 자신에게 보내는 편지를 썼을까요? 제 힘으로는 의문을 풀 수가 없었습니다. 뭐가 뭔지 전혀 모르겠더군요. 그때 문득, 제게는 오리무중이라도 셜록 홈스 씨라면 진상을 꿰뚫어 볼 거라는 생각이 들었습니다. 당장 외출 준비를 해서 아슬아슬하게 밤 기차를 타고 런던으로 돌아와 오늘 아침에 셜록 홈스 씨를 찾았습니다. 그 결과 지금 두 분을 모시고 버밍엄으로 가는 겁니다."

홀 파이크로프트가 직접 겪은 놀라운 일들을 털어놓은 뒤 잠시 침묵이 흘렀다. 이윽고 홈스가 나를 바라보았다. 그는 의자에 편히 기댄채, 근사한 와인을 한 모금 맛본 감정가처럼 즐거워하면서도 뭔가를 평가하듯 날카로운 표정을 짓고 있었다.

"꽤 괜찮지 않은가, 왓슨? 재미있는 대목이 몇 군데 있는 사건이야. 우리 둘이서 프랑코-미들랜드 가정용품 유한회사의 임시 사무실을 찾아가 아서 해리 피너 씨를 만나 면접을 보면 꽤나 흥미진진할 걸세."

홈스의 말에 내가 물었다.

"무슨 수로 면접을 보겠다는 건가?"

홀 파이크로프트가 유쾌하게 대답했다.

"오, 간단합니다. 두 분이 지금 구직중인 제 친구인 척하시는 겁니다. 그런 두 분을 사장에게 데리고 가는 것만큼 자연스러운 일이 또 어디 있겠습니까?"

"그렇고말고요! 지당하신 말씀입니다! 그 남자를 꼭 만나고 싶군요. 그가 벌이는 게임의 진상을 꿰뚫어 볼 수 있을지 확인도 하고 싶고요. 그 사람은 당신의 어떤 능력을 원해서 당신을 고용하려 애쓴 걸까요? 혹시……."

홈스는 손톱을 물어뜯으며 멍한 눈빛으로 창밖을 응시했다. 그 후로 뉴 스트리트에 도착할 때까지 그에게서 단 한 마디도 끌어낼 수 없었다.

저녁 7시 우리 세 사람은 코퍼레이션 스트리트를 걸어 사무실로 향했다.

의뢰인이 불쑥 말문을 열었다.

"약속 시간보다 먼저 가봐야 소용이 없습니다. 그 사람은 저를 만날 때만 사무실에 나오거든요. 그 시간 직전까지 사무실이 텅 비어 있는 것을 보면 확실합니다."

"그것참 의미심장하군요."

홈스가 말했다.

"세상에, 저 사람이에요! 앞에 걸어가는 저 사람입니다!"

파이크로프트가 소리쳤다.

그가 가리킨 사람은 덩치가 작고 옷을 잘 차려입은 금발머리 남자였다. 건너편 길에서 잰걸음으로 앞서가고 있었다. 계속 지켜보니 그는 방금 석간신문이 나왔다고 소리치는 신문팔이 소년을 힐끔 보고는 승합마차와 대형 사륜마차 들 사이를 요리조리 서둘러 빠져나가 신문을 한 부 샀다. 그리고 신문을 손에 쥔 채 건물 안으로 모습을 감췄다.

홀 파이크로프트가 흥분해 말했다.

"저기로 가는군요! 방금 들어간 곳이 사무실이 있는 건물입니다. 같이 가시죠. 제가 그럴듯하게 소개해드리겠습니다."

의뢰인을 따라 계단으로 5층까지 올라가니 반쯤 열린 문이 나왔다. 파이크로프트가 문을 두드리자 안에서 들어오라고 답하기에 우리는 얼른 사무실로 들어갔다. 들은 대로 가구가 거의 없는 초라한 방이었다. 방금 전 길에서 본 남자가 막 산 신문을 그 방의 유일한 책상에 펼쳐놓고 앉아 있었다. 그가 고개를 들어 우리를 쳐다보는데, 이렇게 애통한 얼굴은 처음 본다는 생각이 들었다. 아니, 애통함도 대단하지만 평생 살면서 겪어볼 일이 있을까 싶은 극도의 공포가 눈에 띄었다. 그의 이마는 식은 땀으로 번질거리고 두 볼은 죽은 물고기의 허연 배처럼 핏기라고는 남아 있지 않았다. 우리를 노려보는 눈빛이 사나웠다. 그는 파이크로프트를 보고도 정작 누구인지 못 알아보는 것 같았다. 우리를 이끈 의뢰인의 놀란 표정으로 미루어보니 사장의 평소 모습과는 전혀 다른 게 분명했다.

파이크로프트가 놀란 목소리로 말을 걸었다.

"몸이 안 좋아 보이십니다, 피너 씨."

"네, 몹시 안 좋습니다."

피너는 정신을 차리려고 애를 쓰며 대답했다. 마른 입술을 혀로 핥더니 말을 이었다.

"함께 온 두 분은 누굽니까?"

의뢰인이 그럴싸하게 우리를 소개했다.

"이분은 버몬지에서 오신 해리스 씨이고 저분은 이곳에 사는 프라이스 씨입니다. 모두 제 친구인데 경력이 대단하지요. 지금은 실직 상태라 회사에 두 분의 자리가 있을까 해서 데리고 왔습니다."

피너가 오싹한 미소를 지으며 대답했다.

"그럼요! 그럼요! 두 분에게 일자리를 줄 수 있을 겁니다. 해리스 씨, 전문 분야가 뭐죠?"

"저는 회계사입니다."

홈스가 대답했다.

"아, 그러시군요. 우리도 회계 담당자가 필요하겠죠. 프라이스 씨, 당신은?"

"사무원으로 일했습니다."

내가 대답했다.

"두 분에게 일자리를 줄 수 있기를 진심으로 바랍니다. 어떤 결정을 내리든 최대한 신속하게 알려드리도록 하겠습니다. 이제 모두 가보십쇼. 제발, 날 좀 내버려둬요!"

마지막 말은 울컥 튀어나왔다. 지금껏 다잡았던 감정이 마구잡이로 터져 나오듯이 말이다. 홈스와 나는 눈빛을 교환했다. 홀 파이크로프트는 책상으로 한 걸음 다가가며 말했다.

"피너 씨, 잊으신 겁니까? 저더러 새로운 지시 사항을 받으러 오라고 하셨잖습니까."

"맞아요, 파이크로프트 씨. 그랬죠."

피너 씨는 한결 차분한 음성으로 대답했다.

"여기서 잠시만 기다려주세요. 친구분들도 함께 기다려주시기 바랍니다. 괜찮으시다면 앞으로 삼 분만 기다려주시겠습니까?"

예의 바른 태도로 자리에서 일어난 피너 씨는 우리에게 고개 숙여 인사하더니 맞은편에 있는 문을 열고 들어가 문을 꼭 닫았다.

"뭘 하려는 거지? 설마 우리를 피해 달아나려는 건가?"

홈스가 속삭이듯 말했다.

"말도 안 돼요."

파이크로프트가 대답했다.

"어떻게 아시죠?"

"저 문은 안쪽 방으로 이어집니다."

"다른 문은 없습니까?"

"없습니다."

"가구는 들여놓았습니까?"

"어제까지만 해도 아무것도 없었습니다."

"왜 저곳으로 들어갔지? 도무지 이해가 안 되는군. 공포로 미친 것 같은 얼굴이야. 도대체 무슨 일로 저렇게까지 겁에 질린 거지?"

"우리가 형사라고 생각한 거 아닐까?"

"제 생각도 같습니다."

파이크로프트가 맞장구를 쳤다. 홈스가 고개를 가로저었다.

"우리를 보고 얼굴이 창백해진 게 아닙니다. 우리가 들어올 때는 이미 창백해져 있었죠. 그렇다면……."

홈스가 미처 말을 끝내기도 전에 피너가 들어간 방 문 쪽에서 똑똑 두드리는 소리가 들렸다.

"왜 자기 방문을 두드리는 걸까요?"

파이크로프트가 놀라 소리쳤다.

문을 두드리는 소리가 다시 났다. 이번에는 더 큰 소리였다. 우리는 어떤 상황이 벌어질지 궁금해하는 표정으로 문을 바라보았다. 홈스를 힐끔 쳐다보니 굳은 표정으로 흥분한 듯 몸을 앞으로 내밀고 있었다. 그때였다. 꿀럭꿀럭 목을 울리는 소리며 나무를 발로 차는 소리가 들렸다. 홈스는 쏜살같이 달려가 문제의 문을 밀쳤다. 문은 안에서 잠겨 있었다. 나와 파이크로프트도 홈스를 따라 온 힘을 실어 문으로 몸을 날렸다. 경첩 하나가 떨어져나갔다. 곧이어 나머지 경첩이 떨어지면서 문짝이 우지끈 방안으로 넘어갔다. 문을 넘어 들어간 방에는 아무도 없었다.

당황스러운 순간은 오래가지 않았다. 문과 가까운 방 귀퉁이에 다른 문이 있었던 것이다. 홈스가 용수철처럼 튀어나가 그

문을 활짝 열었다. 그 방의 바닥에는 코트와 조끼가 떨어져 있었고 문짝에 달린 옷 거는 고리에 한 남자가 멜빵으로 목을 맨 채 매달려 있었다. 다름 아닌 프랑코-미들랜드 가정용품 유한회사의 사장이었다. 두 무릎을 모아 올리고 괴상한 각도로 고개를 꺾고 있었다. 우리가 대화하다 들었던 노크 소리는 그가 구둣발로 문을 차는 소리였다. 보자마자 내가 그의 허리를 양팔로 안아 들어 지탱하는 사이 홈스와 파이크로프트가 목의 주름 사이로 깊이 파묻힌 멜빵을 찾아 다급하게 풀었다. 우리는 피너를 다른 방으로 옮겨 눕혔다. 그는 핏기 없는 얼굴로 호흡하며 보랏빛으로 변한 입술을 빼끔거렸다. 단 오 분 만에 처참한 몰골이 되어버린 것이다.

"상태가 어떤가, 왓슨?"

홈스가 물었다.

나는 누워 있는 피너 위로 몸을 숙이고 상태를 살폈다. 맥박이 약하고 드문드문 끊어졌지만 호흡은 점점 길어졌다. 이윽고 눈꺼풀이 파르르 떨리나 싶더니 살짝 올라가며 하얀 눈자위가 조금 보였다.

"조금만 늦었다면 큰일날 뻔했네. 이제 괜찮을 걸세. 창문을 열고, 내게 물병을 주겠나."

나는 피너의 옷깃을 풀고 얼굴에 차가운 물을 끼얹었다. 그리고 그가 자연스레 숨을 길게 내쉴 때까지 그의 팔을 들었다가 내리기를 반복했다.

"이제 기다리기만 하면 되네."

나는 물러나며 말했다. 바지 주머니에 두 손을 깊숙이 찔러 넣은 홈스는 고개를 푹 숙이고 책상 옆에 서 있었다.

홈스가 입을 열었다.

"이제 경찰에 신고를 해야겠습니다. 경찰이 왔을 때 사건의 진상도 같이 알리면 좋겠고요."

파이크로프트가 머리를 긁적이며 대답했다.

"아직도 어찌된 영문인지 전혀 모르겠습니다. 여기까지 저를 일부러 오게 해놓고는 이제 와서……."

홈스가 짜증스럽게 툭 뱉었다.

"하! 모든 게 밝혀졌습니다. 방금 전의 우발적인 행동만 빼면요."

"나머지는 알아내신 겁니까?"

"그렇습니다. 왓슨, 자네는 어떻게 생각하나?"

나는 어깨를 으쓱했다.

"솔직히 말해서 아무것도 모르겠네."

"오, 지금까지 일어난 사건들을 잘 생각해보면 결론은 단 하나야."

"무슨 말인가?"

"음, 이 사건은 두 가지 사실에 주목해야 해. 첫 번째는 파이크로프트 씨가 이 엉터리 회사에 취직하겠다는 글을 썼다는 사실이라네. 이 사실에 얼마나 큰 의미가 있는지 모르겠나?"

"나는 도무지 모르겠는데."

"자, 들어보게. 왜 파이크로프트 씨에게 글을 쓰라고 했을까? 업무상의 이유는 아니었을 거야. 대개 구두로 처리하는 일을 뭐하러 서면으로 처리하겠나? 아직도 모르겠습니까, 파이크로프트 씨? 그들은 당신이 직접 쓴 글씨를 손에 넣으려고 했던 겁니다. 당신의 필적 표본을 손에 넣으려면 다른 방법이 없었겠죠."

"도대체 왜요?"

"바로 그겁니다. 왜일까요? 이 질문에 답을 하면 사건도 풀릴 겁니다. 왜일까요? 그들의 행동을 설명할 논리적인 이유는 하나뿐입니다. 누가 당신의 필체를 똑같이 따라 쓰고 싶어 한 겁니다. 그러자면 먼저 당신이 직접 쓴 글을 손에 넣어야 했죠. 자, 그럼 두 번째 사실을 볼까요. 피너가 당신에게 모슨에 편지를 쓰지 말라는 부탁을 했죠. 그 사실로 넘어가면 앞서의 사실과 맞물린다는 걸 알 수 있습니다. 당신을 한 번도 본 적 없던 모슨의 담당자는 홀 파이크로프트가 월요일 아침에 출근한다고 생각하지 않겠습니까."

파이크로프트가 탄식을 했다.

"세상에! 내가 이렇게까지 멍청했다니!"

"이제 필체가 중요한 이유를 아시겠죠. 당신이 제출한 지원서와 필체가 전혀 다른 사람이 당신인 척 출근을 했다고 생각해 보십시오. 그럼 틀림없이 정체가 들통나겠죠. 그런데 이 악당은 당신의 필체를 연습했습니다. 덕분에 안심하고 모슨에서 일했죠. 물론 그 사무실에는 당신의 얼굴을 아는 사람이 아무도 없겠죠?"

홀 파이크로프트가 신음하듯 대꾸했다.

"아무도 없습니다."

"역시 그랬군요. 물론 가장 중요한 부분은 따로 있었습니다. 당신이 마음을 바꿔서 없던 일로 하지 못하도록 막고, 모슨에서 가짜가 일하는 걸 알려줄 만한 사람과 접촉도 못 하도록 막는 거죠. 그런 이유로 그들은 월급을 미리 준다며 선뜻 큰돈을 내놓고 런던에서 떨어진 여기 중부 지방으로 오게 한 겁니다. 당신이 이곳에 오자 일감을 잔뜩 안겨서 런던으로 돌아갈 수 없게 하고요. 당신이 런던에 있으면 속임수가 들통날지도 모르니까요. 알고 보면 간단하죠."

"이 남자는 왜 자기 형제 행세를 한 겁니까?"

"빤한 이야기죠. 사건에 연루된 사람은 단둘인 게 분명합니다. 한 사람은 모슨에서 당신 행세를 하고 있죠. 다른 사람은 당신을 이 회사로 추천한 사람 행세를 했습니다. 그러다가 버밍엄에서 사장 행세를 할 세 번째 사람을 포섭해야 한다는 사실을 깨달았습니다. 다른 사람을 계획에 끌어들이고 싶지 않은 마음에 결국 당신을 추천하는 역을 맡은 사람이 변장을 했죠. 변장을 해도 추천자와 사장이 닮았다는 사실이야 숨길 수 없을 테지만 형제라서 닮았겠거니 하고 넘어가리라고 짐작한 겁니다. 당신이 금으로 때운 이를 우연히 알아보지 못했다면 일인이역을 의심할 일은 절대 없었겠죠."

홀 파이크로프트는 두 주먹을 허공에 흔들며 소리쳤다.

"어떻게 이런 일이! 제가 멍청하게 속아넘어간 동안 가짜 홀 파이크로프트는 모슨에서 무슨 짓을 했을까요? 이제 어떻게 해야 하죠, 홈스 씨? 이제 어떻게 해야 합니까?"

"모슨에 전보부터 쳐야죠."

"토요일에는 정오에 문을 닫는데요."

"괜찮습니다. 그렇다고 해도 문지기나 안내원이 있을……."

"아, 맞습니다. 그 회사는 맡아두고 있는 고가의 증권 때문에 하루 종일 경비원을 두고 있습니다. 시티에서 소문을 들은 적이 있습니다."

"좋습니다. 당장 그 사람에게 전보를 치세요. 회사에 문제가 없는지 물어보고 당신 이름을 한 직원이 근무하고 있는지도 확인해보라고 하세요. 여기까지는 모든 게 확실한데 왜 악당이 우리를 보자마자 방에서 나가 목을 맸는지는 여전히 이유를 짐작할 수 없군요."

그때 뒤에서 쉰 목소리가 들렸다.

"신문 때문이었소!"

일어나 앉은 남자는 안색이 창백하고 무시무시한 표정을 하고 있었지만 눈빛을 보니 정신을 차린 기색이었다. 벌겋게 목에 남은 멜빵 자국을 양손으로 억세게 문지르고 있었다.

홈스가 갑자기 흥분하며 소리쳤다.

"신문! 그래, 그거였군! 이렇게 멍청할 수가! 우리가 찾아왔다는 사실만 생각하느라 신문을 미처 떠올리지 못했어. 당연히 비밀의 열쇠가 거기에 있겠군!"

그는 즉시 책상 위에 신문을 펼쳤다. 이윽고 입에서 승리감에 찬 탄성이 쏟아져 나왔다.

"여기 좀 보게, 왓슨! 이건 런던 신문인데, 갓 나온 《이브닝 스탠더드》네. 여기에 궁금증을 풀어줄 기사가 있어. 헤드라인부터 보게. '시티에서 일어난 범죄 사건. 모슨 앤드 윌리엄스에서 살인 사건. 미수에 그친 대형 강도 사건. 범인 체포.' 자, 여기네, 왓슨. 모두 이 소식을 견딜 수 없이 궁금해하고 있으니 큰 소리로 읽어주면 고맙겠네."

기사가 지면에서 차지한 자리를 보니 오늘 런던에서 일어난 가장 중요한 사건인 듯했다. 기사는 이런 내용이었다.

오늘 오후 시티에서 발생한 강도 사건은 한 명의 사망자를 내고 범인이 체포되며 미수로 끝이 났다. 유명 금융사인 모슨 앤드 윌리엄스는 얼마 전부터 시가 백만 파운드를 훌쩍 뛰어넘는 증권을 보관중이었다. 막대한 이익이 걸려 있는 일이라 책임이 막중하다는 것을 느낀 담당자는 최신 금고를 설치하고 무장 경비원을 고용해 밤낮으로 건물을 지키도록 했다. 지난주 이 회사는 홀 파이크로프트라는 직원을 채용했다. 그런데 그 직원은 다름 아닌 유명한 위조범이자 금고털이인 베딩턴이었다. 얼마 전 베딩턴은 형인 아서와 함께 오 년 형을 마치고 감옥에서 출소했다. 구체적인 범행 수법은 아직 밝혀지지 않았지만 베딩턴은 홀 파이크로프트라는 가명을 써서 이곳에 일자리를 얻은 후 그동안 여러 자물쇠의 본을 뜨고 귀중품 보관실과 금고의 위치에 대해 철저한 조사를 마쳤다.

모슨의 토요일 근무 시간은 정오까지다. 그러므로 런던 경찰청 소속의 터슨 경사는 1시 20분에 여행용 가방을 들고 계단을 내려오는 어떤 남자를 보고 처음에는 의아했을 뿐이었다. 그러나 이내 의심이 깊어진 경사는 수상한 남자의 뒤를 밟기 시작해 지원을 나온 폴록 경관과 힘을 합쳐, 격렬하게 저항하는 남자를 체포했다. 그 결과 남자가 대담하고 어마어마한 규모의 강도

짓을 저질렀다는 사실이 드러났다. 가방에는 시가 십만 파운드의 미국 철도 채권과 함께 막대한 금액의 광산과 여러 기업의 가증권이 들어 있었다. 건물을 수색한 결과 제일 큰 금고에 쑤셔박힌 경비원의 시신이 발견되었다. 터슨 경사가 신속하게 조치를 취하지 않았다면 이 사건은 월요일 아침에야 알려졌을 것이다. 피해자는 뒤에서 부지깽이로 머리를 가격당해 두개골이 산산조각 났다. 사무실에 두고 온 물건이 있다는 핑계를 대고 건물로 다시 들어간 베딩턴은 경비원을 살해하고 대형 금고를 재빨리 털어 도주하려 했다. 늘 같이 범죄를 저지르는 베딩턴의 형은 이번 범죄에 가담하지 않은 것으로 보인다. 경찰은 현재 그의 행방을 수소문하고 있다.

홈스는 초췌한 몰골로 창가에 쭈그리고 앉은 남자를 힐끔 보며 말했다.

"우리가 경찰의 수고를 덜어줄 수 있겠군. 인간의 본성이란 참으로 기묘해, 왓슨. 천하의 악당이자 살인자조차 형에게 사랑을 받는 걸 보게. 형은 동생이 교수형을 당할 거라는 사실을 알자 자살을 시도했잖아. 어쨌든 달리 선택의 여지가 없군. 파이크로프트 씨, 괜찮다면 경찰을 불러와주시겠습니까? 왓슨 박사와 나는 이자를 지키고 있겠습니다."

글로리아 스콧호

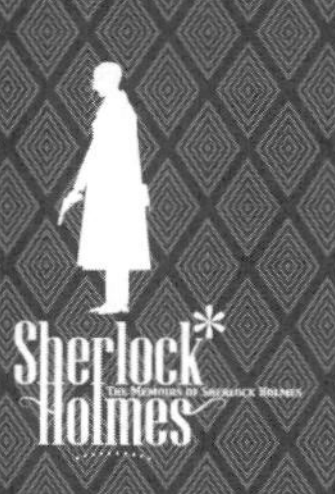

어느 겨울밤 홈스와 내가 벽난로 귀퉁이를 한쪽씩 차지하고 앉아 있는데, 홈스가 말을 꺼냈다.

"왓슨, 여기 자네가 읽어볼 가치가 있는 서류가 있네. 글로리아 스콧호와 관련된 진기한 사건에 관한 자료지. 치안판사였던 트레버 씨가 읽자마자 공포에 질려 숨이 끊어졌다는 편지가 바로 이거라네."

홈스는 서랍에서 낡고 변색된 작은 두루마리를 꺼냈다. 그리고 끈을 푼 후 짧은 글이 휘갈겨진 반쪽짜리 청회색 종이를 내밀었다. 종이에는 이렇게 적혀 있었다.

런던에 공급하는 게임은 점점 증가해 끝났다. 사냥터 책임자

인 허드슨이 파리잡이 끈끈이를 모두 주문해서 보내며 말했
다. 당신의 암꿩은 힘껏 번식해서 달려 도망쳐라.

수수께끼 같은 글귀에서 눈을 떼고 고개를 드니 홈스가 내 표정을 보고는 껄껄 웃음을 터뜨렸다.

"이게 뭐냐는 표정이군."

"이 짧은 글의 어디서 공포를 느꼈는지 모르겠네. 무섭기는커녕 그냥 말이 안 되는 소리 같은데 말일세."

"자네 말이 맞아. 하지만 정정하고 건강했던 노인이 쪽지를 읽자마자 개머리판에 얻어맞기라도 한 것처럼 쓰러진 것도 사실이라네."

"사연이 궁금한데. 내가 이 사건을 검토해야 할 특별한 이유라도 있다는 듯이 말하는군?"

"내가 처음으로 맡았던 사건이라네."

나는 친구가 범죄 수사에 발을 들이기로 마음먹었을 때가 궁금해서 가끔 은근슬쩍 물어보았다. 그때마다 웃어넘기기만 하고 제대로 말해주지 않았던 그가, 지금 안락의자의 끄트머리에 앉아 처음으로 탐정으로서 움직였던 사건의 자료를 허벅지에 펼쳐놓고 있었다. 그는 파이프에 불을 붙이고 한참 동안 뻐끔거리며 자료를 살펴보았다.

마침내 그가 말문을 열었다.

"내가 빅터 트레버라는 옛 친구에 대해 말한 적이 없지? 대학을 다니던 이 년 동안 유일하게 가까이 지낸 친구라네. 그때도 나는 사람들과 어울리기를 좋아하는 성격이 아니었다네, 왓슨. 늘 방에서 멍하니 있거나 나만의 논리적 사고법을 만들어내는 걸 좋아했지. 당연히 동급생들과 어울리지 못했어. 펜싱과 권투 외에는 좋아하는 운동이 없었던데다 공부하는 분야도 다른 이들과 동떨어진 탓에 동급생들과 이렇다 할 공통점이 없었거든. 트레버는 그런 나의 유일한 친구였네. 어느 날 아침 학교 예배실로 가다가 그 친구의 불테리어에게 발목을 물렸지 뭔가. 그걸 계기로 우정을 쌓았지.

재미없는 계기였지만 효과는 만점이었다네. 나는 열흘 동안 꼼짝없이 누워 있어야 했어. 문병을 오던 트레버는 처음에는 잠시 이야기를 나누고 가는 수준이었다가 점점 머무르는 시간이 길어졌어. 학기가 다 가기도 전에 우리는 둘도 없는 친구가 되었다네. 트레버는 다혈질이지만 마음이 따뜻했어. 활력과 기운이 넘치는 친구라 모든 면에서 나와는 정반대였지. 하지만 공통으로 수강하는 과목이 몇 개 있었던데다가 나만큼이나 친구가 없는 녀석이라는 걸 알고는 더욱 돈독한 우정을 쌓게 되었네. 그러다 그가 노퍽 주의 도니소프에 있는 아버지의 집으로 나를 초대해주더군. 나는 방학 중 한 달이라는 긴 기간을 함께 보내자는 호의를 기꺼이 받아들였지.

그의 아버지인 트레버 씨는 치안판사이자 지역 지주로, 재산도 상당하고 지위도 있는 분이었어. 도니소프는 랭미어의 북쪽에 있는 작은 마을로 브로스 습지 근처에 위치해 있지. 트레버가의 커다란 저택은 오크 나무를 들보로 쓴 구식 벽돌 건물이었는데, 저택 진입로 양쪽에 보리수나무들이 늘어선 근사한 풍경을 자랑했다네. 늪과 연못이 모여 있는 근처 지대는 야생 오리 사냥터로 안성맞춤이었고 낚시터로도 손색이 없었어. 저택에는 전주인으로부터 넘겨받았다는 서재가 있었는데, 규모는 작아도 좋은 책으로 꾸며졌더군. 요리사의 솜씨도 괜찮아서 어지간히 까다로운 사람이 아니면 한 달을 즐겁게 보낼 곳이었지.

트레버 씨는 아내와 사별했고 내 친구는 외동아들이었어. 딸이 하나 있었다는데 버밍엄에 갔다가 디프테리아에 걸려 죽었다지. 트레버 씨는 교양은 없었지만 육체적으로나 정신적으로나 야성적인 힘이 넘치는, 흥미로운 분이셨어. 책은 거의 읽지 않았지만 외국 여행을 많이 다니며 견문을 넓힌데다 그때 얻은 지식을 잊지 않으셨지. 땅딸막하고 건장한 체격이었고 검게 타고 풍상에 찌든 얼굴에 백발이 덥수룩했어. 푸른 두 눈은 날카롭다 못해 매서울 정도였지. 하지만 부근에서는 마음이 따뜻하고 자애로운 분이라는 평을 들으셨다네. 치안판사로 법정에서 판결을 내릴 때는 관대한 분으로 알려져 있었지.

그곳에 도착한 지 며칠 되지 않은 어느 저녁이었어. 우리는 저녁 식사를 마치고 포트와인을 한 잔씩 마시며 앉아 있었지. 그때 친구가 관찰하고 추리를 하는 내 습관에 대해 이야기를 시작했네. 그 무렵 나는 이미 체계적인 추리법을 완성해놓은 상태였지만 그것이 내 인생에서 어떤 역할을 할지는 잘 몰랐어. 트레버 씨는 내가 한두 가지 소소한 사건에서 활약한 것을 아들이 과장한다고 생각하는 눈치더군.

트레버 씨는 사람 좋게 껄껄 웃으며 말씀하셨지.

'자자, 홈스 군. 나야말로 훌륭한 연구 대상일 걸세. 자네가 정말로 나에 대해 알아낼 수 있다면 말이지.'

'트레버 씨에게 알아낼 건 별로 없을 것 같은데요. 다만 지난 일 년 동안 누가 습격할까 봐 걱정을 많이 하셨다는 건 알겠습니다.'

노인의 얼굴에서 웃음기가 싹 가시더군. 깜짝 놀라서 뚫어져라 바라보셨지.

'그래, 자네 말이 맞네.'

노인은 아들을 돌아보며 말씀을 이었지.

'빅터, 우리가 밀렵꾼 일당을 와해시키지 않았니. 그놈들이 우리를 칼로 죽여버리겠다고 큰소리를 땅땅 친 뒤에 에드워드

호비 경이 습격을 당했지 뭐냐. 그 후 나도 굉장히 조심하고 있단다. 자네가 어떻게 알았는지 짐작도 못 하겠군.'

'어르신 지팡이가 무척 좋은 물건이더군요. 각인을 보니 구입하신 지 일 년이 되지 않은 듯했습니다. 그런데 일부러 머리 부분에 구멍을 내 납으로 채우셔서 위력적인 무기로 만드셨더군요. 위험을 대비해 어르신이 예방책을 마련하신 게 아닐까 생각했습니다.'

'그 밖에는?'

노인이 웃으며 물었지.

'왕년에 권투를 꽤 하셨죠.'

'이번에도 알아맞혔군. 어떻게 알았나? 코가 비뚤어지고 주저앉기라도 했나?'

'아닙니다. 귀를 보고 알았습니다. 권투하는 사람들은 귀가 유난히 납작하고 두껍죠.'

'그 밖에 또?'

'어르신의 굳은살을 보면 광산 일을 많이 하신 것 같군요.'

'광산에서 지금의 재산을 일궜지.'

'뉴질랜드에 계셨고요.'

'이번에도 알아맞혔군.'

'일본에도 다녀오셨죠.'

'맞아.'

'과거에 머리글자가 J.A.인 사람과 무척 친하셨지만 나중에는 완전히 잊고 싶어 하셨고요.'

그 말에 트레버 씨가 천천히 자리에서 일어났어. 그러더니 그 크고 푸른 눈을 무시무시하게 빛내며 나를 뚫어져라 바라보다가 식탁에 흩어진 땅콩 껍질들 위로 그대로 쓰러지시지 뭔가.

나와 트레버가 얼마나 놀랐을지 상상이 가나, 왓슨? 다행스럽게도 트레버 씨는 잠시 후 정신을 차리셨네. 옷깃을 풀어드리고 손 씻는 물을 얼굴에 뿌리니 한두 번 숨을 몰아쉬고는 일어나 앉으셨지.

트레버 씨가 억지로 미소를 지으며 말씀하셨네.

'아, 빅터. 홈스 군. 놀랄 것 없다네. 내가 정정해 보여도 실은 심장이 좋지 않아 별것 아닌 일에도 쓰러질 때가 있어. 홈스 군, 그 사실을 어떻게 알아냈는지 모르겠네. 자네에 비하면 현실과 소설 속 탐정들이 어린아이처럼 보이는구먼. 그게 자네가 갈 길일세. 이 나이까지 산전수전 다 겪은 노인네의 말이니 믿게나.'

왓슨, 트레버 씨의 추천은 말이야, 그때 보신 내 능력을 과대평가하신 면도 없지 않네. 하지만 내게는 그때까지 줄곧 취미로만 여겼던 일을 직업으로 삼으면 어떨까 하고 고려하는 계기가 되었지. 그래도 그 순간에는 트레버 씨가 기절을 하신데다 심장이 안 좋다는 말씀에 당황해 다른 생각을 할 겨를이 없었다네.

'제 이야기에 어르신이 충격을 받으셨을까 봐 걱정입니다.'

'글쎄, 자네가 아픈 곳을 찌르긴 했지. 그 사실을 어떻게 알았으며 어디까지 아는지 말해줄 수 있나?'

트레버 씨의 말투는 반쯤 농담조였어. 하지만 눈빛에서 여전히 두려워하는 기색을 읽을 수 있었지.

'간단합니다. 일전에 어르신이 물고기를 배로 끌어올리실 때 팔뚝이 드러났죠. 팔꿈치 안쪽에 새겨진 J.A. 문신을 그때 얼핏 보았습니다. 철자는 지금도 읽을 수 있지만 많이 흐릿해졌더군요. 주위 피부에 얼룩이 졌고요. 그걸 보고 어르신이 문신을 억지로 지우려고 하셨다는 사실을 금방 알 수 있었습니다. 종합하면 한때는 그 머리글자의 사람과 무척 가까운 사이였지만 후에는 잊고 싶어지신 거겠죠.'

'눈썰미가 보통이 아니군!'

노인은 안심이라는 듯 한숨을 푹 쉬셨지.

'자네 말대로야. 하지만 이제 이 이야기는 그만하지. 유령 중에서도 옛사랑의 유령이 최악이니까. 이제 당구실로 가서 느긋하게 담배나 한 대 피우세.'

그날 이후 어르신은 여전히 날 친절하게 대하셨지만 도저히 의심을 지우지 못하는 듯한 기색이 묻어났어. 트레버조차 '그날 일로 아버지가 어지간히 놀라셨나 봐. 네가 어디까지 아는지 가늠하지 못하시는 눈치야'라고 말할 정도였지. 속내를 일부러 드러낸 것은 아니셨을 거야. 뇌리 깊숙이 박힌 생각이 은연중에 드러났겠지. 결국 나 때문에 불안해하신다는 사실을 확실히 깨닫고는 짐을 싸서 돌아가기로 마음먹었네. 그런데 떠나기 바로 전날 어떤 사건이 일어났어. 얼마나 중요한 일이었는지는 나중에 드러났지.

그때 우리 셋은 정원 풀밭에 놓아둔 의자에 앉아 있었어. 일광욕을 하며 멀리 브로스 습지의 풍경을 느긋하게 감상하던 중 하녀가 와서 어떤 남자가 트레버 씨를 뵙기를 청한다고 알렸어.

'누구라던가?'

트레버 씨가 물었지.

'말해주지 않았습니다.'

'용건이 뭐라던가?'

'주인어른과 아는 사이라면서 잠깐 이야기만 하면 된다고 했습니다.'

'이리로 데려오거라.'

잠시 후 몸집이 작고 주름이 자글자글한 남자가 나타났어. 굽실거리는 태도로 발을 질질 끌며 우리 쪽으로 걸어오더군. 상의는 앞섶을 풀어 헤쳤고 소매에는 타르가 얼룩져 있었어. 셔츠는 검은색과 붉은색 체크무늬에 바지는 작업복이고 두꺼운 장화는 다 닳았더군. 살집이 없이 홀쭉하고 검게 그을린 얼굴은 교활해 보이는 인상이었어. 계속 실실 웃는 탓에 누런데다 치열도 고르지 않은 치아가 드러났지. 쭈글쭈글한 손은 반쯤 주먹을 쥐고 있었는데, 주로 선원들이 주먹을 쥐는 방식이었네. 남자가 구부정하니 풀밭을 가로질러 오는 걸 본 순간 트레버 씨가 딸꾹질 같은 묘한 소리를 내면서 자리에서 벌떡 일어나 집안으로 뛰어 들어가셨어. 잠시 후 다시 나왔는데, 스쳐지나갈 때 브랜디 냄새가 강하게 나더군.

'이보시오, 무슨 일로 찾아왔소?'

노인이 묻자 선원은 우뚝 서서 눈살을 찌푸리곤 노인을 바라보았어. 헤벌쭉 벌린 입에서는 웃음기가 떠나지 않았지.

'나를 모르겠습니까?'

'세상에, 자네 허드슨 아닌가!'

노인이 깜짝 놀라며 말했어.

'예, 허드슨입죠. 댁을 마지막으로 본 지 삼십 년도 더 흘렀구먼요. 당신은 이런 집에서 잘 사는데, 나는 아직도 뱃일로 입에 풀칠이나 근근이 하는 형편이고요.'

'쯧쯧, 나는 옛일을 잊지 않았다네. 내 말이 사실이라는 걸 자네도 알게 될 걸세.'

그리고 트레버 씨는 선원에게 다가가서 목소리를 낮추고 무슨 말을 하셨네. 그런 후에 다시 큰 소리로 말을 이었지.

'일단 부엌으로 가게. 먹을 것과 마실 것을 내줄 거야. 자네에게 일자리를 구해주겠네.'

'고맙구먼요.'

선원은 머리를 조아리면서 말을 했어.

'이 년 동안 팔 노트짜리 부정기 화물선을 탔습니다. 그런 배는 일손이 달리잖수. 지금은 좀 쉬고 싶어서 말이죠. 베도스 씨나 당신을 찾아가면 몸을 의탁할 수 있을 것 같았습니다.'

'뭐라고? 자네, 베도스가 어디 사는지 아나?'

트레버 씨가 깜짝 놀라며 물었지.

'그럼요, 옛 친구들이 어디에 있는지야 다 압지요.'

그자는 사악한 미소를 지으며 대답하더군. 그리고 이내 하녀를 따라서 느릿느릿 부엌으로 들어갔지. 트레버 씨는 광산에서 일을 하던 시절에 같은 배를 탔던 동료였다고 하시고는 우리를 정원에 남겨두고 집으로 들어가버리셨어. 한 시간 후에 트레버와 내가 집안에 들어가보니 어르신이 만취해서 응접실 소파에 누워 있지 뭔가. 난데없이 찾아온 손님이며 노인의 행동까지 꺼림칙한 느낌만 주었기에 나는 이튿날 미련 없이 도니소프를 떠났다네. 계속 머물러봤자 트레버만 불편해질 듯했어.

이게 전부 기나긴 방학의 첫 달에 일어난 일이야. 나는 도니소프에서 곧장 런던으로 돌아갔지. 그 후로는 내내 유기화학 실험 몇 가지에 몰두했네. 일곱 주가 순식간에 흘러가 가을이 성큼 다가오고 방학도 끝나갈 무렵이었어. 트레버에게 전보가 온 거야. 도니소프로 꼭 와달라는 내용이었네. 나의 조언과 도움이 절실하다고도 씌어 있었고. 당연히 만사를 제쳐놓고 다시 북부로 달려갔지.

친구는 이륜마차를 몰고 역에 마중나와 있었네. 두 달 전 내가 런던으로 돌아간 후로 얼마나 마음고생이 심했는지 한눈에 알겠더군. 근심 걱정에 얼굴이 핼쑥해진 건 물론이고 활달하고 쾌활하던 태도가 온데간데없었어.

'아버지가 중태에 빠지셨어.'

이게 그의 첫마디였다네.

'어떻게 그런 일이! 무슨 일이 있었던 거야?'

'뇌졸중. 정신적 충격을 받으셨네. 오늘 내내 사경을 헤매고 계셔. 우리가 집에 갈 때까지 버티실지 모르겠어.'

자네도 짐작했겠지만, 난 생각지도 못한 소식에 기겁했지.

'무슨 일로 충격을 받으신 건가?'

'아, 그게 관건이지. 어서 마차에 타. 자네가 런던으로 돌아가기 전날 저녁에 우리집에 찾아왔던 남자 기억하나?'

'기억하지.'

'그날 집에 들인 남자의 정체가 뭐였는지 아나?'

'알 리가 없지.'

'악마였어, 홈스!'

그가 소리치듯 말했어. 나는 놀라서 입도 못 열고 친구를 빤히 바라만 봤지.

'그래, 악마였어. 그가 온 후로 우리집에서 평화가 사라졌어. 단 한 순간도 마음 편히 지내지 못했지. 아버지는 그날 저녁 이후로 기운을 못 차리시더니 이제 목숨을 잃게 생겼네. 그렇게 정신적으로 타격을 입으신 건 그 저주받을 허드슨이라는 놈 때문이야!'

'그자에게 대체 무슨 힘이 있었던 건가?'

'나도 그걸 알고 싶네. 상냥하고 자애롭고 선량하기 짝이 없는 아버지가 어쩌다 그런 악당의 손아귀로 떨어지셨을까? 홈스, 자네가 와줘서 정말 다행이야. 나는 자네의 판단력과 분별력을 굳게 믿는다네, 자네라면 최선의 조언을 해줄 수 있을 거야.'

우리는 매끈하고 하얀 시골길을 따라 급히 마차를 몰았네. 저 멀리 저녁놀이 비쳐 붉게 빛나는 브로스 습지가 넓게 뻗어 있었지. 이윽고 우리 왼편의 작은 숲에서 높이 솟은 굴뚝들과 치안판사의 거처를 표시하는 깃대가 보이기 시작했네.

'아버지는 일단 그자를 우리집 정원사로 고용했어. 그런데 허드슨이 일을 마음에 안 들어 하자 집사로 지위를 올려줬지. 온 집안을 그가 주무르는 것 같았어. 집안을 어슬렁거리면서 뭐든 제멋대로 했는데, 늘 술에 취해 주정을 부리고 걸핏하면 욕설을 입에 담으니 하녀들이 얼마나 불평했는지 몰라. 아버지는 성가신 인간을 견디는 보상으로 고용인들의 월급을 올려주기도 했어. 그자는 아버지의 가장 좋은 총을 마음대로 챙겨서 보트를 몰고 나가 사냥을 즐기기까지 했네. 시종일관 오만한 태도로 주변 사람들을 경멸하고 음흉한 시선을 던지고 다녔지. 내 또래였다면 스무 번도 더 때려눕혔을 거야. 홈스, 자네니까 하는 말이야. 나는 그동안 이를 악물고 참고 또 참았어. 그런데 이런 생각이 들어. 차라리 내가 덜 참는 편이 더 현명한 행동 아니었을까?

상황은 나쁜 쪽으로 흘러갔어. 금수만도 못한 허드슨이 점점 신경을 긁어대더니 급기야 내 앞에서 아버지에게 무례하게 말대답을 하지 뭐야. 발끈해서 그자의 멱살을 잡아 그대로 방에서 쫓아냈어. 분노로 얼굴이 붉으락푸르락하면서 슬금슬금 도망치더군. 아무 말도 하지 않았지만 분에 차서 악에 받친 눈빛을 보니 무슨 악담을 퍼붓든 그 눈빛만큼 위협적일까 싶더군. 그 일이 있은 후에 불쌍한 아버지와 그자 사이에 무슨 이야기가 오갔는지는 몰라. 아버지는 다음날 내게 사과하지 않겠느냐고 하셨지. 너도 짐작하겠지만 절대 그럴 수 없다고 말씀드렸어. 도대체 왜 그런 악당이 제멋대로 행동하게 둬서 식구들더러 조심하게 만드시는지 여쭤봤지.

그러자 아버지는 이렇게 대답하셨어.

"아, 아들아. 속시원하게 털어놓으면 좋겠구나. 하지만 내가 어떤 상황인지 너는 모른단다. 언젠가는 알려주마, 빅터. 무슨 일이 닥치든 알려준다고 약속하마. 너는 불쌍하고 보잘것없는 네 아비라는 인간이 얼마나 형편없는 놈이었는지 들어도 못 믿겠지, 그렇지 않느냐?"

아버지는 몹시 마음 아파 하셨어. 그러고는 서재에 틀어박혀서 나오지도 않으시기에 창문으로 안을 들여다보니 뭔가를 급히 쓰고 계시더군.

그날 저녁에 가슴의 돌덩이를 내려놓은 듯 속이 후련한 일이 일어났어. 허드슨이 제 발로 우리집을 떠나겠다는 거야. 아버지와 내가 저녁 식사를 마친 후 식당에 앉아 있는데, 그자가 술에 취해서 분명치 않은 발음으로 떠나겠다고 선언했어.

"이제 노퍽은 지겹네요. 햄프셔에 있는 베도스 씨의 댁으로 가겠수다. 그분도 판사님만큼 나를 반겨주실 거요. 분명히 말이죠."

"설마 이렇게 야박하게 떠나려는 건 아니겠지, 허드슨?"

아버지가 사근사근하게 묻는 태도에 피가 거꾸로 솟는 것 같았지.

그랬더니 그자가 나를 힐끔 보더니 입이 댓 발은 튀어나와서는 이러는 거야.

"아직 사과도 못 받지 않았수."

그 말에 아버지가 말씀하셨어.

"빅터, 네가 이 친구를 거칠게 대했다는 사실을 인정하겠니?"

"반대죠. 우리는 이자의 행동을 분에 넘치도록 참아줬어요."

대답을 들은 그자가 위협을 하더라고.

"오, 그렇게 나온단 말이지? 이봐, 두고 보라고!"

그자는 느릿느릿 방을 나가서 삼십 분 후에 우리집을 떠났어. 그 후로 딱할 정도로 신경이 곤두선 아버지가 밤마다 방을 서성거리는 소리가 들렸어. 시간이 지나 아버지가 예전의 당당하던 모습으로 되돌아오셨을 즈음 마침내 최후의 일격이 날아왔지.'

'어떻게 말인가?'

내가 급히 되물었다네.

'말도 못 하게 기묘한 방식이었네. 어제저녁에 아버지 앞으로 포딩브리지 소인이 찍힌 편지 한 통이 도착했어. 아버지는 편지를 읽으시더니 양손으로 머리를 감싸쥐고 실성한 사람처럼 방안을 맴돌면서 서성거리셨지. 보다 못해 아버지를 소파로 모셔가 앉혀드리는데, 이미 입과 눈이 한쪽으로 돌아갔지 뭔가. 보자마자 뇌졸중이구나 싶더라고. 곧바로 포덤 박사님을 집으로 모셔왔지. 박사님과 내가 아버지를 침대로 모셨어. 하지만 이내 온몸이 마비되더니 의식이 돌아올 기미가 보이지 않아. 지금쯤이면 돌아가셨을지도 몰라.'

'트레버, 그런 끔찍한 생각은 하지도 말게! 도대체 무슨 편지였기에 일이 이 지경이 된 건가?'

'이해할 수 없는 내용일세. 그러니 편지가 무슨 역할을 했는지 더 모르겠지 뭐야. 하찮은 헛소리가 씌어 있네. 아, 이럴 수가. 걱정이 현실이 되었어!'

마차가 진입로의 모퉁이를 돌자 트레버가 소리쳤네. 주위가 점점 어둑해지는 가운데 저택을 보니 창문마다 블라인드가 내려져 있더군. 우리는 허겁지겁 현관으로 달려갔지. 친구는 집에 닿기 전부터 비통함을 감추지 못했어. 그때 검은 옷을 입은 신사 한 명이 집에서 나왔네.

'언제 돌아가셨습니까, 박사님?'

트레버가 물었어.

'자네가 출발하자마자.'

'의식을 회복하셨습니까?'

'임종하시기 전에 잠시 회복하셨다네.'

'남기신 말씀은 없었나요?'

'서류는 일본 서랍장의 안쪽 서랍에 있다는 말씀밖에 없으셨네.'

트레버는 의사와 함께 아버지가 계신 방으로 올라갔네. 나는 서재에 남아 머릿속으로 그동안 있었던 일들을 곰곰이 되짚어 보았지. 이렇게 울적했던 때가 또 있었나 싶더군. 권투 선수이자 여행가, 금광 채굴업자인 트레버 씨의 과거에 대체 어떤 일이 있었을까? 어떤 연유로 고약한 선원이 노인을 좌지우지하게 된 걸까? 노인은 왜 내가 팔뚝에 희미하게 남은 머리글자를 입에 올리자마자 기절했을까? 포딩브리지에서 온 편지가 도대체 뭐기에 두려움에 떨며 죽어갔을까? 거기까지 생각이 미쳤을 때 포딩브리지가 햄프셔 주에 있다는 사실이 퍼뜩 떠오르더군. 선원이 협박을 하러 찾아갔을 게 분명한 베도스 씨라는 사람도 햄프셔 주에 산다고 했거든. 그렇다면 문제의 편지는 그 허드슨이라는 선원이나 베도스 씨가 보냈겠지. 마침내 트레버 씨와 관련된 모종의 비밀을 폭로했다고 알리는 허드슨의 편지거나, 비밀에 함께 엮인 공모자로서 베도스 씨가 허드슨이 곧 폭로할 것 같다고 경고하는 편지였을 걸세. 거기까지는 쉽게 추리할 수 있었어. 하지만 트레버의 말대로라면 편지는 가치 없는 내용이면서 동시에 이해할 수 없는 내용인 셈인데, 어떻게 그럴 수 있을까? 트레버가 편지를 잘못 읽은 건 분명했어. 짐작이 맞다면 그 편지는 보이는 것과 다른 의미를 품은 기발한 암호문인 게 확실했지. 편지를 직접 보고 싶더군. 다른 뜻이 숨겨졌다면 알아낼 자신이 있었지. 어둑한 방안에서 시간 가는 줄 모르고 생각에 잠겨 있었어. 한 시간쯤 지났을까 하녀가 훌쩍거리며 등불을 가지고 오더군. 하녀를 뒤따르듯 트레버가 들어왔어. 안색은 창백했지만 침착해 보였지. 지금 내 허벅지 위에 놓인 서류들은 그때 트레버가 가지고 온 거라네. 그는 내 맞은편에 앉아 등불을 책상 가장자리로 가져가더니 작은 종이 한 장을 건네줬어. 자네도 아까 봤다시피 청회색 종이에 짧은 글이 휘갈겨져 있었지.

> 런던에 공급하는 게임은 점점 증가해 끝났다. 사냥터 책임자인 허드슨이 파리잡이 끈끈이를 모두 주문해서 보내며 말했다. 당신의 암꿩은 힘껏 번식해서 달려 도망쳐라.

글을 처음 봤을 때는 나도 아까 자네처럼 어리둥절했다네. 한 번 읽고 나서 다시 꼼꼼하게 읽어봤네. 역시나 짐작한 대로였어. 단어들을 괴상하게 조합한 문장에는 다른 뜻이 숨어 있는 게 분명했네. '파리잡이 끈끈이'나 '암꿩'이라는 단어에 미리 뜻을 정해놓은 거라면 이 구절들은 뭐든 의미할 수 있을 거야. 그 경우에는 아무리 머리를 써도 암호문의 의미를 알아낼 수 없겠지. 그런데 어떻게 봐도 특정 단어에 미리 뜻을 정해놓은 것 같지 않았어. '허드슨'이라는 단어가 포함된 걸 봐서 내가 추측한 주제로 씌었다는 것도 확신할 수 있었지. 편지를 보낸 사람은 선원이 아니라 베도스 씨였고. 나는 문장을 거꾸로 읽어보았지만 여전히 뜻을 알 수 없더군. 다음으로는 한 어절씩 건너뛰며 읽어보았는데 '런던에 게임은 증가해 사냥터'도, '공급하는 점점 끝났다'도 암호문 해독의 실마리로 이어지지 않았네. 다시 문장을 읽어봤지. 바로 그때 수수께끼를 풀 열쇠가 보였다네. 두 어절씩 건너뛰고 남은 어절만 뽑아서 이어보면 트레버 씨를 절망으로 몰고 갔을 메시지가 드러났지.

그 문장을 트레버에게 읽어줬어. 볼수록 간결하고 단순했지만 경고라는 걸 확실히 알겠더군.

게임은 끝났다. 허드슨이 모두 말했다. 힘껏 도망쳐라.

트레버는 부들부들 떨리는 양손에 얼굴을 파묻고 말았어.

잠시 후 트레버가 말했지.

'그럴 줄 알았어. 돌아가신 것뿐 아니라 명예도 땅에 떨어졌

다는 뜻이니 더 끔찍하군. 그런데 여기의 사냥터 책임자나 암꿩은 도대체 무슨 뜻일까?'

'암호문의 의미와는 관계가 없어. 발신자의 신원을 파악할 다른 단서들이 없다면 이 단어들이 단서가 되긴 하겠지. 발신자가 편지를 어떤 식으로 썼는지 자네도 알겠지. 먼저 "게임은 끝났다. 허드슨이……" 하고 진짜 암호를 생각해둔 뒤에 문장을 완성하기 위해서 어절 사이에 아무 어절이나 되는대로 두 개씩 채워넣은 거야. 그 사람은 자연스럽게 머릿속에 제일 먼저 떠오르는 단어들을 썼겠지. 이 암호문을 보면 사냥이 떠오르는 단어가 많아. 그러니 사격을 좋아하거나 사육이나 교배에 관심이 많은 사람이라고 추측할 수 있지. 혹시 그 베도스라는 사람에 대해서 아는 거 있나?'

'이름을 들으니 기억나는군. 매년 가을마다 그 사람이 아버지에게 자신의 사유지에서 사냥을 하자는 초대장을 보내더라고.'

'그렇다면 베도스라는 사람이 보낸 편지가 틀림없어. 이제 허드슨이라는 선원이 존경받는 부유한 신사들을 두 명이나 협박한 비밀이 뭔지 밝혀내기만 하면 되겠군.'

'아! 홈스. 그 비밀은 떳떳치 못한 죄와 관련된 것이 분명해! 하지만 아무것도 숨기지 않겠어. 이건 아버지가 직접 쓰신 글이네. 허드슨이 나타나자 파멸을 직감하고 쓰셨나 봐. 아버지가 임종 시에 남긴 말씀대로 일본 서랍장에 들어 있었어. 내게 읽어주게. 나는 차마 읽을 수가 없어. 기운도 용기도 나지 않아.'

바로 그때 트레버가 내게 서류들을 건네주었다네, 왓슨. 그날 밤 오래된 서재에서 트레버에게 읽어주었듯 지금 다시 읽어주지. 보다시피 서류 겉봉에 제목이 씌어 있어. '바크형 범선 글로리아 스콧호가 1855년 10월 8일 팰머스를 출항해 11월 6일 북위 15도 20분, 서경 25도 14분에서 침몰할 때까지의 자세한 기록.' 편지 형식으로 쓴 글인데 이런 내용이라네.

사랑하고 또 사랑하는 내 아들아. 인생의 황혼기를 암흑으로 물들일 불명예스러운 순간이 다가오니 이제야 한 점 거짓 없이 사실만을 기록할 수 있구나. 이렇게 늦게 사실을 털어놓는 이유는 엄중한 법의 심판에 대한 공포나 이 지역에서 누려왔던 지위를 잃을 것이기 때문도 아니고, 나를 알았던 사람들 앞에서 내가 몰락할 것을 걱정했기 때문도 아니란다. 다만 네가 이 아비를 부끄러워할까 봐 두려웠기 때문이다. 내 과거를 몰랐기에 지금껏 나를 사랑하고 존경하는 것 외에 다른 감정을 품을 이유가 없었을 네가 말이다. 하지만 평생 두려워했던 일이 이제 벌어지려 하니, 너는 내가 직접 남긴 글로 사실을 알기를 바란다. 비난받을 짓을 저지른 아비의 과거를 말이다. 만사가 무사히 해결되었는데도(그

거야말로 전지전능한 신의 가호일 테지!) 혹시라도 이 글이 온전히 네 손에 들어간다면 네가 신성하게 여기는 모든 것과 죽은 네 어머니의 사랑, 우리 부자지간의 정을 걸고 간곡하게 부탁하니 두 번 생각하지 말고 이 글을 불태워버려라.

혹시라도 지금 네가 이 글을 읽고 있다면 내가 저지른 행동이 모두 만천하에 드러나 난 집에서 체포당했을 테지. 그게 아니라면 십중팔구 나는 죽음으로 영원히 혀가 봉인된 채 누워 있겠구나. 너도 알다시피 내 심장은 약하기 짝이 없으니 말이다. 어느 쪽이 되었든 진실을 마음속에 봉인했던 시간은 지나갔으니 이제부터 하는 말은 한 점 틀림없는 진실이란다. 그 사실을 맹세하며 자비를 구한다.

아들아, 내 본명은 트레버가 아니다. 먼 옛날 나는 제임스 아미티지였단다. 이제 몇 주 전 네 대학 친구가 은근슬쩍 내 비밀을 안다는 듯한 말을 했을 때 내가 그대로 기절해버린 이유를 이해하겠지. 아미티지였을 때 나는 런던의 은행에 입사했지. 그 이름으로 법을 어겨 멀리 유형을 가는 신세가 되고 말았단다. 하지만 너무 경멸하지는 말아다오. 당시 나는 노름빚을 갚으려다 은행 돈에 손을 댔지만 발각되는 기미가 보이기 전에 돈을 되돌려놓을 수 있으리라 철석같이 믿고 한 일이었다. 그런데 무시무시한 불행이 찾아왔다. 곧 들어오리라 자신했던 돈이 들어오지 않은 거야.

설상가상으로 회계감사가 조기 실시되는 바람에 은행 돈을 횡령한 사실이 들통나고 말았지. 지금이라면 이런 범죄로 유형까지는 가지 않겠지만 삼십 년 전에는 지금보다 법이 훨씬 더 가혹했단다. 결국 나는 스물세 번째 생일에 흉악범이 되어, 오스트레일리아로 떠나는 바크형 범선 글로리아 스콧호의 갑판에 다른 서른일곱 명의 죄수들과 함께 쇠사슬로 묶인 처지가 되고 말았지.

그때는 1855년으로 크림전쟁이 한창일 때였다. 그러니 유형선으로 써오던 배들은 대개 흑해에서 수송선으로 쓰였어. 할 수 없이 정부는 죄수 수송에 그다지 적합하지 않은 소형 선박에 죄수들을 태워 보낼 수밖에 없었지. 글로리아 스콧호는 중국과의 차茶 교역에 쓰던 구식 배였는데, 뱃머리가 육중하고 너비가 넓은 배였다. 그래서 신형 쾌속선에 밀려났지. 오백 톤짜리인 그 배에는 유형수 서른여덟 명 외에 승무원 스물여섯 명, 군인 열여덟 명, 선장, 항해사 세 명, 의사와 목사 한 명씩, 교도관 네 명이 타고 있었단다. 팰머스에서 출항할 때 모두 합해 백 명 가까운 숫자가 타고 있었지.

보통 유형선에서는 유형수들을 가둔 감방의 벽이 두꺼운 떡갈나무란다. 그런데 그 배의 감방 벽은 상당히 얇고 허술했지. 선미 쪽 옆방에 있던 남자는 부두로 가는 길에 유독 눈에 띄었던 자였다. 젊고 얼굴은 수염 없이 말끔했지. 코는 가늘고 길게 뻗었고 턱이 강인해 보였단다. 늘 당당하게 머리를 꼿꼿이 들고 다니는데다 걸음걸이도 오만해 보였지. 무엇보다 눈길을 끈 건 우리 중 머리가 그의 어깨에 닿는 사람이 없을 정도로 유난히 큰 키였다. 내가 보기에 최소 이 미터는 되는 듯했지. 슬픔과 피로에 찌든 얼굴뿐인 그곳에서 활력과 결의로 가득찬 사람을 보는 것만으로도 묘한 기분이 들었단다. 눈보라 속에서 불을 찾은 느낌이었달까. 그래서 그가 옆방에 있다는 사실이 기뻤단다. 한밤중에 귓가에서 속삭이는 소리를 들었을 때는 기쁨이 배가 되었지. 알고 보니 그가 감방 사이의 벽에 작은 구멍을 뚫었더구나.

"이봐, 친구! 이름이 뭔가? 어쩌다가 여기까지 굴러 들어온 거야?"

나는 이름과 죄목을 알려준 후 그에게 누구냐고 물었단다.

그가 대답했지.

"나는 잭 프렌더개스트지. 장담하는데 이렇게 안면을 튼 걸 나중에 감사할 날이 올 거야!"

나는 그의 사건을 들은 기억이 났어. 내가 체포되기 얼마 전에 영국 전역에 엄청난 충격을 몰고 왔던 사건이었거든. 그는 집안도 좋고 재능도 출중했지만 구제불능으로 사악한 인간이었단다. 그는 천재적인 사기극을 벌여서 런던의 부자 상인들을 상대로 막대한 돈을 긁어모았지.

"당신도 내 사건을 기억하지?"

그는 자랑스럽게 물었어.

"아주 잘 기억하고 있죠."

"사건이 좀 이상하지 않던가?"

"뭐가 말입니까?"

"내가 사기친 돈이 거의 이십오만 파운드라고 알려졌지. 안 그런가?"

"그렇다더군요."

"그런데 돈을 되찾은 사람은 아무도 없어. 안 그런가?"

"네."

"과연 돈이 어디에 있을 것 같나?"

"감도 못 잡겠는데요."

"바로 내게 있지. 자네 머리에 붙어 있는 터럭보다 내 돈이 더 많을걸. 자네에게 돈이 있고, 그 돈을 어떻게 관리하고 분배할지 안다면 세상에 못 할 일이 있겠나? 이 뭐든 할 수 있는 남자가 과연 악취 나는 감방에서 형기를 마칠 거라고 생각하나? 쥐와 벌레가 들끓고 곰팡내 나는 낡은 관 같은 중국 차 교역선에서? 그럴 리가! 나는 나를 책임질 수 있어. 친구들까지도 책임질 수 있지. 내기를 해도 좋아! 내게 전적으로 충성을 해. 그러면 자네를 끝까지 같이 데려가줄 테니까. 성경에 입을 맞추고 맹세라도 하지."

그는 늘 이런 식으로 말을 했단다. 나는 처음에는 헛소리라고 생각했어. 하지만 얼마 후 그가 나를 시험한 후 반드시 비밀을 지킨다는 맹세를 하게 하더군. 그러곤 배를 탈취할 계획이 있다는 거야. 배에 오르기도 전부터 죄수 열두 명이 가담했다더구나. 프렌더개스트는 계획의 주모자로서 돈으로 죄수들을 매수한 거였어. 그가 내게 계획을 말해주었단다.

"내겐 동료가 있어. 그렇게 좋은 친구는 드물 거야. 총신과 개머리판만큼 서로 신용할 수 있는 사이라 이 말이야. 그에게 내 돈이 있어. 아예 소지하고 있지. 지금 그가 어디에 있는지 아나? 그는 배에 함께 탄 목사라네, 목사라고! 검은 사제복을 입고 흠잡을 데 없는 서류를 준비해 배에 올랐지. 그가 들고 탄 상자에는 이 배를 통째로 살 만한 돈이 들어 있어. 선원들은 그의 지시라면 뭐든 할 거야. 목사가 큰돈을 들여 매수했거든. 현찰이라 좀 싸게 했지만. 이 배와 계약을 하기 전에 진작 매수해버렸지. 교도관 두 명과 이등항해사 머서도 우리 편이야. 매수할 가치가 있다고 생각하면 선장에게도 손을 뻗칠 걸세."

"이제 뭘 해야 합니까?"

내가 물었단다.

"뭘 해야 할 것 같나? 우리는 병사들의 코트를 처음 만들어졌을 때보다 더 시뻘겋게 만들어줄 작정이야."

"그 사람들은 무기가 있지 않습니까?"

내가 되물었지.

"우리도 마찬가지야. 모두에게 권총 두 자루씩 돌아갈 거야. 승무원들을 우리 편으로 만들고도 배를 장악하지 못하면 얌전히 기숙학교에나 들어가자고. 오늘밤 자네 왼쪽에 있는 수감자에게 이 이야기를 해봐. 믿을 수 있는 친구인지 잘 살펴보고."

나는 그의 말을 따랐단다. 옆 칸의 수감자와 말을 해보니 그도 처지가 비슷한 젊은 친구였어. 죄목은 위조였지. 본명은 에번스로 후에 나처럼 이름을 바꿨단다. 지금은 영국 남부 지방에서 부유하고 행복하게 살고 있지. 그도 당장 음모에 가담했어. 스스로를 구할 유일한 방법으로 여겼으니까. 만을 다 빠져나가기도 전에 두 명을 빼고 죄수들은 전부 이 계획에 발을 들이게 되었지. 한 명은 너무 소심해서 도저히 믿을 수가 없었고 나머지 한 명은 황달에 걸려서 쓸모가 없었거든.

배를 탈취하려는 계획을 막을 방법은 처음부터 없었어. 선원들은 애초에 모반을 위해 고용된 깡패들이었지. 가짜 목사는 소책자가 잔뜩 든 것처럼 보이는 검은 가방을 갖고 설교를 하러 다녔는데, 그렇게 목사가 자주 오간 덕에 셋째 날 우리의 침대 발치에는 권총 두 자루와 화약 일 파운드, 총알 스무 발씩이 놓였단다. 교도관 두 명은 프렌더개스트의 하수인이었고 이등항해사는 그의 오른팔이었어. 계획에 방해가 될 사람은 선장과 수감자 두 명, 교도관 두 명, 마틴 소위와 그의 부하 열여덟 명, 의사가 다였지. 이 정도면 안전하다고 할 수 있었지만 우리는 결코 긴장을 풀지 않고 야간에 기습을 하기로 했다. 그런데 예상보다 더 일찍 공격을 시작하게 되었어.

출항한 지 삼 주가 지난 어느 밤이었다. 몸이 아픈 죄수를 진찰하러 내려온 의사가 우연히 침대 밑에 손을 짚었다가 뭘 만졌는데, 권총이라고 직감한 거야. 그때 침착하게 행동했다면 우리 계획은 물거품이 되었겠지만 그는 심약한 인간이었지. 기겁을 해서 백지장처럼 창백한 얼굴로 비명을 질렀어. 상황을 단박에 알아차린 죄수가 그를 덮쳐 제압했단다. 의사는 주위에 위험을 알릴 겨를도 없이 재갈이 물린 채 침대에 묶인 신세가 되고 말았지. 의사가 열어둔 갑판 문을 이용해 우리는 밖으로 몰려나갔다. 보초 두 명이 그 자리에서 사살되었고 무슨 일인지 살피러 온 상등병 한 명도 같은 운명을 맞고 말았어. 특등실 입구에 병사 두 명이 더 있었는데, 우리를 보고도 총을 쏘지 않은 것을 보면 총에 장전도 해놓지 않은 모양이었지. 급히 총에 총검을 달려고 했지만 결국 사살되고 말았단다. 그들을 처치한 후 우리는 선장실로 몰려갔어. 선장실의 문을 여는 순간 안에서 총소리가 나더구나. 안으로 서둘러 들어가니 선장은 탁자 위에 핀으로 고정해놓은 대서

양 해도에 머리를 처박은 채 쓰러져 있었어. 그 옆으로 연기가 피어오르는 권총을 들고 선 목사가 보였지. 매수되지 않은 항해사 두 명은 선원들에게 금방 제압되었어. 배를 우리 손아귀에 넣은 거지.
선장실 옆이 특등실이었다. 그곳으로 우르르 몰려 들어가 소파마다 자리를 잡고 왁자지껄하게 떠들었어. 다시 자유의 몸이 되었다는 사실에 흠뻑 취했거든. 그 방은 사방이 벽장이었다. 가짜 목사인 윌슨이 벽장 하나를 뜯어서 브라운 셰리주 열두 병을 꺼냈어. 술병을 뜯어 잔마다 술을 그득 부었단다. 모두들 술잔을 들고 건배를 하려는 순간 일제사격을 하는 머스킷 총의 굉음이 울렸어. 선실은 이내 연기로 자욱해져 한 치 앞도 분간할 수도 없게 되었다. 마침내 연기가 걷히고 모습이 드러난 선실은 온통 피범벅이었지. 윌슨과 우리 편 여덟 명이 서로 겹쳐진 채 바닥에 널브러져 꿈틀거리고 있었어. 탁자 위가 피와 브라운 셰리주로 범벅된 모습은 지금 떠올려도 구역질이 나는구나. 우리는 그 참상을 목도하고 완전히 겁에 질려버렸지. 프렌더개스트가 없었다면 포기해버렸을 거야. 그는 성난 황소처럼 움직여서 살아남은 모두를 이끌고 나갔어. 서둘러 그를 따라 나가보니 선미루에서 소위가 부하 열 명을 데리고 저항하고 있더구나. 특등실 탁자 부근의 천장 채광창이 열린 틈으로 총알 세례를 퍼부었던 거야. 그들이 재

장전을 하기 전에 공격을 가했어. 그들도 끝까지 용감하게 저항했지만 승기는 우리에게 있었지. 결국 오 분 만에 모든 상황이 끝나 버렸단다.

세상에! 그처럼 처참한 학살의 현장이 또 있었을까? 프렌더개스트는 미쳐 날뛰는 악마 같았단다. 그는 마치 병사들이 어린애인 양 잡아채 배 밖으로 집어던져버렸어. 죽었든 살았든 상관하지 않았지. 치명적인 부상을 입은 병장 한 명이 놀라울 정도로 오래 헤엄을 치며 버티자 자비를 베풀 듯 누가 머리를 쏘아버리더구나. 총격전이 끝나자 적들 가운데 남은 자들은 교도관 둘과 항해사 둘, 의사가 다였단다.

그들을 어떻게 할지를 놓고 설전이 벌어졌어. 대부분은 자유를 되찾은 것만으로도 충분히 만족했던데다 더는 손에 피를 묻히고 싶어 하지 않았지. 머스킷 총을 든 병사들을 때려눕히는 것과 피도 눈물도 없이 살해되는 사람들을 지켜보는 것은 엄연히 별개의 문제였단다. 나를 포함해 유형수 다섯과 선원 셋, 모두 여덟 명이 더이상 살육을 원하지 않는다고 밝혔다. 하지만 프렌더개스트와 그를 지지하는 사람들은 끄떡도 하지 않았어. 프렌더개스트가 그러더구나. 확실하게 안전해지려면 남은 자들을 제거하는 수밖에 없다고. 증언석에 올라 혀를 놀릴지도 모르는 자들을 절대 살려둬서는 안 된다고. 우리도 사로잡힌 자들과 같은 운명이 되는

구나 싶었는데 마지막 순간 프렌더개스트는 원한다면 보트를 타고 떠나라고 했어. 우리는 제안을 냉큼 받아들였다. 피에 굶주린 살육에는 질려버린데다 더 처참한 일이 일어날지 모른다고 생각했거든. 그들은 우리에게 선원복 한 벌씩과 물 한 통, 말린 고기와 비스킷 한 통씩, 나침반 한 개를 주더구나. 프렌더개스트는 우리 보트에 해도를 던져주며 구조가 되면 북위 15도와 서경 25도에서 난파한 배를 타고 있던 선원들이라고 하라고 했지. 그런 후에 밧줄을 끊고 보내주었단다.

이제 내 이야기에서 가장 놀라운 부분에 다다랐구나, 아들아. 폭동이 일어나는 동안 선원들은 바람이 부는 쪽으로 활대를 돌렸지만 우리가 배에서 내린 후에 그들은 활대를 다시 용골과 직각이 되게 돌렸지. 북동쪽에서 미풍이 불어오자 범선은 천천히 우리 보트에서 멀어지기 시작했다. 보트는 파도에 오르락내리락하며 길고 부드러운 큰 너울에 몸을 싣고 흘러갔지. 에번스와 나는 보트를 타고 나온 사람들 중 제일 많이 배운 사람들이었어. 둘이서 뱃머리에 자리를 잡고 보트가 지금 어디쯤 떠 있고 어느 해안을 향해 가야 하는지 연구하기 시작했단다. 행선지를 어디로 잡을지 쉽사리 결정할 수가 없었어. 왜냐하면 베르데 곶은 당장 있는 곳에서 북쪽으로 팔백 킬로미터쯤 떨어져 있었고 아프리카 해안은 동쪽으로 천백 킬로미터도 넘게 떨어져 있었거든. 북풍이 계속 불기에 시에라리온을 목적지로 잡는 게 최선이라고 판단했지. 그래서 뱃머리를 그쪽으로 향했단다. 그 무렵 글로리아 스콧호는 우측 뒷편에 돛대만 보일 정도로 멀리 떨어져 있었어. 그쪽을 바라보는데 느닷없이 배 위로 시커먼 연기구름이 뭉게뭉게 피어오르는 게 아니겠느냐. 마치 나무가 괴물처럼 높이 솟아오른 것만 같았지. 잠시 후 우레와 같은 굉음이 들리더니 배가 자취도 없이 사라지고 말더구나. 우리는 곧장 뱃머리를 되돌렸어. 계속 솟아오르며 재앙이 벌어진 곳을 알리는 연기를 향해 젖 먹던 힘을 다해 보트를 몰았지.

꼬박 한 시간을 몰아 배가 침몰한 곳에 도착했단다. 너무 늦게 오는 바람에 구조할 사람이 없을 것 같았어. 주위에 온통 산산조각 난 배의 파편이며 상자와 돛대 파편 등이 파도에 쓸려 너울거리는 모습에 그곳에서 배가 가라앉았다고 짐작할 따름이었어. 생존자의 흔적은 어디에도 없었지. 절망적인 심정으로 배를 돌리려는데 어디선가 살려달라는 소리가 들렸어. 주위를 살펴보니 멀리 떠 있는 판자에 사람이 뻗어 있는 거야. 서둘러 끌어올리고 보니 허드슨이라는 이름의 젊은 선원이었단다. 그는 심하게 화상을 입고 기진맥진한 상태였던 탓에 배에서 일어난 일에 대해 다음날 아침에야 말할 수 있었지.

들어보니 우리가 떠난 후 프렌더개스트와 그의 패거리는 생포한

포로 다섯 명을 차례차례 죽이기 시작했어. 먼저 교도관 두 명을 사살한 후 시신을 배 밖으로 던져버렸어. 삼등항해사도 같은 운명을 맞았지. 그런 후에 프렌더개스트는 갑판 아래로 내려가 불쌍한 의사의 목을 직접 베어버렸다더구나. 남은 포로는 일등항해사뿐이었어. 용맹스러운데다가 행동력도 있던 그는 프렌더개스트가 피 묻은 칼을 쥐고 다가오는 모습을 보자 갑판 아래로 달려가 후미 선창으로 몸을 던졌어. 결박하고 있던 밧줄을 느슨하게 만들어서 빠져나왔던 거야.

열 명이 넘는 유형수들이 권총을 챙겨 들고 항해사를 쫓아 후미 선창으로 내려갔다더구나. 가보니 항해사가 뚜껑을 연 화약통 옆에 성냥 통을 쥐고 앉아 있더라는 거야. 배에는 화약통이 아흔아홉 통이나 더 있었단다. 항해사는 자신을 공격하면 모두 날려버리겠다고 큰소리를 쳤어. 잠시 후 폭약이 폭발했지. 허드슨은 항해사가 불을 붙인 게 아니라 유형수 중 누군가가 총을 잘못 쏜 탓에 그리 되었을 거라더구나. 원인이 뭐든 글로리아 스콧호와 배를 탈취했던 폭도 무리는 그렇게 최후를 맞이하고 말았지.

사랑하는 내 아들아, 이게 바로 내가 발을 들여놓았던 무시무시한 사건의 전말이다. 다음날 우리는 오스트레일리아로 가는 쌍돛대 범선인 홋스퍼호에 구조되었어. 그 배의 선장은 우리를 난파한 여객선의 생존자라고 믿어 의심치 않았지. 해군본부는 유형선인 글로리아 스콧호가 바다에서 실종된 것으로 사건을 종결시켜 버렸어. 물론 그 배의 진짜 운명은 알려지지 않았지. 홋스퍼호는 무사히 항해를 마치고 우리를 시드니에 내려주었단다. 에번스와 나는 이름을 바꾼 후 금을 캐러 광산으로 떠났어. 세계 각지에서 몰려든 사람들 사이에서 진짜 신분을 지워버리는 것쯤은 문제도 아니었지.

이후의 일에 대해서는 굳이 글로 남길 필요 없겠지. 우리는 광산에서 성공해 여행을 다니다 부유한 식민지 시민이라는 신분으로 귀국했단다. 식민지에서 모은 재산으로 시골에 토지를 구입해 이십 년이 넘도록 평화롭고 행복하게 살았어. 우리는 과거가 영원히 묻혀 있기를 바랐다. 그랬으니 그날 내 심정이 어떠했겠니. 나를 향해 걸어오는 선원이 그 옛날 난파선에서 구출한 남자라는 걸 알아보았을 때 말이다. 악착같이 우리를 추적한 그는 우리의 비밀을 이용해 빌붙으려고 했지. 내가 그자의 비위를 맞추려고 애를 쓴 이유가 짐작이 가겠지. 모든 것을 밝히겠다고 위협한 뒤 다른 사람을 협박하러 떠났을 때 내가 얼마나 공포에 떨었을지 너도 조금은 알 수 있으리라 믿는다.

그 아래에 적힌 글은 노인이 어찌나 손을 떨었던지 거의 알아볼 수가 없었어.

베도스가 암호로 H가 모두 털어놓았다는 편지를 보냈더구나. 자애로운 신이시여, 우리의 영혼에 자비를 베풀어주소서!

여기까지가 그날 밤 트레버에게 읽어준 고백글이라네, 왓슨. 그 상황에는 정말 놀라운 이야기였지. 트레버는 모든 진실을 알고 너무나 큰 충격을 받은 나머지 터라이 차 농장으로 떠나버리고 말았어. 들리는 소문으로는 거기서 잘살고 있다더군. 경고 편지를 보낸 이후로 베도스 씨가 어찌되었는지는 소식을 듣지 못했네. 허드슨에 대해서도 마찬가지였지. 두 사람은 자취를 감추었어. 경찰에 들어온 고발도 전혀 없었지. 그걸 보면 베도스 씨는 단지 위협에 불과했던 허드슨의 말을 진담이라고 오해한 게 분명해. 당시 허드슨이 몸을 숨기고 다니는 모습이 목격되어 경찰은 허드슨이 베도스 씨를 죽인 후 도주했다고 생각했지만 진상은 반대일 걸세. 허드슨이 폭로했다고 믿은 베도스 씨가 극단적인 생각에 빠져 허드슨에게 보복을 하지 않았을까? 그리고 당장 챙길 수 있을 만큼 돈을 챙겨 외국으로 도주를 한 거지. 왓슨, 이게 사건의 진상이라네. 자네의 작품집에 도움이 되는 이야기라고 생각한다면 사양 말고 마음껏 쓰게."

머즈그레이브 가문의 의식문

내 친구인 셜록 홈스는 종잡을 수 없는 사람이라 내가 종종 당황할 때가 있다. 누구 못지않게 논리적이고 깔끔한 방식으로 추리를 하고 옷차림 또한 늘 점잖고 단정하지만, 동거인의 혼을 쏙 빼놓을 정도로 지저분한 생활 습관도 가졌다. 내가 흐트러진 모습을 못 참는 고리타분한 사람이라면 말을 꺼내지도 않았을 것이다. 나는 무딘 성격을 타고났고 아프가니스탄에서 산전수전 겪은 뒤로는 의사에게 어울리지 않을 만큼 더욱 느긋한 사람이 되었다. 하지만 이런 나에게도 한계가 있다. 석탄 통에 시가를 보관한다거나 페르시아 실내화의 앞코에 담배를 넣어둔다거나 벽난로 위의 목재 선반 한가운데에 답장도 하지 않은 편지들을 잭나이프로 꽂아둔 모습을 보면 그래도 나는 누구보다는 고상한 사람이구나 싶다. 내가 사격 연습은 야외에서나 하라고 늘 상 말했는데도, 어느 날 그 특유의 기묘한 흥에 사로잡힌 홈스는 방아쇠가 민감한 권총과 실탄 백 발을 가지고 안락의자에 앉아 맞은편 벽에 총알 자국으로 글자를 새겨놓았다. 빅토리아 여왕 폐하Victoria Regina의 약자인 'V.R.'로 애국 충정이 가득한 글자였지만 분위기로나 외관으로나 우리 방을 좋아 보이게 하는 장식은 아니었다.

거실 이곳저곳을 가득 메운 화학약품과 범죄 관련한 물건들은 또 어떠한가 하면, 대개 영문을 알 수 없는 위치에 널브러져 있었다. 어떤 날은 버터 접시에서 어떤 날은 도저히 생각지도 못한 곳에서 발견되었다. 하지만 그의 서류에 비하면 아무것도 아니었다. 홈스는 절대 서류를 파기하려고 하지 않았다. 특히나 과거에 다루었던 사건 서류라면 애지중지했는데, 그러면서도 부지런을 떨며 문서를 정리하고 분류하는 일은 일이 년에 한 번 있을까 말까 했다. 내가 이 두서없는 회상록에서 언급했다시피 홈스는 자신에게 명성을 안겨준 뛰어난 추리력을 발휘할 때는 에너지를 열정적으로 뿜어내다가도 그 시기가 지나가면 한없이 무기력한 상태로 빠져든다. 무기력한 때의 홈스는 바이올린과 책을 가지고 탁자를 오고갈 때가 아니면 드러누워 있는 소파에서 움직이지도 않았다. 그러니 서류 정리는 어림없었다. 결국 한 달 두 달 시간이 흐르다 보면 태워버릴 수 없으면서 주인밖에 처리할 사람이 없는 종이 더미가 사방에 탑처럼 솟아올라 있기 마련이었다.

어느 겨울밤, 홈스와 내가 난롯가에 앉아 있을 때였다. 나는 그에게 정리정돈에 대해 슬쩍 운을 띄워보았다. 자료들을 모아 스크랩북에 정리하는 작업을 끝냈으니 두 시간 정도 짬을 내 거실을 사람 사는 곳답게 치우면 어떻겠냐고 말이다. 그도 내 말을 덮어놓고 거절하지는 못했다. 그러더니 왠지 애처로운 표정을 하곤 침실로 들어갔다가 잠시 후 커다란 양철 상자를 질질 끌고 나왔다. 그는 상자를 거실 한가운데 놓더니 앞에 있던 등받이 없는 의자에 웅크리고 앉아 상자의 뚜껑을 열어젖혔다. 안을 보니 붉은 끈으로 묶어 분류해놓은 서류 뭉치들이 상자를 3분의 1이나 채우고 있었다.

홈스는 장난기 섞인 눈빛으로 나를 바라보며 말했다.

"전부 내가 맡았던 사건이라네. 상자에 있는 사건들을 알고 나면 새 사건들을 정리해 넣는 대신 여기에 있는 사건들부터 꺼내보라고 할걸."

나는 깜짝 놀라 되물었다.

"이것들이 자네가 탐정 생활 초기에 맡았던 사건 서류라는 거야? 그런 기록들을 한번 보고 싶다고 생각했는데."

"그렇다네, 이 친구야. 전기 작가가 나를 미화하는 글을 쓰기 훨씬 전에 맡았던 사건들이지."

홈스는 서류 묶음들을 하나씩 조심스럽게 꺼내면서 말을 이었다.

"전부 말끔하게 해결한 사건은 아니라네. 그래도 저마다 흥미로운 지점들이 있지. 이건 탈턴 살인 사건 기록이고 와인상 뱀베리 사건에 대한 기록도 있어. 늙은 러시아 부인의 모험이며 알루미늄 목발이 관계된 신기한 사건도 있지. 그뿐이 아니야. 내반족인 리콜레티와 그의 고약한 아내에 대한 상세한 기록도 들어 있어. 어디 보자, 아하! 이거야! 이거야말로 최고의 사건이었지."

홈스는 상자 바닥까지 손을 쑥 집어넣더니 미닫이 뚜껑이 달린 작은 나무상자 하나를 꺼냈다. 장난감을 넣어둘 법한 상자에서는 꾸깃꾸깃한 종이 한 장과 고풍스러운 놋쇠 열쇠, 노끈 뭉치가 달린 나무못이 나왔다. 동전처럼 생긴 잔뜩 녹이 슨 금속 세 개도 있었다.

홈스는 내 표정을 보고 미소를 지으며 물었다.

"이 물건들이 뭘 것 같나?"

"기묘한 물건들? 그런 것들이 잔뜩 들어 있군."

"확실히 기묘하지. 이것들이 관련된 이야기는 그보다 훨씬 기묘하다네."

"이 낡은 물건들에 파란만장한 역사가 있는 모양이군."

"이것들 자체가 역사지."

"무슨 말인가?"

셜록 홈스는 물건을 하나씩 집어서 탁자의 가장자리를 따라 늘어놓았다. 그러더니 다시 의자에 앉아 만족스러운 눈빛으로 살펴보기 시작했다.

"이것들은 내가 '머즈그레이브 가문의 의식문' 사건을 기억하려고 남겨둔 일종의 기념품이네."

전에도 그 사건을 몇 번 입에 올렸지만 자세한 이야기를 전혀 해주지 않아 궁금해하던 차였다.

"그 사건에 대해 자세하게 들어보고 싶은데."

내 말에 홈스가 장난스럽게 소리쳤다.

"이 쓰레기들을 그대로 남겨두고? 깔끔한 걸 좋아하는 자네가 두고 볼 수 없을 텐데. 어쨌든 자네의 작품집에 이 사건을 끼워준다면 기쁠 걸세. 영국은 물론이고 다른 나라의 범죄 기록을 뒤져봐도 이만큼 독특한 사건은 없을 테니까. 이 사건에는 흥미로운 점들이 많다네. 내 보잘것없는 성과들을 모은 기록에 이렇게 특별한 사건이 실리지 않으면 이가 빠진 기록이 될 거야.

글로리아 스콧호 사건을 기억하지? 그 사건에서 불행한 최후를 맞이한 노인과의 대화를 계기로, 이제는 천직이 된 이 직업에 내가 처음으로 관심을 가지게 되었다는 이야기도 말일세. 지금이야 방방곡곡에 이름이 알려져 일반인이든 경찰이든 미심쩍은 사건이 일어나면 종국에는 내게 도움을 청할 정도로 인정받고 있지. 우리가 처음 만났을 때 나는 큰돈을 벌지는 못해도 상당한 인맥을 구축한 뒤였다네. 자네가 『주홍색 연구』라는 책으로 펴낸 그 사건이 일어났을 즈음 말일세. 그러니 자네는 내가 처음에 얼마나 고생을 했는지, 이 바닥에서 두각을 나타내기까지 얼마나 긴 시간을 참고 버텼는지 상상도 못 할 걸세.

처음 런던에 왔을 무렵에는 몬터규 스트리트에서 하숙을 했다네. 영국 박물관에 면한 거리였지. 당연히 시간이 넘쳐났어. 나는 실력을 키우는 데 도움이 될 과학 분야들을 공부하면서 남아도는 시간을 보냈다네. 그때도 가끔 사건이 들어왔는데, 대개 동창생들의 소개를 통해서였지. 대학 시절이 끝나갈 무렵 나와 내 기술에 대한 소문이 꽤 났었거든. 그렇게 들어온 의뢰 가운데 세 번째 사건이 바로 머즈그레이브 가문의 의식문 사건이었다네. 이 사건에서 꼬리를 물고 일어난 묘한 일들이며, 사건 해결의 열쇠를 쥐고 있던 굵직한 문제들이 대중의 호기심을 자극한 덕분에 나는 지금의 위치로 성큼 다가설 수 있었지.

레지널드 머즈그레이브는 같은 학부를 다닌 동창이라 약간 안면이 있었다네. 그는 자존심이 강해서 동기들 사이에서 그다지 인기가 없었지. 내 눈에는 그가 자신감이 없어서 오만한 태도로 본모습을 숨기려는 것 같더군. 그는 대단히 귀족적인 외모의 소유자로 마른 몸매에 코는 높고 눈은 컸지. 행동거지는 느긋하면서 정중했고, 실제로도 영국에서 손꼽히게 오래된 가문의 후손이었어. 그의 조상은 16세기에 북부에 있던 머즈그레이브 가문에서 분가해 남서부의 서식스 주에 정착했지. 서식스 주에서 현재 사람이 살고 있는 가장 오래된 건축물이 머즈그레이브 가문의 저택 헐스톤이야. 레지널드 머즈그레이브를 보고 있으면 그가 태어난 저택을 함께 보는 느낌이었어. 창백하고 날카로운 얼굴이나 그가 고개를 든 모습을 보면, 잿빛 아치 길과 칸칸이 나뉜 창문들이며 봉건시대의 성에 남은 고색창연한 유물들이 저절로 떠올랐지. 학창 시절 몇 번 이야기를 나눌 때마다 그 친구가 여러 차례 나의 관찰과 추리 기법에 대해 흥미를 보인 일이 지금도 기억나는군.

대학을 졸업한 후에는 한 번도 못 만났다네. 그러던 어느 날 아침 그가 몬터규 스트리트의 하숙집에 불쑥 찾아왔지 뭔가. 마지막으로 본 지 사 년 만에 말일세. 그동안 별로 달라진 데가 없더군. 원래도 멋쟁이였는데, 그때도 유행에 민감한 젊은 사람답게 옷을 근사하게 입고 있었지. 예전부터 남달랐던 차분하고 정중하던 태도는 그대로였어.

반갑게 악수를 나누고 난 후 내가 안부를 물었지.

'그동안 어떻게 지냈나, 머즈그레이브?'

'우리 아버지가 돌아가셨다는 이야기는 들었지? 그 후로 이 년이나 흘렀지. 당연한 일이지만 헐스톤 영지를 관리하고 있어. 지역 의원이기도 하니 요즘은 바빠서 정신이 없지 뭐. 그건 그렇고 홈스, 학창 시절 우리를 놀라게 한 능력들을 잘 활용하고 있다면서?'

'맞아, 요즘은 머리를 써서 먹고살고 있어.'

'그 말을 들으니 안심이 되네. 지금 도움이 필요한 형편이거든. 헐스톤에서 기묘한 일들이 벌어졌네. 경찰은 감도 못 잡고 있고. 희한하고 불가사의한 일이야.'

내가 무슨 일인지 알고 싶어서 얼마나 몸이 달았을지 상상이 가지 않나, 왓슨? 어서 자세한 이야기를 듣고 싶어서 발을 동동 굴렀지. 몇 달씩 하는 일 없이 버티면서 고대했던 기회가 코앞에 나타난 게 아닌가. 아무도 못 푸는 사건이라고 해도 나라면 해결할 수 있을 거라 자신만만했지. 비로소 능력을 증명해 보일 기회가 찾아온 거라고 확신한 걸세.

'어서 자세한 이야기를 들려주게나.'

내가 그를 재촉했네.

레지널드 머즈그레이브는 맞은편에 앉더니 내가 내민 담배에 불을 붙였네. 그리고 이야기를 시작했지.

'자네도 알다시피 나는 아직 독신이지만 헐스톤에는 하인을 꽤 많이 두고 있어. 그 저택이 워낙 낡은데다 턱없이 넓어서 제대로 관리하는 게 보통 일이 아니거든. 게다가 꿩 사냥철이 되면 자주 연회를 여니까 손이 부족해서는 안 돼. 저택에는 하녀 여덟 명과 요리사, 집사, 시종 두 명, 사환 소년이 있어. 물론 정원사와 마구간지기는 따로 고용하고 있지.

하인들 가운데 우리집에서 가장 오래 일한 사람이 바로 집사인 브런턴이야. 그가 젊을 때 아버지가 고용했지. 원래는 학교 교사였다는데 적성에 맞지 않았다나 봐. 대단히 활기차고 성격도 괜찮은 사람이라 순식간에 저택에 없어서는 안 될 소중한 존재가 되어버렸지. 그는 이마가 훤하니 말쑥하고 잘생긴 남자야. 우리집에 온 지 이십 년이 다 되었지만 나이는 기껏해야 마흔을 넘지 않았을 거야. 외국어를 몇 개나 구사하고 온갖 악기를 연주할 정도로 다재다능한 사람이, 일개 집사 자리에 오랜 세월 만족하고 살았다는 사실이 신기할 정도지. 이미 안락한 생활에 안주한데다 변화를 추구할 동기가 딱히 없어서인 듯했어. 어쨌든 집사 브런턴은 저택을 다녀간 사람이라면 절대 잊지 못할 명물 같은 존재였지.

그런데 이렇게 대단한 사람에게도 한 가지 단점이 있어. 솔직히 집사는 바람둥이야. 헐스톤처럼 조용한 시골에서 그런 남자가 여자들을 얼마나 쉽게 홀릴 수 있을지 상상이 가지 않나. 그래도 결혼한 후로는 버릇도 잠잠해진 것 같았는데 상처를 한 후 여자 문제로 말썽이 끊이지 않는 걸세. 차석 하녀인 레이철 하우얼스와 약혼을 해서 몇 달 전만 해도 재혼으로 안정을 찾을 줄로만 기대했는데, 그 후에 레이철을 버리고 사냥터 관리인의 딸인 재닛 트레젤리스와 사귀더군. 레이철은 마음씨가 고운 아가씨이긴 하지만 웨일스 출신이라 흥분하기 쉬운 성격이야. 파혼으로 충격을 받아 뇌염을 심하게 앓았지. 지금은, 아니 어제까지는 퀭한 눈으로 혼만 저택 주위를 돌아다니는 것 같았다네. 이것이 헐스톤 저택에서 벌어진 첫 번째 사건이야. 그런데 두 번째 사건이 일어나자 레이철의 문제는 안중에도 없게 되었지. 집사가 불명예스러운 해고를 당하면서 두 번째 사건이 시작되었어.

거기에는 이런 사연이 있었지. 집사가 재주가 많다고 한 말 기억하나? 그 재주가 화를 불렀어. 너무 똑똑한 나머지 손을 대선 안 되는 일을 끈덕지게 파고든 거지. 현장에서 딱 걸리기 전까지 얼마나 오랫동안 월권행위를 했을지 짐작도 가지 않아.

아까도 말했지만 저택은 터무니없을 정도로 넓은 곳이야. 지난주 밤이었어. 정확히 말하자면 목요일 밤이었지. 그날 밤 난 도무지 잠들지 못하고 있었어. 어리석게도 저녁을 먹고 커피를 진하게 한 잔 마셨거든. 잠자리에서 계속 뒤척이다 보니 어느새 새벽 2시잖아. 도저히 잠이 올 것 같지 않아서 낮에 읽던 소설책이나 마저 읽으려고 일어나 초에 불을 켰는데 책을 당구실에 두고 왔더라고. 하는 수 없이 실내복을 걸치고 그 밤에 책을 가지러 갔지.

당구실에 가려면 층계를 내려가서 도서실과 총기실로 이어지는 복도 앞머리를 지나야 한다네. 지나가면서 그쪽 복도를 힐끔 봤는데, 도서실의 문이 열려 있고 거기서 불빛이 새어 나오지 뭔가. 간이 철렁했지. 잠자리에 들기 전에 직접 불을 끄고 문도 꼭 닫았거든. 강도가 들었다는 생각이 퍼뜩 들었어. 저택에는 복도마다 가문이 전리품으로 획득한 무기들이 장식품으로 걸려 있네. 그중 전투용 도끼를 집어 든 뒤 초를 바닥에 내려놓고 살금살금 복도를 걸어가 도서실을 살짝 들여다봤지.

도서실에는 브런턴이 있었어. 옷을 다 갖춰 입은 채 큰 안락의자에 앉아 있더군. 다리 위에 지도 같은 종이 한 장을 올려놓고 한 손으로는 이마를 짚은 자세로 생각에 잠겨 있었어. 너무 놀라 어안이 벙벙해지는 바람에 어둠 속에서 한동안 그대로 서 있었네. 불이라고는 탁자 가장자리에 세워놓은 작은 양초 하나

뿐이라 흐릿했지만 그가 옷을 제대로 입고 있는 모습은 잘 보였어. 계속 지켜보는데 갑자기 그가 의자에서 일어나 옆에 있는 뚜껑 달린 큰 책상으로 다가가더군. 잠긴 뚜껑을 열고 안쪽 서랍을 열더니 서류를 한 장 꺼내 의자로 돌아갔지. 그리고 가장자리에 양초를 세워놓은 탁자에 내려놓고 꼼꼼하게 살피기 시작했네. 가문의 서류를 제 것인 양 마음대로 보고 있는 모습에 화가 머리끝까지 치밀어 올라서 안으로 성큼 들어갔어. 인기척이 나자 고개를 든 브런턴이 그제야 내가 문가에 있는 걸 알아차렸지. 벌떡 일어선 그의 안색이 두려움에 차서 납빛으로 변하더군. 그는 처음에 보고 있던 지도 같은 종이를 가슴팍에 얼른 쑤셔넣었어.

내가 노발대발했지.

"그래! 이게 자네가 지금까지 받은 신뢰를 되갚는 방식인가! 내일 당장 이 집에서 나가게!"

그는 넋이 나간 표정으로 절을 하더니 변명 한마디 없이 슬그머니 내 옆을 지나가더군. 탁자에는 여전히 양초가 켜져 있었어. 양초 불빛으로 브런턴이 책상에서 꺼내 온 서류가 뭔지 보았지. 놀랍게도 정말 별것 아니었어. '머즈그레이브 의식'이라고 하는 독특한 의식에서 주고받는 질문과 답변이 적혀 있을 뿐이었거든. 머즈그레이브 의식이라는 건 우리 가문에 전해 내려오는 오랜 전통 의식이야. 지난 몇 세기 동안 머즈그레이브가의 아들들은 성인이 되면 이 의식을 치렀어. 그러니 가문 사람들이나 관심을 가질 물건이지. 가족이 아니면 고고학자들이나 그 문답서에 미미한 관심을 보일 거라네. 가문의 문장과 의장에 관심을 보이듯 말이야. 실용적인 가치라고는 눈곱만큼도 없는 물건이지.'

'그 서류에 대해서는 나중에 다시 이야기하세.'

내가 일단 이야기를 잘랐어. 머즈그레이브는 잠시 망설이더니 대답했다네.

'자네가 그러자면 그러지 뭐. 그럼 하던 이야기를 계속하겠네. 브런턴이 두고 간 열쇠로 책상부터 다시 잠갔어. 그리고 침실로 돌아가려는데, 집사가 되돌아와 내 앞에 서 있는 거야. 나는 기겁을 했지.

집사는 격정으로 갈라진 음성으로 나를 불렀어.

"머즈그레이브 주인님. 저는 이런 치욕을 감당할 수 없습니다. 집사라는 지위에 자부심을 품고 살아왔는데 이렇게 불명예를 안고 떠나게 하는 건 저더러 죽으라고 말씀하시는 것과 같습니다. 제가 죽는다면 저를 궁지로 몬 주인님 때문에 죽는 게 되겠죠. 이번 일을 그냥 넘기실 수 없다면 제발 제가 스스로 관두는 것처럼 한 달의 말미를 주시고 사직서를 내고 떠나도록 허락해주십시오. 속속들이 알고 지내는 마을 주민들 앞에서 이렇게 무턱대고 쫓겨나는 건 도저히 견딜 수 없습니다."

나는 딱 잘라 거절했지.

"자네는 배려를 받을 자격이 없네, 브런턴. 자네는 말로 할 수 없을 정도로 불명예스러운 짓을 저질렀어. 오랜 세월 가문에 충실하게 봉사한 사실을 생각해서 공개적으로 망신을 주진 않겠네. 그렇다고 해도 한 달은 너무 길어. 일주일을 주겠네. 뭐든 그럴듯한 사직 이유를 생각해서 알려주게."

그가 죽어가는 목소리로 말하더군.

"겨우 일주일요, 주인님? 이 주일, 적어도 이 주일은 주십시오."

"일주일이야. 이 정도면 매우 관대하다고 생각하네만."

집사는 인생이 끝장난 사람처럼 고개를 푹 떨군 채 물러갔어. 나는 불을 끄고 방으로 돌아갔지.

그 일이 있은 후 이틀 동안 브런턴은 최선을 다해서 맡은 일을 처리했네. 나는 그날 밤 일에 대해 전혀 티를 내지 않고 내심 그가 무슨 구실로 치부를 덮을지 궁금해했다네. 그런데 사흘째 아침에 모습을 보이지 않더군. 평소라면 아침 식사를 끝낸 후 지시 사항을 전달받기 위해 내게 와야 하거든. 무슨 일인지 의아해하면서 식당을 나가다가 마침 하녀인 레이철과 마주쳤어.

아까 말했듯이 레이철은 최근에 뇌염을 앓다가 회복한 지 얼마 되지 않은 터라, 얼굴이 어찌나 창백하고 핼쑥하던지 아직은 일을 해서는 안 된다고 나무랐어.

"아직은 더 누워 있어야 해. 몸이 건강해지거든 그때 일을 다시 시작하도록 해라."

지시를 내리는 나를 빤히 바라보는 모습이 어찌나 이상한지 뇌염을 앓고 머리가 어떻게 된 건 아닌가 싶더군.

"저는 이제 건강합니다, 주인님."

그렇게 대답하기에 내가 알아듣게 타일렀어.

"의사가 뭐라고 하는지 들어보고 나서 결정하지. 지금은 가서 쉬게. 아래층에 내려가면 브런턴에게 내가 보자고 했다고 전해주고."

그랬더니 이러는 거야.

"집사님은 떠났어요."

"가버렸다고? 가다니 어디로?"

"그분은 가버렸어요. 아무도 본 사람이 없어요. 방에도 없어요. 오, 그래요, 떠났어요. 떴다고요!"

하녀는 이러면서 뒤로 넘어가듯 벽에 털썩 기대더니 악을 쓰듯 웃어대지 뭔가. 나는 갑작스럽게 실성이라도 한 듯한 태도에 깜짝 놀라서 얼른 종을 울려 사람을 불렀다네. 하녀는 사람들의 부축을 받으며 방으로 가는 동안에도 연신 비명을 지르며 흐느껴 울더군. 그동안 나는 브런턴이 어디에 있는지 찾아봤어. 확실히 어디에도 없었어. 침대에 잠을 잔 흔적도 없었지. 전날 밤 방으로 물러간 후로는 아무도 못 봤다는 거야. 그렇지만 저택을 떠난 것 같지는 않았어. 살펴보니 문과 창문이 모두 잠겨 있었거든. 그의 옷가지와 시계는 물론이고 돈까지 방에 남아 있었네. 다만 늘 입던 검은 정장이 보이지 않았지. 실내화는 없었지만 부츠는 있었고. 한밤중에 집사는 어디로 갔을까? 지금 그는 어떻게 된 걸까?

지하실에서 다락방까지 저택을 샅샅이 수색했지만 그의 흔적은 보이지 않았어. 아까도 말했지만 헐스톤은 미로 같은 대저택이야. 특히 가장 먼저 지은 본관 부분은 지금은 거의 사용하지 않는데, 복잡하기 짝이 없지. 그래도 우리는 방과 다락을 하나도 빠짐없이 다 뒤졌다네. 그렇게까지 했는데도 결국 자취조차 찾지 못했어. 집사가 자기 물건을 다 남겨놓고 종적을 감추다니 도무지 이해가 가지 않아. 도대체 그는 어디에 있을까? 결국 실종 신고를 했지만 경찰도 행방을 알아내지 못했지. 집사가 사라지기 전날 밤 비가 내렸어. 혹시나 흔적을 찾을 수 있을까 싶어서 저택 주변의 풀밭과 오솔길을 살펴봤지만 소용이 없었네. 이런 상황에서 집사의 실종이라는 수수께끼를 잠시 옆으로 미뤄

둬야 할 새로운 사건이 발생한 거야.

이틀 동안 레이철은 심하게 앓았어. 의식이 혼미해져서 헛소리를 하거나 신경 발작을 일으켰지. 결국 나는 간호사를 고용해 밤새 그녀를 돌보게 했다네. 그런데 브런턴이 사라진 지 사흘째였어. 레이철이 깊이 잠든 걸 본 간호사가 안락의자에 앉았다가 깜박 잠이 든 거야. 이른 새벽에 눈을 떠보니 침대가 텅 비었고 창문이 열려 있었으며 레이철의 모습은 어디에서도 보이지 않았다는군. 나는 소식을 듣자마자 일어나서 시종 두 명과 함께 사라진 하녀를 찾으러 나갔다네. 창문으로 빠져나간 그녀가 어디로 향했는지 찾는 거야 어렵지 않았어. 남아 있는 발자국을 따라 단숨에 풀밭을 가로질러 연못까지 갔지. 발자국은 영지 밖으로 이어지는 연못가의 자갈길 근처에서 사라져버렸네만 수심이 삼 미터에 가까운 연못 가장자리에서 실성해버린 불쌍한 하녀의 발자국이 뚝 끊겨 있으니 참담할 뿐이었지.

당연히 우리는 즉시 써레를 가져와 연못 바닥을 훑으며 시신을 찾기 시작했어. 하지만 시신은 나오지 않고 대신 생각지도 못한 물건을 건져 올렸네. 녹슬고 변색된 쇠붙이와 칙칙한 색깔의 자갈 조각과 유리 조각 몇 개가 든 마댓자루였지. 호수에서 건진 거라고는 수수께끼의 자루가 다였어. 어제까지 온갖 수단을 동원해서 수색을 하고 수소문을 했지만 사라진 집사와 하녀가 어떻게 되었는지 알아내지 못했네. 지역 경찰도 영문을 모르고 있어. 그러다가 마지막으로 자네를 떠올리고 기대를 걸게 된 거야.'

왓슨, 자네라면 상상할 수 있겠지. 잇달아 벌어진 이 신기한 사건들을 내가 얼마나 귀를 쫑긋 세우고 들었겠나. 이야기 조각들을 모아서 하나로 이을 실마리를 찾으려고 얼마나 머리를 쥐어짰겠어.

집사가 사라졌네. 하녀도 사라졌지. 하녀는 집사를 사랑했지만 후에 증오하게 되었어. 성격이 불같은 웨일스 출신 여자는 사랑하는 남자가 행방불명이 된 후 극도의 흥분 상태에 빠져들었고 꽤 신기한 물건이 든 가방을 연못에 던져 넣었네. 이상이 고려해봐야 할 사실들이었어. 하지만 그중 무엇도 문제의 핵심에 가닿지는 않았지. 사슬처럼 이어진 사건들의 출발점이 무엇일까? 내 앞에 복잡하게 엉켜 등장한 실타래의 끝부분은 바로 출발점에 있을 터였어.

그래서 내가 말했지.

'머즈그레이브, 이제 그 종이를 봐야겠네. 집사가 지위를 잃을 위험을 감수하면서까지 보려고 했던 종이 말이야.'

'참 우스꽝스러운 전통이지. 우리 가문의 의식 말이야. 오래되어 고풍스러운 맛이 있으니 그냥 이어가는 거지. 자네가 보고

싶어 할지 몰라서 적어 왔네.'

머즈그레이브가 그때 가져온 종이가 바로 이걸세, 왓슨. 머즈그레이브가의 아들들은 성인이 되면 이 기묘한 문답서를 읽는 의식을 하지. 자네에게 여기 적힌 그대로 읽어주겠네.

그것은 누구의 것이었나?

가버린 사람의 것.

누가 그것을 가져야 하는가?

앞으로 올 사람.

몇 번째 달이었나?

처음에서 여섯 번째.

태양은 어디에 있었나?

떡갈나무 위.

그림자는 어디에 있었나?

느릅나무 아래.

그것은 몇 보였나?

북쪽으로 열 보 또 열 보. 동쪽으로 다섯 또 다섯 보. 남쪽으로 두 보 또 두 보. 서쪽으로 한 보 또 한 보. 바로 그 아래.

우리는 그 대가로 무엇을 주어야 하는가?

우리가 가진 모든 것.

왜 그것을 주어야 하는가?

신의를 위해.

내가 문답서를 다 읽자 머즈그레이브가 말했어.

'원본에는 날짜가 없어. 하지만 철자를 보면 17세기 중반에 만들어진 거야. 그나저나 사건의 수수께끼를 푸는 데 이게 무슨 도움이 되는지 모르겠군.'

'이 문답서에는 사건의 수수께끼보다 더 흥미로운 수수께끼가 숨어 있네. 어쩌면 이 수수께끼를 풀면 나머지 수수께끼가 저절로 풀릴지도 몰라. 머즈그레이브, 내 말에 기분 상하지는 말게. 집사는 매우 영리한 사람이었던 것 같아. 십 대에 걸친 주인들보다 더 훌륭한 통찰력의 소유자였을 거야.'

'무슨 소리를 하는지 통 모르겠군. 내가 보기에는 아무짝에도 쓸모없는 종이 같은데.'

'내 눈에는 말로 할 수 없을 만큼 요긴한 물건 같아. 집사도 같은 생각이었을 걸세. 브런턴은 그날 밤 자네에게 들키기 전에도 문답서를 본 적이 있을 거야.'

'가능성 있는 이야기야. 딱히 숨기려고 한 적도 없으니까.'

'그날 밤 원본을 살펴본 건 기억을 되살리기 위해서였을 거야. 그가 문답서와 비교할 지도 같은 것을 가지고 있었다지 않

았나. 자네가 나타나자 황급하게 주머니에 쑤셔넣었다는 종이 말이야.'

'그랬지. 그런데 집사는 우리 가문의 전통에 무슨 볼일이 있었던 걸까? 이 요령부득의 문답서에는 무슨 의미가 숨어 있고?'

'그걸 알아내는 건 어렵지 않을 걸세. 괜찮다면 당장 출발하는 기차를 타고 서식스로 가고 싶네. 현장에서 이 문제를 좀더 파고들고 싶거든.'

우리는 곧장 출발해서 그날 오후에 헐스톤에 도착했다네. 아마 자네도 그 유서 깊은 저택의 사진을 본 적이 있을 거야. 그곳에 대한 글도 읽었을 테고. 그러니 건물에 대해서는 이 정도로만 이야기하겠네. 건물은 알파벳 L 자 형태로 지어졌어. 길게 튀어나온 쪽이 비교적 최근에 지어진 신관이야. 짧은 쪽이 옛날에 지은 본관이지. 본관만 있다가 건물이 증축된 거라네. 이 본관의 중앙에는 상인방을 얹은 낮고 육중한 문이 있는데, 그 위에 1607이라는 숫자가 새겨져 있지. 하지만 전문가들은 들보와 돌 세공품이 그보다 훨씬 전에 만들어졌다는 데 이견이 없다네. 본관은 벽이 어마어마하게 두껍고 창이 작아서 지난 세기에 머즈그레이브 가문 사람들은 거주 구역을 신관으로 옮겼어. 구관은 창고로 쓰거나 지하 저장고를 활용하는 정도지. 훌륭한 고목들이 자라는 아름다운 정원이 저택을 에워싸고 있고 머즈그레이브가 말했던 연못은 저택에서 이백 미터가량 떨어진 도로에 인접해 있다네.

왓슨, 나는 그 무렵 확신이 들더군. 세 가지 사건이 무관할 리 없었어. 연결된 하나의 사건인 거지. 내가 의식의 문답서를 정확하게 읽어낼 수만 있다면 집사와 하녀가 사라진 사건은 금세 풀릴 거야. 그래서 문답서의 해독에 집중했네. 집사는 왜 오래된 문답서의 해독에 집착했을까? 머즈그레이브 가문의 선대 후계자들 중 아무도 몰랐던 것을 알아챘기 때문이겠지. 그리고 그것으로 개인적인 이득을 챙기려는 속셈이 분명했네. 그렇다면 그것은 뭘까? 집사의 운명에 어떤 영향을 미쳤을까?

문답서를 읽자마자 나는 언급된 걸음 수가 나머지 문구들이 암시하는 장소를 알려준다고 확신했네. 그 장소만 찾아내면 머즈그레이브 가문의 선조가 이토록 신기한 방법으로 후대에 전해야 한다고 믿었던 비밀이 무엇인지 알아낼 수 있을 터였어. 문답서에는 출발점으로 두 가지 길잡이가 나와 있었지. 떡갈나무와 느릅나무였네. 문답서가 가리키는 떡갈나무는 손쉽게 찾을 수 있었네. 저택의 바로 앞으로 뻗은 진입로 왼쪽에 대장 격인 떡갈나무가 서 있었거든. 내가 그때까지 본 웅장한 나무들 중에서도 단연 최고였지.

나는 그 나무를 지나가며 물어봤어.

'저 나무는 문답서가 만들어졌을 때도 서 있었나?'

'분명히 노르만정복 시절에도 있었을걸. 나무 둘레가 칠 미터나 되지.'

머즈그레이브의 대답으로 내 짐작 하나가 확인되었네.

나는 곧장 물었지.

'혹시 근처에 오래된 느릅나무는 없나?'

'예전에는 저쪽에 늙은 느릅나무 한 그루가 서 있었어. 십 년 전에 벼락을 맞아서 그루터기를 파버렸지.'

'나무가 어디에 서 있었는지 아나?'

'알다마다.'

'다른 곳에는 느릅나무가 없나?'

'늙은 나무는 없어. 너도밤나무는 많지만.'

'느릅나무가 서 있던 곳을 보고 싶네.'

우리는 이륜마차를 타고 그곳으로 향했어. 머즈그레이브는 저택에는 들르지도 않고 한때 느릅나무가 서 있었던 풀밭으로 곧장 나를 데리고 갔지. 풀밭에는 느릅나무가 남긴 흔적이 있었는데, 진입로의 거대한 떡갈나무와 저택의 거의 중간에 해당하는 위치였다네. 내 조사가 또다시 성과를 거둔 것 같았지.

'느릅나무의 키가 어느 정도였는지 이제는 도저히 알 길이 없겠군?'

'그거야 금방 알려줄 수 있네. 나무의 키는 19.5미터였어.'

'그걸 어떻게 아나?'

내가 깜짝 놀라 되물었지.

'어릴 때 가정교사가 삼각법 연습을 시킬 때 늘 나무의 높이를 계산하게 했거든. 영지에 있는 나무와 건물의 높이를 죄다 계산해봤지.'

생각지도 못한 행운이었네. 내가 그 상황에서 기대했던 것보다 훨씬 빨리 정보를 모았으니 왜 아니겠나.

나는 다시 물었어.

'혹시 집사도 똑같은 질문을 하지 않았나?'

레지널드 머즈그레이브는 깜짝 놀란 표정으로 나를 보며 대답하더군.

'그러고 보니 생각이 나. 몇 달 전에 브런턴이 나무의 높이를 물어봤지. 마부와 약간 말다툼이 있었다는 핑계를 대면서 말이야.'

듣던 중 반가운 이야기였네, 왓슨. 내가 단서를 따라 제대로 수사하고 있다는 증거잖은가. 고개를 들어 태양을 찾아보니 하늘에 낮게 걸려 있었어. 계산대로라면 태양은 한 시간 안에 떡갈나무의 꼭대기에 걸릴 게 분명했지. 문답서에 명시된 조건 하나가 갖춰진 거라네. 그리고 느릅나무의 그림자라는 표현은 그림자의 끝부분을 의미하는 게 분명했어. 그게 아니라면 길잡이로는 그림자가 아니라 나무의 몸통을 선택했을 테니까. 이제는 태양이 떡갈나무 바로 위에 왔을 때 느릅나무 그림자의 끝부분이 어디에 오는지를 찾아야 했네."

"그곳에 느릅나무가 없으니 쉽지 않았겠군, 홈스."

"브런턴도 했는데 내가 못 할 리 없지. 별로 어렵지 않았다네. 머즈그레이브와 함께 서재로 가서 직접 깎아 만든 나무못이 이거야. 그리고 일 미터마다 매듭으로 표시한 이 긴 끈을 못에 묶었네. 그런 후에 길이가 1.8미터인 낚싯대 두 대를 챙겨 들고 머즈그레이브와 함께 느릅나무가 있던 지점으로 갔어. 태양이 마침 떡갈나무 꼭대기에 걸려 있었지. 나는 낚싯대를 세워 그림자의 방향을 확인하고 길이를 재었네. 길이는 2.7미터였어.

계산은 간단했지. 1.8미터짜리 낚싯대의 그림자가 2.7미터라면 19.5미터인 나무의 그림자는 29.3미터지. 낚싯대의 그림자를 죽 늘이면 나무의 그림자가 될 게 틀림없었어. 거리를 측정해서 가보니 저택의 벽 가까운 곳이더군. 나는 그 지점에다 가져간 못을 박았어. 못을 박은 곳과 오 센티미터도 떨어지지 않은 지면에 원뿔 모양으로 푹 파인 흔적을 발견하고 내가 얼마나 의기양양했을지 상상이 되지 않나, 왓슨. 브런턴이 나름대로 측정해 그 지점에 도달한 후 남긴 표시가 분명했어. 그러니까 나는 그의 흔적을 제대로 뒤따르고 있었던 걸세.

그 지점을 출발점으로 삼아 휴대용 나침반으로 중요한 방향을 확인했지. 그러고 나서 걸음을 옮기기 시작했다네. 저택의 벽과 나란히 스무 걸음을 걸어서 도착한 지점에 나무못을 박았어. 그런 후에 동쪽으로 열 보를 걷고 다시 남쪽으로 네 보 걸었지. 거기까지 가서 도착한 곳이 오래된 문의 문턱이었네. 서쪽으로 두 보는 판석을 깐 통로를 따라 두 보를 걸으라는 뜻이었지. 그렇게 도달한 지점이 의식의 문답서에서 가리키는 곳이었다네.

하지만, 왓슨, 그때처럼 실망한 적은 없었을 걸세. 순간 계산이 근본적으로 잘못된 것 같다는 생각이 들었어. 서쪽으로 지는 해가 통로를 환하게 비추었네. 바닥에는 오랜 세월 사람들이 지나다녀 닳고 닳은 회색 판석들이 깔려 있었는데, 시멘트로 딱 붙여놓아서 오랫동안 움직인 적 없어 보였지. 브런턴은 그곳에서 아무 작업도 하지 않았어. 나는 바닥을 여기저기 두드려봤지만 어딜 두드려도 들리는 소리는 똑같았지. 어디에도 금이 갔거나 틈이 생긴 흔적이 없었어. 하지만 천만다행으로 내가 무슨 조사를 하는지 깨닫고 나 못지않게 흥분한 머즈그레이브가 문답서를 꺼내서 내 계산을 다시 살펴봐줬어.

생각에 골몰하던 그가 갑자기 큰 소리로 말했지.

'그 아래. 자네는 그 아래를 빼먹었어.'

나는 '그 아래'라는 표현이 땅을 파야 한다는 뜻이라고 생각했었다네. 그렇지만 그 순간 내가 틀렸다는 사실을 깨달았지.

'혹시 이 아래에 지하실이 있나?'

문득 떠오른 생각을 물어봤지.

'그래, 저택만큼 오래된 곳이야. 이 아래, 여기 문으로 들어가지.'

우리는 나선형 돌계단을 내려갔어. 머즈그레이브는 성냥을 켜서 지하실 구석의 나무통 위에 있는 커다란 등불에 불을 밝혔지. 환해진 순간 제대로 찾아왔다는 사실을 확신했다네. 우리 말고도 최근에 그곳을 찾아온 사람이 있었다는 사실도.

그곳은 원래 땔감 창고로 쓰는 곳이라는군. 그런데 바닥 여기저기 흩어져 있었을 장작이 한쪽에 차곡차곡 쌓여 있고 중앙은 텅 비어 있는 게 아닌가. 바닥 중앙의 커다랗고 무거운 판석 한가운데에는 녹이 잔뜩 슨 철 고리가 박혀 있었다네. 고리에 두툼한 체크무늬 머플러가 묶여 있었지.

머즈그레이브는 머플러를 보고 아연실색을 했지.

'세상에! 저건 브런턴의 머플러야. 두르고 있는 걸 본 적이 있으니까 확실해. 도대체 이 나쁜 놈이 여기는 왜 왔을까?'

내가 제안해서 경관 두 명을 당장 그곳으로 불렀어. 기다리는 동안 일단 머플러를 잡아당겨 판석을 들어올리려고 했네만 들기는커녕 옆으로 살짝 미는 걸로 만족해야 했지. 결국 출동한 경관 한 명의 도움을 받은 후에야 판석을 옆으로 옮길 수 있었네. 판석을 치우니 시커멓게 입을 벌린 구멍이 나왔어. 머즈그레이브가 옆에 무릎을 꿇고 등불을 내려 안을 밝히자 모두 구멍의 내부를 들여다보았지.

깊이는 이 미터가량 되고 바닥 가로세로 길이는 일 미터가 조금 넘는 정사각형의 작은 공간이었어. 한쪽에 놋쇠 테를 두른 납작한 나무상자가 있더군. 위로 열린 상자 뚜껑에 신기하고 고풍스러운 모양의 열쇠가 꽂혀 있었지. 먼지가 몇 겹으로 두껍게 쌓인 상자는 습기와 벌레들이 나무를 먹어치우는 바람에 상자 안에 곰팡이가 잔뜩 슬어 있었네. 지금 여기 있는 것과 같은 옛날 동전들이 상자 바닥에 흩어져 있었지. 상자에 든 건 이게 전부였어.

하지만 그때는 상자에 대해 생각할 겨를이 없었다네. 상자 옆에 웅크리고 있는 것에 시선이 못 박혀버렸거든. 검은 정장을 입은 사람이 두 팔을 벌리고 이마를 상자의 가장자리에 처박은 채 철퍼덕 주저앉아 있었네. 오랫동안 그 자세로 있었던 탓에 얼굴에 피가 쏠려 있었지. 뒤틀리고 적갈색으로 변해버린 얼굴을 아무도 알아보지 못했어. 하지만 시신을 끌어올려 머즈그레이브에게 보여주자 시신의 키와 입고 있는 옷, 머리카락만 보고도 사라진 집사라고 금방 확인해주더군. 사망한 지 며칠이 지나 있었네. 몸에는 상처나 멍이 전혀 없어서 집사가 어쩌다 끔찍한 최후를 맞이했는지 짐작할 방도가 없었어. 시신을 지하실에서 내간 후에야 우리는 처음 조사에 착수했을 때 못지않게 어려운 문제에 봉착했다는 사실을 깨달았어.

왓슨, 이제 와 고백하지만 나는 조사 결과에 실망을 감출 수가 없었다네. 문답서에 암시된 장소만 알아내면 사건이 해결될 거라고 생각했거든. 그런데 그곳을 찾아내도 머즈그레이브 가문의 조상이 공을 들여 봉인한 비밀이 뭔지 짐작조차 안 되는 거야. 내가 브런턴의 최후를 밝힐 실마리를 찾아낸 것은 사실이네. 이제 그가 어떤 식으로 최후를 맞았으며 여전히 행방이 묘연한 하녀가 어떻게 관여되어 있는지를 알아내야 했어. 나는 지하실 구석에 있는 작은 통에 걸터앉아 전체 사건을 다시 한번 꼼꼼하게 되짚기 시작했지.

왓슨, 이럴 때 내가 어떤 식으로 추리를 하는지 잘 알 걸세. 브런턴의 입장이 되어 생각해봤지. 그의 지적 능력을 가늠한 후 그 상황에서 어떻게 했을지 상상했어. 이 사건에서는 집사가 일급 지성의 소유자였기 때문에 일은 간단했네. 천문학자들이 '개인오차'라고 부르는 요소를 고려할 필요가 없었지. 그는 뭔가 귀중한 물건이 숨겨져 있다는 사실을 안 뒤 기어이 숨겨진 곳도 찾아냈어. 그런데 그곳을 막고 있는 판석이 너무 무거워서 다른 사람의 도움 없이 혼자서는 못 옮긴다는 사실을 깨달았지. 그래서 어떻게 했을까? 설령 믿을 만한 사람이 있다고 해도 집밖에서 불러올 수는 없었을 걸세. 그러려면 문을 열고 나가야 했을 테니까. 게다가 발각될 위험도 크고. 할 수만 있다면 집안에서 도와줄 사람을 찾는 편이 더 나았겠지. 그렇다면 누구에게 도움을 청할 수 있을까? 자신에게 헌신적이었던 여자겠지. 일반적으로 남자는 여자를 함부로 대해놓고도 여자의 사랑이 식었을 거라고는 생각하지 못하곤 하네. 브런턴은 레이철과 화해를 하려고 몇 번 관심을 주는 척했을 걸세. 그렇게 마음을 풀고 공범으로 끌어들인 거지. 그들은 으슥한 밤에 지하실을 함께 찾았어. 둘이 든 덕분에 석판을 들어올릴 수 있었겠지. 거기까지는 직접 본 것처럼 그들의 행동을 따라갈 수 있었다네.

그런데 두 사람이서 판석을 치우기가 여간 힘들지 않았을 거야. 게다가 한 명은 여자잖아. 덩치 좋은 경관과 내가 들기에도 녹록치 않았으니 말일세. 여자가 포함된 이인조가 수월하게 판석을 들어올리기 위해 어떻게 했을까. 아마 나처럼 했을 거야. 나는 일어나서 바닥에 흩어져 있는 장작개비를 주의깊게 살펴보았네. 짐작한 것들이 금방 눈에 들어오더군. 한쪽 끝이 짓이겨진 길이가 일 미터가 조금 못 되는 장작이 보였네. 무거운 것에 눌렸던 것처럼 옆이 납작해진 장작도 몇 개나 나왔지. 두 사람은 장작을 하나씩 틈새로 밀어넣으면서 그 돌덩이를 옆으로 밀어낸 걸세. 마침내 사람이 들어갈 정도로 입구가 드러나자 이번에는 장작 하나를 세워서 고정했지. 그래서 장작 하나의 끄트머리가 짓이겨져 있었던 거라네. 그 부분이 판석의 무게를 고스란히 받으며 깔려 있었을 테니 말일세. 거기까지도 내 추리는 타당했네.

자, 한밤중에 벌어진 일을 계속 재구성해보면 어떻게 될까? 분명 한 명만 거기로 들어갔을 거야. 당연히 내려간 건 브런턴이었고 하녀는 위에서 기다리기로 했겠지. 브런턴은 상자를 열고 내용물을 그녀에게 올려 보냈겠지. 우리가 봤을 때 상자에는 아무것도 없었으니까. 그렇다면, 그렇다면 그 후 어떤 일이 벌어졌을까?

켈트족의 피를 이어받아 열정적인 기질을 타고난 여자는 자신을 우롱한 남자의 목숨이 제 손안에 있다는 사실을 깨달았을 걸세. 그녀는 우리가 짐작하는 것보다 훨씬 더 심한 꼴을 당했겠지. 그 순간 그녀의 영혼에 남아 있던 복수의 불꽃이 무섭게 활활 타오른 게 아닐까? 과연 돌을 고정했던 장작이 우연히 미끄러져서 브런턴이 지하실을 묘지 삼게 된 걸까? 그녀는 과연 집사의 최후에 대해 침묵한 죄밖에 없을까? 고정해놓은 장작을 그녀가 직접 쳐서 빼버리는 바람에 판석이 원래 자리로 돌아가 버린 건 아닐까? 진실이 어느 쪽이든 나는 그녀의 행동을 샅샅이 지켜본 것만 같았다네. 그녀는 상자에서 꺼낸 보물을 움켜쥔 채 나선계단을 날듯이 뛰어올라갔어. 떠나온 석실에서 희미하게 새어 나오는 비명소리가 귀에 울렸겠지. 바람기 많은 연인이 숨통을 틀어막는 돌덩이를 미친듯이 두드리는 소리도 귓전을 때렸을 거야.

이게 바로 집사가 사라진 다음날 아침 그녀가 핏기 없는 얼굴로 신경과민 상태가 된 채 발작하듯 웃음을 터뜨린 이유였네. 그런데 상자에는 뭐가 들어 있었을까? 그녀는 그걸 어떻게 했을까? 보물이란 건 머즈그레이브가 연못에서 찾아낸 오래된 쇠붙이와 조약돌 들이 분명했어. 그녀는 범죄의 마지막 증거물을 연못에 다다르자마자 던져버렸을 테지.

이십 분 동안 나는 꼼짝 않고 앉아서 수수께끼를 풀었네. 머즈그레이브는 창백한 얼굴을 하고 등불을 이리저리 흔들며 구멍 안을 들여다보고 있었지.

그때 머즈그레이브가 상자에 남아 있던 동그란 쇠붙이 몇 개를 집어 들며 말했어.

'이건 찰스 1세 시대의 동전들이야. 우리가 문답서가 만들어

진 연도를 제대로 짚은 것 같아.'

'그렇다면 찰스 1세 시대의 유물을 더 찾을지도 모르겠군.'

바로 그 순간 문답서 첫머리에 나온 두 질문의 의미가 머릿속에 번쩍 떠올라 소리쳤지.

'연못에서 건져 올린 가방의 내용물을 보여주게.'

우리는 서둘러 머즈그레이브의 서재로 올라갔네. 그가 내 앞에 늘어놓은 내용물을 보자마자 별거 아니라고 한 이유를 알겠더군. 쇠붙이는 시커멓게 변색되었고 돌들도 광택을 잃어 칙칙했거든. 아무것이나 하나 집어 들어 소매로 닦아봤더니 손바닥 위라 빛을 잘 못 받는데도 불꽃처럼 빛나는 게 아닌가. 쇠붙이는 두 겹으로 된 고리 형태였는데, 구부러지고 뒤틀려서 원래 형태가 남아 있지 않았어.

'잘 생각해봐. 왕당파는 찰스 1세가 크롬웰에게 처형당한 후에도 영국에서 한동안 세력을 유지했어. 그러다가 마침내 도주를 하게 되면서 귀중한 보물들을 대부분 어딘가에 파묻고 떠났을 거야. 평화로운 시절이 찾아오면 찾으러 올 작정이었겠지.'

내 말에 머즈그레이브가 이렇게 말하더군.

'나의 선조인 랠프 머즈그레이브 경은 출중한 실력을 갖춘 기사였어. 왕당파와 찰스 2세가 왕정을 폐지시킨 크롬웰을 피해 도피 생활을 할 당시에는 그의 심복이기도 했고.'

곧장 뭔가가 번쩍 떠올랐다네.

'아하, 역시 그랬군! 우리가 찾아 헤매던 마지막 연결 고리를 찾은 것 같아! 계기가 비극적인 사건인 건 유감이지만 가문의 보물을 되찾은 걸 축하하네. 이건 엄청난 가치를 지녔을 뿐만 아니라 역사적인 관점에서 대단한 의미를 지닌 유물이야.'

머즈그레이브는 깜짝 놀라 되물었지.

'도대체 이게 뭔데?'

'과거 영국의 왕들이 썼던 왕관이지.'

'왕관이라고!'

'틀림없어. 문답서를 잘 생각해봐. 어떻게 시작하더라? '그것은 누구의 것이었나?', '가버린 사람의 것'. 그때는 찰스 1세가 처형된 후였어. 그렇다면? '누가 그것을 가져야 하는가?', '앞으로 올 사람'. 그 사람이란 바로 찰스 2세겠지. 그때 이미 왕정복고가 예견되었으니까. 이것은 한때 스튜어트 왕가의 머리를 장식했던 왕관이 틀림없을 거야. 지금은 모양을 알아볼 수 없을 정도로 망가졌지만.'

'그런데 이런 유물이 어쩌다가 연못에 빠져 있었을까?'

'아아, 그 질문에 답하려면 시간이 좀 걸릴 거야.'

나는 이렇게 운을 뗀 후 그동안 확인한 증거들과 그것을 바탕으로 이어간 추리를 정리해서 들려주었다네. 저녁 어스름이 완전히 내려앉고 달이 하늘에 두둥실 떠오른 후에야 이야기는 끝이 났지.

머즈그레이브가 유물을 다시 마댓자루에 담으며 물었지.

'찰스 2세는 왜 돌아왔을 때 왕관을 찾아가지 않았을까?'

'그 질문의 해답은 끝내 알아낼 길이 없겠지. 왕관을 찾으러 오기 전에 비밀을 알던 자네 조상이 죽어버린 거 아닐까? 거기다 후손에게 제대로 의미를 설명해주지도 못하고 비밀의 문답서만 덜렁 남긴 거야. 먼 옛날부터 지금까지 이 문답서는 아버지의 손에서 아들의 손으로 이어졌어. 그러던 어느 날 문답서는 어떤 남자의 눈에 띄었지. 그 남자는 문답서가 품고 있는 비밀을 알아냈고 무모한 모험을 하다가 그만 목숨을 잃고 말았어.'

여기까지가 '머즈그레이브 가문의 의식문' 사건의 전말이라네, 왓슨. 지금 그 왕관은 머즈그레이브 가문의 헐스톤 저택에 보관되어 있지. 법적으로 성가신 문제가 있었다더군. 왕관의 소유 허가를 받으려고 상당한 액수의 돈도 냈다고 하고. 그 저택에 가면 내 이름을 대보게. 그러면 기꺼이 왕관을 보여줄 걸세. 사라진 하녀에 대한 소식은 영영 들을 수 없었어. 아마도 영국을 떠났을 거야. 자신이 저지른 범죄의 기억을 가슴에 품은 채 바다 건너 어딘가로 가버렸을 테지."

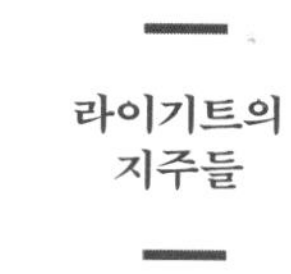

라이기트의 지주들

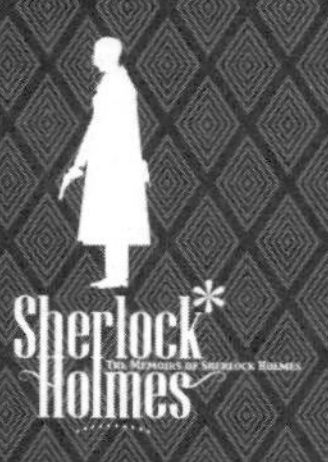

이 글은 1887년 봄, 내 친구 셜록 홈스가 건강을 해쳤다가 완전히 회복하기 얼마 전에 있었던 사건의 기록이다. 네덜란드-수마트라 컴퍼니 사건과 모페르튀이 남작의 대규모 사기 사건을 맡아 고군분투한 뒤 그는 몸이 좋지 않았다. 그 사건들은 아직 대중이 생생하게 기억하는데다 정치 및 금융 분야와 밀접하게 연관되어 있어서, 스케치하듯 이어나가는 이 작품집에서 다루기에는 적절하지 않다. 그러나 이후 독특하고 복잡하기 그지없는 사건을 수사하는 데 간접적으로 영향을 미친 덕분에, 홈스는 평생 범죄와의 전쟁을 치르며 갈고닦은 수많은 무기 중 새로운 무기의 진가를 보일 수 있었다.

예전 기록을 살펴보니 홈스가 아파서 뒬롱 호텔에 투숙했다는 프랑스 리옹발 전보를 받은 건 4월 14일이었다. 나는 전보를 받자마자 서둘러 출발해서 하루가 채 지나기도 전에 홈스가 몸져누운 호텔에 도착했다. 천만다행으로 위독한 상태는 아니었다. 하지만 두 달 넘게 수사를 강행한 탓에 강철 같던 체력은 소진된 지 오래였다. 그 두 달 동안 홈스는 매일같이 열다섯 시간 넘게 일을 했고 닷새 동안 한숨도 자지 않고 수사한 적도 몇 차례나 있었다고 했다. 사건이야 성공적으로 해결했지만 온 힘을 쏟아부은 후 찾아오는 반작용을 피해갈 수는 없었다. 그리하여 유럽에 홈스의 이름이 널리 알려지고 각지에서 쏟아진 축전으로 발목까지 파묻힐 즈음 그는 극심한 우울증에 빠지고 말았다. 삼개국 경찰도 포기한 어려운 사건을 해결했고 유럽에서 가장 교활한 사기꾼을 모든 면에서 압도했다는 사실도 그가 신경쇠약을 떨치고 일어나는 데는 도움이 되지 않았다.

사흘 후 우리는 함께 베이커 스트리트로 돌아왔다. 하지만 환경에 변화를 주는 편이 홈스의 건강에 훨씬 좋을 것 같았다. 시골에서 일주일 정도 봄을 만끽하는 건 내게도 무척 매력적이었다. 마침 아프가니스탄에서 내가 치료해준 적이 있는 전우 헤이터 대령이 서리 주의 라이기트 근처에 빌려 사는 집으로 종종 놀러오라고 한 적이 있었다. 지난번에는 홈스를 데리고 오면 기꺼이 환대할 것이라고 말하기까지 했다. 나는 같이 라이기트에 가자고 홈스를 요령껏 구워삶았다. 헤이터 대령이 독신인데다 마음 내키는 대로 자유롭게 지낼 수 있다고 했더니 홈스는 내 계획을 받아들였다. 그리하여 리옹에서 돌아온 지 일주일 만에 우리는 대령의 집에 짐을 풀었다. 헤이터 대령은 사람 좋은 퇴역 군인이었다. 세상을 많이 둘러보았고 견문도 넓었다. 내 기대대로 홈스가 통하는 점이 많은 친구라는 것도 이내 알아차린 듯했다.

도착한 날 저녁이었다. 우리는 저녁을 먹은 후 대령의 총기실에 모였다. 홈스는 소파에 드러누워 있었고 나는 헤이터와 함께 그가 수집한 총기류를 구경했다.

헤이터가 갑자기 이런 말을 했다.

"흠, 비상사태가 일어날 때를 대비해서 여기 있는 권총을 위층에 가지고 올라가야겠네."

"비상사태라고!"

내가 깜짝 놀라 되물었다.

"그렇다네, 최근에 동네에서 불미스러운 일이 일어났거든. 액턴 씨라고 서리 지역 지주인 노인이 근처에 살아. 그런데 지난 월요일 집에 좀도둑이 들었지 뭔가. 심각한 피해를 입지는 않았지만 범인이 아직 검거되지 않았다네."

"단서가 전혀 없습니까?"

홈스가 헤이터를 돌아보며 물었다.

"아직은요. 별거 아닌 사건이긴 합니다. 시골에서 일어나는 자잘한 범죄죠. 어마어마한 국제적인 사건을 해결하신 홈스 씨께서 관심을 가질 사건은 아니에요."

홈스는 대령의 칭찬에 손을 내저었지만 슬며시 웃음 짓는 모습을 보니 내심 기분이 좋은 듯했다.

"사건에 특이한 점은 없었습니까?"

"떠오르지 않습니다. 도서실을 뒤진 것치고 도둑들이 이렇다 할 물건을 못 건졌죠. 죄 엉망으로 만들어놨답니다. 서랍마다 열려 있고 책장마다 뒤집어져 있었다더군요. 그래놓고 포프의 『호메로스』 번역본 한 권에 도금 촛대 두 개, 상아 서진, 떡갈나무로 만든 작은 기압계, 노끈 뭉치 하나를 가져갔다나요."

"훔쳐간 물건이 괴상하군!"

내가 깜짝 놀라 말했다.

"손에 잡히는 대로 들고 간 거겠지."

여전히 소파에 누운 홈스가 투덜거리듯 말을 이었다.

"경찰은 제대로 수사를 해야 해. 그래, 사건은 분명……."

내가 경고하듯 손가락을 세우며 말허리를 잘랐다.

"이봐, 자네는 요양을 하러 온 거야. 제발 지금처럼 신경이 불안정한 시기에 또 사건에 뛰어들지 말게."

홈스는 대령에게 관두겠다는 듯 웃음기 섞인 시선을 보내며 어깨를 으쓱했다. 그러고 나서야 대화가 훨씬 덜 위험한 주제로 옮겨갔다.

하지만 홈스의 건강을 위해 안달복달해봤자 아무 소용이 없었다. 이튿날 아침 사건이 도저히 무시할 수 없는 방식으로 우리의 삶에 끼어들었기 때문이다. 시골에서 푹 쉬려던 계획은 우리 중 누구도 예상하지 못한 국면을 맞이했다. 그날 아침 식사를 들고 있는데 대령의 집사가 혼이 쏙 빠진 모습으로 허둥지둥 달려왔다.

"소식 들으셨습니까, 주인님? 커닝엄 씨네 말입니다."

집사가 숨을 헐떡이며 물었다.

"또 도둑이 들었나?"

헤이터는 커피잔을 허공에 들어올린 채 그대로 굳어버렸다.

"살인 사건입니다!"

대령은 깜짝 놀라 휘파람 소리를 냈다.

"세상에! 누가 죽었나? 치안판사님인가? 그분의 아들?"

"두 분 다 아닙니다, 주인님. 윌리엄이라는 마부가 죽었습니다. 총알이 심장을 관통해서 사망했답니다."

"누가 총을 쏜 건가?"

"도둑이랍니다. 흔적도 남기지 않고 총알같이 사라졌다고요.

마부는 식료품 저장실 창문으로 몰래 들어가려던 도둑과 마주쳐서 주인의 재산을 지키려다가 목숨을 잃었다고 하더군요."

"사건은 언제 일어났나?"

"지난밤 자정 무렵이라고 합니다."

"이따 가봐야겠군."

대령이 침착하게 아침을 다시 먹으며 말했다. 집사가 식당을 나가자 말을 덧붙였다.

"고약한 사건입니다. 그분은 이 지역에서 알아주는 대지주죠. 커닝엄 씨 말입니다. 점잖은 분이기도 하고요. 죽은 마부는 오랫동안 그분을 모신 유능한 친구입니다. 이번 일로 커닝엄 씨가 상심이 클 겁니다. 액턴 씨의 집을 털었던 악당들 짓이겠죠."

"불법 침입 후 괴상한 물건들을 훔쳐간 좀도둑 말씀이시죠?"

홈스가 의미심장하게 말했다.

"그렇습니다."

"흠! 간단해 보이는 사건이군요. 호기심을 자극하는 면도 얼핏 보이지만요, 안 그렇습니까? 대개 시골에서 설치는 도둑은 일반적으로 범행 무대를 계속 바꾸죠. 같은 지역에서 며칠 간격으로 두 집을 털지는 않아요. 어젯밤 조심해야겠다고 하셨을 때는 영국에서 도둑이나 도적떼가 절대 설치고 다니지 않을 지역이 여기 아닌가 하고 문득 생각한 기억이 나는군요. 아직도 배워야 할 게 많나 봅니다."

"이 지역을 잘 아는 범죄자일 겁니다. 그러니까 액턴 씨와 커닝엄 씨의 집을 표적 삼았겠죠. 두 집이 근방에서 제일 큰 저택이니까요."

"가장 부유한 집안들이고요?"

"음, 그럴 겁니다. 하지만 서로 몇 년 동안 소송을 벌이는 바람에 재산을 꽤 날렸을 겁니다. 액턴 씨가 커닝엄 씨가 가진 사유지 반의 소유권을 두고 소송을 걸었거든요. 변호사들이 두 집안의 분쟁에 전력으로 매달리고 있어요."

"지역에서 활동하는 강도라면 쉽게 일망타진할 수 있겠군요."

홈스는 하품을 하더니 덧붙였다.

"좋아, 왓슨. 끼어들지 않겠네."

"주인님, 포레스터 경위가 찾아오셨습니다."

바로 그때 집사가 문을 열며 알렸다. 영리하고 날카로운 인상을 주는 젊은 경찰이 방으로 들어섰다.

"안녕하십니까, 대령님. 불쑥 찾아와 실례인 줄 압니다만 베이커 스트리트의 셜록 홈스 씨가 와 계시다는 이야기를 들어서요."

대령이 홈스 쪽으로 손짓을 하자 경위가 정중히 인사를 했다.

"사건에 관심이 있으실까 해서 왔습니다, 홈스 씨."

홈스가 껄껄 웃었다.

"운명은 자네 편이 아닌가 보네, 왓슨. 마침 사건에 대해 이야기하던 중이었습니다. 이렇게 오셨으니 상세한 이야기를 들려주실 수 있겠군요."

홈스가 늘 보던 모습으로 의자에 편안하게 기댔다. 그 모습을 보니 말려봐야 소용없겠다 싶었다.

"액턴 사건은 단서가 전혀 없었던 반면 지난밤 사건은 단서가 잔뜩 있습니다. 동일범의 소행이라는 데는 의심의 여지가 없어요. 이번 사건은 목격자도 있고요."

"아하!"

"하지만 범인은 마부인 윌리엄 커완을 사살한 후 쏜살같이 도주해버렸습니다. 커닝엄 씨는 도주하는 범인을 침실 창문으로 목격했고 아드님인 앨릭 커닝엄 씨는 뒷문 쪽 복도에서 그자를 봤습니다. 비명소리가 들린 시각은 11시 45분이었고요. 그 시각에 커닝엄 씨는 막 잠자리에 들려던 참이었고 앨릭 씨는 실내복 차림으로 파이프 담배를 피우던 중이었습니다. 두 사람 다 윌리엄이 도움을 요청하는 소리를 들었습니다. 듣자마자 앨릭 씨가 무슨 일인지 알아보려고 서둘러 아래층으로 내려갔습니다. 계단을 다 내려와, 열려 있던 뒷문을 통해 집밖에서 남자 두 명이 몸싸움을 하는 모습을 목격했고요. 다음 순간 한 명이 상대방에게 총을 발사했고 살인범은 정원을 가로지르고 산울타리를 넘어 도주했습니다. 커닝엄 씨는 침실 창문에서 그 남자가 길에 들어서는 모습을 목격했지만 이내 시야에서 놓치고 말았습니다. 앨릭 씨는 추격을 하는 대신 총을 맞은 마부에게 달려갔습니다. 그래서 범인은 도주할 수 있었죠. 범인의 인상착의는 검은 옷을 입은 중키의 남자였다는 것 외에 알려진 게 없습니다. 지금 전력으로 탐문 수사를 하고 있으니 외지인이라면 금방 찾아낼 수 있겠죠."

"윌리엄이라는 마부는 거기서 뭘 하고 있었습니까? 죽기 전에 남긴 말은 없었습니까?"

"한마디도요. 어머니와 함께 고용인 별채에서 살던 사람인데 저택에 문제가 없는지 둘러보던 중이었을 거라고 추측됩니다. 성실한 사람이거든요. 일전에 일어난 액턴 사건 때문에 모두들 조심하고 있기도 했죠. 도둑이 자물쇠를 망가뜨리고 침입하자마자 윌리엄과 마주친 듯합니다."

"마부는 집을 나서면서 어머니에게 아무 말도 하지 않았습니까?"

"몹시 연로한데다 귀도 먹은 분이라 별 이야기를 들을 수 없었습니다. 별안간 아들을 잃은 충격에 반쯤 넋이 나간 탓도 있지만 평소에도 정신이 맑지 않은 모양이더군요. 중요한 단서가 한 가지 있습니다. 이걸 좀 보십시오."

그는 수첩에서 찢어진 종잇조각을 꺼내 무릎 위에 펼쳤다.

"죽은 마부는 이 종잇조각을 꽉 쥐고 있었습니다. 큰 종이에서 찢기고 남은 조각으로 보입니다. 적힌 시각을 보면 운 나쁜 마부가 최후를 맞이한 시각과 일치합니다. 살인자가 윌리엄이 쥐고 있던 종이를 찢어서 가져갔거나 윌리엄이 살인자가 가지고 있던 종이의 일부를 빼앗았을 수도 있습니다. 만날 시각을 정하는 내용인 것 같습니다."

홈스가 문제의 종이를 집어 들었다. 그곳에 적힌 글귀를 여기에 그대로 옮겨 적어놓았다.

12시 15분 전에

알려주겠네

아마

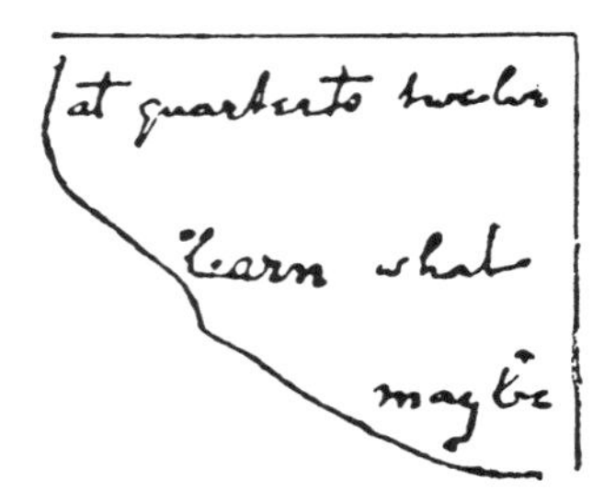
at quarter to twelve
learn what
maybe

경위는 계속 말을 이었다.

"이게 만날 시각을 정하는 내용이라면, 죽은 윌리엄 커완은 성실한 사람이었다는 평판과 달리 도둑과 한패였을 수도 있습니다. 도둑을 만나서 문을 열어주었을 수도 있죠. 그 직후에 다툼이 일어난 겁니다."

"흥미로운 쪽지군요. 생각보다 깊은 내막이 있을지도 모르겠습니다."

홈스는 종잇조각을 뚫어져라 보며 말하고는 양손으로 머리를 감싸쥐었다. 경위는 런던에서 온 저명한 전문가가 보이는 반응을 보며 빙그레 미소를 지었다.

문득 홈스가 경위에게 말했다.

"죽은 마부와 강도가 한패고 두 사람의 약속 시각이 적힌 쪽지라는 가정은 참신한 발상입니다. 전혀 불가능하다고 할 수도 없죠. 하지만 이 쪽지를 보면……."

홈스는 말을 제대로 끝맺지도 않고 다시 머리를 양손으로 감싸쥐고 한참을 골똘하게 생각하는 듯했다. 마침내 그가 고개를 들자 나는 놀라지 않을 수 없었다. 그의 두 볼은 붉게 상기되었고 두 눈은 병을 얻기 전처럼 빛났기 때문이다. 그는 예전으로 돌아간 것처럼 활기차게 자리에서 벌떡 일어났다.

"이렇게 하면 어떻겠습니까? 잠깐 사건 현장을 조용히 둘러보고 싶습니다. 관심이 가는 부분이 있어서요. 대령님, 괜찮으시다면 왓슨과 함께 여기 계시겠습니까. 경위님과 주위를 둘러보며 방금 떠오른 가설 한두 가지를 확인해보고 싶습니다. 삼십 분 안에 돌아오겠습니다."

하지만 한 시간 반이 흐르고 나서야 경위만 혼자 대령의 집에 돌아왔다.

"홈스 씨는 바깥에서 서성거리고 계십니다. 다 함께 저택으로 가자고 하시더군요."

"커닝엄 씨의 저택으로 말입니까?"

"예, 대령님."

"도대체 왜요?"

경위는 어깨를 으쓱하며 대답했다.

"솔직히 잘 모르겠습니다. 저희끼리니까 하는 이야기지만 홈스 씨는 아직 몸이 좋지 않으신 듯합니다. 행동거지가 이상하시던데요. 터무니없을 정도로 흥분하시기도 하고요."

"걱정하실 일은 아닙니다. 보다 보면 미친 것처럼 보여도 홈스만의 논리가 있으니까요."

내가 말했다.

"그 논리를 광기라고 생각하는 사람들도 있을 겁니다."

경위는 투덜거리더니 얼른 말을 이었다.

"대령님, 홈스 씨는 금방이라도 출발하실 기세입니다. 준비가 되셨다면 얼른 나가시죠."

우리가 나가보니 홈스는 고개를 가슴에 닿을 정도로 푹 숙이고 두 손을 주머니에 깊숙이 찔러 넣은 채 들판을 서성거리고 있었다.

“사건이 점점 흥미를 더해가. 왓슨, 자네가 계획한 이번 시골 여행은 대성공이네. 오늘 아침은 정말 최고였다네.”

“사건 현장을 보고 오셨나 보군요.”

대령이 말을 걸었다.

“경위님과 잠시 둘러보고 왔죠.”

“뭐라도 좀 건지셨습니까?”

“글쎄요, 흥미로운 것들을 보긴 했죠. 저택까지 가면서 뭘 했는지 이야기해드리겠습니다. 일단 운 나쁜 사내의 시신부터 살펴봤습니다. 보고대로 사망 원인은 총상이더군요.”

“설마 사인을 의심하셨습니까?”

“모든 점을 확실히 확인하는 게 낫지 않겠습니까. 찾아본 보람도 있었고요. 시신을 확인한 후 커닝엄 씨 부자와 면담을 했죠. 두 사람은 살인자가 도주를 하면서 지나간 울타리를 정확하게 가리켜주더군요. 무척 즐거웠습니다.”

“그렇군요.”

“그 후에는 죽은 마부의 노모를 만났습니다. 연로한 탓에 쓸만한 이야기는 못 들었지만요.”

“조사해서 얻으신 건 뭡니까?”

"이 사건이 독특하다고 확신하게 되었습니다. 지금 방문하면 사건의 윤곽이 좀더 명확해질 겁니다. 경위님, 마부가 쥐고 죽은 종잇조각이 매우 중요한 단서라는 데 동의하십니까? 본인의 사망 시각이 적혀 있었죠."

"분명히 사건 해결의 실마리일 겁니다, 홈스 씨."

"맞습니다. 쪽지를 쓴 사람이 그 시각에 윌리엄 커완을 잠자리에서 불러낸 거니까요. 종이의 나머지 부분은 지금 어디 있겠습니까?"

"혹시 나머지 부분을 찾을 수 있을까 해서 철저하게 수색했지만 주변에는 없었습니다."

"종이는 고인의 손에서 찢겨 나갔습니다. 살인범은 왜 그 종이를 빼앗으려고 했을까요? 범인을 지목하기 때문입니다. 그렇다면 빼앗아서 어떻게 했을까요? 곧바로 주머니에 쑤셔넣었을 겁니다. 그랬다면 고인이 한쪽 모퉁이 조각을 쥐고 있는 줄 꿈에도 모를 거고요. 나머지 부분을 찾으면 사건은 해결되는 거나 마찬 가지입니다."

"그렇겠죠. 하지만 범인을 잡기도 전에 어떻게 범인의 주머니를 살펴볼 수 있겠습니까?"

"아하, 그건 생각해봐야겠군요. 그 외에도 명확한 사실이 또 있습니다. 윌리엄이 받은 쪽지는 쓴 사람이 직접 준 게 아닐 겁니다. 그럴 수 있었다면 말로 했을 테니까요. 쪽지를 전한 건 누구일까요? 혹시 우편으로 보낸 건 아닐까요?"

경위가 의문을 풀어주었다.

"그 점은 벌써 조사해봤습니다. 윌리엄이 어제 오후에 편지를 한 통 받았다더군요. 편지 봉투는 직접 없애버렸답니다."

홈스가 경위의 등을 탁 치며 반색을 했다.

"훌륭합니다! 벌써 우체부를 만나셨군요. 경위님과 수사를 하니 즐겁습니다. 자, 여기가 바로 별채입니다. 대령님, 이리 오십시오. 사건 현장을 보여드리겠습니다."

피해자가 살았던 아담한 집을 지나친 우리는 떡갈나무가 양쪽에 늘어선 진입로를 따라 앤 여왕 시대 양식으로 지은 훌륭한 대저택으로 향했다. 저택의 정문에 얹은 상인방에는 영국이 프랑스를 이긴 말플라케 전투의 날짜가 새겨져 있었다. 우리는 홈스와 경위의 안내를 받으며 저택을 빙 둘러 옆문으로 갔다. 그 부엌문과 저택 밖 큰길을 따라 난 산울타리 사이에는 정원이 있었다. 제복 경관 한 명이 문에 서 있었다.

그에게 홈스가 말했다.

"문을 열게, 경관. 자, 저 계단이 보이시죠. 앨릭 씨는 바로 저 계단을 내려와서 두 남자가 몸싸움을 벌이는 모습을 목격했습니다. 두 사람이 싸움을 벌인 곳이 지금 우리가 서 있는 곳입니다. 커닝엄 씨는 창가 그러니까, 왼쪽에서 두 번째 창가에 서서 침입자가 산울타리 덤불 왼쪽으로 도주하는 모습을 목격하셨죠. 그 모습을 앨릭 씨도 똑같이 목격했고요. 부자가 저 덤불 덕분에 확실히 기억하고 있더군요. 그 직후에 앨릭 씨가 달려나와서 부상당한 사람 옆에 무릎을 꿇었죠. 보시다시피 지면이 단단합니다. 그래서 단서가 될 만한 흔적이 없습니다."

홈스가 설명을 하고 있는데, 남자 두 명이 저택의 모퉁이를 돌아 정원의 오솔길을 따라 우리 쪽으로 다가왔다. 한 명은 주름살이 깊게 팬 노인으로 눈을 게슴츠레하게 뜨고 있었다. 다른 한 명은 잘생긴 젊은이였는데 잔뜩 멋을 낸 옷차림에 환하게 미소를 짓는 모습이 우리를 저택으로 이끈 사건과 묘한 대조를 이루었다.

젊은 남자가 홈스에게 말을 걸었다.

"아직도 수사중이시군요? 런던 사람들은 금방 해결할 줄 알았더니 당신은 그렇게 유능하지 않나 봅니다."

"아하! 시간을 좀더 주셔야겠습니다."

홈스가 유쾌하게 대꾸하자 젊은 남자가 말했다.

"시간이 많이 필요하실 겁니다. 단서가 하나도 없는 사건 같으니까요."

경위가 말을 받았다.

“딱 하나 있긴 합니다. 우리가 찾을 수만…… 아니! 홈스 씨, 왜 그러십니까?”

홈스의 얼굴은 끔찍하게 일그러져 있었다. 허연 눈자위가 다 드러났고 얼굴은 고통스럽게 뒤틀려 있었다. 바로 그 순간 억눌린 듯한 신음 소리를 내며 홈스는 앞으로 고꾸라지고 말았다. 심각한 발작이 갑작스럽게 일어난 나머지 혼비백산한 우리는 그를 일단 부엌으로 옮겼다. 그곳에 있는 큰 의자에 눕히자 홈스는 몇 분 동안 힘겹게 숨을 몰아쉬었다. 잠시 후 의자에서 일어난 홈스는 약한 모습을 보여 겸연쩍다는 표정을 짓고는 사과했다.

그는 모두에게 이렇게 설명했다.

“왓슨에게 들으셨겠지만 저는 중병에서 회복된 지 얼마 되지 않았습니다. 그래서 요즘 들어 툭하면 이렇게 발작을 일으키죠.”

“마차로 집까지 태워드릴까요?”

홈스에게 노인이 물었다.

“음, 이왕 여기까지 왔으니 확인하고 싶은 문제가 한 가지 있습니다. 금방 끝낼 수 있을 겁니다.”

“그게 뭡니까?”

“음, 죽은 윌리엄은 도둑이 집에 침입하기 전이 아니라 후에 마주쳤을 수도 있습니다. 두 분은 도둑이 억지로 문을 딴 흔적이 있는데도 안으로는 들어오지 않았을 거라 생각하시는 듯하군요."

커닝엄 씨가 무거운 어조로 말했다.

"생각하고 말고 할 문제가 아닌 것 같군요. 그때 아들은 잠자리에 들기 전이었습니다. 그러니 누가 집에 들어왔다면 분명히 소리를 듣지 않았겠습니까?"

"아드님은 어디에 계셨습니까?"

"옷방에 앉아 파이프 담배를 피우던 중이었습니다."

"그 방 창문은 건물 어느 쪽에 있습니까?"

"아버지 침실 옆방으로, 왼쪽 제일 끝에 있는 창문입니다."

"그때 두 방 모두 불이 켜져 있었겠죠?"

"물론이죠."

홈스가 미소를 지으며 말했다.

"이상한 점이 그겁니다. 초보 도둑이 아닌 이상 집에 불이 켜진 것을 보면 두 사람이나 깨어 있다는 사실을 눈치챘을 겁니다. 그런데도 굳이 그 시간에 숨어들려고 하다니 이상하지 않습니까?"

커닝엄 씨가 말했다.

"냉철하고 침착한 도둑이었나 보죠."

앨릭 커닝엄이 빈정거렸다.

“이보세요, 사건이 그렇게 괴상하지 않았다면 굳이 당신에게 수사를 부탁했겠습니까. 윌리엄과 마주쳐 몸싸움을 하기 전에 강도가 집을 털었을 수도 있다뇨. 지금까지 나온 것 중 가장 터무니없는 주장 아닙니까? 강도가 들어온 뒤라면 집은 엉망진창이 되고 물건이 없어졌을 것 아닙니까?”

홈스가 대답했다.

“그거야 어떤 물건이냐에 달렸죠. 우리가 잡아야 할 도둑은 특이하지 않습니까. 자기만의 방식으로 집을 턴다는 걸 명심해두십시오. 그 도둑이 액턴 씨 저택에서 훔쳐간 괴상한 물건들을 생각해보세요. 뭐였죠? 노끈 뭉치에 서진을 가져갔습니다. 또 무슨 잡동사니를 가져갔는지 기억도 안 나는군요!”

그러자 커닝엄 씨가 불쑥 말했다.

“홈스 씨, 우리는 당신에게 모든 걸 맡기겠소. 당신이든 경위님이든 뭐든 말만 하시오. 그대로 따를 터이니.”

“현상금부터 내거십시오. 판사님이 직접 말입니다. 경찰은 현상금 금액을 정하는 데 시간이 걸리니 신속하게 처리할 수 없죠. 괜찮으시다면 여기 제가 작성한 현상금 공고문에 서명을 하십시오. 오십 파운드면 적당할 것 같군요.”

“오백 파운드라도 걸라면 걸겠소.”

노인은 홈스가 건네는 종이와 연필을 받았다.

"그런데 내용이 정확하지 않구려."

노인은 공고문을 훑으며 말했다.

"급하게 써서 그렇습니다."

"여기 첫 부분을 보면 말이오. '한편 지난 화요일, 새벽 1시를 십오 분 앞두고 가택침입을 하려는' 어쩌고저쩌고 하는 부분 말이오. 사건이 벌어진 시각은 11시 45분이었소."

나는 친구의 실수에 마음이 아팠다. 그로서는 뼈아픈 실수란 걸 누구보다 잘 알기 때문이었다. 사실관계를 누구보다 정확하게 기억하는 것이 그의 특기였는데 최근의 병으로 아직 본모습을 찾지 못한 게 분명했다. 이런 소소한 실수만 봐도 확실히 그가 건강을 되찾으려면 갈 길이 먼 듯했다. 당황한 듯한 홈스를 보며 경위는 눈썹을 치켜 올렸고 앨릭 커닝엄은 웃음을 터뜨렸다. 한편 노인은 홈스의 실수를 수정한 후 다시 돌려주며 말했다.

"최대한 빨리 인쇄하시오. 현상금을 내걸자는 생각은 좋은 것 같군요."

홈스는 노인이 돌려준 종이를 수첩에 조심스럽게 집어넣었다.

"이제 다 같이 저택을 둘러보면 좋겠습니다. 이 묘한 도둑이 정말 아무것도 훔치지 않았는지 확인해보죠."

저택에 본격적으로 들어가기 전에 홈스는 도둑이 억지로 열었다는 창문부터 살폈다. 끌이나 단단한 칼을 쑤셔넣어 자물쇠를 떼낸 것이 분명했다. 연장을 쑤셔넣은 자국이 문짝에 선명하게 남아 있었다.

"평소에 빗장은 안 쓰시는군요?"

홈스가 물었다.

"지금까지 그럴 필요가 전혀 없었소."

"개는 없습니까?"

"한 마리 있소. 하지만 사건 현장 반대편에 묶여 있다오."

"하인들이 잠자리에 드는 시각은?"

"10시경이오."

"평소대로라면 윌리엄도 그 시각에 자고 있었겠군요?"

"그렇소."

"하필 그 시각에 깨어 있었다니 정말 이상하군요. 이제 저택을 안내해주시면 대단히 감사하겠습니다, 커닝엄 씨."

우리는 부엌을 나서 바닥에 판석을 깐 복도로 나갔다. 복도를 따라 끝까지 가니 곧장 2층으로 올라가는 나무 계단이 나왔다. 계단을 올라가니 맞은편으로 현관의 넓은 홀과 2층을 연결하는 화려한 계단이 보였다. 응접실과 커닝엄 부자의 침실을 포함한 침실 여러 개가 2층에 있었다. 홈스는 집의 구조를 꼼꼼하게 살피며 천천히 걸었다. 표정으로 보아 유력한 단서를 찾아낸 게 분명했다. 하지만 추리가 어떤 방향으로 달려가고 있는지 상상조차 되지 않았다.

마침내 커닝엄 씨가 초조함을 이기지 못하고 불쑥 말했다.

"이보시오, 홈스 씨. 함께 집을 둘러보는 게 무슨 소용이 있습니까. 계단을 오르자마자 내 침실이 있다오. 그다음이 아들의 침실이고. 도둑놈이 우리에게 들키지 않고 여기까지 올 수 있다고 생각할지 말지는 판단에 맡기겠소."

노인의 아들이 심술궂은 미소를 지으며 말했다.

"집을 한 번 더 둘러보고 새로운 단서를 찾으셔야겠군요."

"조금만 더 장단을 맞춰주셨으면 합니다. 가령, 침실 창문에서 저택 앞으로 어디까지 보이는지 궁금하군요. 여기가 아드님의 침실이죠?"

홈스는 문을 밀어 열며 계속 말했다.

"저기는 도둑이 들었을 때 아드님이 담배를 피우고 계셨다는 옷방이겠군요. 밖을 내다봤다는 창문은 어디죠?"

홈스는 침실을 가로질러 안쪽에 난 옷방 문을 열어 안을 힐끔 보았다.

"이제 만족하시오?"

커닝엄 씨가 쌀쌀맞게 물었다.

"고맙습니다. 보고 싶은 건 다 봤습니다."

"필요하다면 내 침실도 살펴보시오."

"폐가 되지 않는다면요."

치안판사는 어깨를 으쓱하더니 우리를 침실로 안내했다. 수수하게 꾸민 평범한 방이었다. 우리가 창문으로 다가가자 홈스는 뒤로 물러나 나와 함께 일행의 끄트머리에 섰다. 오렌지가 몇 개 담긴 접시와 물 한 병이 놓인 작은 사각형 탁자가 침대 발치에 있었다. 그런데 그 옆을 지나갈 때 홈스가 내 앞으로 쓰러지며 일부러 탁자를 밀어 넘어뜨리는 것이 아닌가. 나는 어찌나 놀랐는지 말문까지 막혔다. 유리병은 바닥에 떨어지며 산산조각이 났고 오렌지는 사방으로 튀어 굴러갔다.

"왓슨, 뭐하는 짓인가. 양탄자가 엉망이 되었잖아."

홈스는 차가운 말투로 말했다.

나는 당황해서 몸을 숙여 과일을 줍기 시작했다. 분명히 뭔가 생각이 있어서 내가 뒤집어써주기를 바란다고 생각했기 때문이다. 다른 사람들도 굴러간 오렌지를 줍기 시작했다. 이윽고 쓰러진 탁자도 다시 세웠다.

"아니! 그분은 어디로 가셨습니까?"

그러고 보니 홈스가 보이지 않았다.

"여기서 잠시 기다려보죠. 보아하니 그 사람은 얼이 빠진 것 같습니다. 아버지, 이리로 오세요. 어디로 갔는지 같이 찾아봐요."

앨릭 커닝엄이 말했다.

두 사람이 서둘러 방을 나갔다. 결국 나를 비롯해 경위와 대령만 남아 서로를 멀뚱멀뚱 바라보았다.

"솔직히 저도 앨릭 씨와 같은 생각입니다. 얼마 전에 앓았던 병 때문일 수도 있겠죠. 하지만 제가 보기엔……."

그때 느닷없이 들린 고함소리에 경위의 말이 뚝 끊어졌다.

"사람 살려! 사람 살려! 살인이다!"

홈스의 목소리라는 사실을 깨닫자 가슴이 철렁했다. 나는 미친듯이 방을 뛰어나가 층계참 쪽으로 달려갔다. 방금 들린 소리는 우리가 처음 들어갔던 침실에서 났는데, 이제 무슨 말인지 분간할 수도 없는 쉰 소리로 잦아들고 있었다. 나는 앨릭의 침실로 뛰어들어가 그 방에 이어진 옷방으로 들어갔다. 커닝엄 부자가 바닥에 엎드린 셜록 홈스 위로 몸을 웅크리고 있었다. 잘 보니 아들은 양손으로 홈스의 목을 움켜쥐었고 아버지는 손목을 비트는 것 같았다. 우리 세 사람은 순식간에 그 둘을 홈스에게서 떼어냈다. 마침내 홈스가 핏기 없는 얼굴로 비틀거리며 일어섰다. 언뜻 봐도 기력을 소진한 것이 틀림없었다.

홈스가 헐떡거리며 말했다.

"두 사람을 체포하십시오, 경위님!"

"무슨 혐의로요?"

"마부 윌리엄 커완을 살해한 혐의죠!"

경위는 믿을 수가 없다는 표정으로 홈스를 멍하니 바라보았다.

"자자, 홈스 씨. 설마 진심은 아니시……."

"쯧, 이보세요. 저자들의 얼굴을 보십시오!"

홈스가 불쑥 경위의 말을 끊었다.

나는 그보다 더 솔직하게 죄를 자백하는 얼굴을 본 적이 없었다. 강인해 보였던 노인은 얼굴을 침울하게 찌푸린 채 망연자실한 것 같았다. 한편 아들은 경쾌하고 근사했던 모습이 온데간데없었다. 위험한 야수처럼 두 눈이 흉포하게 빛났고 잘생긴 얼굴은 일그러져 있었다. 경위는 대꾸하는 대신 문가로 걸어가며 호루라기를 불었다. 제복 경관 두 명이 얼른 달려왔다.

"달리 행동할 여지가 없군요, 커닝엄 씨. 물론 터무니없는 착오로 벌어진 일일 수도 있겠죠. 하지만 지금 이 상황을 보세요. 아! 지금 무슨 짓을 하는 겁니까, 어서 내려놔!"

경위가 앨릭 커닝엄을 쳤다. 그자가 막 쏘려고 했던 권총이 요란한 소리를 내며 바닥으로 떨어졌다.

홈스가 그새를 놓칠세라 재빨리 권총을 발로 밟으며 말했다.

"잘 보관해두십시오. 재판에서 유리하게 사용할 수 있을 겁니다. 우리가 원한 증거물은 여기 있지만요."

홈스는 꾸깃꾸깃한 종이를 내밀었다.

"찢어진 쪽지의 나머지 조각이군요?"

경위가 깜짝 놀라 되물었다.

"그렇습니다."

"어디에서 찾으셨습니까?"

"있을 거라고 추측한 곳에서죠. 나중에 말씀드리겠습니다. 대령님, 왓슨과 먼저 돌아가시지요. 저는 늦어도 한 시간 안에는 돌아가겠습니다. 지금은 경위님과 함께 저 부자와 나눌 이야기가 있습니다. 점심시간까지는 돌아가겠습니다."

셜록 홈스는 약속을 지켰다. 1시경에 대령의 흡연실에서 다시 만난 것이다. 그런데 동행이 있었다. 체구가 작은 노신사로 처음 강도 사건이 벌어졌던 저택의 주인인 액턴이라고 자신을 소개했다.

홈스가 말했다.

"액턴 씨도 이 소소한 사건의 설명을 함께 들어주셨으면 해서 자리에 모셨습니다. 당연히 내막을 자세하게 알고 싶으시지 않겠습니까. 친애하는 대령님, 저처럼 분란이 따라다니는 사람을 초대한 걸 후회하지는 않으시겠죠."

대령이 온화한 태도로 대답했다.

"그 반대입니다. 홈스 씨의 수사를 곁에서 지켜볼 수 있었다는 사실을 대단한 영광으로 여기고 있는걸요. 솔직히 말해서 당신의 활약은 예상을 훨씬 뛰어넘었습니다. 어떻게 사건을 해결하셨는지 도무지 짐작을 못 하겠군요. 전혀 진상을 눈치채지 못했어요."

"설명을 들으시면 환상이 깨질지도 모르겠군요. 하지만 저는 추리 방식을 누구에게도 숨기지 않습니다. 친구인 왓슨은 물론이고 제 추리법에 지적인 흥미를 보이는 사람에게는 얼마든지 공개하죠. 그런데 좀 전에 옷방에서 공격받은 충격이 아직도 완전히 가시지 않은 듯합니다. 대령님의 브랜디를 한잔 해야겠습니다. 최근에 체력이 꽤 많이 상했거든요."

"신경 발작이 또 일어나는 건 아니겠죠?"

셜록 홈스가 껄껄 웃으며 대답했다.

"아, 그건 순서가 되면 이야기를 해드리죠. 일단 지금까지 일어난 일을 순서대로 들려드리겠습니다. 그리고 사건 해결의 실마리를 중간중간 알려드리겠습니다. 제 추리 과정에서 이해 가지 않는 부분이 있다면 주저 말고 물어보시죠.

탐정에게 가장 중요한 건 수많은 사실들 가운데 중요하지 않은 것과 중요한 것을 구별하는 능력입니다. 이 능력이 없으면 수사에 집중해야 할 에너지와 주의력이 사라져버리죠. 자, 이제 사건을 살펴보겠습니다. 처음부터 저는 사건을 해결할 열쇠가 죽은 자의 손에 쥐어 있던 종잇조각이라는 사실을 조금도 의심하지 않았습니다.

자세한 이야기로 들어가기 전에 한번 생각해보십시오. 앨릭 커닝엄의 증언이 사실이라면, 다시 말해서 침입자가 윌리엄 커완을 쏘고 곧장 도주했다면 윌리엄이 쥐고 있던 종이를 찢어간 사람은 그 침입자일 수 없습니다. 침입자의 짓이 아니라면 종이를 찢은 사람은 앨릭 커닝엄일 수밖에 없죠. 왜냐하면 노인이 1층으로 내려왔을 때는 하인들도 현장에 나와 있었으니까요. 간단한 사실이죠. 경위가 이 점을 미처 알아차리지 못할 만도 한 게, 지역 지주들이 사건과 전혀 관계가 없으리라는 전제하에 수사를 시작했거든요. 저는 선입견을 갖지 않고 사실이 이끄는 곳으로 고분고분 따라가는 걸 규칙으로 삼고 있습니다. 그렇기 때문에 조사 첫 단계부터 앨릭 커닝엄 씨가 맡았던 역할을 삐딱하게 보게 되더군요.

다음 단계에서 저는 경위가 보여준 쪽지의 한쪽 귀퉁이를 면밀하게 살펴봤습니다. 보자마자 눈여겨봐야 할 문서의 조각이라는 사실을 알 수 있었죠. 이걸 보시죠. 이제 이 글에서 특별한 점이 보이지 않습니까?"

대령이 대답했다.

"필체가 일정하지 않군요."

홈스가 반색하며 소리쳤다.

"그렇습니다! 두 사람이 단어를 번갈아가며 썼다는 게 분명하죠. 여기 at과 to에서 힘을 주어 쓴 t 자와, quarter와 twelve에서 흘려 쓴 t 자를 비교해서 살펴보세요. 그러면 금세 알아차릴 수 있습니다. 이 네 단어만 잠깐 비교해봐도 learn과 maybe는 좀더 눌러쓰는 사람의 필체이고 what은 그보다 힘을 빼고 쓰는 사람의 필체라는 사실을 자신 있게 말씀하실 수 있을 겁니다."

"세상에, 과연 그렇군요! 도대체 두 사람은 왜 이런 식으로 편지를 쓴 겁니까?"

홈스가 대답했다.

"분명히 좋은 의도로 벌인 일은 아닙니다. 상대방을 믿지 못한 사람이 주도한 거겠죠. 뭘하든 같이 발을 담그기로 한 겁니다. 여기서 at과 to를 쓴 사람이 분명 주모자일 겁니다."

"어떻게 알아냈습니까?"

"두 사람의 필적을 비교해보는 것만으로도 추리 가능한 사실이지만 추측보다도 확실한 근거가 있습니다. 쪽지를 주의깊게 살펴보면 금세 이런 결론을 내리게 될 겁니다. 힘을 줘서 쓰는 사람이 먼저 단어를 쓰고 나머지 단어들을 상대가 채우도록 비워놓았습니다. 그런데 비워놓은 공간이 충분하지 않아 두 번째 사람은 하는 수 없이 at과 to 사이에 quarter를 따닥따닥 붙여서 써야 했죠. 그걸 보면 at과 to가 이미 씌어 있었다는 사실을 알 수 있습니다. 먼저 쓴 사람이 분명 이 사건을 계획했을 테죠."

"훌륭합니다!"

액턴 씨가 감탄했다.

"이건 기본적인 사실입니다. 이제 더 중요한 사실을 이야기하죠. 필체로 글을 쓴 사람의 연령대를 추리하는 기술은 전문가들이 상당한 정확성을 자랑하는 분야기도 합니다. 일반적인 경우라면 필적 주인의 나이가 몇십 대인지까지 꽤 구체적으로 추측할 수 있습니다. 방금 일반적인 경우라고 한 건 건강이 좋지 않거나 육체적으로 쇠약해지면 젊은 사람이라고 해도 노인의 특징을 보이기 때문입니다. 사건으로 돌아가보면 이 글에는 대담하고 힘 있는 필체가 있습니다. 한편 t 자를 보았을 때 무슨 글자인지 알아볼 수는 있지만 가로획을 제대로 그리다 말다 하면서 철자의 형태가 완전하지 못할 때도 있죠. 두 필체를 비교하면 하나는 젊은 사람의 필체이고 다른 하나는 그 사람보다는 나이가 한참 많지만 크게 노쇠하진 않은 사람의 필체라고 확신할 수 있습니다."

"훌륭하군요!"

액턴 씨는 감탄을 금치 못했다.

"주목해야 할 점이 하나 더 있습니다. 방금 알아낸 사실보다 더 미묘하고 흥미롭기까지 하죠. 두 사람의 필체는 공통점이 있습니다. 혈연관계에 있는 사람들 필체가 분명하다는 말입니다. 그리스어처럼 쓴 e 자를 보면 확실하게 납득할 수 있지만 같은 결론을 가리키는 자잘한 특징들도 잔뜩 있습니다. 두 필적을 비교하면 가족이기 때문에 비슷한 특징을 찾으시리라 확신합니다. 여러분보다 전문가들이 관심을 보일 사실이 스물세 가지나 더 있지만 일단 종이에서 얻은 중요한 결과 몇 가지만 말씀드리는 겁니다. 어쨌든 알아낸 사실들을 종합해봤을 때 커닝엄 부자가 이 쪽지를 썼다는 추측이 마음속에서 점점 더 힘을 얻어갔습니다.

여기까지 추측했으니 다음으로는 당연히 사건의 세부 사항을 살펴봐야 했죠. 수사에 도움이 되는 세부 사항이 얼마나 있을지 알아봐야 했습니다. 그래서 경위와 함께 저택을 보러 갔습니다. 직접 볼 수 있는 것들은 다 보았습니다. 시신의 상처를 살펴본 결과 그 사람은 대략 사 미터 거리에서 발사된 권총에 맞아 사망했다고 확신할 수 있었습니다. 시신의 옷에 화약으로 그을린 흔적이 전혀 없었거든요. 두 사람이 몸싸움을 하는 도중에 총이 발사되었다는 앨릭 커닝엄의 말은 거짓 증언이었습니다. 게다가 아버지와 아들이 범인이 큰길로 도주한 지점에 대해 똑같이 증언을 했는데, 사건이 일어난 지점에는 폭이 꽤 넓은 도랑이 있었고 바닥에는 물기가 있었습니다. 하지만 도랑 근처에는 구둣발 자국이 없는 걸 보아 커닝엄 부자가 거짓말을 했을 뿐만 아니라 사건 현장에 다른 사람이 없었다는 사실을 이끌어낼 수 있었습니다.

다음으로는 이 기묘한 범죄의 동기를 따져보겠습니다. 이를 위해 액턴 씨의 저택에서 도난 사건이 먼저 일어난 이유부터 밝혀내야 했습니다. 대령님이 들려주신 이야기 덕분에 커닝엄 씨와 액턴 씨 사이에 소송이 진행중이라는 사실은 알고 있었습니다. 그때 이런 생각이 들더군요. 혹시 진행중인 소송과 관련해서 중요한 서류를 손에 넣으려고 액턴 씨의 도서실에 침입한 게 아닐까."

홈스의 설명에 액턴 씨가 불쑥 끼어들었다.

"정확합니다. 의심의 여지가 없어요. 나는 확실한 근거를 갖고 그들이 현재 소유한 영지의 절반에 대한 소유권을 요구했습니다. 지금 상황에서 커닝엄 부자가 해당 서류를 손에 넣으면 분명히 소송을 무효로 만들 수 있을 겁니다. 천만다행으로 그 서류는 내 변호사들의 금고에 있죠."

홈스가 환한 미소를 지으며 대꾸했다.

"역시 그랬군요! 위험하고 무모한 시도였습니다. 저는 그 도둑 소동에서 앨릭 커닝엄의 입김이 눈에 보이는 듯했습니다. 그들은 원하는 것을 끝내 못 찾자 의심을 다른 곳으로 돌리기 위해 도둑의 소행으로 위장하기로 했습니다. 그래서 닥치는 대로 아무 물건이나 집어 들고 나온 거죠. 여기까지는 명백하지만 불분명한 점들이 많이 남아 있었습니다. 무엇보다 나머지 종잇조각을 빨리 찾아내고 싶었죠. 윌리엄이 쥐고 있던 쪽지를 앨릭이 빼갔다고 확신했고 뺏자마자 실내복 주머니에 그대로 쑤셔넣었을 거라고 확신했죠. 거기가 아니라면 어디에 뒀겠습니까. 유일한 문제라면 쪽지가 여전히 주머니에 있느냐는 것이었습니다. 어떻게든 확인해볼 가치가 있었어요. 그래서 여러분에게 저택으로 가자고 했던 겁니다.

기억하시겠지만, 부엌문 앞에 있을 때 커닝엄 부자가 나타났죠. 그들 앞에서 쪽지에 대한 말은 단 한 마디도 입에 담지 말아야 했습니다. 안 그러면 당장 없애버리지 않겠습니까. 경위가 마침 그 종이가 중요하다는 이야기를 하려는 찰나, 바로 제가 때맞춰 하늘의 도우심을 받아 발작을 일으키며 기절을 했죠. 그 바람에 대화는 다른 방향으로 흘러갔고요."

대령이 웃음을 터뜨리며 말했다.

"이럴 수가! 지금 우리가 걱정하고 간을 졸인 게 쓸데없는 짓이었다는 말씀이십니까? 그 발작이 연기였다고요?"

"의사가 보기에도 정말 뛰어난 연기였네."

나는 매번 상상치도 못한 재치로 혼을 쏙 빼놓는 친구를 놀라움에 휩싸여 바라보았다.

"종종 유용하게 써먹을 수 있는 기술이죠. 정신을 차린 시늉을 한 후에는 꾀를 내서 원하는 것을 손에 넣었습니다. 꽤 기발한 방법이었죠. 커닝엄 씨에게 twelve(12)를 직접 쓰게 한 겁니다. 종이에 있는 twelve와 비교할 수 있도록요."

"난 정말 멍청이었어!"

내가 한탄을 하자 홈스가 웃으며 말했다.

"내가 쇠약해져서 실수를 한 줄 알고 자네가 괴로워하는 모습을 봤어. 자네가 마음 아파할 걸 알면서도 밀어붙여 미안하네. 어쨌든 그 후에 우리는 2층으로 올라갔습니다. 방으로 들어갔을 때 문 뒤에 걸려 있는 실내복을 보고는 탁자를 넘어뜨려 주의를 돌린 후 잽싸게 실내복 주머니를 뒤져보았죠. 예상대로 주머니에 있던 종이를 손에 넣은 순간 커닝엄 부자가 저를 덮쳤습니다. 여러분이 신속하게 구해주시지 않았다면 전 그 자리에서 목숨을 잃었을 겁니다. 지금도 앨릭 커닝엄이 목을 힘껏 조르고 있는 것 같아요. 노인은 종이를 빼앗으려고 손목을 비틀었죠. 제가 모든 사실을 알아냈다는 걸 부자도 눈치챈 겁니다. 완벽하게 안전한 줄 알았다가 순식간에 막다른 골목에 몰리자 살인을 불사할 정도로 절박한 심정이 되었죠.

그 후에 범죄 동기를 두고 커닝엄 씨와 잠시 이야기를 나눴습니다. 앨릭 커닝엄은 타고난 악마라서 손에 권총만 쥐여준다면 언제든 다른 사람의 머리를 날려버릴 인물이지만 그 아버지는 훨씬 다루기가 쉬웠습니다. 혐의가 무겁다는 사실을 깨닫고 자포자기한 나머지 사실을 털어놓더군요. 커닝엄 부자가 액턴 씨의 저택에 침입했던 밤에 마부 윌리엄이 몰래 뒤를 밟았던 모양입니다. 두 사람의 약점을 잡은 마부는 범행 사실을 알리겠다고 협박하며 입을 다무는 조건으로 돈을 달라고 했죠. 그런데 그런 게임을 벌이기엔 앨릭 커닝엄이 너무나 위험한 자였던 겁니다. 지역 주민들이 도둑을 두려워하는 걸 보고 걸림돌이 되는 남자를 의심받지 않고 해치울 계획을 착안했죠. 그의 입장에서 천재적인 발상을 한 겁니다. 결국 마부는 덫에 걸려 목숨을 잃었습니다. 부자가 쪽지를 제대로 회수했고 자잘한 것들을 좀더 신경 썼다면 절대로 범인으로 의심받지 않았을지도 모릅니다."

"그 쪽지는?"

내가 물었다.

홈스는 하나로 이어붙인 쪽지를 꺼내 놓았다.

If you will only come round at quarter to twelve
to the East gate you will learn what
will very much surprise you and maybe
be of the greatest service to you and also
to Annie Morrison. But say nothing to anyone
upon the matter

12시 15분 전에 동문으로 자네 혼자 나오면 깜짝 놀랄 사실을 알려주겠네. 아마 자네나 애니 모리슨에게 큰 도움이 될 거야. 단 이 일에 대해서는 아무한테도 말하지 말게.

"내가 예상했던 대로였다네. 물론 아직은 앨릭 커닝엄과 윌리엄 커완, 애니 모리슨 세 사람이 어떤 관계였는지는 자세히 밝혀지지 않았습니다. 어쨌든 교묘하게 미끼를 놓았어요. 이 쪽지에 쓰인 p 자와 g 자의 꼬리 부분에서 유전적 특색을 읽어보면 흥미로우실 겁니다. 커닝엄 씨는 i 자를 쓸 때 점을 찍지 않는 것이 가장 큰 특징이죠. 왓슨, 시골에서 와서 조용하게 푹 쉬었다 가자는 계획은 대성공일세. 내일이면 기운이 펄펄 넘쳐서 베이커 스트리트로 돌아갈 수 있겠어."

등이 굽은 사내

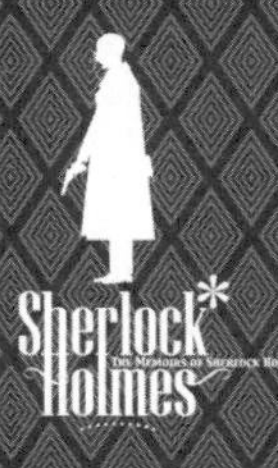

내가 결혼식을 올리고 몇 달이 흐른 어느 여름날 밤이었다. 나는 난롯가에 앉아 그날의 마지막 담배를 피우며 소설을 읽다가 꾸벅꾸벅 졸기 시작했다. 유난히 고된 하루를 보냈기 때문이다. 아내는 진작 위층으로 자러 올라갔고 좀 전에 문을 잠그는 소리가 난 것으로 짐작건대 하인들도 모두 잠자리에 들었다. 마침내 나도 자리에서 일어나 파이프를 탁탁 쳐서 재를 터는데 갑자기 초인종이 울렸다.

시계를 쳐다보니 11시 45분이었다. 손님이 찾아올 리 없는 심야라 환자가 분명했다. 밤새 곁을 지켜야 할지도 모른다는 생각에 나는 뚱한 표정으로 현관문을 열었다. 그런데 놀랍게도 셜록 홈스가 건물 입구에 서 있었다.

"아, 왓슨. 내가 너무 늦게 찾아왔나?"

"무슨 소리인가. 어서 오게."

"놀란 것 같군. 뭐 당연한 일이겠지! 안도한 표정인 것도 같고! 흠! 아직도 독신일 때처럼 아케이디아 혼합 담배를 피우는군! 상의에 떨어져 있는 솜털 같은 담뱃재를 보면 확실해. 왓슨, 자네는 군복에 익숙한 사람이라는 게 너무 표가 나. 소매에 손수건을 넣어 다니는 습관을 안 버리면 자네를 군대 근처에도 가지 않은 민간인으로 봐줄 사람이 없을 걸세. 그건 그렇고 오늘 밤 재워줄 수 있나?"

"그럼 있고말고."

"전에 말했던 손님용 독실은 지금 쓰는 사람이 없는 것 같군. 모자걸이를 보니 알겠어."

"나야 좋으니 그 방을 쓰게나."

"고맙네. 빈 모자걸이를 내가 쓰면 되겠어. 이런, 영국인 기술자가 다녀갔나 보군. 집에 성가신 일이 있었다는 뜻이지. 설마 배관공은 아니겠지?"

"그래, 가스 기술자였네."

"아하! 가스등 불빛이 떨어지는 부근의 리놀륨 바닥에, 그 기술자가 구두 징 자국을 두 개 남겼어. 아니, 괜찮네. 워털루에서 요기를 하고 왔어. 식사는 되었고 자네와 기분 좋게 파이프 담배나 한 대 피우고 싶은데."

내가 담뱃갑을 건네자 그는 앞에 앉아 한동안 말없이 담배만 피웠다. 중요한 일이 아니면 늦은 시각에 홈스가 나를 찾아올 리 없다. 그래서 먼저 이야기를 꺼낼 때까지 묵묵히 기다렸다.

"요즘 병원 일로 꽤나 바쁜 것 같군."

홈스가 날카로운 눈빛으로 바라보며 말했다.

"그래, 오늘도 무척 바빴어. 자네에게는 멍청한 소리로 들리겠지만 어떻게 추리해냈는지 모르겠군."

홈스가 소리를 죽여 웃었다.

"이것 봐, 왓슨. 나는 자네의 습관을 잘 아니 남들보다 유리하지. 왕진을 갈 때면 가까운 곳은 걸어가지만 먼 곳은 이륜마차를 타고 가지 않나. 지금 보니 구두에 신은 흔적이 있는데도 지저분하지 않아. 그렇다면 최근에 계속 마차로만 왕진을 다닐 정도로 바쁘다는 말 아니겠나."

"훌륭해!"

내가 감탄했다.

"기본적인 추리일세. 추론가가 상대방에게 대단한 사람으로 자리잡기 좋은 경우인데, 상대방이 추리의 기본이 되는 아주 작은 사실 하나를 미처 보지 못했기 때문에 그 같은 효과를 얻을 수 있는 거라네. 왓슨, 자네가 쓴 사건 기록들도 같은 맥락에서 볼 수 있어. 따지고 보면 아무것도 아닌 몇 가지 사실을 작가가 알리지 않고 꽁꽁 틀어쥘 때 독자에게 주는 효과가 얼마나 대단한가. 지금 내가 그런 독자나 다름없네. 정신을 혼란케 하는 기묘한 사건의 실마리를 몇 가지 잡았는데 가설을 완성하기 위해 필요한 실마리 한두 가지가 부족해. 하지만 곧 그것들을 손에 넣을 거라네, 왓슨. 알아낼 거라고!"

홈스의 눈빛이 이글거리며 타오르고 야윈 두 볼이 붉게 상기되었다. 순간적으로 베일 뒤에 숨겨져 있던 예리하고 강렬한 본성이 환하게 드러나는 듯했다. 하지만 잠시뿐이었다. 어느새 홈스는 수많은 사람들이 그를 사람이 아니라 생각하는 기계로 여기게 만드는 무표정한 얼굴로 되돌아가 있었다.

"이 사건에는 흥미로운 점들이 여기저기 포진해 있다네. 흥미롭기로 따지자면 어느 사건과도 견줄 수 없을 정도지. 이미 사건을 다 검토해서 사건 해결이 보이는 곳까지 다다랐다는 생각이 드는군. 자네가 마지막 수사 단계에 함께 해준다면 큰 도움이 될 거야."

"기꺼이 함께하겠네."

"내일 올더숏에 갈 수 있나?"

"잭슨이 내 대신 병원을 맡아줄 걸세."

"다행이군. 워털루 역에서 11시 10분에 출발하는 기차를 타야 하네."

"준비할 시간이 넉넉하군."

"좋아. 혹시 지금 졸린가? 사건의 내용과 앞으로의 계획을 이야기해주겠네."

"자네가 오기 전만 해도 졸렸는데 이제 잠이 다 깨어버렸어."

"사건의 요점을 빼먹지 않는 선에서 간략하게 정리하지. 이미 신문에서 읽었을지도 모르겠네만 지금 조사하는 사건은 올더숏의 로열맬로스연대 소속 바클레이 대령이 살해된 것으로 추정되는 사건일세."

"처음 듣는 사건인데."

"아직 그 지역 사람들만 관심을 갖고 있나 보군. 이틀 전에 일어난 사건이네. 간략하게 들려주지.

알다시피 로열맬로스라면 영국 육군에서도 명망 있기로 손에 꼽히는 아일랜드 연대 중 하나 아닌가. 크림전쟁은 물론 세포이 전쟁에서 혁혁한 공을 세운 부대로 참전할 때마다 뛰어난 활약을 했고. 지난 월요일 밤까지만 해도 연대의 지휘관은 제임스 바클레이 대령이었네. 이등병에서 시작한 용맹스러운 참전 용사로 세포이 전쟁에서 용감하게 싸워 고속 승진으로 장교까지 된 사람이지. 그리고 한때 자신이 소총을 들고 싸웠던 연대를 직접 지휘하게 되었어.

바클레이 소령은 병장 시절 지금의 아내를 만나 결혼했네. 바클레이 부인의 처녀 시절 이름은 낸시 데보이였어. 같은 부대의 군기軍旗 호위 하사관의 딸이었지. 결혼 직후 환경이 예전과 달라지니, 젊은 부부 사이에 마찰이 있기도 했나 봐. 그 정도는 쉽게 상상할 수 있는 일이지. 부부는 이내 주변 환경에 적응하는 듯 보였네. 남편은 전우들 사이에서, 바클레이 부인은 부대의 군인 아내들 사이에서 항상 인기가 많았다지. 한 가지 덧붙이자면 부인은 젊은 시절 미모가 상당했어. 지금도 그래. 결혼한 지 삼십 년이 넘었지만 여전히 미모가 눈부시지.

바클레이 대령의 가정생활은 원만했던 것 같네. 이런저런 이야기를 들려준 머피 소령이 부부가 크게든 작게든 싸웠다는 말을 한 번도 못 들었다고 장담할 정도였으니까. 소령이 느끼기에는 부인이 대령을 사랑하는 것보다 대령이 부인을 더 아끼고 사랑했어. 대령은 아내가 하루 종일 집을 비우면 유난히 불안해했다고 하더군. 물론 부인도 남편에게 헌신적이고 충실했지만 눈에 띄게 애정을 드러내는 법이 없었지. 어쨌든 연대에서 모범적이기로 첫손에 꼽히는 중년의 잉꼬부부였다는군. 두 사람 사이만 봐서는 훗날 비극이 일어나리라 전혀 생각할 수 없었네.

바클레이 대령은 독특한 사람이었던 것 같더군. 평소에는 유쾌하고 멋진 노병답게 굴다가도 가끔 폭력적이고 꽁하니 앙심을 품는 모습을 보였지. 그렇지만 아내에게는 단 한 번도 그런 면을 드러낸 적이 없다네. 머피 소령에 더해 다른 장교 다섯 명과 이야기를 해보니 소령과 장교 셋이 의아하게 여긴 사실이 있어. 죽은 대령이 때때로 시달린 우울증 증세가 무척 특이했다나 봐. 소령의 말로는 대령이 다같이 즐겁게 식사를 하다가도 한순간 보이지 않는 손이 미소를 빼앗아간 것처럼 웃음기가 입가에서 싹 사라진다는 거야. 그런 시기가 찾아오면 그는 며칠씩 깊고 깊은 우울함 속으로 침잠해 들어갔지. 동료 장교들의 눈에는 이런 증세와 함께 미신을 믿는 듯한 모습이 유독 특이해 보였다더군. 대령이 미신을 믿었다고 알려진 건 혼자 있기를 싫어했기 때문이네. 특히 해가 지고 나면 더 그랬다더군. 누구보다 용맹스러운 사람이 어처구니없는 모습을 보이니 사람들은 입방아를 찧거나 이유를 놓고 억측을 쏟아내기도 했지.

과거에는 제117대대였던 로열맬로스의 제1대대는 오랫동안 올더숏에 주둔했네. 기혼인 장교들은 병영을 나가서 따로 살아. 대령 부부도 지금까지 북쪽 막사에서 팔백 미터 떨어진 라신이라는 관사에서 살았네. 뜰에 에워싸인 집으로 서쪽으로 삼십 미터만 가면 큰길이 나오지. 고용인은 하녀 둘과 마부가 있어. 바클레이 부부는 아이가 없어서 주인 내외를 비롯해 고용인 셋이서만 그 집에 살아. 식객이 머무르는 일도 별로 없다는군.

지난 월요일 밤 9시에서 10시 사이에 이런 일이 있었네.

바클레이 부인은 로마 가톨릭 교회의 신자인 모양이야. 그녀는 평소에 성 조지 조합 설립 사업에 관심이 무척 많았네. 가난한 사람들에게 헌옷을 나눠주는 자선사업을 하기 위해서 와트 스트리트 예배당과 힘을 모아 세우는 곳이라지. 월요일 저녁 8시에 조합 관련 모임이 있었어. 바클레이 부인은 모임에 늦지 않으려고 저녁을 먹자마자 서둘러 외출했지. 마부의 증언에 따르면 그녀는 남편에게 일상적인 말을 건넨 후에 늦지 않게 돌아오겠다고 했어. 그리고 곧장 옆집에 사는 모리슨 양을 찾아가 함께 모임에 갔고 모임은 사십 분가량 진행되었어. 바클레이 부인이 모리슨 양의 집 앞에서 그녀와 헤어진 후 집으로 돌아온 시각이 9시 15분이었지.

부부는 오전에는 방 하나를 거실처럼 쓰고 있네. 길 쪽으로 난 프랑스식 창문을 열면 뜰로 곧장 나갈 수 있는 방이지. 뜰은 큰길까지 삼십 미터나 이어진다네. 이 뜰과 큰길 사이에는 철책이 설치된 야트막한 담장밖에 없어. 그날 바클레이 부인은 귀가한 후 뜰을 가로질러 곧장 이 방으로 들어왔어. 저녁에는 거의 쓰지 않는 방이기 때문에 커튼은 열려 있었지. 바클레이 부인은 먼저 방에 불을 밝히고 종을 울려서 하녀인 제인 스튜어트에게 차를 가져오라고 시켰네. 평소에는 전혀 하지 않던 행동이었다더군. 대령은 그때 식당에 있다가 아내가 돌아온 소리를 듣고는 그 방으로 갔지. 대령이 홀을 가로질러서 방에 들어가는 모습을 마부가 목격했네. 그것이 대령이 살아서 목격된 마지막 모습이었어.

십 분쯤 후 차를 준비해 문앞까지 온 하녀는 주인 내외가 심하게 말다툼을 하는 소리를 듣고는 깜짝 놀랐지. 문을 두드렸지만 들어오라는 대답이 들리지 않았어. 손잡이를 돌렸더니 안에서 잠겨 있었지. 하녀는 요리사에게 달려가 그 이야기를 전했네. 두 사람은 마부를 불러 방 앞 복도로 우르르 몰려가 여전히 격렬하게 이어지는 언쟁에 귀를 기울였어. 세 사람은 그 방에서 두 사람의 목소리밖에 들리지 않았다고 입을 모았지. 바클레이 대령은 목소리를 낮추고 가끔 퉁명스럽게 말을 내뱉었기 때문에 무슨 말을 하는지 전혀 알아들을 수 없었네. 하지만 머리끝까지 화가 난 부인은 언성을 높여 소리쳤기 때문에 말이 똑똑하게 잘 들렸지.

'이 비겁한 인간!'

이 말을 몇 번이나 했다더군.

'이제 뭘 어떻게 할 거죠? 내 인생을 돌려줘요. 이제 다시는 당신과 같은 공기를 마시지 않을 거예요! 이 비겁한 인간! 비겁한 인간!'

이런 말이 드문드문 들려오다가 갑자기 끔찍한 남자의 비명 소리가 울려 퍼졌어. 뭔가가 쾅다당 부딪히는 소리와 함께 귀를 찢을 듯한 여자의 비명소리가 이어졌지. 마부는 뭔지는 몰라도 불상사가 일어났다고 생각하고 문으로 돌진해서 어떻게든 문을 열려고 했네. 그러는 동안에도 방안에서 비명소리가 끊이지 않고 들렸다더군. 그런데 아무리 해도 안으로 들어갈 수가 없었던 걸세. 하녀들은 겁에 질려서 정신이 하나도 없었던 탓에 전혀 도움이 되지 않았지. 그때 프랑스식 창문으로 방에 들어가면 된다는 생각이 떠오른 마부는 다급하게 집을 나가 뜰로 향했어. 창문은 한쪽이 열려 있었다는데, 여름이니 특별한 일은 아니지. 덕분에 마부는 쉽게 방으로 들어갔어. 바클레이 부인은 더이상 비명을 지르지 않고 의식을 잃은 채 소파에 쓰러져 있었어. 그런데 대령이 한쪽 발을 안락의자에 걸치고 난로 쇠살대 근처 바닥에 머리를 둔 자세로 쓰러져 있는 거야. 자기가 흘린 피 웅덩이 속에서 숨이 끊어진 채 말일세.

확인해보니 대령은 이미 죽어서 마부가 할 수 있는 게 아무것도 없었지. 별수 없이 문부터 열려 했지만 생각지도 못한 묘한 문제가 기다리고 있었네. 문의 안쪽 열쇠 구멍에는 열쇠가 꽂혀 있지 않았어. 그뿐만 아니라 방안 어디에서도 보이지 않았네. 마부는 하는 수 없이 들어왔던 프랑스식 창문으로 나가 경찰관과 의사를 데리고 돌아왔지. 당연히 살인 용의자로 가장 유력한 사람은 바클레이 부인이었지만 의식이 돌아오지 않아서 일단 침실로 옮겼네. 대령의 시신을 소파로 옮긴 뒤 경찰은 비극이 벌어진 현장을 철저하게 조사했어.

대령의 뒤통수에서 그를 죽음으로 몰고 간 상처가 발견되었어. 길이는 오 센티미터 정도로 찢어진 형태는 고르지 않았지. 상처 형태로 봤을 때 둔기로 강타당한 상처가 분명했고 흉기의 정체가 뭔지도 쉽게 알아낼 수 있었어. 시신 근처에 손잡이가 뼈로 된 독특한 모양의 곤봉이 떨어져 있었거든. 나무를 깎아 만들어 아주 단단했지. 대령은 전투를 치른 여러 나라에서 다양한 무기를 수집했어. 그래서 경찰은 그 곤봉도 대령의 수집품일 거라고 추측하고 있네. 고용인들은 처음 본다고 증언했지만 그 집에는 워낙 신기한 물건들이 많거든. 그러니 하인들이 전에는 곤봉을 못 보고 지나쳤을 가능성도 있어. 경찰은 바클레이 부인이나 피해자의 몸은 물론 방안에도, 문에 꽂혀 있어야 할 열쇠가 보이지 않는다는 불가사의한 사실 외에는 중요한 단서를 전혀 찾아내지 못했다네. 문은 올더숏에서 열쇠 수리공을 불러 열어야 했지.

여기까지가 화요일 아침까지의 상황이네. 나는 그날 머피 소령의 요청을 받고 경찰의 수사를 돕기 위해 올더숏으로 향했어.

지금까지 들은 이야기만으로도 흥미로운 사건임을 알겠지. 하지만 사건 현장을 직접 보니 생각보다 훨씬 더 특이한 사건이구나 싶더군.

사건이 일어난 방을 살펴보기 전에 먼저 하인들부터 만나봤네. 방금 전에 설명한 사실들을 재확인하는 데 그쳤을 뿐 별다른 수확은 없었지. 그런데 하녀인 제인 스튜어트가 한 가지 흥미로운 사실을 기억해냈어. 주인 내외가 다투는 소리가 들리자 그녀가 내려가서 다른 하인들을 데리고 돌아왔다고 했었지? 내온 차를 들고 혼자서 방안 소리를 들을 때는 무슨 말을 하는지 대부분 못 알아들었다는군. 주인 내외의 말소리가 너무 낮았거든. 두 사람이 주고받는 대화 내용이 아니라 어조 때문에 언쟁을 한다고 생각했다는 거야. 그래서 좀더 파고들었지. 그러자 제인은 안주인이 두 번이나 '데이비드'라는 이름을 말했다는 사실을 떠올렸네. 부부가 갑작스럽게 말다툼을 벌인 이유를 짐작할 수 있다는 점에서 중요한 사실이라네. 기억하겠지만 대령의 이름은 제임스거든.

한편 하인과 경찰 모두에게 무엇보다 깊은 인상을 남긴 게 있었네. 죽은 대령의 일그러진 얼굴이었지. 지독한 공포에 질린 무시무시한 얼굴이었다고 입을 모아 말하더군. 시신의 얼굴을 보자마자 기절한 사람이 한둘이 아니었다니 그 끔찍함을 짐작할 수 있겠지. 지금으로서는 대령이 운명을 직감했다고 생각하는 게 타당할 것 같네. 그래서 공포에 질렸다고 말일세. 살의를 가지고 공격하는 아내를 봤기 때문에 대령이 그런 표정을 지었다는 경찰의 주장과도 잘 들어맞아. 게다가 공격하는 아내를 피해 돌아섰다고 가정하면 뒤통수에 치명상을 입은 것도 설명이 되고 말이야. 아직까지 부인에게서는 아무 이야기도 듣지 못했다네. 급성 뇌염에 걸려 일시적으로 의식을 잃은 상태거든.

경찰에게 들은 바로는 그날 저녁 바클레이 부인과 함께 외출했던 모리슨 양은 부인이 집으로 돌아갔을 때 언짢았던 이유를 전혀 모른다고 진술했다는군.

왓슨, 나는 수집한 정보를 놓고 중요한 사실과 부차적인 사실을 분리하려고 고심을 했다네. 그러느라 파이프에 담배를 몇 번이나 채우고 비웠는지 몰라. 이 사건에서 가장 독특하고 의미심장한 대목은 방문의 열쇠가 감쪽같이 사라졌다는 사실이지. 그 점은 의심의 여지가 없어. 방안을 이잡듯이 뒤졌지만 끝내 열쇠는 나오지 않았네. 누가 열쇠를 가져간 게 분명해. 대령도, 대령의 아내도 확실히 열쇠를 가지고 있지 않았으니 틀림없이 제삼의 인물이 방을 다녀갔어. 그 사람은 프랑스식 창문을 통해서만 방에 들어갈 수 있었네. 당연히 방은 물론 뜰을 조사하면 수수께끼의 인물이 남긴 흔적을 찾을 수 있을 것 같았지. 내 수사 기법을 잘 알잖나, 왓슨. 평소 쓰던 기법이란 기법은 몽땅 동원해서 그곳을 조사했네. 덕분에 몇 가지 흔적을 찾아내기는 했는데 당초 기대와는 전혀 다른 것들이지 뭔가.

그 방에는 남자가 한 명 더 있었네. 그는 길에서 뜰을 가로질러 왔지. 나는 선명하게 남은 남자의 신발 자국을 다섯 개나 찾았다네. 하나는 길 위에 있었어. 그가 낮은 담을 타고 넘은 지점이었지. 풀밭에 두 개가 있었고 방으로 들어간 창문 근처의 얼룩덜룩한 판자 위에 또 두 개가 희미하게 찍혀 있더군. 남자는 무척 급하게 뜰을 가로지른 게 틀림없었어. 발가락 부분이 뒤꿈치보다 더 깊이 찍혀 있었거든. 하지만 내가 놀란 건 이 남자 때문이 아니라 그의 동행 때문이었지."

"동행이 있었다고!"

홈스는 주머니에서 박엽지를 꺼냈다. 무릎 위에 놓고 조심스레 펼친 걸 보니 꽤 큰 크기였다.

"이게 뭔 것 같나?"

그가 물었다.

종이에는 작은 동물의 발자국 흔적이 잔뜩 찍혀 있었다. 또렷하게 찍힌 발자국이 모두 다섯 개였다. 발톱이 길었고 형태가 온전한 발자국은 크기가 디저트 숟가락만 했다.

내가 말했다.

"개군."

"개가 커튼을 타고 올라간다는 이야기를 들은 적이 있나? 나는 이 짐승이 커튼을 타고 오르며 남긴 또렷한 흔적을 찾아냈어."

"그럼 원숭이인가?"

"발자국을 보면 원숭이가 아니야."

"도대체 무슨 동물인가?"

"개도 아니고 고양이도 아니고 원숭이도 아니야. 익히 아는 동물은 절대 아닐 걸세. 나는 크기를 측정해서 거꾸로 추리를 해봤다네. 여기 발자국 네 개는 문제의 동물이 꼼짝도 않고 서 있을 때 찍힌 자국이야. 앞발에서 뒷발 사이의 거리가 사십 센티미터가 조금 안 된다는 걸 자네도 알겠지. 여기에 목과 머리의 길이를 더하면 이 동물의 몸길이는 육십 센티미터쯤 될 걸세. 꼬리가 있다면 더 길겠지. 다른 발자국은 동물이 움직일 때 남긴 것으로 보이더군. 그렇다면 보폭을 확보한 셈이지. 보폭은 고작 팔 센티미터 정도야. 이제 긴 몸통에 짧은 다리가 붙어 있다는 게 짐작이 되지 않나. 아쉽게도 털이 한 오라기도 떨어져 있지 않았지만 어쨌거나 전체적인 모습은 추리한 대로일 걸세. 거기다 커튼을 기어 올라갈 수 있고 육식성이지."

"그건 어떻게 알아냈나?"

"커튼을 타고 오른 걸 보고. 창가에 카나리아 새장이 걸려 있었거든. 녀석은 카나리아를 잡으려고 커튼을 올라갔겠지."

"그래서 무슨 동물이라는 건가?"

"아하, 알았다면 사건 해결에 성큼 다가섰겠지. 전체적으로 봤을 때 족제비나 담비 계열일 거야. 지금껏 내가 본 족제비나 담비보다 덩치가 더 클 테고."

"그런데 그 동물이 이번 일과 무슨 관계가 있다는 거야?"

"그 점도 여전히 불투명해. 하지만 알다시피 상당히 많은 사실을 알아냈네. 지금 아는 사실은 이렇지. 어떤 남자가 길가에 서서 바클레이 부부의 싸움을 지켜보고 있었네. 커튼은 쳐져 있지 않았고 불은 환하게 밝혀져 있었지. 남자가 정체불명의 동물을 데리고 뜰을 가로질러 달려와 방으로 들어왔어. 대령을 가격했을지도 모르지. 대령이 그를 보고 공포에 사로잡혀 넘어지면서 난로 쇠살대에 머리를 찧었다는 추측도 가능하네. 마지막으로 침입자가 떠나면서 열쇠를 챙겼다는 기묘한 사실도 알아냈고."

"자네가 알아낸 사실들 덕분에 사건이 전보다 더 모호해진 것 같은데."

"그건 그래. 지금까지 알아낸 사실들을 살펴보면 보기보다 훨씬 복잡한 사건 같아. 심사숙고 끝에 다른 각도에서 사건을 살펴봐야 한다는 결론에 다다랐지. 그런데 왓슨, 내가 자네를 너무 붙잡아둔 거 아닌가? 내일 올더숏에 가면서 이야기를 하는 편이 나았을 텐데."

"걱정해줘서 고맙네만 이제 와서 이야기를 관두면 지금까지 들은 게 아깝잖은가."

"바클레이 부인이 저녁 7시 반에 집을 나설 때만 해도 분명 남편과 문제가 없었네. 아까 얘기대로 부인은 남편에 대한 애정을 공공연히 드러내는 사람이 아니지만 마부의 증언에 따르면 그날 남편과 화기애애하게 대화를 나누었다네. 그리고 집으로 돌아오자마자 절대 남편을 볼 일이 없는 방으로 곧장 향했다는 사실도 확실하지. 감정이 격해진 여자가 으레 그러듯이 차를 가져오라고 시켰고 마침내 남편이 방에 오자 격렬하게 비난했어. 그걸 보면 저녁 7시 반에서 9시 사이에 남편에 대한 감정이 완전히 뒤바뀔 만한 일이 일어난 게 분명하네. 그 한 시간 반 동안 옆집의 모리슨 양이 바클레이 부인과 함께 있었어. 모리슨 양은 특별한 일이 없었다고 진술했지만 뭔가를 아는 게 분명해.

처음에는 이렇게 추측해봤지. 아가씨와 늙은 군인이 정을 통하고 있었고 아가씨가 그 사실을 털어놓은 게 아닐까. 그렇게 생각하면 부인은 돌아오는 길에 몹시 화가 났는데 모리슨 양은 아무 일도 없었다고 잡아떼는 이유가 설명이 되지. 하인들이 엿들은 내용과도 얼추 들어맞고 말이야. 하지만 부부의 대화 가운데 데이비드라는 이름이 나왔다는 사실이며 평소 대령이 아내를 유난히 사랑했다는 사실과 들어맞지 않는 가설이야. 방에 들어온 제삼의 남자가 비극적인 결과를 낳았다는 사실은 떼놓은 거지만 사실 그 남자는 아예 부부싸움과는 관계가 없을 수도 있지. 결론을 내리기 난감했지만 전체적으로 살펴본 뒤 대령과 모리슨 양 사이에 뭔가가 있다는 가설은 버리기로 했네. 그래도 바클레이 부인이 남편을 증오하게 된 계기에 대해 그 아가씨가 단서를 쥐고 있다는 것만은 확실했지. 나는 당장 모리슨 양을 만나러 갔네. 일단 뭔가를 숨기고 있다는 사실을 잘 안다고 못을 박고는 이 사건이 해결되지 않으면 바클레이 부인이 중죄를 지은 혐의로 피고석에 설 거라고 말해줬어.

모리슨 양은 금발머리에 하늘하늘한 몸매의 자그마한 아가씨라네. 눈빛을 보니 겁을 단단히 먹은 것 같았지. 그래도 총명하고 분별력이 있어서 어떤 상황인지 금방 이해하더군. 내 이야기를 듣고 잠시 생각에 잠기더니 마음을 단단히 먹은 듯 결연한 태도로 나를 쳐다보면서 놀라운 이야기를 털어놓았지. 간략하게 이야기해보겠네.

'저는 바클레이 부인에게 아무에게도 말하지 않겠다고 약속했습니다. 약속은 약속이지요. 하지만 부인이 무서운 범죄 혐의를 뒤집어쓸지도 모르는데다 위중한 병으로 증언을 할 수 없는 형편이니 도움이 된다면 기꺼이 약속을 깨겠어요. 월요일 저녁에 무슨 일이 있었는지 말씀드리겠습니다.

우리는 8시 45분에 와트 스트리트 예배당에서 나왔어요. 부인과 저는 허드슨 스트리트를 걸어 집에 돌아갔는데, 그 길은 밤에 정말 조용해요. 가로등도 길 왼쪽에 하나밖에 없죠. 부인과 제가 그 가로등 쪽으로 가는데 맞은편에서 어떤 남자가 걸어왔습니다. 등이 심하게 굽었고 어깨에 상자 같은 것을 메고 있었죠. 몸이 뒤틀려서 고개를 푹 숙이고 무릎을 구부린 채 걷더군요. 그 옆을 지나치는데 남자가 고개를 들었다가 가로등 불빛에 우리 얼굴을 보았습니다. 그 순간 남자가 우뚝 멈춰 서더니 무시무시한 목소리로 비명을 지르듯 소리쳤어요.

"세상에, 낸시!"

그 소리를 들은 바클레이 부인의 얼굴에서 시체처럼 핏기가 사라지더군요. 부인은 그 끔찍하게 생긴 남자가 부축해주지 않았다면 그대로 기절했을 거예요. 경찰에게 도움을 청하려고 했는데 놀랍게도 부인이 남자에게 너무나 정중하게 말을 거는 게 아니겠어요?

부인이 떨리는 목소리로 말했습니다.

"헨리, 당신은 삼십 년 전에 죽은 줄 알았는데."

"그래, 그때 난 죽었지."

남자가 대꾸하는 목소리는 오싹하더군요. 그 남자는 피부가 유난히 새카맣게 탔고 얼굴이 무시무시했어요. 이글거리는 눈빛은 꿈에 나올까 봐 무서울 정도였고요. 머리며 구레나룻은 하얗게 세었고 얼굴은 시든 사과처럼 쭈글쭈글했습니다.

그때 바클레이 부인이 말했어요.

"먼저 가요. 나는 이분과 잠시 이야기를 나누고 뒤따라갈게요. 걱정하지 마요."

부인은 담담하게 말을 하려고 했지만 얼굴은 여전히 창백했고 입술이 너무 떨려서 발음도 제대로 못 할 지경이었어요.

저는 부인의 말을 따랐죠. 두 사람은 몇 분 정도 이야기를 나누었어요. 이야기를 마치고 부인이 저를 뒤따라오는데 눈빛이 무서울 정도로 형형했어요. 한편 여전히 가로등 옆에 서 있는 등이 굽은 남자는 분노로 실성이라도 한 듯 주먹을 꽉 쥔 손을 허공에 휘두르고 있었습니다. 집으로 오는 내내 부인은 한마디도 하지 않았어요. 마침내 제 집에 도착하자 부인이 손을 잡으면서 그 일을 아무에게도 말하지 말아달라고 간곡하게 부탁을 하시더군요.

"예전에 알았던 사람인데 지금은 그렇게 몰락해버리고 말았네요."

비밀을 꼭 지키겠다고 약속을 하자 부인은 제 뺨에 입을 맞춰 주셨어요. 그 후로는 한 번도 뵙지 못했습니다. 지금 말씀드린 이야기는 한 치의 거짓도 없는 사실이에요. 경찰에게 말하지 않은 건 부인이 그런 위험에 처한 줄 꿈에도 몰랐기 때문이에요. 이제는 모든 사실을 밝혀야 부인께 도움이 되리라는 걸 알고 말하는 거예요.'

이게 아가씨의 진술이라네, 왓슨. 자네도 짐작하겠지만 칠흑 같은 어둠 속에 나타난 한줄기 빛이었지. 이야기를 듣기 전에는 서로 관련없어 보이던 사실들이 비로소 제자리를 찾아갔지. 마침내 어떤 순으로 일어난 일인지 어렴풋이 그림이 그려지더군. 나는 당장 바클레이 부인에게 그토록 강렬한 충격을 주었다는 남자를 찾아내기로 했네. 아직 올더숏에 있다면 수월하게 찾을 듯했지. 민간인이 많지도 않은 곳인데다가 그 정도로 눈에 띄는 장애를 갖고 있다면 사람들의 이목을 끌 테니 말일세. 하루 종일 그를 찾아 다니다 저녁에, 그러니까 오늘 저녁에 딱 마주쳤지 뭔가. 헨리 우드라는 남자로 바클레이 부인과 만났던 거리의 하숙집에 묵고 있어. 하숙한 지는 고작 닷새밖에 되지 않았더군. 선거인 명부 작성인인 척하고는 하숙집 주인과 이야기를 했는데, 정말 흥미로운 뒷이야기를 들을 수 있었지. 그 남자는 밤이 되면 군부대의 술집을 찾아다니며 작은 공연을 하는 마술사에 곡예사야. 그는 늘 상자 안에 어떤 짐승을 넣어서 데리고 다녀. 주인은 난생처음 보는 짐승이라며 두려워하더군. 헨리 우드가 동물을 이용해서 무대에서 마술 공연을 한다는 둥 이런저런 이야기도 들려주었지. 그렇게 뒤틀린 몸으로 어떻게 살 수 있는지 신기하다고도 하고 그가 가끔 이상한 언어로 말을 하기도 한다더군. 어제와 그제 밤에는 방에서 끙끙거리며 훌쩍거리는 울음소리가 들렸다나. 주인 말로는 그 남자가 돈이 부족하지는 않은 것 같대. 그런데 보증금이라면서 플로린 금화를 닮은 이상하게 생긴 동전을 주더라는 거야. 그녀가 내게도 보여줬는데 인도의 루피화였어.

자, 친구, 이제 어떤 상황이고 내가 왜 자네의 도움이 필요한지도 이해할 수 있겠지. 두 여자가 집으로 떠난 후에 이 남자는 멀찌감치 거리를 두고 두 사람을 미행한 것이 분명해. 그는 창문으로 부부의 말다툼을 지켜보았을 거야. 그러다 득달같이 방으로 뛰어들어갔을 테고. 그때 늘 들고 다니던 상자에서 동물이 빠져나왔을 걸세. 여기까지는 확실해. 하지만 그날 밤 방에서 일어난 일을 정확히 설명할 수 있는 사람은 그 남자뿐이지."

"직접 물어볼 셈인가?"

"그래야겠지. 하지만 그 자리에 증인이 있어야 하네."

"내가 그 증인인가?"

"자네만 괜찮다면. 그가 솔직하게 털어놓기만 하면 더 바랄 나위가 없겠지. 거부한다면 영장을 신청하는 것 외에 방법이 없네."

"우리가 올더숏에 내려갔을 때 그가 여전히 그곳에 있으리라고 어떻게 장담하나?"

"미리 예방책을 마련해뒀으니 걱정하지 않아도 되네. 베이커 스트리트 탐정단 소년 하나에게 그가 어디를 가든 찰싹 붙어다니면서 감시하라고 지시를 해뒀거든. 내일 허드슨 스트리트에서 볼 수 있을 걸세, 왓슨. 그나저나 더이상 자네를 못 자게 한다면 내가 범죄자가 되겠군."

다음날 사건 현장에 도착했을 때는 정오가 다 된 시각이었다. 나는 홈스의 인도를 따라 허드슨 스트리트로 향했다. 평소 감정을 능숙하게 숨기는 홈스조차 이번만큼은 흥분을 감추기 어려운 듯했다. 한편 나는 홈스와 함께 수사를 할 때면 어김없이 찾아오는 지적 즐거움을 기대하며 곧 모험이 시작된다는 생각으로 가슴이 설레었다.

"다 왔네."

홈스가 평범한 이층집이 양쪽에 늘어선 짧은 도로로 접어들며 알렸다.

"아, 저기 심프슨이 있군. 보고를 하러 오는 걸 거야."

"그 사람은 여기 있어요, 홈스 씨."

자그마한 체구의 부랑아가 달려오며 소리쳤다.

"잘했다, 심프슨!"

홈스는 소년의 머리를 토닥이며 칭찬을 해주었다.

"어서 가지, 왓슨. 여기가 그 집이네."

홈스는 중요한 용무가 있어 찾아왔다며 명함을 전해달라고 했다. 잠시 후 우리는 마침내 그 남자와 대면했다. 날이 따뜻한데도 남자는 불가에 몸을 웅크리고 있었고 방안은 찜통같았다. 뒤틀린 몸으로 의자에 웅크리고 앉은 모습을 보면 말로 설명할 수 없지만 장애가 있구나 싶었다. 고개 돌려 우리를 바라보는 얼굴을 보니 지금은 세파에 몹시 찌들고 검게 탔지만 과거에는 대단한 미남이었을 것 같았다. 누렇게 뜬 흉측한 눈에서 우리를 수상쩍어하는 기색이 느껴졌다. 이윽고 그는 자리에서 일어나지도 않고 말없이 손짓으로 의자를 권했다.

홈스가 싹싹한 말투로 먼저 말문을 열었다.

"최근에 인도에서 오신 헨리 우드 씨, 맞습니까? 바클레이 대령의 죽음에 대해 잠시 물을 것이 있어서 찾아뵈었습니다."

"내가 뭘 안다고?"

"그걸 확인하고 싶어서 왔습니다. 우드 씨도 아시겠죠? 바클레이 대령의 죽음이 확실하게 해명되지 않으면 옛 친구이신 바클레이 부인이 살인죄로 기소될 가능성이 농후합니다."

남자가 깜짝 놀라며 큰 소리로 말했다.

"나는 당신이 누군지 모르오. 당신이 지금 아는 사실을 어떻게 알았는지도 모르겠어. 지금 한 말이 전부 사실이라고 맹세할 수 있겠소?"

"경찰은 부인의 의식이 돌아오기만을 기다리고 있습니다. 정신을 차리면 곧장 체포하려고 말이죠."

"세상에! 당신은 경찰이오?"

"아닙니다."

"그렇다면 상관할 일이 아닐 텐데?"

"누구라도 정의가 이루어지는 모습을 보고 싶은 것 아니겠습니까?"

"그녀는 죄가 없어. 사실이오."

"당신이 죽였습니까?"

"그럴 리가. 나도 아니오."

"그렇다면 누가 제임스 바클레이 대령을 죽였습니까?"

"그가 죽은 건 단지 신의 섭리에 따른 일이오. 하지만 이것만큼은 알아두시오. 그토록 바라고 바랐던 것처럼 정말로 내가 그의 머리를 박살냈더라도 그 자식은 할말이 없소. 그놈이 양심의 가책으로 쓰러지지 않았다면 결국 내 손에 피를 묻혔을지도 모르지. 어떻게 된 일인지 듣고 싶으시오? 좋소, 못 할 것도 없지. 나는 부끄러울 것이 없으니까.

이렇게 된 사연이라오. 지금이야 내 등이 낙타처럼 굽었고 갈비뼈들은 몽땅 비뚤어졌지만 왕년의 헨리 우드 하사는 제117보병연대에서 제일 잘생긴 남자였다오. 당시 우리 연대는 인도에 주둔해 있었지. 주둔지는 부르티라는 곳이었소. 이번에 죽은 바클레이는 같은 중대의 병장이었고 우리 연대의 꽃이었던 낸시 데보이는 군기 호위 하사관의 딸이었다오. 아, 이 세상에서 그렇게 아리따운 아가씨가 또 있었을까. 당시 그녀를 사랑한 남자가 둘 있었고 그녀가 사랑했던 남자가 한 명 있었소. 지금 추한 몰골로 불 앞에 쭈그리고 앉아 있는 내가 준수한 용모로 사랑을 얻었다는 이야기를 하면 절로 웃음이 나겠지만.

그녀가 사랑한 사람은 나였소. 그러나 그녀의 아버지가 사윗감으로 점찍어둔 사람은 바클레이였다오. 나는 무모하고 저돌적인 애송이일 뿐이었지만 바클레이는 교육도 받았고 이미 장교 임관이 정해진 상태였지. 어쨌든 나를 향한 그녀의 마음만은 진심이었기에 결국에는 내가 그녀를 아내로 맞이하게 될 줄 알았소. 그런데 하필 세포이 전쟁이 발발해 온 나라에 지옥도가 펼쳐진 거요.

우리는 부르티에서 포위되고 말았소. 연대는 반밖에 안 남은 포병중대와 시크교도 보병중대와 힘을 합쳐 여자를 포함한 수많은 민간인들을 지켜야만 했다오. 반면 우리를 포위한 반란군의 병력은 만 명이나 되었다오. 그들은 독 안에 든 쥐를 에워싼 사냥개들처럼 흉포했지. 포위가 두 주째에 접어들자 마침내 물이 바닥났소. 진격중인 닐 장군의 부대에 어떻게든 연락을 취해 도움을 받는 것만이 유일한 희망이었소. 여자들과 아이들을 데리고 포위를 뚫을 수는 없었으니 말이오. 그래서 나는 우리가 처한 위험을 닐 장군에게 알리는 임무에 자원했소. 위에서는 자원을 받아들였지. 나는 주변 지형을 누구보다 잘 안다는 바클레이와 함께 계획을 짰다오. 그는 포위선을 뚫고 나갈 수 있는 길을 알려주었소. 그날 밤 10시, 나는 임무를 수행하기 위해 출발했소. 수많은 인명을 살려야 할 책임을 짊어지고 있었지만 그날 담을 넘을 때 머릿속에는 단 한 사람밖에 없었다오.

나는 말라버린 물길을 따라갈 계획이었소. 그 길로 가면 적의 보초로부터 몸을 숨길 수 있을 줄 알았거든. 하지만 기어서 물길의 모퉁이를 돌아나가자마자 적군 여섯 명의 손아귀에 떨어지고 만 거요. 그들은 어둠 속에 몸을 웅크리고 내가 오기만을 기다리고 있었지. 내가 나타나자마자 그들은 내 머리를 강타해 제압한 후 손과 발을 결박했소. 하지만 진짜 타격은 머리가 아니라 심장이 받았다고나 할까. 그들 얘기를 가능한 한 알아들으려고 기를 쓴 결과 내 전우가, 그것도 내가 빠져나갈 길을 알려준 동료가 원주민 하인들을 이용해 적의 손에 나를 팔아먹었다는 사실을 알게 되었소.

그 부분에 대해서 더 말할 필요가 있겠소? 당신들도 이제 제임스 바클레이가 어떤 짓까지 할 수 있는 인간인지 잘 알겠지. 부르티는 이튿날 닐 장군 덕분에 포위에서 풀려났소. 하지만 반란군은 후퇴하면서 나를 끌고 갔지. 그 후로 백인의 얼굴을 볼 때까지 얼마나 오랜 시간이 흘렀는지! 나는 그자들에게 고문을 당했소. 도망을 치다가 붙잡혀서 또 고문을 당했지. 그 결과 이런 꼬락서니가 되었다오. 반란군의 일부가 네팔로 도주를 하면서 나를 끌고 갔고 다시 다르질링 너머의 산악 지대까지 데려갔지. 그런데 그곳 산악 지대 주민들이 나를 포로로 데리고 있던 반란군들을 모두 죽여버려서 그다음에는 그들의 노예로 살다가 탈출했소. 하지만 남쪽이 아니라 북쪽으로 가야 했지. 결국 아프가니스탄으로 가서 오랫동안 떠돌이 생활을 하다가 마침내 다시 펀자브 지방으로 돌아왔소. 그곳에서 현지인들 틈에 섞여 살면서 그동안 배운 마술로 먹고살았지.

이런 장애를 안게 된 내가 이제 와서 영국으로 돌아가면 뭐하겠소. 옛 전우들을 만나면 또 뭘 하겠소? 복수에 대한 열망이 아무리 강하다 한들 영국으로 돌아갈 마음이 생기지 않더군. 낸시와 전우들에게 침팬지 같은 꼬락서니로 지팡이에 지탱해 마술로 먹고사는 모습을 보이느니 예전 모습 그대로 죽었다고 생각하도록 내버려두는 게 나을 것 같았다오. 그들은 내가 전사했다는 사실을 추호도 의심하지 않았소. 나도 진심으로 그렇게 알기를 바랐소. 바클레이가 결국 낸시와 결혼을 했고 그 후로 고속승진을 했다는 소식을 들었지만 그때조차 나서고 싶지 않았소.

하지만 사람이 나이가 들면 고향이 그리운 법이라오. 오랫동안 영국의 초록 들판과 산울타리를 그리워했지. 마침내 죽기 전 마지막으로 고국을 보기로 결심했소. 그래서 돈을 모아 여기까지 온 거라오. 영국에 와서는 군인들이 있는 이곳으로 왔소. 군인들의 습성은 물론 어떻게 하면 웃길 수 있는지까지 잘 아니까. 덕분에 먹고살기에 부족함 없이 돈도 벌고 있지."

셜록 홈스가 마침내 말문을 열었다.

"정말 흥미로운 이야기였습니다. 바클레이 부인과 이미 만나셨고 서로를 알아보셨다는 이야기는 들어 알고 있습니다. 제가 추리한 바로는 당신은 그러고 나서 그녀를 집까지 미행했습니다. 창으로 그녀와 대령이 말다툼을 하는 모습도 보셨겠죠. 그때 바클레이 부인은 대령이 과거에 저지른 짓거리를 죄다 이야기했겠죠. 당신은 감정을 주체하지 못하고 뜰을 가로질러 달려가 방안으로 뛰어들었을 테고요."

"그랬소. 그자는 나를 보더니 한 번도 본 적 없는 표정으로 얼굴을 일그러뜨리더군요. 그러더니 그대로 뒤로 넘어가 난로 쇠살대에 머리를 부딪혔소. 그는 쓰러지기 전에 이미 목숨이 끊어졌다오. 불빛 아래에서 글을 읽듯 그자의 표정에서 죽음을 읽었지. 양심의 가책으로 괴로워하던 그의 가슴에 내 모습이 총알처럼 박히기라도 한 것 같았소이다."

"그래서요?"

"낸시가 기절을 해버렸소. 나는 그녀의 손에서 방문 열쇠를 빼냈소. 처음에는 문을 열어 도움을 청하려고 했지만 다시 생각해보니 그대로 두고 도망치는 편이 낫겠다 싶더군요. 상황이 불리해 보였고 혹여 잡히기라도 하면 내 비밀이 모두 밝혀질 것 아니겠소. 당황해서 그만 열쇠를 주머니에 쑤셔넣었소. 하필 테디가 커튼을 타고 올라가는 바람에 녀석을 잡으려고 허둥대다 지팡이까지 깜박하고 말았지. 나는 테디를 다시 상자에 넣은 후 최대한 빨리 도망을 쳤소."

"테디가 누굽니까?"

홈스가 되물었다.

남자는 몸을 숙이고 구석에 있는 토끼장 같은 바구니의 뚜껑을 열었다. 순간 상자에서 적갈색 털의 아름다운 동물이 빠져나왔다. 몸이 호리호리하고 유연하며 다리는 담비 같았고 코가 길었다. 붉은 눈은 그때까지 본 어떤 동물의 눈보다 아름다웠다.

"몽구스군요!"

내가 깜짝 놀라 소리쳤다.

"그렇게 부르는 사람도 있고 이집트 몽구스라고 하는 사람도 있습디다. 나는 녀석들을 땅꾼이라고 부른다오. 내가 송곳니를 뽑은 코브라 한 마리도 키우는데 테디는 코브라 잡는 솜씨가 귀신같소. 테디는 매일 밤 부대 술집에서 코브라를 잡아 부대 사람들을 즐겁게 해주지. 또 궁금한 게 있습니까?"

"혹시라도 바클레이 부인이 심각한 위험에 처한다면 우드 씨를 다시 찾아올지도 모릅니다."

"그래야만 한다면 내가 나서겠소."

"하지만 그럴 필요가 없을 때는 고인이 과거에 얼마나 악랄한 짓거리를 했든 죽은 사람의 추문은 묻어두는 편이 낫겠습니다. 대령이 지난 삼십 년 동안 죄책감에 고통스러워했다는 사실을 확인하시지 않았습니까. 아, 저기 머피 소령이 오는군요. 안녕히 계십시오, 우드 씨. 어제 이후로 무슨 진전이 있었는지 궁금하군."

우리는 소령이 모퉁이에 도착하기 전에 때맞춰 따라잡았다.

"아하, 홈스 씨. 다 헛소동에 불과했다는 소식 들으셨습니까?"

"무슨 말입니까?"

"검시 배심이 지금 막 끝났습니다. 의학적 증거에 따라 사인은 뇌졸중인 것으로 결론이 났습니다. 결국 아무 일도 아니었던 겁니다."

홈스가 웃으며 말했다.

"오, 겉으로 요란하기만 한 사건이었군요. 이제 가세, 왓슨. 올더숏에서 우리가 할 일은 없는 것 같으니까."

나는 역으로 걸어가며 홈스에게 말했다.

"풀리지 않은 의문이 한 가지 있네. 남편의 이름이 제임스고 다른 남자의 이름이 헨리라면 데이비드는 누군가?"

"오, 왓슨, 자네가 묘사하는 대로 내가 완벽한 추리를 하는 사람이었다면 그 이름을 듣자마자 진상을 단숨에 꿰뚫어 보았을 걸세. 그건 남편을 비난하는 말이었어."

"비난하는 말이라고?"

"그래. 데이비드, 즉 성경의 다윗은 때로 탈선을 저지르지 않았나. 한번은 제임스 바클레이 병장과 같은 잘못을 한 적도 있었지. 우리아의 아내 밧세바를 취하려고 저질렀던 일 떠오르나? 내 성경 지식이 형편없기는 하지만 맞을 거야. 『사무엘서』 전편이나 후편을 찾아봐. 그 일화가 나올 테니까."

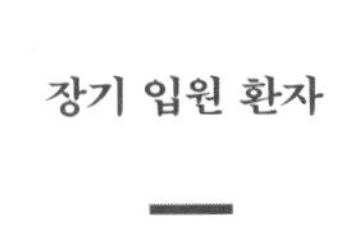

장기 입원 환자

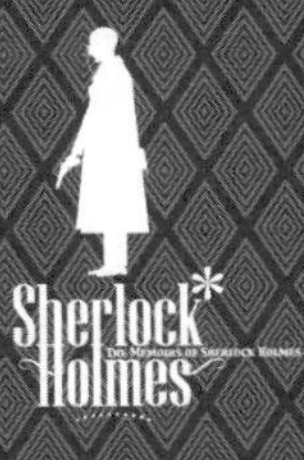

내 친구 셜록 홈스가 지닌 정신적인 특징 몇 가지를 보여주고픈 마음에 마구잡이로 소개한 과거의 사건 기록들을 죽 돌아보니, 내가 목적에 부합하는 일화를 고르는 데 얼마나 어려움을 겪어왔는지 떠올랐다. 왜냐하면 홈스가 분석적 추리법을 기가 막히게 활용해 그 독특한 수사법의 가치를 증명한 사건이라도 정작 사건과 관련된 사실이 너무 하찮거나 평범해서 사람들에게 공개하기엔 마땅치 않은 경우가 많았기 때문이다. 한편 이런 경우도 흔했다. 홈스가 한창 수사하는 사건에서 어느 사건 못지않게 극적이고 세간의 시선도 끄는 사실들이 드러났지만, 정작 그 사실들간의 인과를 밝히는 과정에서 내가 전기 작가로서 바라는 만큼 홈스의 역할이 돋보이지 않는 경우 말이다. 내가 '주홍색 연구'라는 제목으로 펴냈던 작은 사건이나 실종된 글로리아 스콧호의 진상과 관련된, 그 후에 쓴 사건은 홈즈의 전기 작가를 영원히 위협하는 스킬라와 카리브디스■가 무엇인지 보여주는 좋은 예로 손색이 없을 것이다. 지금부터 내가 기술하는 사건도 내 친구가 맡았던 역할로는 대중의 주목을 받기에 역부족일지도 모른다. 하지만 꼬리를 물고 전개되는 사건의 양상이 어찌나 특이한지 차마 소개하지 않을 수 없었다.

사건에 대해 쓴 기록을 일부 분실하는 바람에 정확한 날짜는 알 수 없지만 분명 베이커 스트리트에서 홈스와 내가 함께 지낸 첫 해가 끝나갈 즈음이었다. 바람이 고약한 시월의 날씨라 그날 낮에 우리는 집에서 한 발자국도 나가지 않았다. 나는 건강을 다 회복하지 못해 매서운 가을바람을 감당할 엄두가 나지 않았고, 연구만 시작하면 빨려들어가듯 몰입하는 홈스는 난해한 화학 연구에 푹 빠져 있었다. 그런데 어둠이 내려앉을 무렵 시험관이 깨지는 바람에 실험은 생각지 못하게 일찍 끝을 맺었다. 홈스는 짜증스러운 듯 잔뜩 찌푸린 얼굴로 소리를 지르며 자리에서 벌떡 일어섰다.

"하루치 작업이 다 날아가버렸다네, 왓슨."

■ 둘 다 그리스 신화에 나오는 괴물이다. 영어에서 '스킬라와 카리브디스 사이에'라는 관용어구는 진퇴양난이라는 뜻으로 쓰인다.

그는 창문으로 다가가더니 말했다.

"하! 하늘에는 별이 나왔고 어느새 바람은 멎었어. 어떤가, 런던 시내를 어슬렁거려보지 않겠나?"

비좁은 거실에만 있는 것도 지겨웠던 차라 나는 싸늘한 밤공기에 대비해 머플러로 코까지 감싸며 기꺼이 그를 따라 산책에 나섰다.

일시적으로 찾아온 언짢은 기분을 털어낸 홈스는 세세한 점을 놓치지 않는 관찰력과 뛰어난 추리력에 특유의 재치를 곁들여 이런저런 이야기를 풀어놓기 시작했다. 듣다 보니 그의 이야기에 흠뻑 빠져 유쾌해졌다.

우리는 10시가 조금 넘어 베이커 스트리트로 돌아왔다. 그런데 집 앞에 사륜마차가 한 대 서 있었다.

마차를 보더니 홈스가 말했다.

"의사군. 개업의. 병원을 연 지 오래되지 않았지만 환자가 꽤 많을 거야. 상담을 하러 왔을 테고. 우리가 시간을 딱 맞춰서 돌아왔군!"

나는 홈스가 추리를 이어나가는 방식을 잘 안다. 홈스는 가로등 불빛에 마차 안의 버들고리 바구니에 담긴 다양한 의료 도구를 본 게 틀림없었다. 도구의 종류와 상태를 힐끔 보고 파악한 사실들로 순식간에 추리를 전개한 것이다. 고개를 들어 응접실의 창문에 불이 켜진 것을 보니 정말로 우리를 찾아온 손님이라는 걸 알 수 있었다. 이렇게 늦은 시각에 무슨 용무로 의사가 우리집에 찾아온 건지 궁금해하면서 홈스의 뒤를 따라 집으로 들어갔다.

우리가 들어가자 벽난롯가의 의자에 앉아 있던 남자가 벌떡 일어섰다. 옅은 금색의 구레나룻을 길렀고 얼굴은 하관이 뾰족하며 안색이 창백했다. 나이는 서른셋이나 넷을 넘지 않을 듯했지만 살이 쪽 빠지고 혈색이 좋지 않은 얼굴을 보아선 최근에 기운이란 기운을 모조리 빼앗겨 나이까지 들어 보이게 하는 문제가 있는 게 분명했다. 예민한 사람인 듯 낯을 가리는 기색과 함께 불안한 표정이 엿보였는데, 자리에서 일어나면서 벽난로 선반에 희고 가는 손을 올리는 모습은 의사라기보다 예술가에 가까웠다. 옷차림은 점잖고 수수했다. 검은색 프록코트에 짙은 색 바지를 받쳐 입었고 넥타이에만 색이 들어가 있었다.

홈스가 명랑하게 인사했다.

"안녕하십니까, 의사 선생님. 오래 기다리지 않으셔서 다행입니다."

"마부에게 물어보셨습니까?"

"그럴 리가요. 저쪽 탁자의 양초가 슬쩍 알려주더군요. 어서 앉으십시오. 뭘 도와드릴 수 있을지 이야기를 들어볼까요."

"저는 퍼시 트리벨리언 박사입니다. 브룩 스트리트 403번지에 살죠."

내가 불쑥 질문했다.

"혹시 원인이 불분명한 신경 병변을 주제로 논문을 쓰지 않으셨습니까?"

내가 자신의 연구를 안다는 기쁨에 핏기 없던 그의 얼굴이 붉게 상기되었다.

"그 논문에 대해 이야기하는 사람이 없어서 이제 다 잊힌 줄 알았습니다. 출판업자들도 판매량이 형편없다더군요. 혹시 의사십니까?"

"퇴역한 군의관입니다."

"저는 줄곧 신경 질환에 관심이 있어서 그쪽 방면의 전문의가 되고 싶었습니다. 하지만 사람은 일단 들어온 기회부터 잡아야 하는 법이죠. 아차, 지금 문제와는 관계없는 이야기군요. 셜록 홈스 씨, 귀한 시간 내주신 거 잘 압니다. 실은 브룩 스트리트에 있는 제 집에서 최근 이상한 일들이 일어나고 있습니다. 오늘 저녁 결국 한계에 다다라 한시도 더 참지 못하고 충고와 도움을 청하러 찾아온 겁니다."

셜록 홈스는 자리에 앉아 파이프에 불을 붙이고 말했다.

"충고든 도움이든 얼마든지 드리겠습니다. 지금 박사님을 힘들게 하는 상황에 대해서 상세하게 들려주십시오."

트리벨리언 박사는 이야기를 시작했다.

"요즘 일어난 일 가운데 한두 가지는 너무 사소해서 막상 이야기를 꺼내려니 부끄럽기까지 합니다. 하지만 영문을 모르는 일인데다, 갈수록 상황이 복잡해져서 일어난 일을 모두 말씀드려야 할 듯합니다. 개중 중요한 것과 아닌 것은 직접 판단해주십시오.

이야기를 시작하려면 대학 시절로 거슬러 올라가야겠군요. 저는 런던 대학교 출신입니다. 교수님들께 촉망받는 학생이었고요. 주책없이 자랑을 늘어놓으려는 의도로 하는 이야기가 아닙니다. 저는 대학을 졸업한 후에도 킹스 칼리지 병원에서 작은 자리를 맡아 연구에 몰두한 끝에 운좋게 강직증의 병리학적 측면에 대한 연구로 상당한 관심을 받았습니다. 방금 친구분께서 말씀하신 신경 병변에 대한 논문으로 브루스 핑커턴상과 메달을 수상했고요. 그때 저는 누가 보기에도 탄탄대로가 펼쳐진 사람이었죠. 절대 과장이 아닙니다.

그런데 제 앞길에는 거대한 장애물이 놓여 있었습니다. 바로 자금이 부족하다는 문제였죠. 잘 아시겠지만 전문의로 성공을 하려면 캐번디시 스퀘어 주변의 열 개도 넘는 거리 중 한 군데에 개업을 해야 합니다. 그곳에서 진료실을 임대하고 병원 설비를 들여놓는 데는 어마어마한 비용이 들죠. 그런 비용은 기본이고 자리를 잡을 때까지 최소 몇 년 동안 병원을 유지할 비용이며 남부끄럽지 않은 마차를 굴릴 자금도 추가로 필요합니다. 도저히 제 능력으로는 그만한 자금을 마련할 수가 없어서 절약해서 돈을 모아 십 년 안에 개업할 수 있기를 바랄 뿐이었죠. 그런데 갑자기 생각지도 못한 기회가 찾아와 새로운 미래를 열어주었습니다.

어느 날 블레싱턴이라는 신사가 저를 찾아왔습니다. 전혀 모르는 분이었죠. 그날 아침 제 집을 찾아와서는 거두절미하고 물었습니다.

'당신은 뛰어난 실력으로 최근에 큰 상을 받은 퍼시 트리벨리언 씨가 맞습니까?'

제가 고개를 끄덕였습니다.

'솔직하게 대답해주시오. 그러는 편이 당신에게도 이익일 테니. 성공할 수 있을 만큼 똑똑한 듯한데 실력 외에 사람 대하는 재주나 요령 같은 것도 갖고 있소?'

느닷없이 그런 질문을 받으니 일단 웃을 수밖에 없더군요.

'있을 만큼은 있다고 생각합니다.'

저는 이렇게만 대답했습니다.

'나쁜 버릇이라도 있습니까? 술버릇이 고약하다거나?'

'설마, 그럴 리가요!'

'좋아요, 아주 좋아요! 하지만 이 질문은 꼭 해야겠군요. 모든 자질을 갖춘 분께서 왜 아직 개업을 안 한 겁니까?'

제가 어깨를 으쓱하기만 하고 잠자코 있자 답답하다는 듯 재촉을 하더군요.

'어서 대답해봐요! 어서요! 뻔한 이야기겠죠. 머리보단 주머니에 든 게 문제겠죠, 안 그런가요? 선생이 브룩 스트리트에서 개업을 하도록 내가 도와주면 어떻겠소?'

저는 놀라서 빤히 바라보기만 했습니다.

'다 선생이 아니라 날 위해서요! 숨김없이 말씀을 드리리다. 선생이 괜찮다면 나도 아주 좋을 거요. 내게 투자금으로 쓸 수 있는 여윳돈이 몇천 파운드 있소이다. 그 돈을 선생에게 투자하겠다는 거요.'

'도대체 왜요?'

놀라서 되물었죠.

'음, 그냥 다른 투자와 똑같은 거요. 최대의 수익을 노리기보다 안전을 추구하는 거죠.'

'저는 뭘 하면 됩니까?'

'이렇게 합시다. 나는 집을 장만해서 진료소로 꾸미고 하녀들을 고용할 작정이오. 집 전체를 내가 관리할 테니 당신은 진료실에서 진료만 하시오. 돈이며 필요한 건 다 챙겨주지요. 그러고 나면 당신은 병원 수입의 4분의 3을 넘기시오. 나머지는 가지고.'

참으로 기묘한 제안이었습니다, 홈스 씨. 그 후에 그분과 제가 어떻게 흥정을 하고 타협안을 찾았는지는 자세한 설명을 피하겠습니다. 어쨌든 저는 다음 성聖수태고지절에 그 집으로 들어갔습니다. 그리고 제안받은 조건을 거의 그대로 수용해 개업을 했죠. 블레싱턴 씨는 입원 환자로서 병원에서 함께 살았습니다. 심장이 약해서 지속적으로 검진을 받을 필요가 있었거든요. 2층에 있는 제일 좋은 방 두 개를 응접실과 침실로 꾸며 지냈죠. 생활 방식이 상당히 특이한 분이라 사람을 만나는 것을 피하고 외출을 거의 하지 않았습니다. 평소에는 되는대로 지내는데 단 한 가지 일과만큼은 꼭 지켰습니다. 매일 저녁 같은 시각에 진료실로 내려와서 장부를 검사하는 거였죠. 제가 번 돈을 기니당 오 실링 삼 펜스씩 제하고 나머지를 자기 방 금고로 가지고 갔습니다.

블레싱턴 씨는 결코 투자를 후회하지 않을 겁니다. 자신 있게 말씀드릴 수 있어요. 개업하자마자 병원은 환자들로 북적거렸습니다. 예전에 다니던 병원에서 몇 사람을 성공적으로 치료한 경력도 있었고 그러면서 쌓아올린 명성도 있다 보니 저는 순식간에 자리를 잡았습니다. 지난 몇 년 동안 그를 부자로 만들어 주었어요.

제 과거와 블레싱턴 씨와의 관계는 그만 이야기하겠습니다, 홈스 씨. 이제 여기까지 찾아온 이유를 말해야겠군요.

몇 주 전이었습니다. 블레싱턴 씨가 몹시 불안해하는 모습으로 진료실로 내려오더니 뜬금없이 웨스트엔드에서 일어난 강도 사건 이야기를 꺼내더군요. 기억하기로는 당장 창문과 문마다 더 튼튼한 걸쇠를 달아야 한다는 둥 강도에 유난히 신경을 쓰는 것 같았어요. 일주일 동안 자꾸 창문을 힐끔힐끔 내다보고 저녁 식사 전에 짧게 다녀오던 산책도 가지 않았습니다. 전에 없이 불안하고 초조해하는 기색이 역력했죠. 그 모습을 보고 있으니 뭔가 혹은 누군가를 죽을 정도로 두려워하는 게 아닌가 싶더군요. 결국 직접 물어보기까지 했지만 몹시 불쾌해하기에 더이상 묻지 않았죠. 블레싱턴 씨는 시간이 흐를수록 두려움이 가신 듯 예전 생활로 돌아갔는데, 지금은 어떤 일이 일어나는 바람에 안쓰러울 정도로 기운을 잃고 아예 자리보전을 하고 있습니다.

그 일을 말씀드리죠. 이틀 전에 주소도 날짜도 적혀 있지 않은 편지 한 통이 제 앞으로 날아왔습니다. 그 편지를 읽어드리겠습니다.

'영국에 거주중인 러시아 귀족이 퍼시 트리벨리언 박사님의 전문적인 도움을 받을 수 있기를 희망합니다. 오랫동안 강직증 증세로 고생을 해온 분입니다. 트리벨리언 박사님은 이 질환의 권위자로 유명하시지 않습니까. 내일 저녁 6시 15분경 병원을 찾고자 하오니 불편하지 않으시다면 그 시각에 병원에 계셔주시기 바랍니다.'

흥미가 동했습니다. 강직증은 드문 질환이라 연구에 애로가 많거든요. 당연히 진료실에서 기다렸습니다. 약속 시간에 사환 소년이 환자를 진료실로 모시고 오더군요.

나이가 지긋하고, 마르고 말수가 없고 어딜 보나 평범한 분이었습니다. 솔직히 러시아 귀족이라고 하면 흔히 떠오르는 외모는 아니더군요. 동행의 외모가 훨씬 인상적이었죠. 같이 온 젊은이는 키가 크고 피부가 거무스름하고 인상이 날카로웠습니다. 눈이 번쩍 뜨일 미남이기도 했죠. 팔다리와 가슴팍을 보면 헤라클레스 같았습니다.

노인의 팔을 지탱해 부축해서 진료실로 들어온 청년은 그런 외모의 사람에게서 보리라고는 생각조차 못 한 태도로 노인을 상냥하게 의자에 앉혀드리더군요.

'제가 따라온 걸 양해해주십시오, 박사님.'

그가 영어로 말했습니다. 혀 짧은 소리가 나는 발음이었어요.

'이분은 제 아버지입니다. 아버지의 건강이 제게는 무엇보다

중요합니다.'

아들이 아버지를 걱정하는 모습에 저는 감동을 받았습니다.

'진료하는 동안 같이 계실 건가요?'

제 물음에 아들은 끔찍하다는 몸짓을 하며 소리쳤지요.

'그럴 일은 없을 겁니다. 얼마나 고통스러운지 차마 표현도 못 하겠군요. 아버지가 끔찍한 발작을 일으키시는 모습을 보다가는 제가 목숨이 끊어질 것만 같습니다. 신경이 유난히 예민하거든요. 괜찮으시다면 진찰하시는 동안 대기실에서 기다리겠습니다.'

당연히 그러라고 했습니다. 그러자 아들은 진료실을 나갔죠. 환자와 저는 곧장 증상에 대해서 이야기를 시작했고 저는 증상을 열심히 받아 적었지요. 환자는 지적이지 않았고 애매하게 대답을 할 때가 많았어요. 영어를 잘 못해서 그런가 보다 했습니다. 그런데 계속 답변을 기록하던 중에 갑자기 환자가 아무 대답도 하지 않아 이상해서 쳐다봤다가 깜짝 놀랐습니다. 환자는 뻣뻣한 자세로 의자에 똑바로 앉아 있었습니다. 저를 향한 얼굴이 완전히 굳었고 눈빛도 멍하더군요. 수수께끼 같은 증세가 다시 찾아온 거였습니다.

방금도 말씀드렸다시피 처음에는 측은하기도 하고 섬뜩하기도 했습니다. 하지만 이내 전문가로서 만족스러워하며 환자의 맥박과 체온을 측정하고 근육의 강직도를 검사했습니다. 반사 작용이 정상인지도 확인했고요. 별다른 증세는 없었습니다. 이전에 본 증상들과 일치했지요. 저는 강직증이 발생했을 때 환자에게 아질산아밀을 들이마시게 해서 좋은 결과를 얻은 적이 많았습니다. 그 처방의 효능을 시험해볼 좋은 기회다 싶었죠. 환자를 진료실에 두고 아래층의 실험실에 있는 약병을 가지러 서둘러 내려갔습니다. 약을 찾는 데 시간이 좀 걸렸어요. 오 분 정도였죠. 찾아서 곧장 진료실로 돌아왔는데 환자는 없고 방이 텅 비어 있는 겁니다! 그러니 얼마나 놀랐겠습니까.

진료실에 환자가 없다는 사실을 확인하자마자 대기실로 갔습니다. 아들도 역시 사라지고 없었습니다. 홀의 문은 닫혀 있었지만 잠겨 있지는 않았죠. 최근에 고용한 사환 소년이 환자를 안내했었는데 눈치가 빠른 아이는 아니랍니다. 아래층에서 기다리다가 제가 진료실의 벨을 누르면 뛰어 올라와서 환자를 배웅하는 게 일이죠. 그날은 아무 소리도 못 들었다고 하더군요. 도무지 무슨 일인지 파악할 수가 없었습니다. 그 직후에 산책에서 돌아온 블레싱턴 씨에게는 그 일에 대해 말하지 않았습니다. 솔직히 말씀드리자면 그와 최대한 말을 섞지 않으려고 슬슬 피하던 중이었거든요.

사실 저는 그 러시아 환자와 아들을 또 볼 일이 없을 줄 알았습니다. 그런데 오늘 저녁 같은 시간에 두 사람이 어제와 똑같은 모습으로 진료실로 들어오기에 깜짝 놀라고 말았습니다.

환자가 말하더군요.

'어제 갑작스럽게 돌아가버린 일에 대해서 뭐라 사과를 해야 할지 모르겠군요, 박사.'

'엄청나게 놀랐습니다.'

'어제는 이렇게 된 거라오. 발작이 끝나서 제정신이 돌아왔지만 늘 그렇듯이 직전에 무슨 일이 있었는지 기억이 안 나는 거요. 박사가 자리를 비운 사이에 나는 멍한 상태로 낯선 방에서 나와 거리로 나가버렸지요.'

아들이 말을 이어받았습니다.

'아버지가 대기실에서 나오시는 걸 보고 당연히 진료가 끝났다고만 생각했습니다. 집에 도착해서야 어떻게 된 일인지 알아차렸죠.'

저는 웃음을 터뜨리며 말했습니다.

'두 분이 저를 기겁하게 만든 것 말고는 아무 일도 없었습니다. 잠시 대기실에서 기다려주시면 진료를 계속하겠습니다. 어제는 너무 갑작스럽게 끝났으니까요.'

저는 삼십 분 정도 노신사와 증상에 대해서 상담을 진행했습니다. 그리고 약을 처방해주었고요. 잠시 후 환자가 아들의 부축을 받으며 나갈 때는 배웅도 했죠.

블레싱턴 씨가 대개 그 시간에는 운동 삼아 산책을 나간다고 했었지요? 러시아 귀족 부자가 진료를 마치고 떠난 직후에 그가 돌아와 2층으로 올라갔습니다. 잠시 후에 계단을 뛰어 내려오는 소리가 들리더니 그가 겁에 질려 어쩔 줄을 모르는 몰골로 진료실에 나타났습니다.

다짜고짜 이렇게 소리치더군요.

'누가 내 방에 다녀간 거요?'

저는 아무도 안 들어갔다고 했죠.

'거짓말하지 마시오! 올라가서 방을 한번 보라고!'

그때 블레싱턴 씨가 상스러운 말을 퍼부었지만 저는 흘려들었습니다. 공포로 실성한 사람 같았거든요. 위층에 올라가자 옅은 색 양탄자 위에 남은 발자국 몇 개를 보여주더군요.

'내 발자국이라는 말은 못 하겠죠?'

확실히 양탄자에 남은 발자국은 블레싱턴 씨의 것보다 훨씬 컸고 찍힌 지 얼마 지나지 않은 게 분명했습니다. 아시다시피 오늘 오후에는 비가 쏟아져서 진료를 받으러 온 환자는 러시아 귀족이 다였습니다. 제가 환자를 진료하느라 정신이 없는 동안 대기실에서 기다리고 있던 청년이 무슨 이유인지 블레싱턴 씨의 방에 들어갔다 나온 게 틀림없었습니다. 건드리거나 가져간 물건은 없었지만 발자국이 남아 있으니 누가 다녀갔다는 건 의심할 수 없었죠.

블레싱턴 씨는 제가 생각한 것 이상으로 흥분했습니다. 사실 그런 일을 당했는데 어느 누가 침착할 수 있겠습니까. 심지어 안락의자에 주저앉아 펑펑 울기까지 하더군요. 조리 있게 말을 하는 것도 힘들 정도였죠. 홈스 씨에게 이야기를 해보자고 한 것도 블레싱턴 씨의 생각이었습니다. 물론 저도 그럴 필요성을 인식했지요. 블레싱턴 씨가 도를 넘어 상황을 심각하게 받아들이는 것 같았지만 확실히 예사로운 일은 아닌 것 같았거든요. 지금 제 마차로 그분을 만나러 가시면 어떨까요? 당장 이 이상한 사건을 풀어주시리라 바랄 수는 없겠지만 적어도 그가 진정할 수는 있지 않겠습니까."

셜록 홈스는 온 정신을 집중해 긴 이야기를 다 들었다. 그의 모습을 보니 사건에 어지간히 흥미를 느낀 것 같았다. 평소와 다름없이 표정은 크게 바뀌지 않았지만 눈꺼풀이 무겁게 축 처져 있었고 호기심이 이는 이야기가 나올 때마다 파이프에서 올라오는 담배 연기가 전보다 더 자욱하게 피어올랐다. 트리벨리언 박사가 이야기를 마무리하자 홈스는 말없이 자리에서 일어나 내게 모자를 건네고 탁자 위의 자기 모자도 집어 들고는 박사를 따라 문으로 향했다. 십오 분도 걸리지 않아 우리는 브룩 스트리트에 있는 박사의 병원에 도착했다. 웨스트엔드에서 개원한 병원이라고 하면 떠오르는 칙칙하고 밋밋한 건물들 중 하나였다. 체격이 자그마한 사환 소년이 우리를 맞이했다. 우리는 곧장 양탄자가 잘 깔린 넓은 계단을 올라갔다.

그때 갑작스레 소란이 일어나 우리는 우뚝 멈춰 섰다. 위층의 불이 갑자기 꺼지더니 어둠 속에서 새된 목소리가 들렸다. 목소리의 주인은 부들부들 떨고 있는 듯했다.

"내겐 권총이 있어. 장담하는데, 조금이라도 더 다가오면 바로 쏘겠다."

트리벨리언 박사가 소리쳤다.

"블레싱턴 씨, 너무 심하지 않습니까."

"오, 박사, 당신이군요."

깊은 안도감이 밴 대답이었다. 목소리가 말을 이었다.

"그런데 다른 사람들 말이오. 그 사람들 신원은 확실하오?"

어둠 속에서 우리를 요모조모 뜯어보는 시선이 느껴졌다.

"그렇군, 그래요. 괜찮습니다. 올라오세요. 내가 너무 조심하느라 여러분에게 폐를 끼쳤군요."

남자가 마침내 말하면서 가스등을 다시 켰다. 우리 앞에는 기이한 모습의 남자가 서 있었다. 목소리에 더해 외모까지 그가 얼마나 신경이 곤두서 있는지 말해주는 것 같았다. 지금도 꽤 뚱뚱한데 얼마 전까지만 해도 훨씬 더 뚱뚱했던 듯했다. 얼굴은 블러드하운드의 축 처진 볼처럼 피부가 헐렁한 주머니같이 처져 있었고 병색이 완연했다. 숱이 적은 모랫빛 머리카락은 격정에 반응해 바짝 곤두선 것 같았다. 그는 한 손에 권총을 쥐고 있다가 우리가 다가가자 얼른 주머니에 집어넣었다.

"안녕하십니까, 홈스 씨. 여기까지 와줘서 말할 수 없이 고맙습니다. 지금 나만큼 당신의 조언이 필요한 사람도 없을 겁니다. 트리벨리언 박사로부터 불법 침입 사건에 대해 들으셨겠지요?"

홈스가 대답했다.

"잘 들었습니다. 블레싱턴 씨, 그 두 사람은 누굽니까? 왜 당신을 괴롭히려 하죠?"

입원 환자는 바짝 얼어붙는 기색이 역력했다.

"이런, 나야 모르죠. 설마 내가 그 질문에 대답할 수 있으리라 생각하신 겁니까, 홈스 씨?"

"모른다는 말씀이십니까?"

"일단 여기로 들어오시죠. 부탁이니 어서 들어오세요."

그는 우리를 침실로 안내했다. 크고 안락하게 잘 꾸민 방이었다.

"이거 보이십니까?"

그는 침대 발치에 놓아둔 커다란 검은 금고를 가리켰다.

"저는 지금껏 부자였던 적이 없었습니다, 홈스 씨. 평생 투자 같은 것도 하지 않았죠. 트리벨리언 박사가 이야기했겠지만 이 병원이 유일한 예외였습니다. 하지만 저는 은행가를 믿지 않아요. 절대 신뢰하지 않지요, 홈스 씨. 우리끼리 하는 이야기지만 제 전 재산은 바로 저 금고에 다 들어 있습니다. 그러니 모르는 사람이 이곳에 몰래 들어온다는 게 제게 무슨 의미인지 짐작이 가시겠죠."

홈스는 질문을 하는 듯한 표정으로 그를 바라보더니 고개를 가로저었다.

"나를 기만하려는 사람에게는 조언할 수 없습니다."

"모든 걸 털어놓았습니다."

홈스는 혐오스럽다는 몸짓을 하면서 뒤로 홱 돌아서고는 말했다.

"안녕히 계십시오, 트리벨리언 박사님."

"그럼 저는 어쩝니까? 제게 해주실 조언은 없습니까?"

블레싱턴이 갈라진 목소리로 불쑥 소리쳤다.

"내 조언은 진실을 말하라는 겁니다."

잠시 후 우리는 거리로 나와 집으로 걷기 시작했다. 옥스퍼드 스트리트를 건너서 할리 스트리트를 반쯤 갔을 때 비로소 홈스가 말문을 열었다.

"어처구니없는 일에 자네를 끌어들여서 미안하네, 왓슨. 그래도 배경은 흥미로운 사건이야."

"나는 뭐가 뭔지 하나도 모르겠는데."

"이유는 모르겠지만 이 블레싱턴이라는 사내를 노리는 사람이 두 명 있군. 그건 확실해. 더 있는지는 모르겠지만 최소 두 명이야. 두 사람이 두 차례에 걸쳐 병원을 찾아왔고 젊은 쪽이 블레싱턴의 방에 침입했다는 점에는 한 점 의혹도 없네. 그동안 공범이 기발한 방법으로 의사를 붙잡아두고 있었지."

"강직증 말이군!"

"우리 의사 선생님에게는 넌지시 내비치지도 않았지만 다 연기였어, 왓슨. 그런 증세를 흉내내기는 식은 죽 먹기라네. 나도 해봤지."

"그래서?"

"블레싱턴이 매번 그들과 마주치지 않았던 건 순전히 우연이었네. 그들은 진료를 받겠다면서 계속 애매한 시각을 골랐지. 대기실에 다른 환자가 있는 상황을 피하려는 것이었지만 공교롭게도 그 시각에 블레싱턴이 산책을 나갔던 거야. 그걸 보면 두 사람은 그의 일과를 잘 모르는 것 같군. 도둑질이 목적이었다고 볼 수도 있네만 그랬다면 방을 뒤진 흔적이 있었겠지. 더구나 나는 곧 죽을까 봐 겁에 질린 사람은 눈만 봐도 알 수 있다네. 이 정도로 집념이 강한 적이 둘이나 있는데 블레싱턴이 모를 리가 있겠나. 이런 사실들을 바탕으로 나는 그자가 두 사람을 잘 알지만 숨기고 싶은 이유가 있는 거라고 확신하네. 내일이면 좀더 속내를 털어놓고 싶어질 수도 있겠지."

"터무니없기는 하지만 달리 생각할 수도 있지 않나? 트리벨리언 박사가 강직증에 걸린 러시아 노인과 아들에 대한 이야기를 날조하고 모종의 목적을 위해 블레싱턴의 방에 침입했다는 해석도 충분히 가능해 보이는데."

그럴듯한 내 가설에 홈스가 재미있다는 듯 미소를 짓는 모습이 가스등 불빛에 보였다.

"왓슨, 나도 그런 가능성을 생각해봤네. 하지만 확인할 기회가 금세 찾아오더군. 박사가 말한 젊은 남자는 계단에 깔린 양탄자에도 발자국을 남겨놓았네. 방안에 찍힌 발자국을 볼 필요도 없었지. 그자의 구두는 앞코가 사각형인 반면 블레싱턴의 구두는 앞코가 뾰족했고, 발길이는 의사보다 삼 센티미터가량 더 길었네. 이제 더이상 젊은 남자의 존재를 의심하지 않겠지. 지금은 자고 내일 다시 이야기하세나. 분명 내일 아침에 그곳에서 새로운 소식이 올 테니까."

셜록 홈스의 예언은 예상보다 더 일찍 그리고 극적으로 이루어졌다. 이튿날 첫 햇살이 방안을 밝히던 아침 7시 반이었다. 눈을 뜨니 홈스가 실내복 차림으로 내 침대 옆에 서 있는 것이 아닌가.

"왓슨, 밖에서 마차가 대기중이라네."

"도대체 무슨 일인데?"

"브룩 스트리트 건이라네."

"새로운 소식이 있었나?"

"안 좋은 일이 벌어진 듯한데 정확히 뭔지는 모르네."

홈스가 커튼을 걷으며 말했다.

"이걸 보게. 공책에 연필로 급하게 휘갈겨 쓰고 그대로 찢어서 보냈어. '제발 당장 와주십쇼. P.T.' 이 말을 쓸 때 박사가 제정신이 아니었던 것 같군. 어서 가세, 왓슨. 긴급 호출이니까."

십오 분쯤 지나 우리는 그 병원에 도착했다. 트리벨리언 박사는 공포에 찬 얼굴로 뛰어나와 우리를 맞이했다.

"어쩌다가 이런 일이 일어났는지 모르겠습니다!"

그는 양손을 자신의 관자놀이에 댄 채 절규하듯 소리쳤다.

"도대체 무슨 일입니까?"

"블레싱턴 씨가 자살을 했습니다!"

홈스가 휘파람을 불었다.

"정말입니다. 지난밤에 목을 맸어요!"

우리가 건물로 들어가자 박사는 대기실처럼 보이는 곳으로 안내했다.

"뭘 어떻게 해야 할지 모르겠습니다. 경찰이 벌써 위층에 와 있습니다. 너무 충격을 받아서 뭐가 뭔지 하나도 모르겠어요."

"언제 그 사실을 아셨습니까?"

"블레싱턴 씨는 매일 아침 일찍 차 한 잔을 침실로 가져오게 했습니다. 7시경에 하녀가 방에 들어갔더니 그 불쌍한 사람이 방 한가운데에 매달려 있었답니다. 무거운 등을 거는 천장의 갈고리에 밧줄을 걸어 목을 매고는, 어제 보여줬던 금고에서 뛰어내린 거지요."

홈스는 깊은 생각에 잠겨 가만히 서 있다가 이내 입을 열었다.

"괜찮으시다면 올라가서 현장을 보고 싶습니다."

우리가 위층으로 올라가자 박사도 뒤를 따랐다.

침실로 들어서자 참혹한 광경이 우리를 맞이했다. 이전에 블레싱턴의 피부가 생기 없이 축 처졌더라는 이야기를 했었다. 갈고리에 매달려 있으니 그런 느낌이 더 증폭되고 강렬해져 마치 사람이 아닌 것 같았다. 털을 뽑힌 닭처럼 축 늘어진 목 때문에 몸의 나머지 부분이 더 뚱뚱하고 부자연스럽게 보였다. 입고 있는 기다란 잠옷 아래로 통통 부은 발목과 볼품없는 두 발이 뻣뻣하게 쑥 나와 있었다. 영리해 보이는 경위가 옆에 서서 수첩에 뭔가를 기록하는 중이었다.

"아하, 홈스 씨. 반갑습니다."

홈스가 들어가자 그가 먼저 알아보고 인사를 건넸다.

"안녕하십니까, 래너 경위님. 나를 방해꾼으로 생각하지는 않겠죠? 앞서 일어났던 일에 대해서는 들으셨습니까?"

"네, 몇 가지 이야기를 들었습니다."

"어떻게 생각하십니까?"

"들은 바로는 사망자가 두려움에 이성을 잃은 것 같군요. 보시다시피 침대에 잠을 잔 자국이 남아 있습니다. 그가 누웠던 자리가 푹 꺼져 있죠. 더구나 새벽 5시경은 자살 사건이 가장 많이 일어나는 시간이지 않습니까. 목을 맨 시각이 대략 그 무렵일 겁니다. 고민 끝에 저지른 일 같습니다."

"근육이 경직된 상태를 보건대 사망한 지 세 시간은 된 것 같군요."

내가 말했다.

"이 방에서 특별한 점은 없었습니까?"

홈스가 물었다.

"세면대에 십자드라이버와 나사못 몇 개가 있었습니다. 지난밤에 담배를 많이 피운 것 같고요. 벽난로에서 찾아낸 시가 꽁초가 여기 네 개 있습니다."

"흠! 혹시 사망자의 파이프를 확보했습니까?"
"아니요. 하나도 못 봤습니다."
"시가 케이스는요?"
"아, 그건 코트 주머니에 있습니다."
홈스는 시가 케이스를 열어 딱 하나 남은 시가의 향을 맡았다.
"오, 아바나산이군. 경위가 찾아낸 꽁초는 네덜란드 상인이 동인도제도 식민지에서 수입한 독특한 담배로 만든 시가인데 말입니다. 대개 짚으로 감싸놓고 다른 브랜드보다 길이에 비해 굵기가 더 가늘죠."
그는 꽁초 네 개를 집어 들고 휴대용 돋보기를 꺼내 꼼꼼하게 살펴보았다.
"두 개는 물부리에 끼워서 피웠고 나머지 두 개는 물부리 없이 피웠군. 두 개는 날이 별로 날카롭지 않은 칼로 끄트머리를 잘랐고 다른 두 개는 치열이 고른 사람이 이로 물어뜯었어. 래너 경위님, 이건 자살이 아닙니다. 철저히 계획해 무자비하게 실행에 옮긴 살인 사건입니다."
"말도 안 됩니다!"
경위가 반박했다.
"왜 말이 안 된다는 겁니까?"
"살인자가 무슨 이유로 목을 매다는 것처럼 성가신 일을 꾸미겠습니까?"

"이유는 지금부터 알아내야죠."

"살인자가 여기는 어떻게 들어오고요?"

"현관으로 들어왔을 겁니다."

"아침에는 빗장이 걸려 있었습니다."

"그자들이 나가면서 건 겁니다."

"어떻게 아십니까?"

"흔적을 봤습니다. 잠시 실례하겠습니다. 어쩌면 정보를 더 드릴 수도 있겠군요."

홈스는 침실 문으로 다가가 잠금장치를 돌려가며 그만의 체계적인 순서로 조사를 시작했다. 잠금장치를 다 조사한 후에는 방 안쪽에 꽂힌 열쇠를 빼서 찬찬히 살피더니, 침대와 양탄자, 의자들, 벽난로 선반, 시신, 밧줄 순으로 조사하고 나서야 충분히 봤다고 했다. 홈스는 나와 경위의 도움을 받아 밧줄을 자르고 고통받던 시신을 내려 정중하게 누인 후 시트를 덮어주었다.

"밧줄은 어디에 있던 겁니까?"

홈스의 질문에 트리벨리언 박사가 침대 밑에서 커다란 밧줄 꾸러미를 꺼내며 대답했다.

"여기서 잘라낸 겁니다. 고인은 병적으로 화재를 두려워해서 이걸 늘 곁에 뒀습니다. 혹시 계단에 불이 났을 경우에 창문으로 탈출하려고 말입니다."

홈스가 생각에 잠긴 듯한 표정으로 대답했다.

"덕분에 그자들이 수고를 덜었군. 무슨 일이 일어났는지는 뻔합니다. 오후에 그들이 이런 짓을 저지른 이유를 알려드리죠. 알려드리지 못하는 게 더 놀라운 일일 겁니다. 수사에 도움이 될 것 같으니 벽난로 선반에 있는 블레싱턴의 사진을 가져가겠습니다."

박사가 소리쳤다.

"뭐라도 이야기를 해주십시오!"

"간밤에 벌어진 일은 고민하고 말고 할 것도 없습니다. 세 사람이 범죄를 저질렀습니다. 노인과 젊은이, 당장은 신원을 짐작할 단서가 없는 제삼의 인물이죠. 말할 필요도 없겠지만 노인과 젊은이는 러시아 백작과 아들이라고 사칭했던 자들이니 인상착의를 자세하게 알려드릴 수 있습니다. 이 집에 있던 협력자가 세 사람이 들어올 수 있게 해주었고요. 경위님, 조언하건대 당장 사환 소년을 체포하십시오. 박사님, 그 소년을 최근에 고용했다고 하셨지요."

"아이를 찾을 수가 없습니다. 하녀와 요리사가 방금까지 찾아봤습니다."

박사의 대답에 홈스가 어깨를 으쓱했다.

"그 소년은 사건에서 중요한 역할을 했습니다. 어쨌든 세 사람이 계단으로 올라갔습니다. 발끝으로 살금살금 걸었는데, 노인이 앞장을 서고 그 뒤를 젊은이가 따랐죠. 제일 마지막에는 미지의 남자가……."

"오, 세상에, 홈스!"

내가 감탄을 했다.

"발자국이 겹쳐진 모양을 보면 의심의 여지가 없네. 게다가 어젯밤 어떤 게 누구 발자국인지 확인할 기회가 있지 않았나. 그들은 계단을 올라 블레싱턴 씨의 방으로 갔는데, 문이 잠겨 있었습니다. 그래서 철사를 이용해서 억지로 안에 꽂힌 열쇠를 돌렸죠. 열쇠 구멍의 긁힌 자국을 보면 돋보기가 없어도 짐작할 수 있습니다.

이들은 방에 들어가자마자 제일 먼저 블레싱턴 씨의 입에 재갈을 물렸을 겁니다. 블레싱턴 씨는 잠이 들었었거나 공포로 온몸이 마비되어 비명도 못 질렀겠죠. 벽이 두꺼워서 설령 비명을 질렀다고 해도 밖에서는 못 들었을 겁니다.

그를 꼼짝 못하게 한 뒤에 일종의 회의를 열었을 게 분명합니다. 재판 같은 분위기였겠죠. 회합은 꽤 오래 이어졌습니다. 시가들을 끝까지 다 피웠을 정도니까요. 저기 고리버들 의자에 앉았던 노인이 물부리에 시가를 끼워서 피웠을 겁니다. 젊은 남자는 건너편에 앉아 담뱃재를 서랍장에 대고 털었어요. 세 번째 남자는 방안을 서성거렸죠. 블레싱턴 씨는 침대에 똑바로 앉아 있었을 겁니다. 이건 확신할 수는 없지만요.

어쨌든 상황은 블레싱턴 씨를 방 중앙으로 데리고 와서 목을 매다는 것으로 끝났습니다. 사전에 철저히 준비한 점으로 미루어볼 때, 추측입니다만 교수대 역할을 할 도르래나 그 비슷한 장치를 준비해 왔을 것 같군요. 저기 있는 십자드라이버와 나사못은 그런 장치를 설치하려고 가져왔을 겁니다. 그런데 천장의 갈고리를 보고 수고할 필요가 없다는 걸 알았죠. 목적을 완수한 후 그들은 이곳을 떠났습니다. 현관문의 빗장은 협력자가 그들이 떠난 후 걸었겠죠."

홈스가 지난밤 일어난 일을 간략하게 설명하는 내내 우리는 귀를 쫑긋 세우고 들었다. 홈스가 어찌나 미묘하고 미세한 흔적을 통해 추론을 했던지 직접 보여주면서 설명을 해도 우리는 추론을 제대로 따라갈 수 없었다. 설명이 끝나자 경위는 즉각 사환 소년의 행방을 추적하기 시작했고 홈스와 나는 아침을 들기 위해 베이커 스트리트로 돌아왔다.

아침 식사를 끝내자 홈스가 말했다.

"오후 3시까지는 돌아오겠네. 경위와 박사가 그 시각에 맞춰서 이리로 올 거야. 그때까지 이 사건에서 모호한 점들을 남김

없이 밝혀내고 싶네."

두 사람은 약속한 시각에 도착했지만 홈스는 3시 45분이 되어서야 돌아왔다. 방으로 들어서는 표정을 보니 늦기는 했어도 모든 일이 원만하게 잘 해결되었다는 사실을 짐작할 수 있었다.

"새로운 소식이 있습니까, 경위님?"

"소년을 잡았습니다."

"그것참 잘되었군요. 저는 그자들을 찾았습니다."

"범인들을 찾았다고요!"

우리 셋이 동시에 소리쳤다.

"신원을 알아냈습니다. 블레싱턴이라던 남자는 경찰청에서 유명하더군요. 그자를 살해한 자들도 마찬가지였습니다. 비들과 헤이워드, 모펏이라고 하는 자들입니다."

"워딩던 은행 강도단이군요!"

경위가 소리쳤다.

"그렇습니다."

홈스가 대답했다.

"그렇다면 블레싱턴은 서턴이었군요?"

"그렇죠."

"세상에, 상황이 불을 보듯 뻔하군요."

경위가 말했다. 트리벨리언 박사와 내가 영문을 몰라 멍하니 서로를 마주보자 홈스가 설명했다.

"워딩던 은행 강도 사건을 기억하실 겁니다. 강도단은 다섯 명이었죠. 이 사건에 등장한 네 명과 마지막으로 카트라이트라는 자까지요. 이들은 토빈이라는 경비원을 살해한 후 은행에서 칠천 파운드를 훔쳐 달아났습니다. 1875년 사건이 벌어졌고 일당은 체포되었지만 그들이 범행을 저질렀다는 것을 입증할 결정적인 증거가 없었습니다. 와중에 일당 중에서 가장 나쁜 놈인 블레싱턴, 그러니까 서턴이 밀고했습니다. 그의 증언으로 카트라이트는 교수형에 처해졌고 나머지 세 사람은 십오 년 형을 언도받았죠. 그런데 그들은 얼마 전 형기 만료를 몇 년이나 앞당겨 석방되었습니다. 그러자 곧장 배신자를 찾아 죽은 동료의 복수를 하기로 한 거죠. 두 차례나 블레싱턴을 습격했지만 실패했다가 세 번째에야 마침내 성공을 거둔 겁니다. 제가 더 설명을 해야 할 부분이 있습니까, 박사님?"

"아닙니다. 모든 사실을 명확하게 잘 설명해주셨습니다. 블레싱턴 씨가 불안해했던 건 그날 신문에서 예전 동료의 석방 소식을 읽었기 때문이었겠군요."

"분명 그렇겠죠. 강도 이야기는 눈가림용이었을 겁니다."

"왜 홈스 씨에게 털어놓지 않았을까요?"

"옛 동료들이 끈질기게 복수하려 들 걸 아니 누구에게든 자기 신원을 최대한 숨기고 싶었을 겁니다. 떳떳하지 못한 비밀이라 차마 자기 입으로 털어놓을 수도 없었을 거고요. 그는 비록 비열한 인간이었지만 영국 법이라는 방패의 보호 아래 살고 있었습니다. 결과적으로 영국 법이 그를 지켜주진 못했지만, 경위님도 아실 겁니다. 정의의 칼은 언제고 살인자가 대가를 치르게 하리라는 것을."

브룩 스트리트의 개업의와 그의 입원 환자를 둘러싼 독특한 사건은 이렇게 끝이 났다. 그날 밤 이후로 경찰은 세 살인자들의 행방을 알아내지 못했다. 런던 경찰청은 그들이 침몰한 증기선 노라 크레이나호에 승선해 있었을 것이라 추측했다. 그 배는 몇 해 전 포르투갈 해안에서 오포르토의 북쪽으로 몇 킬로미터 떨어진 해상에서 승선자들과 함께 실종되었다. 사환 소년에 대한 기소는 증거 불충분으로 기각되었다. 그리하여 세간에 '브룩 스트리트 살인 사건'으로 알려진 이 사건은 어떤 신문에서도 제대로 다룬 적이 없다.

그리스어 통역사

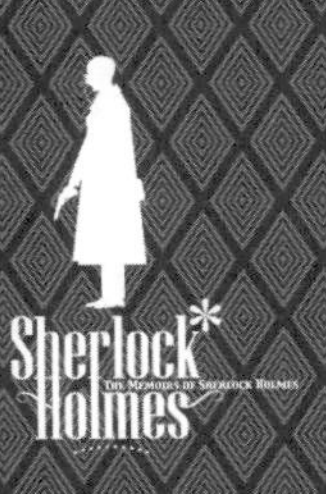

오랜 세월 동안 셜록 홈스와 친밀하게 지냈지만 지금까지 그가 가족에 대해 말하는 걸 한 번도 듣지 못했다. 홈스는 어린 시절도 거의 입에 올리지 않았다. 그토록 자신에 대해 이야기하지 않으니 어쩐지 비인간적인 느낌이 강해져서, 나는 그가 사람과 인연이 없는 초인처럼 생각되었다. 지적인 면에서는 걸출할지 모르나 인간적인 동정심은 부족한, 심장은 없고 머리만 있는 존재 말이다. 여성을 싫어한다거나 새로운 사람과의 친교를 꺼리는 점은 그 같은 독립적인 존재의 전형적인 특징이라 할 수 있었다. 가족을 철저하게 숨기는 것은 말할 것도 없었다. 결과적으로 나는 홈스가 세상에 혈연이 전혀 없는 사람이라고 믿었다. 그러던 어느 날 경천동지할 일이 일어났다. 그가 친형 이야기를 꺼낸 것이다.

어느 여름날 저녁, 우리는 차를 다 마시고 이런저런 담소를 나누었다. 대화는 골프채 이야기에서 황도 경사각이 바뀌는 원인을 오가며 특별한 주제도 없이 오락가락 이어지다가 마침내 격세유전과 재능의 유전 문제에 다다랐다. 개인의 특별한 자질은 어디까지가 조상에게서 물려받은 것이고 어디까지가 어린 시절부터 시작한 훈련의 결과인가 하는 문제였다.

내가 말했다.

"자네 경우에는 말이지, 지금껏 들려준 이야기를 바탕으로 판단한다면 순전히 체계적인 훈련의 결과로 뛰어난 관찰력과 독특한 추리력을 습득했다고 보네."

그가 생각에 잠겨서 대답했다.

"어느 정도는 그럴 걸세. 내 조상들은 시골 지주로서 보편적인 생활 방식에서 크게 벗어나지 않는 삶을 사셨겠지. 내가 지금 같은 삶을 사는 건 핏줄 때문이라고 생각하네. 어쩌면 할머니를 닮았는지도 모르지. 할머니는 프랑스 화가인 베르네와 남매간이었거든. 예술성은 종종 희한한 형태로 발현되지."

"자네의 재능이 유전인지 어떻게 아는가?"

"마이크로프트라고, 나보다 훨씬 큰 재능을 가진 형제가 있거든."

홈스에게 형제가 있다니 금시초문이었다. 이런 독특한 능력을 가진 사람이 잉글랜드에 또 있다면 왜 경찰이나 대중이 그에 대해 한 번도 못 들었을까? 나는 홈스가 겸손을 부려 형제가 더 대단하다고 치켜세우는 것 아니냐며 슬쩍 말했다. 그러자 홈스가 껄껄 웃음을 터뜨렸다.

"왓슨, 이 친구야. 나는 겸손을 미덕이라 생각하지 않네. 논리가는 모든 사물을 있는 그대로 볼 줄 알아야 하지. 그런 점에서 스스로를 과소평가하는 건 과대평가하는 것만큼 진실에서 동떨어진 일일세. 그러니까 마이크로프트가 나보다 관찰력이 더 뛰어나다는 말을 자네는 문자 그대로, 있는 그대로 받아들여야 하네."

"동생인가?"

"나보다 일곱 살 많아."

"그런데 왜 아무도 그를 모르나?"

"형의 활동 범위 안에 있는 사람들은 형을 모르는 사람이 없다네."

"그 사람들이 어디 있는 누군데?"

"예를 들면 디오게네스 클럽 회원들이지."

난생처음 듣는 클럽이었다. 아마도 내 얼굴에 의아함이 고스란히 드러난 모양이다. 셜록 홈스가 시계를 꺼내며 이렇게 말한 것을 보면 말이다.

"디오게네스 클럽은 런던에서 가장 별난 클럽이네. 거기서도 마이크로프트 형은 가장 별난 회원 중 한 명이지. 형은 항상 4시 45분부터 7시 40분까지 그 클럽에 있어. 지금은 6시군. 이렇게 아름다운 저녁이니 잠시 런던을 거니는 건 어떤가. 기꺼이 자네에게 진기한 클럽과 회원을 소개해주겠네."

오 분 후 우리는 집을 나와 리전트스 서커스를 향해 걷기 시작했다.

가는 길에 홈스가 말문을 열었다.

"자네는 내 형이 어째서 범죄 수사에 자신의 능력을 쓰지 않는지 궁금하겠지. 형은 그럴 수가 없다네."

"하지만 자네가 아까 말하기를……."

"나는 형의 관찰력과 추리력이 나보다 대단하다고 말했지. 만약 탐정 일이라는 게 안락의자에 앉아 시작하고 끝낼 수 있는 일이었다면 형은 세상에서 가장 뛰어난 범죄 수사관이 되었을 걸세. 하지만 형은 수사에 대한 야망과 열정이 없다네. 형은 결코 생각한 가설이 맞는지 확인하는 수고로운 짓을 하지 않아. 자기 가설이 맞다고 입증하느니 차라리 틀린 셈치고 그냥 넘어가는 편을 택할걸. 나는 여러 번 형에게 문제를 들고 찾아가서 조언을 구했는데, 나중에 확인해보니 형의 추리가 맞았던 적이 한두 번이 아니었네. 하지만 형은 사건이 판사나 배심원 앞으로 가기 전에 거쳐야 할 현실적인 문제들은 처리할 수 없지."

"그렇다면 탐정이 아니라는 거군."

"아니고말고. 내게는 이 일이 생계수단이지만 형에게는 단지 호사가의 취미일 뿐이지. 형은 숫자에 특출한 재능이 있다네. 그래서 정부의 한 부서에서 회계감사를 하지. 형은 폴 몰에서 하숙을 하네. 매일 아침 폴 몰에서 화이트 홀로 걸어서 출근하고 저녁에는 반대 방향으로 길을 밟아 집으로 오지. 언제고 출퇴근 시간에 걷는 것 외에 다른 운동은 전혀 하지 않아. 디오네게스 클럽 빼고는 어디에도 가지 않고. 클럽은 형의 하숙집 바로 맞은편에 있어."

"그런 클럽은 들은 기억이 없는데."

"그럴 거야. 런던에는 내성적이거나 염세적이어서 다른 사람들과 어울리기를 꺼리는 남자들이 많다네. 하지만 사교적이지 않다고 안락한 의자와 최신 정기간행물까지 싫어하는 건 아니거든. 이런 사람들을 대상으로 운영하는 곳이 디오게네스 클럽이지. 지금은 런던에서 가장 붙임성이 없고 사교 활동을 하기 싫어하는 사람들이 회원으로 있다네. 이 클럽에서는 다른 회원에게 절대 관심을 보여서는 안 돼. 내빈실에 있는 게 아니면 어떤 상황에서도 말을 하면 안 되고. 규칙을 세 번 위반하면 위원

회에 알려져 제명 처리가 될 수도 있네. 형은 그곳 설립자 중 한 명이지. 나도 가봤는데 확실히 마음이 편안한 곳이더군."

이야기를 나누다 보니 어느새 폴 몰에 도착했다. 우리는 세인트제임스 스트리트의 끄트머리에서부터 폴 몰을 따라 걸었다. 셜록 홈스는 칼턴 클럽에서 조금 떨어진 어느 문 앞에 멈춰서더니 내게 말을 하지 말라고 당부한 후 함께 홀로 들어갔다. 유리벽으로 크고 호사스러운 방이 보였다. 그 방에서 꽤 많은 남자들이 각자 쉴 자리를 잡아 앉아만 있거나 신문을 읽고 있었다. 홈스는 창문으로 폴 몰이 보이는 작은 방으로 나를 인도했다. 그곳에 나를 혼자 남겨두고 자리를 비우더니 잠시 후 형이라 짐작되는 남자와 함께 돌아왔다.

마이크로프트 홈스는 셜록 홈스에 비해 살집이 있고 체구가 좋았다. 둥실둥실하게 살진 몸도 몸이지만 머리도 대단히 컸다. 마이크로프트 홈스의 얼굴에서는 동생의 얼굴처럼 명민함이 엿보였다. 유난히 촉촉한 연회색의 두 눈은 상대의 내면을 꿰뚫어 보는 것 같으면서도 어딘지 먼 곳을 보는 듯한 눈빛을 하고 있었는데, 자신의 능력을 총동원할 때 홈스에게서 보던 눈빛이었다. 마이크로프트는 항상 이런 눈빛인 듯했다.

마이크로프트는 물개의 앞발처럼 크고 두툼한 손을 내밀며 말했다.

"만나서 반갑습니다. 박사님이 셜록의 전기 작가가 된 후로 사방에서 셜록의 이야기를 듣게 되었습니다. 그건 그렇고, 셜록, 지난주에 매너 하우스 건을 들고 올 줄 알았는데. 네가 해결하기에는 버거운 사건 같았거든."

"그럴 리가, 벌써 해결했어."

홈스가 미소를 지으며 말했다.

"애덤스였지?"

"그래, 애덤스였어."

"그럴 거라 생각했다."

형제는 클럽의 내닫이창에 함께 앉아 대화를 계속했다.

"인류를 연구하고 싶은 사람에게는 이 자리가 명당이지. 저 온갖 유형의 사람들을 봐. 이를테면 이쪽으로 오는 저 두 남자를."

"당구장 보조원과 그 옆에 있는 남자 말이야?"

"그래. 옆에 있는 남자는 뭐하는 사람으로 보이니?"

두 남자가 창문 앞에서 걸음을 멈췄다. 나는 한 남자의 조끼 주머니 위에 남은 초크 자국 말고는 당구와 관련된 흔적을 찾지 못했다. 다른 남자는 덩치가 매우 작고 피부가 까맣게 탔다. 모자를 뒤로 젖혀 쓰고 겨드랑이에는 꾸러미를 몇 개 끼고 있었다.

홈스가 말했다.

"노병 같은데."

홈스의 형이 대꾸했다.

"아주 최근에 퇴역을 했군."

"인도에서 복무했을 테고."

"하사관이었어."

"왕립포병대였을 거야."

"상처했군."

"그런데 아이가 있어."

"동생아, 아이들이야. 아이들."

나는 웃으며 둘 사이에 끼어들었다.

"잠깐만요. 두 분 지금 무슨 이야기를 나누시는 겁니까?"

그러자 홈스가 대답했다.

"저런 몸가짐에 권위적인 표정을 짓고 피부가 많이 탄 사람이라면 당연히 군인일 수밖에 없다네. 계급은 이등병 이상이고 최근에 인도에서 귀국한 사람이야."

마이크로프트가 말을 받았다.

"퇴역한 지 얼마 되지 않았다는 사실은 아직 '전투화'를 신고 있는 걸 보면 알 수 있지요. 그렇게 불리는 신발이지 않습니까."

"걸음걸이를 보면 기병은 아니야. 그런데 늘 모자를 한쪽으로 비스듬히 썼나 보군. 한쪽 이마의 피부색이 더 옅질 않나. 공병에 어울리는 체격이 아니니 역시 포병이겠지."
"제대로 갖춰 입은 상복을 보면 가까운 사람을 잃은 모양입니다. 직접 이것저것 장을 보고 있으니 최근에 아내를 잃었겠죠. 아이들 물건을 산 게 보이지요? 딸랑이는 아주 어린 아이가 있다는 증거입니다. 아내가 출산중에 죽었나 보군요. 겨드랑이에 끼고 있는 그림책을 보면 돌봐야 할 아이가 또 있습니다."
나는 형이 자신보다 훨씬 더 뛰어난 능력을 지녔다고 했던 홈스의 말이 무슨 뜻인지 알 것 같았다. 홈스가 나를 힐끔 보며 미소를 지었다. 마이크로프트는 거북이 등딱지로 만든 상자에서 코담배를 집어 냄새를 맡고는 붉은색의 커다란 비단 손수건으로 코트 여기저기에 떨어진 담배 가루를 쓸어냈다.
"셜록, 네 마음에 들 이야기가 있다. 무척 희한한 일이지. 나더러 수수께끼를 풀어달라는데, 나는 불완전하게 살펴볼 수는 있어도 철저히 파헤칠 열의가 없지 않니. 흥미로운 추리를 전개할 재료로는 괜찮은 사건이야. 혹시 듣고 싶다면……."
"형, 당연히 듣고 싶지."
마이크로프트는 수첩에 뭔가를 재빠르게 메모했다. 그리고 사람을 부르는 종을 울려 웨이터를 부른 후 메모를 건넸다.
"멜라스 씨에게 와달라고 했다. 우리집 위층에 하숙하는 사람인데 나와 조금 아는 사이거든. 당황스러운 일이 생기자 나를 찾아왔더군. 멜라스 씨는 그리스 출신이고 외국어에 능통하지. 법정에서 통역을 하거나 노섬벌랜드 애비뉴의 호텔에 체류하는 부유한 동양인의 여행 안내를 해서 생계를 유지해. 나는 이제 입을 다물겠다. 그가 겪은 놀라운 경험을 직접 듣도록 해라."

잠시 후 우리는 키가 작고 통통한 남자와 합석했다. 그는 교육을 잘 받은 영국인처럼 완벽한 영어를 구사했지만 올리브색 피부와 석탄처럼 검은 머리카락에서 남유럽 출신임이 드러났다. 그는 셜록 홈스의 손을 잡고 열렬하게 흔들었다. 전문가가 자신의 이야기에 흥미를 갖고 있다는 사실에 반색하며 두 눈을 반짝였다.

"경찰은 제 이야기를 믿는 것 같지 않습니다. 분명 안 믿을 겁니다."

그는 한탄을 늘어놓았다.

"생전 처음 들어보는 이야기일 테니 믿을 수 없다 싶겠죠. 하지만 저는 얼굴에 반창고를 붙이고 있던 불쌍한 남자가 어떻게 되었는지 알아야 합니다. 그전까지는 마음이 편치 않을 거예요."

"어떻게 된 일인지 들려주시죠."

셜록 홈스가 말했다.

마침내 멜라스가 이야기를 시작했다.

"지금은 수요일 저녁이죠. 그 일이 일어난 건 월요일 밤이었습니다. 고작 이틀 전 말입니다. 제 이웃분에게 벌써 들으셨겠지만 저는 통역사입니다. 저는 모든 언어를 통역합니다. 거의 모든 언어라고 해야 할까요. 하지만 그리스인으로 태어나 그리스 이름을 갖고 있다 보니 제가 주로 통역하는 언어도 모국어인 그리스어입니다. 저는 런던에서 내로라하는 그리스어 통역사가 된 지 오래되었습니다. 호텔 업계에서는 제 이름이 제법 알려져 있죠.

이 일을 하다 보면 한밤중에 불려나가는 일도 종종 있습니다. 외국인에게 곤란한 일이 생기거나 여행객이 늦은 시각에 도착해 제 통역을 필요로 하는 경우가 있거든요. 그렇다 보니 월요일 밤에 래티머라는 사람이 집으로 찾아왔을 때도 별로 놀라지 않았습니다. 옷을 잘 차려입은 젊은이였습니다. 밖에 영업용 마차를 대기시켜 놓았는데 그걸 타고 함께 가줄 수 있겠느냐고 하더군요. 사업차 그를 찾아온 그리스인이 모국어밖에 모른다는 겁니다. 그래서 통역이 꼭 필요하다고 했죠. 그는 집이 켄싱턴이라 좀 멀다고 했습니다. 서두르는 기색이었죠. 거리로 나오자마자 저를 마차에 태우더군요.

영업용 마차라고 했지만 막상 타보니 정말 영업용인지 의문이 들었습니다. 런던의 흉물이라 할 수 있는 영업용 사륜마차에 비해 내부가 넓었고 낡았긴 해도 호화로운 마차인 게 분명했죠.

래티머 씨는 맞은편에 앉았습니다. 마차는 채링 크로스를 지나더니 섀프츠베리 애비뉴를 달렸습니다. 그리고 옥스퍼드 스트리트로 나왔죠. 저는 그즈음에 너무 둘러 가는 게 아니냐고 조심스럽게 말을 꺼냈지만 래티머 씨가 묘한 행동을 하는 탓에 더 이상 말할 수 없었습니다.

그가 주머니에서 무시무시한 곤봉을 꺼내 든 겁니다. 납을 채워 넣은 곤봉이더군요. 그는 곤봉의 무게와 강도를 가늠하듯이 앞뒤로 몇 번 흔들더니 잠자코 옆자리에 내려놓았죠. 다음으로는 양쪽에 난 미닫이 창문을 끌어올려 닫았습니다. 황당하게도 창에는 밖을 볼 수 없도록 종이를 붙여놓았더군요.

'밖을 못 보게 해서 죄송합니다, 멜라스 씨. 지금 가는 곳이 어디인지 알리고 싶지 않아서요. 당신이 그곳으로 가는 길을 알아낸다면 내가 불편해집니다.'

그 말을 듣고 제가 얼마나 놀랐을지 상상할 수 있으시겠지요. 어깨가 딱 벌어지고 힘도 세 보이는 젊은이였습니다. 곤봉이 아니더라도 애초에 제가 그와 몸싸움을 벌여서 이길 가능성은 눈곱만큼도 없었습니다.

제가 말했습니다.

'무척 이례적인 행동을 하시는군요, 래티머 씨. 지금 하시는 일이 불법이라는 사실은 알고 계시시라 생각합니다만.'

'무례한 거야 압니다. 하지만 이에 대해서는 보상을 해드리겠습니다. 멜라스 씨, 경고하건대 오늘밤 소란을 피우거나 내 이익에 반하는 행동을 하면 곤란해질 겁니다. 명심하세요. 지금 당신이 어디에 있는지 아무도 모릅니다. 그러니 이 마차에 있든, 내 집에 있든, 어디에 있든, 당신은 내 손바닥 안입니다.'

차분한 말투였지만 말 한 마디마다 깊은 악의가 느껴질 정도로 꺼림칙한 구석이 있었죠. 대관절 무슨 사정이기에 저를 이런 방식으로 납치하듯 데려가는지 궁금했습니다만 말없이 앉아 있었습니다. 사정이 뭐든 저항해봐야 소용없다는 사실이 분명했기 때문입니다. 그래서 앞으로 어떤 일이 벌어질지 지켜보기로 했습니다.

마차가 달리기 시작한 지 두 시간이 지나도록 저는 목적지에 대해 별다른 단서를 얻지 못했습니다. 돌에 부딪히는 달가닥 소리가 나면 포석 깔린 길이구나 싶고 부드럽게 조용히 달리면 아스팔트 길을 달리는가 싶더군요. 이 두 가지를 제외하면 행선지를 추측하는 데 도움이 될 실마리는 조금도 없었습니다. 종이를 바른 창문으로는 빛이 조금도 들어오지 않았습니다. 앞유리에는 푸른색 커튼이 쳐져 있었죠. 우리가 폴 몰에서 출발했을 때가 7시 15분이었는데, 마차가 멈춰 섰을 때 시계를 보니 벌써 8시 50분이었습니다. 래티머 씨가 마침내 창문을 내리자 불을 밝힌 야트막한 아치형 입구가 눈에 들어왔습니다. 저는 마차 문이 활짝 열리자마자 곧장 집안으로 끌려 들어갔죠. 집으로 이동할 때 양옆으로 풀밭과 나무들이 있다는 느낌을 희미하게 받았습니다. 그곳이 저택의 정원인지 아니면 시골이라 그랬는지는 잘 모르겠습니다.

실내에는 색이 들어간 등피를 씌운 가스등이 켜져 있었습니다. 하지만 불빛이 너무 어두워서 홀이 꽤 넓다는 것과 벽에 그림 몇 점이 걸려 있다는 것만 알아챘을 뿐 사물을 분간하기 어렵더군요. 흐릿한 불빛으로 우리에게 문을 열어준 사람이 보였습니다. 어깨가 둥글고 체구가 작으며 비열하게 생긴 중년 남자였습니다. 우리 쪽으로 돌아서는데 얼굴에서 뭔가 반짝하는 것을 보니 안경을 쓰고 있구나 싶었습니다.

그 사람이 물었습니다.

'이분이 멜라스 씨인가, 해럴드?'

'그렇습니다.'

'잘했네! 잘했어! 해코지할 생각은 없소, 멜라스 씨. 당신이 없으면 일을 할 수가 없는 것뿐이지. 잘만 해주시면 후회할 일은 없을 겁니다. 하지만 쓸데없는 짓을 하면 각오 단단히 해야 할 거요!'

그는 경련을 일으키듯 신경질적으로 말을 내뱉었습니다. 간간히 낄낄거리며 웃기까지 했죠. 그 모습이 너무 무서워 저는 완전히 기가 죽고 말았습니다.

제가 물었습니다.

'원하시는 게 뭡니까?'

'우리를 방문한 그리스인 신사에게 몇 가지 질문을 하고 대답을 통역해주시면 됩니다. 통역을 하라고 한 내용만 말하시오. 아니면…….'

여기서 그는 다시 신경질적으로 낄낄거리고는 말을 이었습니다.

'차라리 태어나지 말걸 싶을 만큼 후회하게 만들어주지.'

남자는 그 말을 하면서 문을 열었습니다. 나타난 복도를 통해 웬 방으로 들어갔는데, 이번에도 불이라고는 밝기를 반쯤 낮춘 등불 하나뿐이라 잘 보이지는 않았지만 호사스러운 방이었습니다. 크기도 넓었고 양탄자에 발이 푹 빠지는 걸로 보아 얼마나 돈을 들여 꾸몄는지 알 수 있었죠. 벨벳을 씌운 의자들과 꽤 높은 위치에 달린 하얀 대리석 벽난로 선반이 눈에 들어왔습니다. 방 한쪽에는 일본 무사의 갑옷 같은 것도 있었죠.

등불 바로 아래 의자가 하나 있었습니다. 나이 많은 남자가 손짓으로 의자에 앉으라고 하더군요. 래티머 씨는 우리만 두고 자리를 떴다가 잠시 후 헐렁한 가운을 입은 신사와 함께 다른 문으로 돌아왔습니다. 신사는 느릿느릿 우리를 향해 걸어왔죠. 어둑하게 방을 밝히는 빛의 원 속으로 들어와 모습이 뚜렷하게 보인 순간 기겁했습니다. 시체처럼 창백하고 수척하더군요. 툭 튀어나와 형형하게 빛나는 두 눈에서 육신의 힘은 소진되었으나 강력한 정신력으로 버티고 있음을 눈치챌 수 있었습니다. 그런데 다른 무엇보다도 충격적인 것은 남자의 얼굴에 붙은 반창고였습니다. 기괴해 보일 정도로 많은 반창고가 얼굴 이곳저곳에 붙어 있었는데, 제일 큰 반창고가 입까지 덮고 있었습니다.

'석판 가져왔나, 해럴드?'

기괴한 모습의 남자가 의자에 쓰러지듯 털썩 앉자 나이 많은 남자가 소리쳐 물었습니다.

'손을 풀어줬지? 그럼 이제 연필을 줘. 당신은 이제부터 질문을 통역하시오, 멜라스 씨. 그러면 저 사람이 대답을 쓸 겁니다. 일단 서류에 서명할 준비가 되었는지 물어보시오.'

제가 통역하자 그 남자의 눈이 불처럼 타올랐습니다.

'절대.'

남자는 그리스어로 이렇게 썼습니다.

'어떤 조건이라도?'

저는 폭군의 요구로 다시 물었습니다.

'내가 아는 그리스 사제의 집전으로 그녀가 내 앞에서 결혼식

을 올린다는 조건이라면.'

그러자 늙은 남자가 사악하게 낄낄거렸습니다.

'그 후에 네가 무슨 일을 겪을지는 상관없고?'

'내가 어떻게 되든 상관없어.'

반은 말로 반은 글로, 우리는 이런 식의 대화를 주고받았습니다. 뜻을 굽히고 서명을 하라는 말을 몇 번이나 통역했습니다. 그때마다 분노에 찬 남자의 대답은 똑같았습니다. 그때 좋은 생각이 떠올랐습니다. 질문을 할 때마다 짧은 문장을 하나씩 덧붙이는 거죠. 처음에는 별 뜻도 없는 간단한 문장이었습니다. 저를 데려온 남자들이 제가 질문을 하나씩 덧붙인다는 사실을 알아차리는지 확인하느라고요. 그들이 알아차린 기색이 없자 저는 좀더 위험한 게임을 시작했습니다. 우리는 이런 식으로 대화했습니다.

'이렇게 고집을 피워봐야 소용없어. 누구지?'

'상관없어. 런던에는 아는 사람이 없다.'

'이게 다 네가 초래한 일이야. 여기에 얼마나 있었나?'

'그렇다면 그렇겠지. 삼 주.'

'그 재산은 결코 네 것이 될 수 없어. 무슨 짓을 당하는가?'

'악당의 손에도 들어가지 않겠지. 굶고 있다.'

'서명만 하면 풀어주겠다. 여기는 누구 집?'

'절대 서명하지 않겠다. 모른다.'

'이래봤자 그녀에게는 아무 도움도 되지 않아. 이름?'

'그녀가 직접 내게 말하게 해. 크라티데스.'

'서명을 하면 만날 수 있을 거야. 어디서 왔나.'

'절대 그녀를 다시 볼 수 없겠군. 아테네.'

대화를 오 분만 더 이어갔다면 저는 감시하는 남자들 코앞에서 모든 사실을 알아낼 수 있었을 겁니다, 홈스 씨. 질문을 하나만 더 하면 모든 사실을 명확하게 파악할 수 있던 찰나에 문이 열리면서 어떤 여자가 들어왔습니다. 어두워서 자세히 보지는 못했지만 키가 크고 기품이 있었습니다. 검은 머리카락에 희고 헐렁한 드레스를 입고 있었습니다.

'해럴드!'

그녀는 외국어 억양이 강한 영어로 남자를 불렀습니다.

'더이상 혼자는 못 있겠어요. 너무 외로워요. 거기에 있는 거라고는……. 오, 세상에, 폴!'

그녀의 마지막 말은 그리스어였습니다. 그 순간 남자는 입에 붙여놓은 반창고를 잡아 뜯고 소리쳤습니다.

'소피! 소피!'

그리고 그녀를 와락 끌어안았죠. 하지만 두 사람의 포옹은 오래가지 못했습니다. 젊은 남자가 여자를 붙잡고 억지로 방에서 데리고 나갔기 때문입니다. 늙은 남자는 수척할 대로 수척해진 남자를 쉽게 제압해 다른 문으로 끌고 나갔습니다. 잠시 저는 방에 혼자 남겨졌습니다. 문득 이 집이 어떤 곳인지 알아내야 한다는 생각에 벌떡 일어났습니다. 하지만 제 생각을 실행에 옮기지 않아 천만다행이었죠. 고개를 돌려보니 늙은 남자가 문가에서 저를 노려보고 있었거든요.

'이제 끝났소, 멜라스 씨. 우리가 아주 개인적인 일 때문에 은밀하게 당신을 데려왔다는 사실을 이해했으리라 생각하오. 협상을 시작할 때는 그리스어를 할 수 있는 동료가 하나 있었는데 어쩔 수 없이 고국으로 돌아가게 되었소. 그렇지만 않았다면 굳이 당신을 데려올 필요가 없었을 거요. 그를 대신해줄 사람이 꼭 필요했는데 마침 당신 실력에 대해 소문을 들어 천만다행이었소.'

저는 고개를 꾸벅 숙였습니다. 그는 내게 다가오면서 말했습니다.

'금화로 오 파운드를 주겠소. 이 정도면 사례비로 충분하겠지.'

그는 제 가슴팍을 툭툭 때리고 낄낄거리며 말을 이었습니다.

'명심하시오. 만약 이 일을 다른 사람에게, 단 한 명에게라도 털어놓았다가는 신에게 자비를 구해야만 할 거요!'

보잘것없는 외모의 그 남자에게서 제가 얼마나 무시무시한 증오와 공포를 느꼈는지 이루 말할 수가 없습니다. 불빛 아래라 그의 이목구비가 좀더 또렷하게 보이더군요. 얼굴은 꼭 아픈 사람 같았고 안색도 누르스름했죠. 작고 뾰족한 턱수염은 푸석푸석하고 가늘었습니다. 얼굴을 앞으로 쑥 내밀고 말을 하는데 무도병에 걸린 사람처럼 입술과 눈꺼풀을 계속 씰룩거리더군요. 신경계에 문제가 있어서 발작적으로 낄낄거리며 괴상하게 웃는 것이 아닌가 하는 생각이 슬그머니 들었습니다. 그 얼굴이 뼛속까지 무시무시한 공포를 불러일으킨 것은 두 눈 때문이었습니다. 잿빛 눈동자가 얼음처럼 차갑게 번뜩였죠. 눈 깊은 곳에는 악의로 가득찬 무자비한 잔인함이 도사리고 있었습니다.

'당신이 이 일을 발설하는 순간 우리도 알게 된다는 점을 명심해요. 우리도 소식통이 있거든. 자, 마차를 대기시켜놓았소. 내 친구가 배웅해줄 거요.'

저는 서둘러 그 집을 걸어 나와 마차에 탔습니다. 나오는 길에 힐끗 나무들과 정원을 보았죠. 래티머 씨가 제 뒤를 바짝 따라오더니 말없이 맞은편에 자리를 잡고 앉았습니다. 우리는 아무도 말문을 열지 않은 채 한참 동안 종이로 창문을 가린 마차를 타고 있었습니다. 마침내 자정을 넘기고서야 마차가 멈췄습니다.

'멜라스 씨, 여기서 내리시죠. 집에서 멀리 떨어진 곳이라 죄송합니다. 하지만 방법이 없군요. 마차를 뒤쫓으려고 해봤자 당신만 다칠 겁니다.'

그는 마차의 문을 열었습니다. 제가 내리자마자 마부가 곧장 말에게 채찍을 휘둘렀고 마차는 그대로 떠나버렸죠. 당혹감에 휩싸인 저는 주위를 둘러보았습니다. 제가 내린 곳은 공터였습니다. 주위는 온통 히스꽃이 피어 있고 군데군데 시커멓게 가시금작화 덤불이 자라났죠. 2층 창에 불이 켜진 집들이 멀리에 군데군데 보였습니다. 불이 켜진 모양을 보니 줄지어 서 있더군요. 반대편으로 시선을 돌리니 철길의 붉은 신호등이 눈에 들어왔습니다.

저를 태우고 온 마차는 보이지도 않았습니다. 어딘지 궁금해하면서 주위를 두리번거렸죠. 그런데 어둠 속에서 누가 저를 향해 걸어오는 게 아니겠습니까. 이윽고 제 앞에 나타난 남자는 철도역의 짐꾼이었습니다.

'실례지만 여기가 어딥니까?'

'원즈워스 공원입니다.'

그 사람이 알려주더군요.

'지금 런던으로 가는 기차를 탈 수 있습니까?'

'이 킬로미터 정도 걸으면 클래펌 환승역이 나옵니다. 지금

걸어가면 빅토리아 역으로 가는 막차 시간에 딱 맞춰서 도착할 겁니다.'

그렇게 모험은 끝이 났습니다, 홈스 씨. 이 일에 대해 누구와 의논을 해야 할지, 한다면 방금 들려드린 이야기 외에 또 무엇을 말할 수 있을지 모르겠습니다. 다만 어딘가에서 끔찍한 일이 일어나고 있다는 사실은 압니다. 할 수만 있다면 그 불행한 남자를 돕고 싶습니다. 그 일이 있은 다음날 아침 마이크로프트 홈스 씨에게 모든 이야기를 털어놓고 경찰에도 신고했습니다."

우리는 이 희한한 이야기를 다 듣고도 한동안 말없이 가만히 앉아 있었다. 마침내 홈스가 맞은편의 형을 보며 물었다.

"어떤 조치를 취했지?"

마이크로프트는 곁탁자에 펼쳐진 《데일리 뉴스》를 집어 들었다.

"'아테네에서 왔으며 영어를 못 하는 폴 크라티데스라는 그리스 신사의 소재를 제보해주시는 분에게 사례함. 소피 크라티데스라는 이름의 그리스 여성에 대한 정보를 제공해주시는 분에게도 비슷한 금액으로 사례함. X.2473.'

모든 일간지에 이런 광고를 실었지만 제보가 없구나."

"그리스 공사관은 어때?"

"문의해봤지. 그 사람들은 아무것도 몰라."

"그렇다면 아테네 경찰청에 전보를 보내야지."

그 말에 마이크로프트가 나를 돌아보았다.

"우리 집안의 행동력은 모두 셜록이 물려받았죠. 꼭 이 사건을 맡아줬으면 한다. 좋은 소식이 있으면 알려주고."

홈스가 자리에서 일어나며 대답했다.

"좋아. 형에게 알려주지. 멜라스 씨에게도 말입니다. 그런데 멜라스 씨, 제가 당신이라면 단단히 조심하겠습니다. 그자들이 광고를 보면 당신이 배신했다는 사실을 바로 알아차릴 테니까요."

클럽에서 나와 집으로 오는 길에 홈스는 전신국에 들러 전보를 몇 통 보냈다.

"이봐, 왓슨. 우리가 저녁 시간을 허비한 건 아닌 것 같네. 내가 맡았던 굉장히 흥미로운 사건 몇 건은 마이크로프트 형을 통해 들어왔거든. 지금 우리가 들은 사건에는 독특한 특징이 여럿 있네. 이러니저러니 해도 진상은 단 한 가지뿐이지만."

"해결할 수 있을 것 같나?"

"여기까지 알아냈는데 나머지를 밝혀내지 못하면 그게 더 신기한 일이지. 지금까지 들은 사실들을 조리 있게 설명할 수 있는 가설 하나 정도는 생각했지?"

"대충 세워뒀지."

"그래? 어떤 가설인데?"

"그리스 여인을 해럴드 래티머라고 하는 영국 남자가 끌고 왔을 걸세."

"끌고 오다니 어디에서?"

"아테네겠지."

셜록 홈스는 고개를 흔들며 반박했다.

"래티머라는 남자는 그리스어를 한마디도 못 하는 반면 그 여인은 영어가 상당히 유창했지. 그러므로 그녀는 영국에 거주한 경험이 있지만 그는 그리스에 한 번도 가지 않은 게 분명하네."

"그렇다면 해럴드라는 남자가 영국을 방문한 그녀에게 도망쳐서 같이 살자고 꼬드겼다고 생각할 수 있겠군."

"그럴 가능성이 높지."

"친오빠가 그걸 막으려고 그리스에서 왔을 거라네. 내 생각엔 그 남자가 여자와 혈연관계일 것 같거든. 그는 무모하게 굴다가 젊은이와 공범인 늙은 남자의 손아귀에 걸려든 거야. 그들은 그를 납치해서 여인의 재산을 넘긴다는 서류에 서명하도록 폭력을 행사하고 있어. 아마도 오빠가 재산의 신탁관리인일 테지. 그 남자는 서명을 완강하게 거부하고 있고. 그와 협상을 하기 위해 공범들은 통역사가 필요했어. 이미 다른 통역사를 고용했었지만 후에 멜라스 씨를 쓰게 된 거야. 그 여자에게는 오빠가 온 사실을 알리지 않았는데 정말 우연히 알게 되었지."

"훌륭해, 왓슨. 자네라면 진상을 거의 알아차렸을 거라고 생각했네. 자네도 우리에게 모든 패가 다 들어왔다는 걸 알겠지. 우리는 그쪽에서 갑자기 난폭한 짓을 저지르는 것만 조심하면 돼. 시간만 허락한다면 그들을 잡을 수 있네."

"멜라스 씨가 다녀온 집의 위치는 어떻게 알아내지?"

"우리 짐작이 틀리지 않았고 그 여자의 이름 혹은 과거 이름이 소피 크라티데스라면 쉽게 추적할 수 있을 거라네. 이게 우리의 가장 큰 희망이지. 왜냐하면 그녀의 오빠에 대해서는 아무것도 모르니까. 해럴드라는 자가 소피라는 아가씨와 사귄 후로 얼마간 시간이 흘렀을 거야. 적어도 몇 주는 사귀었겠지. 그 정도 시간이 흐른 후에야 그리스에 있는 친오빠가 소식을 듣고 영국으로 왔을 테니까. 만약 이 기간 동안 그들이 같은 곳에 머물렀다면 마이크로프트가 낸 광고를 보고 연락을 하는 사람이 분명히 있을 거야."

우리는 베이커 스트리트로 오는 내내 사건에 대한 이야기를 나누었다. 홈스가 먼저 계단을 올라갔다. 그런데 문을 열고 집으로 들어간 그가 깜짝 놀라 소리를 질렀다. 그의 어깨 너머로 보인 풍경에 나 또한 깜짝 놀랐다. 마이크로프트 홈스가 안락의자에 앉아 담배를 피우고 있으니 왜 아니겠는가.

"얼른 들어와라, 셜록. 박사도 들어오시오."

그는 깜짝 놀란 우리를 보고 미소를 지으며 아무렇지도 않게 말했다.

"내게 이런 행동력이 있을 줄은 너도 몰랐겠지, 셜록? 이번 사건이 어쩐지 마음이 쓰여서 말이야."

"여기는 어떻게 온 거야?"

"마차를 타고 먼저 와 있었다."

"새로운 소식이라도 있었어?"

"광고를 보고 누가 연락을 했지."

"아하!"

"네가 가고 몇 분도 안 돼서 연락이 왔더구나."

"진전이 있었어?"

마이크로프트 홈스는 종이 한 장을 꺼냈다.

"여기 있어. 질 좋은 크림색 종이에 J펜으로 썼더구나. 제보자는 건강이 좋지 않은 중년 남자야. 편지를 읽어주마.

'안녕하십니까. 귀하가 오늘 날짜로 낸 광고를 보고 제보합니다. 문제의 아가씨를 잘 알고 있습니다. 저를 찾아와주신다면 그녀의 고통스러운 과거에 대해 자세한 이야기를 들려드릴 수 있습니다. 그녀는 지금 베커넘에 있는 더 머틀스 저택에서 지내고 있습니다. J. 대븐포트.'

로워브릭스턴에서 보낸 편지야. 지금 당장 그를 찾아가서 자세한 이야기를 들어봐야 할 것 같지 않니, 셜록?"

"아가씨의 사연보다 오빠의 목숨이 더 중요하지. 런던 경찰청으로 가서 그레그슨 경위를 데리고 곧장 베커넘으로 가는 게 좋을 것 같아. 남자의 목숨이 경각에 달려 있으니 한시도 허비할 수가 없지."

"가는 길에 멜라스 씨도 모시고 가면 어떨까? 통역사가 필요할 테니 말이야."

내가 말했다.

"훌륭한 생각이군! 사환 소년에게 사륜마차를 잡아두라고 하게. 당장 출발해야 하니까."

나는 홈스가 책상 서랍을 열어 권총을 꺼내 주머니에 집어넣는 모습을 놓치지 않았다. 내 시선을 알아차린 그가 말했다.

"지금까지 상황을 종합해보면 악랄하고 위험한 악당들을 상대해야 할 것 같네."

우리가 폴 몰의 멜라스 집에 도착했을 때는 날이 어두워진 후였다. 그런데 어떤 남자가 그를 찾아왔고 우리가 오기 좀 전에 두 사람이 함께 나갔다는 것이 아닌가.

"어디로 갔는지 아십니까?"

마이크로프트 홈스가 물었다.

“몰라요. 마차를 타고 온 신사와 함께 갔다는 것밖에는요.”

우리에게 문을 열어준 여자가 대답했다.

“그 신사가 이름을 밝혔습니까?”

“아니요.”

“혹시 키가 크고 잘생긴 외모에 피부가 거무스름한 젊은 남자 아닙니까?”

“아뇨, 방금 온 남자는 덩치가 작고 안경을 쓰고 얼굴이 홀쭉했어요. 그리고 뭐가 그리 기쁜 일이 있는지 말을 하는 내내 낄낄거리며 웃더군요.”

대답을 듣자마자 셜록이 다급하게 소리쳤다.

“어서 갑시다!”

홈스는 런던 경찰청으로 달리는 마차에서 말했다.

“상황이 심각해지고 있어! 그자들이 멜라스 씨를 잡아갔어. 그는 완력을 쓸 용기라고는 없는 남자야. 지난밤에 그를 데려갔을 때 이미 그 사실을 알아챘겠지. 멜라스 씨는 악당을 보자마자 공포에 압도되었어. 통역이 필요해져서 데려갔겠지만 볼일이 끝나면 배신을 했다는 이유로 앙갚음을 할 게 분명하네.”

우리는 최대한 빨리 기차를 타서 멜라스 씨가 타고 간 마차와 동시에 혹은 그보다 먼저 베커넘에 도착하기만을 바랐다. 하지만 런던 경찰청에 도착한 후 그레그슨 경위를 만나 그 집에 들어갈 수 있는 영장을 받아내느라 한 시간도 넘게 허비하고 말았다. 우리가 런던 브리지에 도착한 시각은 9시 50분, 기차를 타고 베커넘 역에 내린 시각은 새벽 3시 반이었다. 우리는 마차로 일 킬로미터쯤 달려서 더 머틀스에 도착했다. 더 머틀스는 도로와 닿아 있지 않고 사유지에 둘러싸인 큰 저택으로 어둠에 묻혀 있었다. 저택의 대문에서 우리는 마차를 먼저 보내고 진입로를 따라 걸었다. 경위가 말했다.

"창문이 전부 컴컴하군요. 빈집 같은데요."

홈스가 말했다.

"새들은 벌써 떠나고 빈 둥지만 남았군요."

"어떻게 아십니까?"

"짐을 가득 실은 마차가 이 길을 지나간 지 한 시간도 되지 않았거든요."

홈스의 대답에 경위가 웃음을 터뜨렸다.

"저도 정문 불빛에 마차의 바큇자국을 봤습니다. 짐을 실었다는 건 어떻게 아십니까?"

"같은 바퀴가 반대 방향으로 남긴 자국도 보셨을 겁니다. 그런데 바깥으로 나가는 바큇자국이 훨씬 더 깊이 패었죠. 마차에 상당한 무게가 더해졌다고 단언할 수 있을 정도로 깊게 패었습니다."

경위는 어깨를 으쓱하며 말했다.

"저보다 한 수 위로군요. 억지로 들어갈 수 있는 문이 아닐 듯 합니다. 문을 열어줄 사람이 있는지부터 확인해보죠."

그는 문을 세게 두드린 후 종을 울렸다. 하지만 아무도 나오지 않았다. 홈스가 슬며시 자리를 떴다가 잠시 후 돌아왔다.

"창문을 하나 열었습니다."

"당신이 적이 아니라 같은 편이라 천만다행입니다, 홈스 씨."

그레그슨 경위는 홈스가 창문 안쪽 걸쇠를 재주 좋게 뒤로 젖혀 창을 열어놓은 것을 눈여겨보았다.

"상황이 상황이니만큼 대답을 기다리지 말고 그냥 들어가는 게 좋겠군요."

우리는 차례로 넓은 저택으로 들어갔다. 멜라스가 불려갔다는 집이 분명했다. 경위가 가져온 등에 불을 밝혔다. 그 불빛에 문 두 개와 커튼, 등, 멜라스가 말했던 일본 무사의 갑옷이 보였다. 탁자에는 잔 두 개와 텅 빈 브랜디병, 먹다 남긴 음식이 있었다.

"뭐지?"

홈스가 돌연 말했다.

우리 모두는 우뚝 멈춰 서서 가만히 귀를 기울였다. 머리 위쪽 어디에선가 가느다란 신음 소리가 들렸다. 홈스는 문으로 뛰어가 곧장 홀로 나갔다. 불길한 소리는 위층에서 들려왔다. 홈스가 앞장서서 계단을 뛰어 올라갔고 그 뒤를 경위와 내가 뒤따랐다. 육중한 몸집의 마이크로프트는 나름대로 빠르게 우리를 따라왔다.

2층으로 올라가니 눈앞에 문 세 개가 보였다. 문제의 소리는 가운데 문에서 들렸다. 신음 소리는 힘없이 중얼거리는 소리로 잦아들었다가 새된 울음소리로 바뀌곤 했다. 방문은 잠겨 있었지만 열쇠가 바깥에 꽂혀 있었다. 홈스가 문을 활짝 열고 안으로 뛰어들었다. 하지만 이내 손으로 목을 감싸쥔 채 튀어나왔다.

"숯을 피웠습니다! 잠시 기다립시다. 연기가 빠질 때까지."

홈스가 소리쳤다.

침침하고 푸른 불길만이 방안을 밝혔다. 방 한가운데 세워놓은 놋쇠로 된 작은 삼발이 화로에서 푸른 불이 타고 있었다. 그 불이 바닥에 부자연스러운 납빛 원을 만들었다. 원 너머, 빛이 닿지 않아 컴컴한 곳에 웅크린 사람 형체가 흐릿하게 보였다. 몸을 웅크린 두 사람은 벽에 기대 있었다. 문을 열자 무시무시한 유독성 연기가 뭉게뭉게 빠져나왔다. 그 바람에 우리는 숨을 헐떡이며 기침을 잔뜩 했다. 홈스는 계단 꼭대기로 달려가 신선한 공기를 한껏 마셨다. 그리고 방으로 뛰어들어 창문을 열고

화로를 정원으로 던져버렸다.

"조금만 기다리면 들어갈 수 있습니다."

그가 숨을 헐떡이며 밖으로 튀어나왔다.

"양초는 없나? 하기야 이런 공기 속에서 성냥에 불을 붙일 수나 있을지 모르겠군. 형, 등불을 문에 바짝 대고 있어. 우리가 두 사람을 데리고 나올 테니까. 지금이야!"

우리는 득달같이 뛰어 들어가 유독가스를 마신 두 사람을 끌고 불이 켜진 홀로 나왔다. 두 사람 모두 입술이 파랗게 질렸고 의식이 없었다. 얼굴은 퉁퉁 붓고 피멍이 들었고 두 눈이 돌출된 상태였다. 얼굴이 어찌나 일그러져 있었는지 검은 수염과 땅딸막한 체구가 아니었다면 두 사람 중 한 명이 고작 몇 시간 전에 디오게네스 클럽에서 헤어진 그리스어 통역사라는 사실을 알지 못했을 것이다. 그의 양손과 두 발은 단단히 묶여 있었고 한쪽 눈에는 심하게 얻어맞은 흔적이 남아 있었다. 비슷하게 결박되어 있는 다른 사람은 키가 크고 극도로 수척해진 남자였다. 얼굴 여기저기에는 반창고들이 흉측하게 붙어 있었다. 그는 우리가 방밖으로 옮긴 직후부터 더이상 신음 소리를 내지 않았다. 나는 그를 보자마자 이미 도울 길이 없다는 사실을 알 수 있었다. 그러나 멜라스는 아직 숨이 붙어 있었다. 한 시간도 지나지 않아 암모니아와 브랜디의 도움으로 그가 눈을 떴다. 그제야 나는 세상의 모든 길이 만나는 어둠의 골짜기에서 내 손으로 그를 끌어냈다는 사실을 깨닫고 안심했다.

그가 들려준 단순한 이야기는 우리의 추측을 확인해주는 것에 불과했다. 그를 찾아왔던 늙은 남자는 멜라스의 집으로 들어오자마자 납을 채워 넣은 곤봉을 소매에서 꺼냈다. 멜라스는 죽음을 피할 수 없으리라는 예감에 완전히 겁에 질렸고, 그 덕분에 남자는 멜라스를 다시 끌고 갈 수 있었다. 늘상 낄낄거리는 그 악당이 불쌍한 통역사에게 거의 최면에 가까운 영향을 주어서, 멜라스는 두 손을 벌벌 떨며 얼굴에 핏기가 싹 가신 채 겨우 그자 이야기를 했다. 이후 순식간에 베커넘으로 끌려간 그는 두 번째로 통역을 하게 되었다. 처음보다 더 극적인 자리였다. 두 영국인이 자신들이 감금한 남자를 향해 당장 죽이겠다고 위협했기 때문이다. 결과적으로 그들은 남자가 어떤 위협에도 굴복하지 않으리라는 사실을 깨닫고 다시 감금한 뒤, 신문광고를 보았다며 멜라스를 비난하고는 곤봉으로 기절시켰다. 그는 그 후부터 의식을 회복해 자신의 몸상태를 살피는 우리를 볼 때까지의 일을 전혀 기억하지 못했다.

그리스어 통역사가 겪은 이 기묘한 모험에는 아직도 풀리지 않은 수수께끼가 남아 있다. 우리는 신문광고를 보고 제보를 한 신사 덕분에 그 가련한 아가씨가 그리스의 부유한 가문 출신이라는 사실을 알아냈다. 그녀는 영국에 사는 친구들을 만나러 왔다가 해럴드 래티머라는 젊은 남자를 알게 되었다. 이내 그녀를 입맛대로 주무를 수 있게 된 그자는 함께 달아나자고 꼬드겼고, 그녀의 친구들은 이 일에 충격을 받아 아테네에 있는 그녀의 오빠에게 사정을 전하는 것을 끝으로 손을 완전히 떼버렸다.

한편 그녀의 오빠는 영국에 도착해 무모하게 움직이다가 래티머와 공범의 손아귀에 떨어지고 말았다. 윌슨 켐프라는 공범은 악질 중의 악질이었다. 두 악당은 그녀의 오빠가 영어를 한 마디도 못 하기 때문에 도움을 요청할 수 없다는 사실을 알고는 감금한 후 굶기고 잔인하게 폭행하며 그와 여동생의 재산을 넘긴다는 서류에 서명하도록 강요했다. 둘은 동생 몰래 오빠를 한 집에 감금한 상태였는데 오빠의 얼굴에 반창고를 발라서 혹시 마주치더라도 그녀가 알아보지 못하도록 했다. 하지만 그녀는 여자의 감으로 보자마자 오빠를 알아보았다. 그날이 바로 멜라스가 처음 그곳에 불려간 날이었다. 그녀 또한 저택에 감금된 것이나 다름없었다. 그 집에는 마부로 위장했던 남자와 그 아내밖에 살지 않았으며 그들 또한 음모에 가담한 자들이었기 때문이다. 두 악당은 비밀이 발각된 것을 알아차렸다. 거기다 자신들이 감금한 남자가 도무지 뜻을 굽히려 하지 않자 배신한 통역사와 더불어 남자에게 복수를 했다. 그리고 가구 딸린 셋집에서 아가씨를 데리고 도주해버렸다.

몇 달 후 신문에서 잘라낸 묘한 기사가 부다페스트에서 우리에게 도착했다. 영국 남자 두 명의 비극적인 종말에 대한 기사였다. 여자 한 명과 여행중이던 그 둘은 모두 칼에 찔렸는데, 헝가리 경찰은 그들이 다투다가 결국 칼부림이 났고 그 와중에 서로에게 치명적인 상처를 입혔을 것이라고 발표했다. 하지만 홈스의 생각은 달랐다. 그는 지금도 그 그리스 여인을 만날 수만 있다면 자신과 오빠의 원수에게 어떻게 복수를 마쳤는지 알 수 있을 거라고 믿고 있다.

해군 조약문

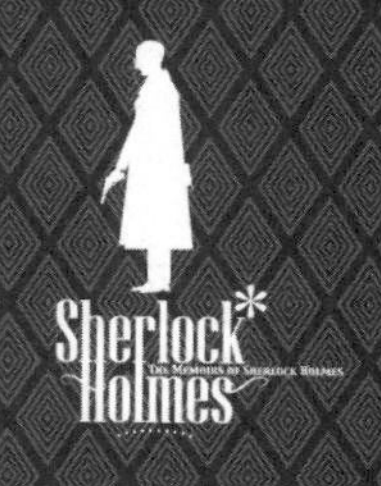

결혼한 직후 맞이한 칠월은 유독 기억에 남는다. 셜록 홈스의 친구라는 특권과 그의 수사법을 연구하는 특권을 동시에 누릴 수 있는 흥미진진한 사건을 연달아 세 건이나 겪었기 때문이다. 그 사건들은 내 수첩에 '두 번째 얼룩'과 '해군 조약문', '지친 대령의 모험'이라는 제목으로 기록되었다. 이 가운데 첫 번째 사건은 매우 중대한 이해관계가 얽혔고 왕국의 명망 있는 가문들이 상당히 연루됐기 때문에 아마 오랫동안 공개할 수 없을 것이다. 그렇지만 홈스가 관여했던 사건들 중 이 사건만큼 그의 분석적 추리법의 가치가 극명하게 드러나거나 그와 관계된 사람들에게 깊은 인상을 남긴 사건도 또 없다. 나는 파리 경찰청의 므시외 뒤뷔크와 폴란드 단치히의 유명한 범죄 전문가인 프리츠 폰발트바움을 만난 자리에서 홈스가 사건의 진상을 명명백백하게 밝히던 것을 그대로 기록한 보고서를 간직하고 있다. 두 사람은 지엽적인 사안을 파헤치고 있던 것이 판명나 헛고생을 한 격이 되었다. 이 사건을 후련하게 털어놓으려면 다음 세기까지 기다려야 할 것이다. 그러므로 나는 두 번째 사건부터 이야기하겠다. '해군 조약문' 사건 역시 국가적으로 중대한 사안과 관련되었으며 특이한 일들이 연달아 일어났다는 점에서 특별한 사건이기 때문이다.

학창 시절 나는 퍼시 펠프스라는 친구가 있었다. 이 친구는 나보다 두 학년 위였지만 나이는 동갑이었다. 훌륭한 학생이었던 그는 학교에서 주는 상이란 상은 모두 탔으며 졸업할 때는 장학금을 받는 조건으로 케임브리지 대학에 진학해, 그곳에서도 승승장구하며 두각을 나타냈다. 내가 기억하기에 그는 인맥도 좋았다. 꼬마일 때부터 우리는 그의 외삼촌이 보수당의 유력 정치가인 홀드허스트 경이라는 사실을 알았다. 사실 학교에서는 이런 막강한 연줄이 크게 소용없었다. 오히려 온 운동장에서 그를 쫓아다니고 크리켓 도구로 그의 정강이를 때려도 되는 고약한 핑곗거리로 작용했다. 그러나 학교를 떠나 사회로 나가자 상황은 달라졌다. 그의 재능과 인맥으로 외무부에 좋은 자리를 얻었다는 소문이 어렴풋이 들려왔다. 그 후 나는 그를 완전히 잊고 살았는데 한 통의 편지가 기억을 되살려주었다.

워킹, 브라이어브레이 저택에서

왓슨에게

'올챙이' 펠프스를 아직도 기억하겠지. 자네가 3학년일 때 5학년이었던 펠프스 말일세. 내가 외삼촌의 연줄로 외무부의 좋은 자리에 취직을 했다는 소식도 들었을 거야. 그 자리에서 나는 지금껏 신임과 존경을 받았다네. 그런데 별안간 끔찍한 불운이 덮쳐와 경력이 박살날 위기에 처했지.

이 끔찍한 사건을 편지에 구구절절 써봤자 소용없을 거야. 자네가 내 부탁을 받아들여준다면 직접 들려주겠네. 나는 뇌염으로 아홉 주 동안 자리보전을 하다가 이제 회복중이라네. 하지만 여전히 쇠약한 상태야. 혹시 자네 친구인 홈스 씨와 함께 나를 만나러 와줄 수 있겠나? 이 사건에 대한 홈스 씨의 의견을 들어보고 싶네. 물론 경찰은 이제 더 할 수 있는 일이 없다고 장담하지만 말이야. 그분을 모시고 와주게. 최대한 빨리. 무시무시한 공포와 긴장 속에서는 일 분이 한 시간 같군. 그분께 꼭 전해주게. 내가 더 일찍 홈스 씨에게 조언을 구하지 않은 건 그분의 능력을 과소평가했기 때문이 아니야. 사건이 벌어진 후 제정신이 아니었기 때문이라네. 지금은 판단력을 되찾았어. 물론 병이 재발할까 두려워서 머리를 너무 사용하지 않으려고 애쓰고 있긴 하지만. 여전히 쇠약한 상태라 보다시피 이 편지도 다른 사람에게 받아 적게 했다네. 제발 홈스 씨를 모시고 와주게나.

자네의 옛 학우

퍼시 펠프스

편지를 읽는 내내 나는 마음이 아팠다. 몇 번이고 홈스를 데려와달라고 부탁하는 친구가 안쓰러웠던 것 같다. 아무리 까다로운 문제라 해도 도와주고 싶었다. 수사에 제 능력을 펼치는 것을 사랑하는 홈스 또한 의뢰인이 도움을 받고 싶어 하는 만큼 기꺼이 도울 준비가 되어 있을 게 분명했다. 아내 역시 이 문제를 한시바삐 홈스에게 알려야 한다는 데 동의했다. 나는 아침을 먹은 지 한 시간도 지나지 않아 베이커 스트리트의 옛 하숙집을 찾았다.

홈스는 실내복을 입은 채 작은 탁자 앞에 앉아 화학 실험에 열중하고 있었다. 분젠버너의 붉은 불꽃 위에 놓인 구부러진 커다란 증류기에서 액체가 격렬하게 끓고 증류된 액체 방울이 이 리터짜리 용기에 똑똑 떨어져 모이는 중이었다. 내가 방에 들어가도 홈스는 쳐다보지도 않았다. 중요한 실험 같아 나는 의자에 앉아 잠시 기다렸다. 그는 피펫으로 이 병 저 병에서 용액을 몇 방울씩 빨아들이더니 마침내 용액이 담긴 시험관을 탁자로 가져왔다. 오른손에 리트머스종이를 쥐고 있었다.

"결정적인 순간에 맞춰 왔군, 왓슨. 이 종이가 푸른색을 유지하면 달라질 건 아무것도 없네. 하지만 붉은색으로 변하면 그건 어떤 남자가 종신형을 받을 것을 의미하지."

홈스는 종이를 시험관 용액에 담갔다. 종이는 탁한 붉은색으로 변했다.

"흠! 그럴 줄 알았어! 잠깐만 기다려주겠나, 왓슨. 페르시아 실내화에 담배가 있을 거야."

책상 쪽으로 몸을 돌린 홈스는 전보문을 후다닥 쓰더니 사환 소년을 불러 건넸다. 그러고서야 내 맞은편 의자에 털썩 앉고는 무릎을 들어올려 가늘고 긴 정강이를 손으로 감쌌다.

"평범하기 짝이 없는 살인 사건이지. 그런데 자네가 이보다 더 좋은 사건을 가져온 것 같군. 자네 주변에는 항상 사건이 일어나잖아, 왓슨. 이번에는 무슨 사건인가?"

나는 홈스에게 편지를 건넸다. 그는 정신을 집중해 꼼꼼하게 읽었다.

"편지에 적힌 내용으로는 알아낼 사실이 별로 없군, 그렇지?"

그가 내게 편지를 돌려주며 대답했다.

"거의 없다고 해야겠지."

"필적은 흥미롭군."

"필적은 내 친구의 것이 아니라네."

"그래, 이건 여자 글씨야."

"그럴 리가. 남자 글씨겠지!"

내가 외쳤다.

"아니야, 여자 필적이 분명해. 게다가 흔히 볼 수 없는 성품을 타고났다네. 수사를 시작하는 단계이니만큼 의뢰인이 자신에게 득이 될지 해가 될지 모르는 비범한 사람과 친밀한 관계를 맺고 있다는 사실을 알아두어야지. 벌써부터 이 사건에 흥미가 가는걸. 자네만 괜찮다면 당장 워킹으로 가서 지독한 사건에 휘말렸다는 외교관과 편지를 대필한 여인을 만나보세."

운 좋게도 우리는 워털루에서 아침 일찍 떠나는 기차를 탈 수 있었다. 한 시간이 조금 못 되어 전나무 숲과 헤더로 뒤덮인 워킹에 도착했다. 브라이어브레이는 역에서 몇 분만 걸으면 나오는 대저택으로, 방대한 부지에 우뚝 서 있었다. 우리는 명함을 건넨 후 곧장 응접실로 안내되었다. 우아하게 꾸민 방에서 잠시 기다리니 땅딸막한 체구의 남자가 나타나 우리를 반갑게 맞이했다. 그는 서른이 넘어 마흔 살에 가까워 보였지만 두 볼에 발그레 홍조가 돌고 두 눈이 유쾌하게 빛나 통통하고 장난기 많은 소년 같은 인상을 풍겼다.

그는 우리와 열렬하게 악수를 하며 인사를 했다.

"만나 뵙게 되어 정말 기쁩니다. 퍼시는 오전 내내 두 분이 언제 오느냐고 물었죠. 아, 불쌍한 친구. 그는 지금 지푸라기라도 잡고 싶은 심정일 겁니다. 그의 부모님이 내게 두 분을 맞아달라고 부탁하셨어요. 두 분은 문제를 이야기하는 것조차 힘들어하시거든요."

"자세한 이야기는 아직 못 들었습니다. 당신은 이 집안사람이 아닌 모양이군요."

홈스가 말했다.

남자는 순간 깜짝 놀란 듯했다. 잠시 후 아래를 힐끔 보고는 웃음을 터뜨렸다.

"로켓에 새겨진 J.H.를 보신 모양이군요. 난 또 대단한 추리를 하신 줄 알았네요. 저는 조지프 해리슨이라고 합니다. 퍼시가 제 동생인 애니와 결혼을 할 테니 저도 사돈으로서 가족이 될 거라 할 수 있겠죠. 동생은 퍼시의 방에 있을 겁니다. 지난 두 달 동안 정성을 쏟아 간호를 했죠. 그가 몹시 초조해하고 있으니 얼른 만나러 가는 게 좋겠습니다."

조지프 해리슨의 안내를 받아 들어간 방은 응접실과 같은 층에 있었다. 반은 침실, 반은 응접실로 꾸민 방안에는 구석마다 우아하게 꽂이 놓여 있었다. 얼굴이 핼쑥하고 핏기라고는 없는 젊은 남자가 창문 근처의 소파에 누워 있었다. 열어놓은 창문으로 정원의 진한 꽃향기와 포근한 여름 공기가 쏟아져 들어왔다. 남자 옆에 앉아 있던 여자가 방으로 들어서는 우리를 보더니 자리에서 일어났다.

"전 나가 있을까요, 퍼시?"

남자는 여자의 손을 꼭 쥐며 그대로 옆에 있게 했다. 그리고 우리를 향해 다정하게 인사했다.

"오랜만이야, 왓슨. 콧수염을 기르고 있군. 하마터면 못 알아볼 뻔했네만 그건 자네도 마찬가지겠지. 옆에 계신 분이 자네의 유명한 친구인 셜록 홈스 씨겠지?"

나는 간단하게 홈스를 소개한 후 함께 자리에 앉았다. 조지프 해리슨은 방을 나갔지만 그의 여동생은 자리를 지키며 펠프스의 손을 꼭 잡고 있었다. 그녀는 눈부신 미인이었다. 아담한 키에 어울리는 통통한 몸매에 올리브색 피부가 아름다웠고 이탈리아 사람처럼 눈이 크고 눈동자는 검은색이었다. 눈동자처럼 새카만 머리카락은 숱이 풍성했다. 생기 넘치는 그녀가 곁에 있으니 펠프스의 핏기 없는 얼굴은 더욱 초췌하고 지쳐 보였다.

펠프스는 소파에서 몸을 일으키며 본격적으로 이야기를 시작했다.

“시간 낭비하지 않겠습니다. 바로 본론으로 들어가죠. 홈스 씨, 저는 얼마 전까지만 해도 행복과 성공을 모두 거머쥔 남자였습니다. 그런데 결혼을 앞둔 어느 날 갑자기 덮쳐온 무시무시한 불행이 인생을 박살냈습니다.

왓슨이 말했겠지만, 저는 외무부에서 근무합니다. 외삼촌인 홀드허스트 경 덕에 빠르게 승진해 꽤 높은 자리까지 올라갔죠. 외삼촌께서 외무부 장관에 오르신 뒤 몇 가지 중요한 임무를 맡기셨는데, 훌륭하게 처리하여 능력과 수완을 인정받고 그분의 전폭적인 신뢰까지 얻게 됐죠.

거의 십 주가 다 되어가는군요. 정확히 지난 5월 23일이었습니다. 외삼촌이 저를 집무실로 부르셨습니다. 들어가자 지금까지 업무를 잘해왔다며 칭찬하시더군요. 그리고 중요한 임무를 또 하나 주셨습니다.

‘이건 영국과 이탈리아가 비밀리에 체결한 조약의 원문이다.’

외삼촌은 책상에서 돌돌 말린 청회색 종이를 꺼내셨습니다.

‘걱정스럽게도 이 조약에 대한 뜬소문이 벌써 언론에 흘러들어간 것 같구나. 조약에는 절대 새어 나가서는 안 되는 중대한 내용이 담겨 있다. 프랑스나 러시아 대사관은 조약의 내용을 입수할 수만 있다면 얼마든지 돈을 낼 용의가 있을 거다. 사본을 꼭 만들어놓아야 하지만 않았다면 이 문서를 절대 내 방에서 반

출하지 않았을 거다. 사무실에 개인 책상이 있겠지?'

'네.'

'그럼 이 조약문을 가져가서 책상 서랍에 넣고 자물쇠를 채워둬라. 다른 직원들은 퇴근하고 너만 야근을 할 수 있도록 미리 지시를 내려놓으마. 그래야 서류가 다른 사람의 눈에 띌 염려 없이 편안하게 사본을 만들 수 있을 테니 말이다. 사본을 완성하면 원본과 함께 책상 서랍에 넣고 다시 자물쇠를 채워두고, 내일 아침에 직접 가져오도록.'

그래서 저는 문서를 가지고……."

홈스가 끼어들었다.

"말씀하시는 중에 죄송합니다. 대화를 나누실 당시 집무실에는 장관님과 당신뿐이었습니까?"

"그럼요."

"방은 넓었고요?"

"가로세로 너비가 구 미터 정도 됩니다."

"방 한가운데서 말씀을 나누셨나요?"

"네, 그런 셈이죠."

"목소리는 낮추셨고요?"

"외삼촌은 목소리가 유독 낮으십니다. 저는 거의 말을 하지 않았고요."

"고맙습니다. 이야기를 계속하시지요."

홈스가 눈을 감으며 말했다.

"저는 외삼촌의 지시를 정확하게 따랐습니다. 일단 다른 직원들이 퇴근할 때까지 기다렸지요. 동료인 찰스 고로가 남은 일이 있다고 하기에 그를 사무실에 남겨두고 식사를 하러 나갔다 왔습니다. 돌아와보니 찰스는 퇴근한 후였지요. 저는 어서 작업을 시작하고 싶었습니다. 방금 만나신 해리슨 씨, 그러니까 조지프가 시내에 있었는데, 워킹에 11시 기차로 돌아간다는 사실을 알고 있었거든요. 가능하면 저도 그 기차를 타고 싶었죠.

조약문을 살펴보니 역시 대단히 중요한 내용이 담겨 있었습니다. 외삼촌의 말씀은 과장이 아니었죠. 자세한 이야기는 생략하겠지만 독일과 오스트리아, 이탈리아가 맺은 삼국동맹에 영국이 어떤 입장이며, 지중해에서 프랑스 함대가 이탈리아 함대를 완전히 압도할 경우 우리 나라가 어떤 정책을 택할지 암시하는 내용이었다는 정도로만 말해두겠습니다. 조약문에서 다루는 문제들은 모두 해군과 관련된 것들이었습니다. 협정의 맨 아래에는 양국 고위 인사들의 서명이 있었고요. 저는 문서를 빠르게 훑은 후 사본을 작성하기 시작했습니다.

문서는 프랑스어로 작성되었고 분량이 상당했습니다. 개별 조항이 스물여섯 개나 되었죠. 저는 최대한 빨리 베껴 적었지만

9시가 될 때까지 아홉 개 조항밖에 옮기지 못했습니다. 아무래도 11시 기차를 타기는 그른 것 같더군요. 설상가상으로 막 저녁을 먹은데다 그날의 업무로 피곤해서 졸리고 머리가 멍했습니다. 커피라도 마시면서 머리를 맑게 해야 할 것 같았죠. 수위는 계단 아래의 작은 수위실에서 밤새 당직을 섭니다. 야근을 하는 직원이 있으면 알코올램프로 커피를 끓여주지요. 그래서 저도 종을 울려서 그를 불렀습니다.

놀랍게도 제 호출을 받고 온 사람은 여자였습니다. 덩치가 크고 우락부락하게 생긴 중년 여성이었는데, 앞치마를 둘렀더군요. 수위의 아내고 잡일을 한다고 했습니다. 그래서 그녀에게 커피를 끓여달라고 부탁했지요.

그녀가 방을 나간 후 조항을 두 개 더 베꼈습니다. 점점 더 졸음이 쏟아져 잠을 깨보려고 자리에서 일어나 방안을 걸어 다니기도 했죠. 그런데 아무리 기다려도 커피를 가져오지 않는 겁니다. 왜 이렇게 늦어지는지 궁금하더군요. 무슨 일인지 알아보려고 사무실에서 나와 수위실로 향했습니다. 제가 근무하는 사무실에서 직선으로 죽 뻗은 복도에는 희미하게 불이 들어와 있었습니다. 밖으로 나가는 길은 그 복도가 유일합니다. 복도 끝까지 가면 곡선 계단이 나오고 계단을 다 내려가면 수위실이 나오죠. 내려가는 사이 계단 중간의 작은 층계참에서 오른쪽으로 갈

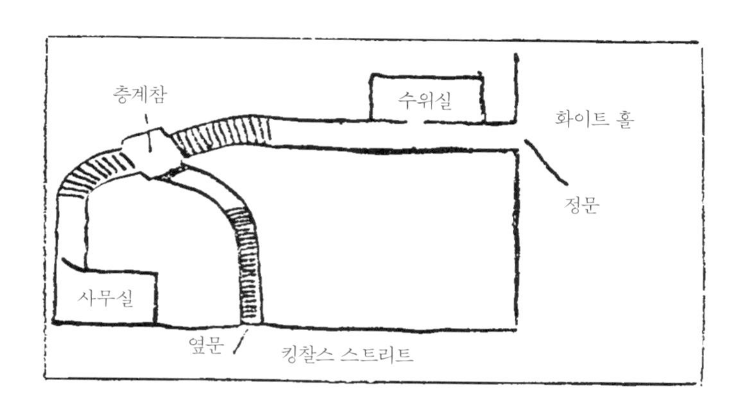

라지는 복도가 있는데, 이 복도를 따라가면 작은 계단이 나오고 그 끝에는 하인들이 사용하는 옆문이 있죠. 옆문으로 나가면 킹찰스 스트리트라 사무실 직원들은 지름길로도 사용합니다. 여기 간단하게 그려본 평면도입니다."

"고맙습니다. 설명을 잘 이해했습니다."

셜록 홈스가 말했다.

"이제부터 중요한 부분이니 잘 들어주세요. 저는 계단을 다 내려가서 수위실 복도로 들어갔습니다. 수위실에 가보니 수위가 세상모르고 잠들어 있더군요. 알코올램프에 올려놓은 주전자는 펄펄 끓고 있었습니다. 물이 넘쳐 흐르기에 저는 주전자를 내리고 알코올램프를 껐습니다. 그리고 손을 뻗어 곯아떨어진 수위를 깨우려던 참이었습니다. 갑자기 그의 뒤쪽에 달려 있던 종이 요란하게 울리는 겁니다. 그 소리에 수위가 깜짝 놀라 깨어났죠.

'펠프스 씨!'

화들짝 놀란 수위가 저를 바라보더군요.

'커피가 어떻게 되었나 보려고 왔네.'

'물을 끓이다가 그만 잠들어버렸군요.'

그는 나를 보던 시선을 들어 여전히 흔들리는 종을 바라보았죠. 그의 얼굴 위로 점점 당혹감이 번졌습니다.

'펠프스 씨가 여기에 계시면 종은 누가 울리는 겁니까?'

그가 이렇게 묻는 겁니다.

'종이라고! 무슨 종 말인가?'

제가 되물었습니다.

'근무하시는 방에 연결된 종 말입니다.'

순간 차가운 손이 제 심장을 움켜쥐는 것 같더군요. 책상에 귀중한 조약문을 펼쳐놓고 온 방에 누가 있다는 말이잖습니까. 저는 미친듯이 계단을 뛰어 올라가 사무실 앞 복도를 달려갔습니다. 홈스 씨, 복도에는 분명 아무도 없었습니다. 방에도 아무도 없었습니다. 제가 방을 나서기 전과 비교해 달라진 것은 아무것도 없었습니다. 책상에 펼쳐놨던 서류가 사라졌다는 사실을 제외하면요. 사본은 있었지만 원본은 사라지고 없었습니다."

홈스는 허리를 곧추세우고 똑바로 앉아 양손을 마주 비볐다. 방금 들은 사건에 마음을 빼앗긴 것이 분명했다.

"그래서 어떻게 하셨습니까?"

홈스가 물었다.

"도둑이 옆문과 연결된 계단으로 나갔을 거라는 생각이 퍼뜩 들더군요. 정문 쪽 복도로 왔다면 저와 마주쳤을 테니까요."

"말씀하셨던 사무실 앞의 어둑한 복도나 작업하시던 사무실에 도둑이 몸을 숨기고 있었을 가능성은 조금도 없습니까?"

"불가능한 일입니다. 사무실도 복도도 쥐새끼 한 마리 숨을 수 없습니다. 몸을 숨길 만한 것이 전혀 없으니까요."

"알겠습니다. 계속하시죠."

"제 얼굴에서 핏기가 싹 가시는 걸 보고 큰일이 났음을 알아챈 수위는 곧장 저를 따라왔습니다. 우리는 함께 복도를 달려서 킹찰스 스트리트로 이어진 가파른 계단을 뛰어 내려갔습니다. 계단 끝의 건물 옆문은 닫혀 있었지만 잠기지는 않았더군요. 우리는 문을 열어젖히고 거리로 뛰쳐나갔습니다. 바로 그때 근처 교회에서 십오 분마다 울리는 종이 세 번 울린 것을 또렷하게 기억합니다. 그때가 9시 45분이었던 거죠."

"중요한 사항이군요."

홈스가 셔츠 소매에 메모를 했다.

“그날 밤은 몹시 어두웠습니다. 따뜻한 비가 추적추적 내렸죠. 킹찰스 스트리트에는 아무도 없었지만 멀리 보이는 화이트홀은 평소처럼 마차로 북적거렸습니다. 우리는 모자도 쓰지 않은 채 킹찰스 스트리트를 따라 달렸습니다. 길 끄트머리의 한쪽 모퉁이를 돌아가니 경찰관이 서 있더군요.

제가 숨을 헐떡이며 말을 했습니다.

‘도둑이 들었습니다. 굉장히 중요한 문서를 외무부에서 도난당했어요. 혹시 이쪽으로 누가 지나가지 않았습니까?’

‘저는 여기 십오 분가량 서 있었습니다. 그동안 딱 한 명이 지나갔습니다. 키가 크고 페이즐리 무늬 숄을 걸친 늙은 여자였습니다.’

‘그 여자는 내 마누라입니다. 다른 사람은 없었습니까?’

수위가 물었습니다.

‘그 외에는 아무도 없었습니다.’

‘그럼 도둑놈이 반대편으로 간 게 분명합니다.’

수위가 제 소매를 잡아당기며 소리치더군요.

저는 그 말을 납득할 수 없었습니다. 어쩐지 그가 제 관심을 다른 쪽으로 돌리려는 것만 같아 의심스럽더군요.

‘그 여자는 어느 쪽으로 갔습니까?’

제가 소리쳐 물었습니다.

'잘 모르겠습니다. 지나가는 건 봤습니다만 딱히 눈여겨볼 이유는 없었거든요. 꽤 서두르는 기색이기는 했습니다만.'

'그게 언제쯤이었습니까?'

'어, 몇 분 되지 않았습니다.'

'오 분 이내입니까?'

'네, 오 분은 넘지 않았을 겁니다.'

'왜 이렇게 시간을 허비하십니까. 지금은 일 초도 아깝다고요. 제 마누라는 이 일과 아무 관계도 없습니다. 믿으셔도 돼요. 차라리 저쪽을 살펴보는 게 어떻겠습니까? 펠프스 씨가 가지 않으시겠다면 저라도 가죠.'

수위는 서둘러 반대편으로 달려갔습니다.

저는 곧장 그를 뒤따라가서 붙들어 세웠습니다.

'자네는 어디에 사나?'

제가 물었죠.

'브릭스턴의 아이비 레인 16번지에 삽니다. 제발 엉뚱한 생각은 하지 마세요, 펠프스 씨. 저쪽으로 얼른 가봅시다. 쓸 만한 이야기를 들을지 모르잖습니까.'

수위의 말대로 해서 더 잃을 것도 없었죠. 우리는 경관과 함께 서둘러 달려갔습니다. 하지만 그쪽은 지나다니는 마차도 많고 오고가는 행인들도 많았습니다. 모두들 집이든 어디든 밤새

비를 피할 곳으로 가느라 바빴죠. 누가 그곳을 지나갔는지 우리에게 알려줄 만큼 한가한 사람은 아무도 없었던 겁니다.

하는 수 없이 사무실로 돌아와 계단과 통로를 샅샅이 뒤졌지만 소득이 없었습니다. 제 사무실 앞 복도는 크림색 리놀륨 바닥이라 구두 자국이 잘 남습니다. 그래서 복도 바닥을 꼼꼼하게 조사해봤지만 발자국 같은 흔적은 어디에도 없었습니다."

"비는 저녁 내내 왔습니까?"

"저녁 7시부터 줄곧 내렸죠."

"9시경 방에 들어왔었다는 수위의 아내는 어떻게 진흙 발자국을 남기지 않고 통로를 지나다녔습니까?"

"그 점에 주목하시니 기쁘군요. 저도 그때 거기에 생각이 미쳤습니다. 잡일을 하는 여자들은 보통 수위실에 신발을 벗어놓고 천 실내화로 갈아 신는다더군요."

"그렇군요. 그럼 저녁 내내 비가 왔는데 발자국이 없었다는 말씀이시죠? 몹시 흥미로운 일투성이로군요. 그 후에는 어떻게 하셨습니까?"

"사무실 내부도 조사했습니다. 비밀 문이 숨겨져 있을 가능성은 전혀 없었습니다. 창문 두 개 모두 지면에서 구 미터 높이에 있고 안에서 단단히 잠긴 채였습니다. 양탄자가 고정되어 있으니 바닥에 문이 나 있을 리도 없죠. 흰색 천장도 평범한 것이고요. 누가 서류를 훔쳐갔는지는 모르지만 문으로 나간 건 분명합니다. 제 목숨을 걸 수도 있습니다."

"벽난로는 어떻습니까?"

"벽난로는 쓰지 않습니다. 대신 스토브가 하나 있죠. 설렁줄이 제 책상 오른쪽에 늘어져 있고요. 누구든 종을 울리려면 제 책상으로 와야 합니다. 그런데 도둑은 왜 그때 종을 울렸을까요? 이 사건에서 가장 말이 안 되는 부분입니다."

"확실히 평범한 사건이 아니군요. 그래서 어떻게 하셨습니까? 침입자가 흔적을 남겼을지도 모르니 방을 살펴보셨겠죠? 시가 끄트머리라거나 놓고 간 장갑, 머리핀 같은 자잘한 것들이 떨어져 있지는 않았습니까?"

"전혀 없었습니다."

"냄새도요?"

"어, 그건 한 번도 생각해보지 않았습니다."

"아하, 담배 냄새는 많은 것을 알려줄 수 있죠."

"저는 담배를 피우지 않습니다. 그러니 그때 담배 냄새가 났다면 분명 알아차렸을 겁니다. 실마리가 될 만큼 특이한 냄새는 맡지 못했습니다. 수위의 아내라는 탠지 부인이 서둘러 건물을 빠져나갔다는 사실 외에 특이한 점은 아무것도 없었습니다. 수위는 아내가 원래 그 시간에 귀가한다는 말밖에 못 하더군요.

경찰과 저는 그 여자가 서류를 훔쳤다면 서류를 처분하기 전 검거하는 것이 최선이라는 데 뜻을 같이했습니다.

그 무렵 서류 도난 사건은 런던 경찰청까지 보고가 올라갔습니다. 즉시 포브스 형사님이 현장에 나와서 대단한 의욕을 보이며 사건 수사를 시작했지요. 당장 마차를 불러 탄 우리는 삼십 분 만에 수위가 알려준 주소에 도착했습니다. 젊은 여자가 문을 열어주었는데, 수위 부부의 맏딸이었습니다. 그녀는 어머니가 아직 돌아오지 않았다면서 우리를 응접실로 안내했습니다.

십 분쯤 흘렀을까 현관문을 두드리는 소리가 들렸습니다. 이때 우리는 심각한 실수를 저지르고 말았습니다. 직접 나가지 않고 딸이 문을 열도록 내버려둔 거죠. 딸의 목소리가 들렸습니다.

'어머니, 안에서 남자 두 분이 기다리고 있어요.'

그 순간 다급하게 복도를 뛰어가는 발소리가 나는 겁니다. 포브스 형사가 응접실 문을 벌컥 열었습니다. 우리는 뒷방인지 부엌인지로 쫓아가 수위의 아내를 붙잡았습니다. 그녀는 반항하는 눈빛으로 우리를 노려보다가 저를 알아보았습니다. 순간 당혹스러운 표정을 짓더군요.

'에그머니나, 외무부의 펠프스 씨 아니신가요?'

그녀가 놀라 외치더군요.

'이봐, 그럼 우리가 누군 줄 알고 도망쳤나?'

형사가 추궁했습니다.

'전당포 사람들인 줄 알았어요. 저희가 어떤 상인과 좀 문제가 있거든요.'

포브스 형사가 대꾸했습니다.

'대답이 신통치 않군. 당신이 외무부에서 극비 문서를 훔쳤고 그걸 처분하려고 이곳으로 달려왔다는 믿을 만한 근거가 있어. 우리와 함께 런던 경찰청으로 가지. 몸수색을 해야 하니까.'

그녀는 끌려가지 않으려고 발버둥치며 저항했지만 소용없었습니다. 곧 도착한 사륜마차에 여자를 태웠습니다. 출발하기 전에 서둘러 부엌을 조사했습니다. 불이 있는 곳부터 살폈죠. 혹시라도 혼자 있었던 잠깐 사이 서류를 없애버린 건 아닌지 확인하려고요. 하지만 재나 타다 남은 찌꺼기 같은 건 전혀 보이지 않았습니다. 런던 경찰청에 도착하자마자 그녀는 여자 조사관에게 인계되었습니다. 저는 미칠 것 같은 초조함과 긴장감 속에서 조사관이 보고하러 나올 때까지 기다렸습니다. 수위의 아내는 서류를 몸에 숨기고 있지 않았다더군요.

그 순간 처음으로 제가 얼마나 무시무시한 상황에 처했는지 통감했습니다. 그때까지는 계속 서류를 찾아 이리저리 몸을 움직이지 않았습니까. 차분하게 제가 처한 상황에 대해 생각할 여유가 없었죠. 조약문을 금방 찾을 거라고 철석같이 믿고 되찾지 못하면 어떤 일이 벌어질지는 생각조차 해보지 않았습니다. 더 이상 할 수 있는 일이 없어지자 마침내 제가 어떤 입장에 처했는지 돌아볼 수 있었죠. 끔찍했습니다! 제가 학창 시절에 신경질적이고 예민한 소년이었다는 이야기를 왓슨에게 들으셨겠지요. 천성이 그렇습니다. 외삼촌과 각료들 생각이 나더군요. 제 자신은 물론 외삼촌을 비롯해 저와 관련된 사람들 모두가 어떤 불명예를 안을지 깨달았습니다. 제가 괴이한 사건의 피해자라고 한들 뭐가 달라지겠습니까. 외교상 국익이 관련된 문제이니 어떤 실수도 용납되지 않습니다. 저는 끝장난 겁니다. 치욕스럽고 손쓸 도리도 없이 말입니다. 제가 무슨 짓을 했는지 모르겠습니다.

그 이후에 제가 난동을 부린 모양이에요. 경찰들이 절 둘러싸고 안정시키려고 애를 쓰던 모습이 어렴풋이 기억나는 걸 보면 말입니다. 경찰 한 명이 저를 워털루 역으로 데리고 가서 워킹으로 향하는 기차에 태워 보냈죠. 마침 근처에 사는 페리어 박사가 그 기차에 타고 있지 않았다면 직접 여기까지 저를 데려다주려고 했던 것 같았습니다. 페리어 박사님은 친절하게도 저를 맡아주기로 하셨죠. 천만다행이었습니다. 제가 역에서 발작을 일으켜 집에 도착하기도 전에 이미 넋이 나가 있었거든요.

그날 박사님이 울린 초인종 소리에 집안사람들 모두 잠을 깼습니다. 제가 그런 상태로 도착했으니 어떤 소동이 벌어졌을지 상상이 되시겠죠. 애니와 제 어머니는 몹시 상심했죠. 역에서 경찰에게 도난 건에 대한 설명을 들었던 페리어 박사님이 무슨 일이 일어났는지 전해주었지만, 별반 도움이 되지는 않았습니다. 딱 봐도 제가 오래 자리보전을 할 것처럼 보이자 조지프의 침실을 서둘러 비우고 제 병실로 꾸렸죠. 홈스 씨, 저는 여기서 아홉 주가 넘도록 뇌염으로 헛소리를 하며 의식을 잃은 채 누워 있었습니다. 여기 있는 애니 해리슨 양과 페리어 박사님의 치료가 아니었다면 저는 이렇게 홈스 씨에게 이야기를 할 수도 없었겠죠. 낮에는 해리슨 양이 저를 간호했고 야간에는 고용된 간호사가 저를 지켰습니다. 발작이 일어나면 제가 무슨 짓을 저지를지 알 수 없었으니까요. 차츰차츰 정신이 돌아왔습니다. 하지만 제법 기억이 나기 시작한 건 고작 사흘밖에 되지 않습니다. 차라리 영영 아무것도 기억하지 못하면 좋겠다는 생각이 들기도 합니다. 정신을 차린 후 제일 먼저 사건을 담당했던 포브스 형사에게 전보를 보냈습니다. 그는 할 수 있는 조치를 다 취했지만 전혀 실마리를 못 잡았다고 직접 와서 알려줬습니다. 수위 부부를 철저하게 조사했지만 사건 해결에는 도움이 되지 않았습니다.

그러자 경찰은 제 동료인 찰스 고로에게 의심의 화살을 돌렸습니다. 기억하시겠지만 그는 그날 밤에 남은 일을 처리하느라 사무실에 늦게까지 있지 않았습니까. 하필 그날 야근을 했다는 사실과 프랑스식 이름을 가졌다는 사실을 빼면 그가 의심을 받아야 할 근거는 어디에도 없습니다. 저는 그가 퇴근을 한 후에야 비로소 작업을 시작했거든요. 그가 프랑스 신교도 집안 출신이기는 하지만 그의 정신과 몸에 깃든 전통은 여러분이나 저와 조금도 다르지 않은 영국의 것입니다. 그가 연루되었다고 의심되는 증거는 아무것도 나오지 않았습니다. 결국 사건은 막다른 골목에 다다랐습니다. 홈스 씨가 저의 유일한 희망입니다. 부탁드립니다. 탐정님마저 실패하시면 저는 직위는 물론 명예까지 영영 잃을 겁니다."

기나긴 이야기로 기진맥진한 펠프스는 쿠션에 쓰러지듯 기댔다. 그의 약혼녀는 그에게 기운을 차리는 약을 약간 탄 물잔을 건넸다. 홈스는 한동안 고개를 뒤로 젖히고 눈을 감고선 가만히 앉아 있었다. 모르는 사람은 그가 사건에 그다지 관심이 없다고 생각할 수도 있을 것이다. 하지만 그런 모습이야말로 홈스가 그 어느 때보다 사건에 집중하고 있다는 증거였다.

마침내 홈스가 말문을 열었다.

"간단명료하게 설명을 잘 해주신 덕분에 당장 떠오르는 의문은 몇 가지 안 됩니다. 그 가운데 가장 중요한 질문은 이겁니다. 장관님으로부터 받은 특별한 임무를 다른 사람에게 이야기하셨습니까?"

"아무한테도 말하지 않았습니다."

"가령, 여기 계신 해리슨 양에게도 말입니까?"

"그렇습니다. 지시를 받고 작업을 시작할 때까지 워킹에 오지도 않았으니까요."

"가족 중에 잠시 들렀던 분은 없습니까?"

"없습니다."

"가족 중 당신의 사무실이 건물 어디쯤 있는지 아는 분이 계십니까?"

"오, 그럼요. 제가 모두에게 제 사무실을 보여주었습니다."

"조약문에 대해 누구에게도 말하지 않으셨다면 이런 질문들은 의미가 없겠군요."

"저는 일언반구도 하지 않았습니다."

"수위에 대해서 혹시 아는 게 있습니까?"

"퇴역 군인이라는 사실밖에 모릅니다."

"무슨 연대에 있었다던가요?"

"전에 들었는데…… 콜드스트림근위대 소속이었습니다."

"고맙습니다. 포브스 형사를 만나면 상세한 정보를 더 얻을 수 있을 겁니다. 경찰이 정보 수집에는 일가견이 있죠. 모은 정보를 늘 효과적으로 활용하는 건 아니지만요. 장미가 정말 아름답군요!"

그는 소파를 지나쳐 열린 창문으로 다가갔다. 고개 숙인 모스 로즈 한 송이의 줄기를 잡더니 붉은 꽃과 푸른 잎이 우아하게 조화를 이룬 모습을 들여다보았다. 그런 모습은 처음 보았다. 나는 그때까지 홈스가 자연에 깊은 관심을 보이는 모습은 본 적이 없다.

그는 덧문에 등을 기대며 말했다.

"종교만큼 추리가 필요한 분야도 없죠. 추리가는 종교를 정교한 과학으로 다시 구축할 수 있습니다. 신의 뜻이 선량하다는 사실은 이런 화초를 보면 확신할 수 있죠. 그 외 다른 것들, 이를테면 우리의 힘과 욕망, 음식은 우리가 존재하기 위해 반드시 필요합니다. 하지만 이런 장미는 있어도 그만 없어도 그만이죠. 장미의 향기와 색은 우리가 존재하기 위한 조건이 아니라 우리 삶의 장식입니다. 신께서 선량하시기에 있어도 없어도 그만인 뭔가를 주신 거죠. 그러므로 다시 한번 말씀드리지만 우리는 꽃에게서 큰 희망을 얻는 겁니다."

퍼시 펠프스와 그의 약혼녀는 이런 설교를 하는 홈스를 빤히 바라보았다. 두 사람의 얼굴에서 놀라움과 깊은 실망감이 고스란히 드러났다. 그는 여전히 장미를 쥔 채 백일몽에 빠져들었다. 이런 상태가 몇 분 동안 계속되자 해리슨 양이 더이상 참지 못하고 그에게 말을 걸었다.

"홈스 씨, 이 수수께끼 같은 사건을 푸실 수 있나요?"

그녀는 가혹하다 싶을 정도로 직설적으로 물었다.

"오, 수수께끼!"

홈스는 현실로 돌아오며 대답했다.

"글쎄요. 이 사건이 매우 난해하고 복잡하다는 사실을 부인하지 않겠습니다. 사건을 살펴보고 뭔가 알아내면 반드시 알려드리겠습니다."

"실마리를 찾으셨나요?"

"지금 들은 이야기에서 실마리를 일곱 개 찾았습니다. 물론 확인을 해봐야 그것들의 가치를 판별할 수 있겠지요."

"의심스러운 사람이 있나요?"

"제가 의심하는 사람은…… ."

"누구죠?"

"바로 접니다. 제가 너무 성급하게 결론을 내렸을까 봐 의심스럽군요."

"그럼 어서 런던으로 가서 결론을 검증해주세요."

그 말에 홈스가 벌떡 일어섰다.

"탁월한 제안입니다, 해리슨 양. 왓슨, 당장 가는 편이 좋겠어. 벌써부터 희망을 품지는 마십시오, 펠프스 씨. 이번 사건은 꽤나 복잡하니까요."

"다시 오시기만을 목을 빼고 기다리겠습니다."

펠프스가 소리 높여 말했다.

"음, 내일 같은 기차로 다시 오겠습니다. 물론 부정적인 결론을 알려드릴 가능성이 더 크지만 말이죠."

"다시 오신다고 약속해주신 것만으로도 감사할 따름입니다. 뭔가가 진행중이라는 사실만으로도 새 삶을 얻은 기분이니까요. 아 참, 외삼촌으로부터 편지를 받았습니다."

"하! 무슨 내용입니까?"

"냉담하지만 가혹하지는 않으셨습니다. 제가 병으로 생사를 넘나드는 상태라 차마 야멸차게 대하지 못하시는 거겠죠. 굉장히 중대한 문제라고만 다시 한번 강조하셨습니다. 제가 건강도 회복해야 하고, 과오를 되돌릴 기회도 있을 테니 당분간은 제 거취를 결정하지 않겠다고 하시더군요. 거취고 뭐고 해고를 말씀하시는 거겠죠."

"장관님께서는 그래도 이런 상황에서 합리적으로 판단하셨군요. 당신을 많이 배려해주시고요. 어서 가세, 왓슨. 런던에서 할 일이 많으니까."

조지프 해리슨이 마차를 몰아 우리를 역까지 데려다주었다. 우리는 금세 포츠머스발 기차에 몸을 실었다. 홈스는 깊은 생각에 골몰해 좀처럼 입을 열지 않았다. 그러다 기차가 클래펌 환승역을 통과했을 때쯤 비로소 말문을 열었다.

"높은 지대를 달리는 노선으로 런던에 돌아가니 유쾌하군. 저 아래 집들을 내려다볼 수 있으니까."

나는 그가 농담을 하는 줄 알았다. 창밖으로 지나가는 풍경은 아무리 봐도 칙칙하기만 했다. 그는 이내 설명을 덧붙였다.

"저 점판암 지대 위에 외따로 서 있는 육중한 건물들을 한번 보게. 마치 납빛으로 물든 바다 위에 벽돌 섬이 떠 있는 것 같지 않나."

"공립 초등학교들이군."

"그렇다네, 미래의 등대지! 미래를 밝히는 등불이야! 저런 학교는 홀씨주머니라고 할 수 있지. 홀씨주머니마다 영특한 작은 씨앗이 수백 개씩 들어 있겠군. 그 씨앗들에서 지금보다 더 좋고 현명한 영국의 싹이 움틀 걸세. 펠프스라는 사람은 술을 마시지 않는 것 같던데."

"아마 그럴걸."

"내가 받은 인상도 그렇다네. 하지만 모든 가능성을 고려해 봐야지. 그 불쌍한 남자는 깊은 수렁에 빠진 셈인데 우리가 과연 그를 물가로 끌어낼 수 있을지 의문이군. 자네는 해리슨 양에 대해 어떻게 생각하나?"

"심지가 굳은 아가씨더군."

"그래, 마음씨도 곱지. 내가 제대로 봤다면 말일세. 그 남매의 아버지는 노섬벌랜드 부근에 있는 철공소 주인이라네. 펠프스는 지난겨울 여행중에 그녀를 만나 약혼까지 했더군. 가족에게 소개하기 위해 그녀를 데려왔을 테고, 그녀의 오빠는 보호자 자격으로 함께 왔겠지. 그러던 중에 이런 사달이 났어. 그녀는 연인을 간호하기 위해 계속 머무르게 되었지. 한편 오빠도 그 집이 지내기 편하니까 눌러앉았고. 내가 사전에 독자적으로 조사를 했었다네. 하지만 진짜 조사는 오늘부터야."

"내 병원은……."

내가 말문을 열었다.

"오, 자네 환자들의 증상이 사건보다 더 흥미롭다면야."

홈스의 말투가 좀 쌀쌀맞았다.

"내가 하루이틀 자리를 비워도 병원은 괜찮을 거라고 말하려던 참이었네. 지금이 일 년 중 가장 한가하거든."

"훌륭해."

그는 금방 기분이 좋아졌다.

"이 사건을 함께 조사하자고. 일단 포브스 형사부터 만나봐야 하네. 궁금한 내용을 자세하게 들을 수 있을 거야. 그러면 어떤 방향에서 접근해야 할지 감이 잡히겠지."

"이미 실마리를 찾았다면서?"

"몇 가지를 찾았지. 하지만 얼마나 쓸모 있을지는 더 조사해봐야 해. 가장 추적하기 까다로운 범죄는 목적이 없는 범죄라네. 하지만 이 사건에는 뚜렷한 목적이 있어. 이번 일로 누가 이득을 볼까? 프랑스 대사관일 수도 있고 러시아 대사관일 수도 있지. 돈만 많이 주면 문서를 팔아버리려는 사람도 있어. 그리고 홀드허스트 경이 있지."

"홀드허스트 경이라고!"

"우연히 그런 문서가 파기되더라도 아쉬울 게 없다는 사실을 깨달은 정치가도 있을 법하니까."

"홀드허스트 경처럼 명예로운 이력을 가진 정치가는 아닐 걸세."

"모르는 일이야. 게다가 실오라기 같은 가능성을 무시할 만큼 우리가 여유를 부릴 형편도 아니고. 오늘 고귀하신 장관님을 만나봐야겠어. 우리에게 무슨 이야기를 해줄 수 있는지 알아보자고. 이미 조사를 몇 가지 해뒀다네."

"벌써?"

"그래, 워킹 역에서 런던의 조간신문에 모두 전보를 보냈지.

신문마다 내가 보낸 광고가 실릴 거야."

그는 수첩에서 찢은 종이 한 장을 내게 건넸다. 연필로 쓴 내용은 다음과 같았다.

> 사례금 십 파운드. 5월 23일 밤 9시 45분에 찰스 스트리트의 외무부 정문 앞이나 부근에서 승객을 내려준 마차의 번호를 아시는 분은 베이커 스트리트 221B번지로 연락 바람.

"도둑이 마차를 타고 왔다고 생각하나?"

"아니라고 해도 손해볼 건 없잖아. 사무실이고 복도고 어디에도 몸을 숨길 곳이 없다던 펠프스 씨의 말이 사실이라면 도둑은 분명 외부에서 들어온 자겠지. 비가 추적추적 내리는 밤에 밖에서 들어온 거야. 그런데 그자가 지나간 지 몇 분 지나지 않아 꼼꼼하게 조사한 리놀륨 바닥에는 젖은 발자국이 하나도 없었네. 그렇다면 그자가 마차를 타고 왔을 가능성이 극히 높아지지. 그래, 나는 마차로 왔다는 추리가 꽤 신빙성이 있다고 생각한다네."

"설득력은 있군."

"내가 말한 실마리 중 하나가 바로 이거야. 이 실마리를 따라가면 뭐든 나올 걸세. 그리고 종이 있지. 이 사건에서 가장 기묘한 부분이야. 도둑은 왜 종을 울려야 했을까? 허세를 부리려고? 아니면 도둑과 함께 있던 누군가가 범죄를 막으려고 그랬을까? 우연히 일어난 일일까? 아니면?"

홈스는 갑자기 말문을 닫고 자기가 꺼낸 주제에 깊이 빠져들었다. 그의 기분 변화에 익숙한 내가 보기에 어떤 새로운 가능성이 불현듯 떠오른 모양이었다.

기차가 목적지에 도착한 시각은 3시 20분이었다. 우리는 간이식당에서 서둘러 점심을 먹은 후 곧바로 런던 경찰청으로 향했다. 홈스가 전보를 쳐두어서 포브스 형사가 우리를 기다리고 있었다. 포브스 형사는 덩치가 작고 여우처럼 교활하게 생긴 남자였다. 날카로운 인상 때문에 결코 정감 가는 얼굴은 아니었다. 그는 작정한 듯 우리를 냉담하게 대했다. 우리가 찾아온 이유를 듣는 순간 태도가 더 싸늘해졌다.

"전부터 홈스 씨의 작업 방식에 대해 말을 많이 들었습니다. 홈스 씨는 우리 경찰이 알아낸 정보를 맘대로 가져다가 사건을 해결하고는 자기가 다 해결한 척 경찰에 대한 신뢰를 떨어뜨릴 작정이십니까."

형사가 신랄하게 쏘아붙였다.

"그 반대입니다. 내가 최근 맡았던 쉰세 건 중에 내 이름이 드러난 사건은 고작 네 건밖에 되지 않죠. 나머지 마흔아홉 건은 모든 공을 경찰이 가져갔습니다. 이런 사실을 모른다고 당신을 비난하는 게 아닙니다. 당신은 아직 젊고 경험도 부족하니까요. 새 임무를 잘 해내고 싶다면 나를 배척하지 말고 협력하는 편이 좋을 겁니다."

"단서를 한두 개 얻을 수 있다면 저도 기쁘겠습니다. 아직까지 수사에 별 진전이 없거든요."

형사가 갑자기 태도를 바꾸며 말했다.

"조사는 어떤 식으로 진행했습니까?"

"수위인 탠지에게 미행을 붙였습니다. 그는 근위대를 제대할 때 평판이 아주 좋았습니다. 지금까지 그에게 불리한 사실은 못 찾아냈습니다. 그의 아내는 고약하지만요. 부인은 사건에 대해 아는 게 좀 있는 것 같아요."

"그녀도 미행했습니까?"

"여자 경관을 한 명 붙여뒀습니다. 탠지 부인은 술을 좋아하거든요. 그래서 여경이 그녀와 안면을 트고 두 번이나 술을 같이 마셨는데 쓸 만한 정보는 얻지 못했습니다."

"부부의 집에 전당포 사람들이 드나든다고 들었습니다만."

"네, 하지만 빚을 다 갚았습니다."

"돈이 어디서 나서요?"

"별문제 없었습니다. 마침 수위가 연금을 받았거든요. 어쨌든 부부가 갑자기 주머니 사정이 좋아진 것 같진 않습니다."

"탠지 부인은 펠프스 씨가 커피를 요청하려고 종을 울렸을 때 자기가 간 이유를 뭐라고 하던가요?"

"남편이 너무 피곤해해서 쉬게 해주려고 그랬다더군요."

"그 증언은 수위가 나중에 의자에서 잠들어 있었던 사실과 일치하는군요. 여자의 품행 외에는 부부에게 딱히 의심스러운 점이 없습니다. 그날 밤에 왜 서둘러 집으로 돌아갔는지 물어보셨습니까? 애초에 그녀가 서둘렀기 때문에 경관의 관심을 끌었던 것 아닙니까."

"그날은 평소보다 늦었기 때문에 얼른 집으로 돌아가고 싶었다더군요."

"당신과 펠프스 씨가 그녀보다 최소 이십 분은 늦게 출발했는데 집에 먼저 도착했다는 사실을 지적해보셨습니까?"

"자신이 탄 합승마차는 군데군데 멈추지만 우리가 잡아탄 사륜마차는 목적지로 직행하기 때문이라더군요."

"집에 도착하자마자 뒤쪽 주방으로 도망친 이유를 확실하게 털어놓았습니까?"

"전당포 사람에게 갚아야 할 돈이 거기에 있었답니다."

"묻는 질문마다 그럴싸한 대답이 다 있군요. 혹시 집으로 가는 길에 킹찰스 스트리트를 어슬렁거리는 사람과 마주쳤는지 물어보셨나요? 아니면 혹시 그런 사람을 목격했는지라도?"

"경관 외에는 아무도 못 봤답니다."

"꽤 철저하게 신문하신 것 같군요. 또 어떤 조사를 하셨습니까?"

"외무부 직원 고로를 지난 구 주 동안 미행했습니다. 하지만 소득이 없었죠. 의심스러운 점은 없었습니다."

"그 밖에는?"

"더이상 조사할 게 없습니다. 무슨 단서가 있어야죠."

"종이 울린 것에 대해서는 어떻게 생각하십니까?"

"솔직히 말씀드리면 그 부분은 짐작도 안 갑니다. 누구든 그런 식으로 경보를 울리다니 보통 대담한 놈이 아닐 겁니다."

"그렇습니다. 기묘한 행동이죠. 답변에 감사드립니다. 범인을 알아내면 연락드리죠. 자, 가세, 왓슨."

"이제 어디로 갈 건가?"

나는 런던 경찰청 건물을 나오며 물었다.

"현 외무부 장관이자 미래의 영국 총리가 되실 홀드허스트 경과 면담을 하러 갈 걸세."

우리가 다우닝 스트리트로 갔을 때 다행스럽게도 홀드허스트 경은 아직 집무실에 있었다. 홈스가 명함을 전달하자 우리는 즉시 장관에게 안내되었다. 홀드허스트 경은 그 특유의 구식 예법으로 우리를 맞이했다. 우리를 벽난로 양끝에 놓인 호화롭고 편안한 의자 두 개에 안내해 앉힌 경은 우리 사이 깔개 위에 섰다. 호리호리하고 키가 큰 체형에 날카롭고 신중한 인상과 때 이르게 잿빛으로 물들기 시작한 곱슬머리가 더해져 흔히 볼 수 없는 귀족 중의 귀족다운 풍모를 갖춘 사람이었다.

"당신의 명성은 익히 들어 알고 있소, 홈스 씨. 그러니 당신이 나를 찾아온 목적을 모르는 척하지는 않겠소이다. 여기서 벌어지는 온갖 일들 가운데 당신의 관심을 끌 사건은 오직 하나니 말이오. 다만 누구를 위해 조사를 하는지 물어도 되겠소?"

"퍼시 펠프스 씨입니다."

홈스가 대답했다.

"아, 운도 없는 내 조카! 퍼시가 조카이기 때문에 어떤 면에서는 보호해주기가 더 어렵다오. 이 사건이 퍼시의 경력에 큰 악영향을 끼칠 거라는 생각에 두렵군요."

"조약문을 찾으면요?"

"아하, 그렇다면 이야기가 달라질 거요."

"홀드허스트 경께 드리고 싶은 질문이 한두 가지 있습니다."

"내가 대답할 수 있는 일이라면 뭐든 기꺼이 대답하겠소."

"조약문의 사본을 제작하라는 지시는 바로 이 방에서 내리셨습니까?"

"그랬소."

"누가 엿들었을 가능성은 없습니까?"

"절대 없소."

"조약문의 사본을 만들어두겠다는 생각을 다른 사람에게 말씀하신 적이 있습니까?"

"없소."

"확실합니까?"

"그렇소."

"장관님과 펠프스 씨 둘 다 말씀하지 않으셨다면 아무도 그 일을 알 리 없었겠군요. 그 방에 도둑이 든 건 순전히 우연이라고 봐야겠습니다. 도둑이 눈앞의 기회를 알아보고 얼른 움켜쥔 거겠죠."

경이 미소를 지었다.

"내가 의견을 말할 문제가 아닌 것 같소."

홈스는 잠시 생각에 잠겼다가 다시 말문을 열었다.

"장관님과 논의하고 싶은 중요한 사항이 하나 더 있습니다. 조약문의 내용이 공개될 경우 벌어질 사태를 우려하신다고 들었습니다."

표정이 풍부한 경의 얼굴에 근심이 그대로 드러났다.

"말 그대로 아주 심각한 일이 일어날 거요."

"지금 우려하시던 결과가 일어났습니까?"

"아직은 아니오."

"프랑스나 러시아의 외무부에서 벌써 조약문을 입수했다면 당연히 소식을 들으셨겠죠?"

홀드허스트 경은 얼굴을 찡그리며 대답했다.

"당연히 그랬을 거요."

"조약문을 도둑맞은 후 거의 십 주가 지났습니다. 지금껏 아무 소식도 듣지 못했고요. 그렇다면 어떤 이유로든 그들이 아직 입수하지 못했다고 생각할 수 있겠군요?"

홀드허스트 경이 어깨를 으쓱했다.

"하지만 홈스 씨, 조약문을 액자에 넣어 벽에 걸어둘 속셈으로 훔쳤다고 생각할 수도 없지 않겠소."

"더 좋은 가격을 제시하는 구매자가 나타나기를 기다리는지도 모르죠."

"더 기다린다면 한푼도 손에 쥘 수 없을 거요. 어차피 몇 달 후면 더이상 기밀이 아닐 테니까."

"정말 중요한 내용이군요. 한편으로는 이렇게도 가정해볼 수 있습니다. 도둑에게 갑자기 병이……."

"가령 뇌염 같은 병 말이오?"

장관이 홈스를 순간 노려보며 불쑥 끼어들었다.

“그런 말은 하지 않았습니다. 홀드허스트 경, 귀중한 시간을 저희가 너무 많이 빼앗은 것 같군요. 이만 가보겠습니다.”

홈스는 침착하게 말했다.

“범인이 누구든 수사에 좋은 결과가 있기를 기대하겠소.”

장관이 문가에서 배웅하며 덧붙였다.

“좋은 분이군.”

화이트 홀로 걸음을 옮기면서 홈스가 말했다.

“그런데 지위에 걸맞게 사느라 고군분투중이더군. 부유하지 않은데 지출은 많지. 구두 밑창을 새로 간 걸 자네도 봤나? 자, 왓슨, 이제 자네가 생업에 종사할 시간을 빼앗지 않겠네. 광고를 본 사람이 제보하지 않는 이상 오늘은 할 일이 없거든. 물론 내일도 오늘처럼 워킹에 함께 가준다면 정말 고맙겠네.”

다음날 아침 나는 당연히 그를 만나 함께 워킹으로 내려갔다. 홈스는 제보가 아직 없다고 했다. 사건 해결에 도움이 될 새로운 실마리도 더 찾아내지 못했고 말이다. 홈스는 마음만 먹으면 속내를 읽을 수 없는 무표정이 되어 표정만으로는 그가 수사의 진행 상황에 만족하는지 아닌지 짐작할 수가 없었다. 그때 기차에서 홈스는 베르티용이 내놓은 신원 감식법에 대한 이야기를 늘어놓으면서 그 프랑스 학자를 깊이 존경한다는 말을 했다.

다시 만난 펠프스는 여전히 약혼녀의 헌신적인 보살핌을 받고 있었다. 전날보다 훨씬 기운을 차린 것 같았다. 우리가 방으로 들어가자 혼자 힘으로 소파에서 수월하게 일어나 우리를 맞이했다.

"새로운 소식이 있습니까?"

그가 기대하는 투로 물었다.

"예상대로 부정적인 결과만 얻었습니다. 포브스 형사를 만났습니다. 장관님과 면담도 했고요. 뭔가 알아낼지도 모르는 조사도 한두 가지 시작해두었습니다."

"손을 놓으신 건 아니군요?"

"당연하죠."

해리슨 양이 감격해 소리쳤다.

"그렇게 말씀해주셔서 얼마나 감사한지! 우리가 용기를 가지고 참고 버티다 보면 진실은 꼭 밝혀질 거예요."

펠프스가 소파에 다시 앉으며 말했다.

"할 이야기는 우리가 더 많겠군요."

"무슨 일이 있으셨습니까?"

"네, 있었죠. 지난밤 대단한 일이 일어났거든요. 어쩌면 생각보다 더 심각할지도 모르겠습니다."

말을 이어가면서 펠프스의 표정은 시시각각 어두워져갔다. 그의 눈에서는 언뜻 공포 비슷한 감정이 떠오르기까지 했다.

"홈스 씨, 저는 끔찍한 음모에 휘말린 것도 모자라 명예는 물론 목숨마저 위태로운 상황이라고 확신하게 되었습니다."

"아하!"

홈스가 소리쳤다.

"제가 말하고도 믿어지지가 않네요. 여태껏 제게 적이라고 할 만한 사람은 없는 줄 알았습니다만 지난밤에 그런 일을 겪고 나니 달리 생각할 수가 없어요."

"대체 무슨 일이 있었습니까?"

"어제 저는 쓰러진 후 처음으로 간호사 없이 혼자 잠을 잤습니다. 몸 상태가 무척 좋아진 터라 간호사가 없어도 괜찮을 것 같았거든요. 그래도 불은 밤새 켜놓았습니다. 새벽 2시경 잠이 얕게 들어 있다가 어떤 소리에 퍼뜩 눈을 떴습니다. 처음에는 쥐가 널빤지를 갉아대는 소리라고만 생각하고 누운 그대로 상황을 살폈습니다. 그런데 소리가 점점 커지더니 갑자기 창문에서 금속을 긁는 소리가 났습니다. 저는 놀라서 벌떡 일어나 앉았죠. 무슨 소리인지 확실했거든요. 처음에 희미하게 들린 소리는 창틀 사이로 뭔가를 쑤셔넣는 소리였습니다. 그리고 걸쇠를 밀어젖히는 소리가 났죠.

그 후로 족히 십 분간 아무 소리도 나지 않았습니다. 제가 잠에서 깼는지 확인하려고 기다리는 것 같았죠. 그러다 창문이 살며시 열리더니 나지막이 삐걱거리는 소리가 들렸습니다. 더이 상 버티지 못하겠더군요. 신경이 예전 같지 않아서요. 침대에서 벌떡 일어나 덧문을 확 열어젖히자 어떤 남자가 창가에 웅크리고 있더군요. 똑똑히 보지는 못했습니다. 그 순간 총알처럼 도망쳐버렸거든요. 걸치고 있던 망토 같은 걸로 얼굴 아랫부분을 가렸더군요. 그래도 한 가지는 확실히 목격했습니다. 손에 무기를 쥐고 있었어요. 기다란 칼 같았습니다. 그자가 도망치려고 몸을 홱 돌릴 때 빛이 번쩍하고 반사되는 걸 똑똑히 봤습니다."

"흥미진진한 이야기군요. 그래서 어떻게 하셨습니까?"

홈스가 물었다.

"제가 몸이 더 회복된 상태였다면 당장 뛰쳐나가 그자를 뒤쫓았겠죠. 하지만 어제는 종을 울려서 집안사람들을 깨웠습니다. 전부 깨우는 데 시간이 좀 걸렸습니다. 종은 부엌에 있고 하인들은 위층에 잠들어 있었거든요. 급한 마음에 일단 소리를 질렀죠. 그 소리를 듣고 달려온 조지프가 다른 사람들을 깨웠습니다. 조지프와 마부가 창밖 화단에서 발자국을 찾았지만 최근 비가 내리지 않아 풀밭 위로 흔적을 따라가는 건 불가능했습니다. 그런데 길을 따라 세워놓은 나무 울타리에 흔적이 남아 있더랍니다. 누가 울타리를 뛰어넘다가 울타리 위쪽을 부러뜨린 것 같다는군요. 아직 경찰에는 신고를 하지 않았습니다. 홈스 씨의 의견부터 들어보고 싶었거든요."

펠프스의 이야기가 셜록 홈스에게 큰 영향을 준 것 같았다. 의자에서 일어나 방안을 서성거리는 그에게선 끓어오르는 흥분을 주체하지 못하는 기색이 역력했다.

"불행은 혼자 오지 않나 봅니다."

펠프스는 지난밤의 사건으로 충격을 받은 것 같았지만 미소를 지으며 말했다.

"적어도 펠프스 씨는 그렇군요. 혹시 함께 집 주위를 같이 둘러보실 수 있습니까?"

홈스가 물었다.

"오, 그럼요. 저도 햇빛을 쐬고 싶습니다. 조지프도 같이 갈 겁니다."

"저도요."

해리슨 양이 나섰다.

"그건 안 됩니다. 해리슨 양은 이 자리를 지켜주시기 바랍니다."

홈스가 고개를 가로저으며 말했다.

해리슨 양은 불쾌한 기색을 감추지 않은 채 자리에 도로 앉았다. 하지만 그녀의 오빠는 우리와 같이 가기로 했다. 우리 네 사람은 집을 나와 잔디밭을 빙 둘러서 젊은 외교관의 방 창밖에 당도했다. 그의 말처럼 화단에는 발자국이 남아 있었지만 흐릿하고 지워져서 알아보기 힘들었다. 몸을 구부린 홈스는 남은 흔적을 잠시 살펴보나 싶더니 어깨를 으쓱하며 허리를 폈다.

"누가 와도 이 자국에서 뭘 알아내기는 힘들겠군요. 이제 집 주위를 돌아보며 강도가 왜 하필 그 방을 골랐는지 살펴보죠. 거실과 식당의 창문이 더 크니까 그쪽으로 침입하는 편이 용이했을 텐데 말이죠."

"이 방이 길에서 더 잘 보였기 때문 아닐까요?"

조지프 해리슨이 말했다.

"아하, 그렇군요. 그럴지도 모르죠. 저택에 강도가 노렸을 법한 문이 있군요. 이 문은 무슨 문입니까?"

"상인들이 드나드는 옆문입니다. 밤에는 잠가둡니다."

"이전에도 도둑이 든 일이 있었습니까?"

"한 번도 없었습니다."

펠프스가 냉큼 대답했다.

"혹시 집에 은접시처럼 강도가 관심을 가질 물건이 있습니까?"

"귀중품은 전혀 없습니다."

홈스는 양손을 주머니에 푹 찔러 넣은 채 평소와 달리 통 관심 없는 기색으로 집을 빙 둘러 걸었다.

갑자기 홈스가 조지프 해리슨에게 물었다.

"침입자가 울타리를 타넘은 지점을 찾으셨다면서요. 같이 가서 그곳을 살펴볼까요."

그는 우리를 윗부분이 부러진 울타리로 데려갔다. 작은 나뭇조각이 덜렁거리고 있었다. 홈스는 조각을 떼어내 유심히 살펴보았다.

"이게 지난밤에 부러진 흔적이라고요? 더 오래된 것 같습니다만?"

"글쎄요. 그럴 수도 있겠군요."

"반대편에 뛰어내린 흔적이 없습니다. 여기를 더 봐봤자 별 도움이 안 되겠군요. 방으로 돌아가서 이 문제에 대해 더 이야기를 해보죠."

펠프스는 장차 처형이 될 남자의 부축을 받으며 천천히 걷기 시작했다. 홈스는 잰걸음으로 풀밭을 가로질렀다. 우리는 두 사람보다 먼저 도둑이 든 방의 열린 창가에 도착할 수 있었다.

홈스는 도착하자마자 긴장한 태도로 해리슨 양을 불렀다.

"해리슨 양! 오늘 하루 종일 이 방에 계셔야 합니다. 무슨 일이 있어도 오늘은 이곳에서 나가서는 안 됩니다. 정말 중요한 일입니다."

"홈스 씨가 그러라고 하면 그렇게 하겠습니다."

해리슨 양은 놀란 것 같았지만 선선히 대답했다.

“주무시러 가실 때는 이 방의 문을 밖에서 잠그고 열쇠는 꼭 지니고 계십시오. 반드시 그렇게 하겠다고 약속해주세요.”

“그럼 퍼시는요?”

“우리와 함께 런던으로 갈 겁니다.”

“저는 여기에 남고요?”

“그를 위해서입니다. 당신이 그를 도울 수 있어요! 어서요! 약속하십시오!”

퍼시 펠프스와 조지프 해리슨이 도착할 무렵 그녀는 그러겠다고 고개를 끄덕였다.

“애니, 왜 거기서 뚱한 표정을 짓고 있어? 너도 나와서 바람 좀 쐬는 게 어때?”

조지프 해리슨이 말했다.

“아냐, 오빠. 두통이 있어. 이 방이 시원하고 편안해서 좋아.”

“이제 어떻게 하실 겁니까, 홈스 씨?”

펠프스가 물었다.

“사소한 일 때문에 중요한 수사를 미룰 수는 없죠. 함께 런던에 가주신다면 도움이 될 겁니다.”

“지금 당장 말입니까?”

“음, 되도록 빨리요. 한 시간 안에 출발하면 좋겠군요.”

"조금이라도 도움이 된다면 지금 가겠습니다."

"분명히 도움이 될 겁니다."

"런던에서 묵어야 하겠죠?"

"그 말씀도 드리려던 참이었습니다."

"어젯밤의 도둑이 오늘밤 또 찾아온다면 잡으려던 새는 이미 날아가버린 후겠군요. 무슨 말이든 따르겠습니다, 홈스 씨. 제가 뭘 하면 될지 구체적으로 말씀해주십시오. 조지프도 함께 가야 할까요? 저를 돌봐줄 수 있도록?"

"아뇨, 왓슨이 의사 아닙니까. 그가 알아서 당신을 보살필 겁니다. 괜찮으시다면 여기서 점심을 먹고 셋이서 함께 런던으로 갔으면 합니다."

홈스의 제안대로 진행되었다. 해리슨 양도 홈스에게 약속한 대로 모두에게 양해를 구하고 침실에서 나오지 않았다. 나는 홈스가 뭘 위해 이런 조치를 취하는지 짐작조차 할 수 없었다. 해리슨 양을 펠프스에게서 떼어놓으려고 하는 게 아닌가 하는 짐작만 들었을 뿐이다. 한편 펠프스는 건강을 꽤 회복했고 직접 행동에 나서게 되었다는 사실이 기쁜지 식당에서 점심 식사를 하는 내내 들떠 있었다. 홈스는 우리에게 더 큰 놀라움을 선사했다. 무슨 말인고 하니 함께 역까지 와서 우리가 객차에 오르는 모습을 본 그가 불쑥 자신은 워킹을 떠나지 않을 거라고 선언한 것이다.

"런던으로 가기 전에 확인하고 싶은 소소한 사실이 한두 가지 있습니다. 펠프스 씨, 당신이 여기를 비우셔야 도움이 될 겁니다. 왓슨, 런던에 도착하면 펠프스 씨와 함께 베이커 스트리트로 가서 내가 갈 때까지 곁을 지켜주면 고맙겠네. 두 분이 동창이라 다행입니다. 함께 할 이야기가 많을 테니까요. 펠프스 씨는 오늘밤 제 집에서 지내시면 됩니다. 저는 내일 아침 식사 시간에 늦지 않게 가겠습니다. 여기서 워털루 역으로 가는 기차가 8시에 있거든요."

"런던에서의 수사는 어떻게 하실 겁니까?"

펠프스가 시무룩이 물었다.

"내일 하면 됩니다. 지금은 이곳에 남는 편이 더 좋을 것 같군요."

우리를 태운 기차가 서서히 플랫폼을 출발하자 펠프스가 소리쳤다.

"그럼 집에는 제가 내일 밤에 돌아올 거라고 전해주십시오."

"그곳에는 가지 않을 겁니다."

홈스는 역에서 멀어지는 우리를 향해 유쾌하게 손을 흔들었다.

펠프스와 나는 런던으로 가는 내내 홈스의 행동에 대해 이야기를 나눴다. 그나 나나 왜 계획이 갑작스레 바뀌었는지 그럴듯한 이유를 대지 못했다.

"홈스 씨는 지난밤에 든 강도에 대해서 단서를 더 찾고 싶은 것 같군. 강도가 맞다면 말이지만. 내가 보기에는 평범한 좀도둑은 아닌 것 같네."

"그럼 뭘 것 같나?"

"내 생각을 들으면 자네는 내가 요즘 신경이 예민해져서 호들갑을 떤다고 생각할지도 모르겠군. 하지만 나는 정말 내 주위에서 복잡한 정치적 음모가 진행중이라고 생각하네. 무슨 이유인지 알 수 없지만 음모에 가담한 자들이 내 목숨을 노리고 있는 거지. 터무니없는 헛소리로 들릴 거야. 하지만 실제로 일어난 일들을 생각해보게! 왜 도둑이 하필이면 내 침실로 침입하려고 했겠어? 훔칠 물건도 전혀 없는 방인데 말이야. 게다가 칼은 왜 가지고 왔겠나?"

"자네는 그자가 손에 쥔 물건이 좀도둑이 문을 여는 쇠 지렛대가 아니었다고 확신하나?"

"당연하지. 그건 칼이었어. 칼날이 번쩍하는 걸 똑똑히 봤다고."

"자네는 어쩌다가 살해 대상이 된 건가?"

"아! 그걸 모르겠어."

"홈스도 자네와 같은 생각이라면 왜 우리만 런던으로 보냈는지 알 것 같지 않나, 안 그래? 자네의 가설이 옳다고 하자고. 그렇다면 어제 자네의 목숨을 위협했던 자를 잡기만 하면 조약문을 가져간 자를 알아내는 데 큰 도움이 될지도 몰라. 자네에게 적이 둘이나 있어서 하나는 물건을 훔치고 다른 하나는 목숨을 노린다는 가정은 터무니없으니까."

"홈스 씨는 우리집에는 가지 않겠다고 했는걸."

"꽤 오랫동안 그를 알고 지냈으니까 하는 말인데, 나는 그동안 홈스가 확실한 근거도 없이 움직이는 모습은 한 번도 못 봤네."

이 말을 끝으로 우리의 대화는 다른 주제로 넘어갔다.

그날 나는 솔직히 무척 피곤했다. 펠프스는 오래 앓은 탓에 쇠약했고, 불상사가 연달아 일어나다 보니 툭하면 짜증을 내거나 신경질을 부렸다. 나는 아프가니스탄과 인도에서 복무했을 당시의 일로 관심을 끌어보려고도 했고 의기소침한 펠프스가 기분 전환을 할 만한 이야기나 이런저런 사회문제로 흥미를 끌어보려고도 했다. 하지만 무슨 이야기를 해도 이야기의 흐름은 사라진 조약문으로 돌아갔다. 그래서 홈스가 무엇을 하고 있을지, 홀드허스트 경은 어떤 조치를 취할지, 아침에는 어떤 소식을 들을지 끊임없이 궁금해하고 추측하고 고민했다. 저녁이 되자 나는 불안해하는 그가 숫제 고통스러워졌다.

펠프스가 물었다.

"자네는 홈스 씨의 능력을 절대적으로 믿나?"

"홈스가 훌륭하게 사건을 해결하는 모습을 몇 번이나 봤으니까."

"이렇게 오리무중인 사건을 푼 적은 없었을 테지?"

"아니야, 나는 이보다 단서가 없는 사건을 푸는 모습도 여러 번 봤네."

"이 사건만큼 중대한 이해관계가 얽힌 문제는 없었을 텐데?"

"그건 나도 모르지. 하지만 홈스가 유럽의 세 통치 가문을 대신해 중대한 사안들을 맡아 수사한 적이 있다는 사실은 확실히 알고 있네."

"왓슨, 자네는 홈스 씨를 잘 알지. 나는 그의 속을 알 수 없어서 어떻게 생각해야 할지 갈피를 못 잡겠어. 그는 이 사건을 희망적으로 보고 있을까? 사건을 해결할 수 있다고 생각하는 것 같던가?"

"홈스는 내게 아무 말도 안 해줬어."

"나쁜 징조군."

"반대야. 홈스는 헤맬 때는 대개 헤맨다고 말한다네. 오히려 실마리를 잡기는 했지만 전적으로 믿기는 부족하다 싶을 때 갑자기 입이 무거워지지. 자, 펠프스, 우리가 사건을 놓고 신경을 곤두세워봐야 사건에는 전혀 도움이 되지 않아. 그러니 제발 잠자리에 들게, 부탁이야. 그래야 내일 무슨 일이 우리를 기다리고 있건 간에 기운차게 맞이할 수 있지 않겠나."

마침내 나는 그를 달래서 내 충고를 받아들이게 할 수 있었다. 물론 그는 잔뜩 흥분한 상태라 밤새 잠을 이루지 못할 것 같았다. 펠프스의 기분이 전염되었는지 결국 나까지 밤이 반이나 지나도록 좀처럼 잠을 이루지 못하고 뒤척였다. 나는 잠자리에서 이 희한한 사건을 곰곰이 돌이켜보며 쉴 새 없이 가설을 세워봤다. 하지만 생각하면 할수록 점점 더 말도 안 되는 가설만 떠올랐다.

홈스는 왜 워킹에 남았을까? 그는 왜 해리슨 양에게 하루 종일 그 방에 머무르라고 했을까? 왜 그는 브라이어브레이 저택 사람들에게 자신이 워킹에 남는다는 사실을 알리지 않으려고 만전을 기했을까? 나는 머리를 있는 대로 쥐어짜며 지금껏 밝혀진 사실들을 모두 설명할 수 있는 가설을 찾으려다 잠이 들었다.

눈을 떠보니 아침 7시였다. 눈을 뜨자마자 펠프스가 묵은 방으로 갔다. 역시나 밤새 한숨도 자지 못했는지 피곤한 기색이 역력했다. 그는 나를 보자마자 홈스가 돌아왔는지 물었다.

"아침 식사 시간에 맞춰서 오겠다고 약속하지 않았나. 그 시간에 늦지도 이르지도 않게 딱 맞춰 올 거야."

내 말은 그대로 실현되었다. 8시 직후에 마차 한 대가 우리집 앞에 서더니 홈스가 내렸다. 마차에서 내리는 홈스를 창가에서 지켜보는데, 왼손에 붕대를 칭칭 감고 얼굴은 핼쑥하고 안색도 어두웠다. 마침내 그가 건물로 들어왔다. 곧장 올라오지 않고 잠시 아래층에 머물렀다.

펠프스가 놀라서 소리쳤다.

"꼭 낭패한 사람 같잖아."

나는 그의 의견에 동의하지 않을 수 없었다.

"결국 사건의 실마리는 런던에 있나 보군."

펠프스의 입에서 신음이 새어 나왔다.

"어떻게 된 일인지 모르겠군. 홈스 씨가 좋은 소식을 갖고 돌아올 거라 내심 기대했는데. 어제는 저렇게 손에 붕대를 감고 있지 않았지? 도대체 뭐가 어떻게 돌아가고 있는 건가?"

마침 거실로 들어온 홈스에게 내가 물었다.

"홈스, 자네 다쳤나?"

"흠, 이건 그냥 내가 부주의해서 살짝 긁힌 걸세."

그는 우리에게 아침 인사를 건네며 대답했다.

"펠프스 씨, 이번 사건은 제가 지금껏 수사했던 사건들 가운데 가장 골치 아픈 사건이로군요."

"이 사건에는 홈스 씨도 역부족인가 봅니다."

"대단한 모험을 하고 왔습니다."

"붕대를 보니 모험을 하기는 한 것 같군. 무슨 일이 있었는지 말해주지 않을 텐가?"

내가 말했다.

"왓슨, 아침부터 먹세. 오늘 아침에 내가 약 오십 킬로미터를 달려오면서 서리 주의 공기로만 배를 가득채웠다는 사실을 기억하게나. 마차에 대해 낸 광고에 제보는 안 들어왔지? 매번 짐작이 맞아떨어질 수는 없나 보군."

아침을 먹으려고 탁자 위를 정리한 후 막 종을 울리려는데, 허드슨 부인이 차와 커피를 가지고 들어왔다. 잠시 후 덮개를 씌운 접시들도 들여왔다. 우리 세 사람은 탁자로 모였다. 홈스는 배가 고파죽을 지경이었고 나는 궁금해죽을 지경이었다. 퍼시는 어느 때보다 우울해 보였다.

"허드슨 부인이 요리 솜씨를 발휘하셨군."

홈스가 앞에 놓인 접시의 덮개를 열며 말했다. 그의 접시에는 닭고기 카레가 담겨 있었다.

"부인이 내오는 요리는 가짓수가 얼마 되지는 않지만 스코틀랜드 여자에 뒤지지 않을 정도로 아침을 잘 차려주시지. 자네

접시에는 뭐가 있나, 왓슨?"

"햄과 달걀."

"맛있겠군! 펠프스 씨는 무엇을 드시겠습니까? 닭고기 카레 아니면 햄과 달걀? 그냥 앞에 놓인 음식을 드시겠습니까?"

"고맙습니다만 저는 안 먹겠습니다."

펠프스가 대답했다.

"오, 그러지 마시고요! 앞에 놓인 접시에 뭐가 있는지 확인해 보십시오."

"고맙습니다만 정말 식욕이 없네요."

"음, 그렇다면 제가 먹어도 괜찮으시겠죠?"

홈스는 장난스럽게 눈을 반짝거리며 말했다.

펠프스는 마지못해 접시의 덮개를 들었다. 그 순간 그는 비명을 지르며 접시만큼 허옇게 질린 얼굴로 접시를 뚫어져라 바라보았다. 접시의 중앙에는 돌돌 말린 청회색 종이가 놓여 있었다. 그는 그것을 눈으로 빨아들일 기세로 노려보더니 가슴에 꼭 끌어안고는 기쁨에 겨워 소리를 지르며 미친듯이 춤을 추면서 방안을 휘저었다. 그러더니 의자에 풀썩 쓰러지고 말았다. 감정을 너무 격렬하게 분출한 나머지 사지에 힘이 빠지고 기진맥진해진 것이다. 그가 정신을 잃지 않도록 브랜디를 먹여야 했다.

"정신을 차리셨군요!"

홈스가 그의 어깨를 토닥이며 말했다.

"느닷없이 보여드리다니 제가 심했습니다. 왓슨도 잘 알겠지만 제가 워낙 극적으로 연출을 하려는 욕심이 커서요."

퍼시는 홈스의 손을 덥썩 잡더니 손등에 입을 맞추었다.

"신께서 당신을 축복하실 겁니다. 제 명예를 구해주셨어요."

"음, 아시다시피 제 명예도 걸린 문제였죠. 당신이 일을 망치는 게 끔찍한 만큼 저도 맡은 사건을 실패하고 싶지 않거든요."

펠프스는 상의 안주머니 깊숙한 곳에 소중한 서류를 집어넣었다.

"식사를 방해하고 싶지는 않습니다만, 어떻게 문서를 되찾으셨는지 그동안 이게 어디에 있었는지 궁금해죽겠네요."

셜록 홈스는 커피를 한 모금 마신 후 햄과 달걀을 먹기 시작했다. 음식을 해치운 그는 일어나 파이프에 불을 붙이고 자기 의자에 앉았다.

"제가 한 일부터 말씀드리죠. 다음으로는 왜 그렇게 했는지도요. 두 분을 역에서 배웅한 후 저는 잠시 기분 좋게 산책을 했습니다. 서리 지방의 아름다운 숲을 가로질러 걸었더니 리플리라는 작고 예쁜 마을이 나오더군요. 그곳의 어느 여관에서 차를 마셨습니다. 물병에 물을 채우고 샌드위치도 사서 주머니에 챙겼죠. 그곳에서 오후를 보내고 저녁 무렵에 다시 워킹으로 향했습니다. 해가 서쪽으로 넘어간 직후 저는 브라이어브레이 옆의 큰길에 도착했습니다.

저는 그 길에서 인적이 끊어질 때까지 기다렸습니다. 평상시에도 사람이 잘 다니지 않는 한적한 길 같더군요. 그리고 울타리를 넘어 마당으로 들어갔죠."

"문이 열려 있었을 텐데요?"

펠프스가 말했다.

"물론입니다. 하지만 저는 이런 방식을 좋아해서요. 저는 전나무 세 그루가 서 있는 곳을 골라 몸을 숨긴 채 담을 넘었습니다. 집안사람들에게 최대한 들키지 않으려고요. 덤불 사이에 웅크리고 앉았다가 다른 덤불로 기어서 이동했습니다. 펠프스 씨가 침실로 쓰시는 방의 창문 맞은편에 자라는 진달래 덤불이 있지요. 그곳에 도착할 때까지 말입니다. 제 바지 무릎을 보시면 짐작이 되시겠죠. 거기에 자리를 잡고 쪼그리고 앉아서 어떤 일이 벌어질지 지켜보았죠.

창문에 커튼을 치지 않았더군요. 해리슨 양이 탁자 옆에서 책을 읽는 모습이 잘 보였습니다. 10시 15분이 되자 그녀는 책을 덮고 창의 덧문을 닫은 후에 방을 나갔습니다. 문을 닫는 소리가 들렸죠. 열쇠를 꽂아서 돌리는 소리도 분명히 들었고요."

"열쇠는요?"

펠프스가 불쑥 물었다.

"해리슨 양에게 자러 갈 때 밖에서 문을 잠그고 열쇠를 지니고 있으라고 지시를 해두었습니다. 그녀는 제가 지시한 내용을 조금도 어김없이 그대로 따라줬습니다. 그녀의 협조가 없었다면 서류는 지금쯤 당신의 품이 아닌 다른 곳에 있겠죠. 그녀가 나가면서 불도 꺼줬습니다. 마침내 진달래 덤불에 몸을 숨기고 쪼그려 앉은 저만 남았습니다.

지난밤은 날씨가 참 좋더군요. 그렇다 한들 잠복해 있자니 피곤하고 지겹기만 했죠. 물론 물가에 엎드려서 큰 사냥감을 기다리는 사냥꾼처럼 흥분이 된 것도 사실입니다. 그래도 밤이 참 길더군요. 왓슨, 우리가 '얼룩 띠' 사건을 수사하면서 무시무시한 방에서 대기했던 일 기억하나? 그때만큼 시간이 안 가더군. 워킹에는 십오 분마다 종을 치는 교회 시계가 있죠? 그 시계가 멈춘 게 아닌가 싶었던 때가 한두 번이 아니었답니다. 마침내 새벽 2시경 빗장을 미는 듯한 소리가 희미하게 들렸습니다. 이윽고 열쇠가 삐걱거리는 소리도요. 잠시 후 하인들이 사용하는 문이 열렸고 달빛 속으로 나오는 조지프 해리슨 씨가 보였습니다."

"조지프라고요!"

펠프스가 소리쳤다.

“모자를 쓰지 않고 어깨에는 검은 망토를 둘렀더군요. 만일의 경우 얼굴을 가릴 수 있도록 말입니다. 그는 저택의 그늘에 몸을 숨기고 살금살금 걸었습니다. 창가에 도착하자 날이 길쭉한 칼을 꺼내더니 창틀 사이로 밀어넣어 걸쇠를 젖혀 창문을 열었습니다. 다음으로는 칼을 덧문의 틈으로 집어넣어 빗장을 열고 덧문마저 활짝 열었죠.

제가 웅크린 곳에서는 방안이 훤히 보였습니다. 조지프가 무슨 짓을 하는지도 빠짐없이 보였죠. 그는 벽난로 선반에 있던 양초 두 개를 켰습니다. 그리고 문 근처에 있던 양탄자의 한쪽 모서리를 뒤집더군요. 쪼그리고 앉아 바닥에서 사각형 판자를 뜯어냈습니다. 배관공들이 가스관의 연결 부분을 쉽게 찾으려고 열 수 있게 해둔 부분 같았습니다. 실제로도 부엌으로 가스를 공급하는 가스관에서 갈라져 나온 T 자형 이음부가 있는 지점이더군요. 그곳에서 조지프는 돌돌 말린 작은 서류를 꺼내고 뜯어낸 판자를 다시 끼운 후 양탄자를 정리했습니다. 마지막으로 양초를 끄고 창밖으로 빠져나왔지만 제 품으로 뛰어든 셈이 되었죠. 거기에는 제가 기다리고 있었으니까요.

조지프 해리슨은 예상했던 것보다 훨씬 악랄한 자더군요. 그는 곧장 칼을 휘두르며 공격을 해 왔습니다. 저는 그자를 두 차례나 때려눕혔지요. 그러다가 손가락 관절 위를 베이기도 했지만 결국 그를 제압했습니다. 싸움이 끝났을 때 그는 한쪽밖에 떠지지 않는 눈으로 저를 죽일 듯이 노려보더군요. 하지만 말귀를 알아듣고 서류를 넘겨주었습니다. 서류를 받자마자 그자를 풀어줬지만 인상착의는 오늘 아침 포브스 형사에게 자세하게 알려줬습니다. 만약 재빨리 손을 써서 범인을 잡는다면 그의 공이겠죠! 하지만 이렇게도 생각할 수 있지 않겠습니까. 경찰이 은신처를 덮쳤지만 범인이 이미 도주한 후라면 정부에는 차라리 잘된 일일 거라고요. 홀드허스트 경도 퍼시 펠프스 씨도 이 사건이 법정까지 가지 않는 편을 더 좋아하실 것 같으니까요."

"세상에! 지난 십 주를 고통에 몸부림치는 동안 도난당한 문서는 계속 제 방에 있었다는 겁니까?"

"그랬습니다."

"조지프! 이 악당! 이 도둑놈!"

"그자는 보기보다 훨씬 위험하고 속을 알 수 없는 음흉한 인물인 것 같습니다. 오늘 새벽에 본인에게 들은 바로는 주식에 손을 댔다가 큰돈을 잃었다는군요. 그래서 한몫 단단히 챙길 수만 있다면 무슨 짓이라도 할 준비가 되어 있었죠. 워낙 자기밖에 모르는 이기적인 인물이라 기회가 나타나자 동생의 행복도 당신의 명예도 상관하지 않았던 겁니다."

퍼시 펠프스는 의자에 깊숙이 기대며 말했다.

"머리가 어지러워요. 홈스 씨의 설명을 듣다 보니 현기증이 나네요."

홈스는 마치 설교를 하듯 이야기를 계속했다.

"이번 사건은 증거가 너무 많다는 점이 가장 큰 난관이었습니다. 상관없는 증거들이 중요한 증거를 가리고 덮어버린 거죠. 밝혀진 사실들 가운데 가장 중요해 보이는 것들만 골라내서 순서대로 이어 붙여야 했습니다. 그래야 이 놀라운 사건들을 차례로 재구성할 수 있을 테니까요.

저는 그날 밤 펠프스 씨가 조지프 해리슨과 함께 집으로 돌아올 생각이었다는 말을 듣는 순간부터 그가 의심스러웠습니다. 역으로 가는 길에 그가 사무실에 들렀을 거라는 추측도 충분히 해볼 수 있었죠. 외무부 건물 내에 당신 사무실이 어디에 있는지도 잘 아니까요. 누가 침실에 침입하려고 했다는 이야기를 듣는 순간 의심은 확신으로 변했습니다. 그 방에 뭘 숨겨놓을 수 있는 사람은 조지프밖에 없지 않습니까. 당신이 의사와 함께 도착했을 때 조지프가 쓰던 방을 갑작스레 빼앗게 되었으니까요. 더군다나 당신이 아픈 뒤 처음으로 간호사 없이 자는 날 침입하려고 했다는 것만 봐도 집안 사정을 잘 아는 자의 소행이 분명했습니다."

"어떻게 그런 사실을 못 알아차렸을까요!"

"제가 조사로 밝혀낸 사실은 이렇습니다. 조지프 해리슨은 킹찰스 스트리트로 난 문으로 외무부 건물에 들어갔습니다. 그는 내부를 잘 알기 때문에 당신의 사무실로 곧장 찾아갔죠. 마침 당신이 커피 때문에 자리를 비운 직후였을 겁니다. 해리슨은 사무실에 아무도 없자 종부터 울렸는데, 책상 위에 펼쳐진 서류가 눈에 들어온 겁니다. 대충 훑어보기만 해도 가치가 대단한 걸 알 수 있는 중대한 문서가 눈앞에 무방비하게 놓여 있다는 사실을 알아차린 거죠. 그래서 서류를 일단 주머니에 쑤셔넣고 순식간에 모습을 감춘 겁니다. 기억하시다시피 잠에 취했던 수위가 종소리를 지적했을 때는 이미 몇 분이 흐른 후였죠. 그 정도 시간이면 해리슨이 모습을 감추고도 남았을 겁니다.

그는 역으로 가 제일 먼저 출발하는 기차를 타고 워킹으로 갔습니다. 훔친 문서를 살펴보고 어마어마한 가치가 있는 물건이라고 판단했습니다. 그래서 자신이 생각하기에 가장 안전한 곳에 서류를 숨겼죠. 하루이틀 후에 프랑스 대사관이든 어디든 큰돈을 낼 것 같은 상대에게 넘길 작정이었습니다. 그런데 그때 당신이 갑작스럽게 돌아온 겁니다. 그는 날벼락을 맞고 방에서 쫓겨났죠. 그때부터 방에는 당신을 포함해 최소 두 사람이 줄곧 있었으니 해리슨은 좀처럼 보물을 회수할 기회를 잡지 못해 미칠 것 같았을 겁니다. 마침내 기회가 찾아와 몰래 방에 숨어드는데 당신이 깨는 바람에 계획은 무참히 박살났죠. 그날 밤은 수면제를 드시지 않으셨을 겁니다."

"네, 그랬죠."

"아마 해리슨이 수면제의 약효가 더 세지도록 손을 썼을 겁니다. 그래서 당신이 곯아떨어졌을 거라고 철석같이 믿었겠죠. 물론 상황이 안전해지면 또다시 침입을 시도하리라는 걸 저는 잘 알고 있었습니다. 당신이 떠나자 그가 염원했던 기회가 다시 나타난 겁니다. 저는 해리슨 양에게 하루 종일 그곳을 떠나지 말라고 부탁했습니다. 해리슨이 우리보다 먼저 서류를 손에 넣을 수 없도록요. 그에게 아무 위험도 없다는 인상을 심어준 후 저는 말씀드린 대로 진달래 덤불에서 잠복했습니다. 서류는 분명히 방안에 있으리라고 확신했죠. 하지만 서류를 찾겠답시고 온 집안을 뜯고 부수고 싶지는 않았어요. 그자가 서류를 직접 꺼내도록 해서 수고를 덜었습니다. 또 궁금하신 점이 있습니까?"

내가 물었다.

"그는 왜 처음에 창문으로 들어오려고 했을까? 그냥 문으로 들어올 수도 있었을 텐데."

"문까지 오려면 침실을 일곱 개나 지나야 했으니까. 나갈 때도 창문으로 나가는 게 훨씬 간단하잖아. 다른 질문?"

"설마 그가 저를 죽일 생각이었을까요? 그건 아니겠죠? 그 칼은 단지 창문을 열 도구였을 겁니다."

펠프스의 말에 홈스가 어깨를 으쓱하며 말했다.

"그럴지도 모르죠. 하지만 이것만큼은 확실히 말씀드릴 수 있습니다. 조지프 해리슨은 인정을 기대할 수 없는 인물입니다."

마지막 문제

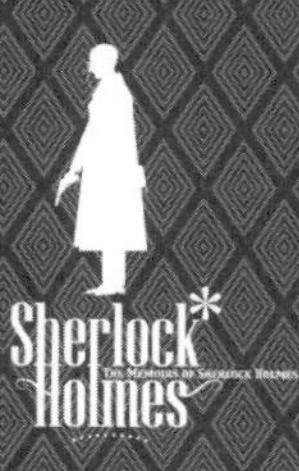

나의 친구 셜록 홈스를 유명하게 만들어준 독특한 재능에 대해 마지막 이야기를 쓰는 지금 내 마음은 무척이나 무겁다. 처음 우리를 친구로 만들어준 '주홍색 연구' 사건부터 무사히 해결해 심각한 국가적 분쟁을 막았던 '해군 조약문' 사건에 이르기까지 그와 함께했던 기묘한 경험을 나름대로 기록하고자 노력해왔지만, 이야기는 통일성도 없고 내 문체도 기록에는 어울리지 않는 듯했다. 원래 이 기록은 '해군 조약문' 사건을 마지막으로 끝낼 작정이었다. 이 년이라는 시간이 흘러도 내 삶에 채워지지 않은 커다란 구멍을 낸 사건에 대해서는 한마디도 하지 않고 끝내려 했다. 그런데 최근 발표된 제임스 모리아티 대령의 글을 본 순간 나는 마음을 바꾸지 않을 수 없었다. 대령이 그 글에서 자기 형제를 미화했기 때문이다. 그러므로 나는 실제로 무슨 일이 있었는지 대중에게 알려야만 한다. 그 사건의 진상을 전부 아는 사람은 오직 나뿐이다. 나는 그 사건을 비밀에 부쳐봐야 더이상 득이 안 되는 때가 왔다고 판단을 내렸다. 내가 아는 한 언론에서 이 사건을 다룬 기사는 세 건에 불과했다. 먼저 1891년 5월 6일 자 스위스 신문《주르날 드제네바》의 기사, 같은 해 5월 7일 자 영국 신문들에 실린 로이터 통신발 기사, 마지막으로 앞에서 내가 언급한 대령의 최근 글이다. 이 중에서 신문에 실린 두 기사는 내용을 극도로 압축하였고 대령의 글들은 사실관계를 완전히 왜곡해놓았다. 그것에 대해서는 내가 증명해 보일 것이다. 모리아티 교수와 셜록 홈스 사이에 실제로 무슨 일이 있었는지 공개하는 것은 이제 내 의무이다.

기억하기로 내가 결혼에 이어 병원 개업을 한 후로 홈스와 나 사이에 이어진 끈끈한 관계에 변화가 찾아왔다. 얼마간 홈스는 함께 수사할 동료가 있으면 좋겠다 싶을 때마다 나를 찾아왔지만 이런 경우도 점점 드물어지더니 어느새 1890년에는 함께 수사하고 내가 기록을 해둔 사건이 세 건밖에 되지 않았다. 그해 겨울에서 이듬해 초봄까지 홈스가 프랑스 정부에 고용되어 극도로 중요한 사건을 수사중이라는 소식을 나는 신문으로 접했다. 그때 홈스에게서 편지를 두 통 받았는데, 각각 프랑스 나르

본과 님에서 보낸 것이었다. 편지를 받은 나는 홈스가 프랑스에 오랫동안 체류하겠다고 생각했다. 그러니 1891년 4월 24일 저녁에 진료실로 들어오는 홈스를 보고 내가 얼마나 놀랐겠는가. 그는 평소보다 더 마르고 창백해 보였다.

"그래, 내가 무리해서 일했지."

그가 불쑥 말했다. 마치 내 말이 아니라 표정에 대답을 하는 듯했다.

"최근에 좀 힘들었다네. 덧문을 닫아도 괜찮겠지?"

실내를 밝히는 불빛은 내가 독서를 하는 탁자에 켜놓은 등불이 전부였는데, 홈스는 벽에 붙어 움직여 양쪽 덧문을 재빨리 닫고 안전하게 빗장까지 채웠다.

"걱정거리가 있나?"

내가 물었다.

"그래, 있네."

"그게 뭔데?"

"공기총."

"홈스, 도대체 그게 무슨 말인가?"

"왓슨, 자네는 알 걸세. 나는 사서 걱정하는 사람이 아니야. 하지만 위험이 바짝 다가와 있는데도 그 사실을 인정하지 않는 건 용기가 아니라 어리석음일 따름이지. 성냥을 써도 되겠나?"

그는 담배의 진정 효과에 몹시 감사하는 모습을 보이며 담배를 한 모금 빨았다.

"늦은 시각에 불쑥 나타나 미안하네. 그리고 잠시 후에 내가 뒤뜰의 담을 넘어서 빠져나가도 양해해주게."

"이게 다 무슨 일인가?"

그가 손을 내밀었다. 등불의 불빛에 그의 손가락 관절 두 개의 피부가 터지고 피가 난 것이 보였다.

홈스는 미소를 지으며 말했다.

"보다시피 대수롭지 않은 상황은 아니라네. 손이 이 지경이 될 정도라면 뭔가 있어도 단단히 있지 않겠나? 부인은 집에 있나?"

"아내는 지금 지인의 집에 가고 없다네."

"그래? 그럼 지금 혼자인가?"

"그렇지."

"그럼 좀더 홀가분하게 자네에게 일주일간 유럽 대륙에 다녀오자고 말할 수 있겠군."

"대륙 어디로?"

"어디든. 어디든 내게는 똑같으니까."

그의 말이며 행동에는 이상한 구석이 있었다. 목적 없이 여행을 떠나다니 절대 홈스다운 행동이 아니었다. 게다가 창백하고 초췌한 얼굴을 보면 그의 신경이 최고로 곤두선 상태가 분명했다. 홈스는 내 눈빛에서 의문을 읽었는지 무릎에 팔꿈치를 대고 양 손가락 끝을 마주대고는 상황을 설명하기 시작했다.

"혹시 모리아티 교수에 대해 들어봤나?"

"처음 들어보는 사람일세."

"아하, 그러니 그가 진정 천재이고 경이로운 존재인 거야!"

그가 소리쳤다.

"아무도 런던을 주름잡는 그의 이름을 들어본 적이 없다네. 그래서 그가 현재 범죄 역사상 최고의 자리에 오른 거겠지. 왓슨, 그 어느 때보다 진지하게 말하는데, 만약 내가 그 사람을 이겨 사회에서 제거할 수 있다면 내 분야에서 내가 최고임을 증명하는 셈일세. 그러면 좀더 조용한 삶을 준비할 수 있겠지. 우리끼리 이야기지만 내가 최근에 스칸디나비아의 왕실이며 프랑스 공화국에 협력했거든. 이 사건들 덕분에 화학 연구에 전념하면서 내 적성에 딱 맞는 조용한 삶을 살 수 있는 형편이 되었다네. 하지만 왓슨, 나는 모리아티 교수 같은 남자가 아무런 처벌도 받지 않고 런던 거리를 활보한다고 생각하면 편히 쉴 수가 없어. 가만히 앉아 있을 수가 없단 말일세."

"그가 도대체 무슨 짓을 했기에?"

"교수의 이력은 정말 독특하다네. 좋은 집안 출신에 훌륭한 교육을 받았지. 수학 분야에서는 압도적인 재능을 타고나기까지 했네. 스물한 살의 나이에 쓴 이항정리에 대한 논문이 유럽에서 주목을 받았어. 교수는 그 논문으로 우리 나라의 작은 대학들 중 한 곳에서 수학 교수 자리를 얻었지. 어느 모로 보나 그의 앞에는 눈부신 미래가 기다리고 있었다네.

하지만 그 남자는 유전적으로 가장 악마적인 피를 물려받았어. 그의 혈관에는 범죄를 향한 욕망이 흘렀지. 욕망은 순화되기는커녕 그의 비범한 정신력을 바탕으로 자라 가늠할 수 없을 정도로 위험해졌네. 대학가에서는 흉흉한 소문이 떠돌아 결국 그는 교수직을 사임할 수밖에 없었지. 그는 런던으로 돌아와 장교 지망생들을 가르치는 교관이 되었어. 세간에 알려진 경력은 여기까지네. 지금부터는 내가 알아낸 사실이지.

왓슨, 자네도 알겠지만 런던에서 일어나는 지능 범죄의 세계에 대해 나보다 잘 아는 사람이 어디 있겠나. 몇 년 전부터 나는 범죄자의 배후에 어떤 세력이 존재한다는 느낌을 줄곧 받아왔다네. 법의 집행을 방해하고 범죄자를 비호하는 은밀한 조직이 있는 것 같더란 말일세. 위조, 강도, 살인 사건 등 온갖 종류의 사건에서 나는 몇 번이나 이 조직의 존재를 느꼈다네. 내가 수사하지 않은 다수의 미해결 사건들 배후에 같은 조직이 있다는 결론을 내렸고. 오랫동안 나는 그들이 몸을 숨긴 베일을 찢어버리려고 노력을 기울였어. 마침내 실마리가 나타났을 때 그 끝을 잡고 뒤를 추적했지. 미로처럼 복잡하면서도 음습하게 꼬인 실이 나를 한때 수학계의 총아였던 전직 교수 모리아티에게 데려다주었던 걸세.

왓슨, 그는 범죄계의 나폴레옹이야. 이 거대한 도시에서 벌어지는 사악한 사건들의 절반과 미해결 범죄 사건 대부분은 그의 작품이라네. 그는 천재이자 철학자이며 심오한 사상가야. 그의 두뇌는 최고 수준이지. 그는 거미줄 한복판에 자리잡은 거미처럼 꼼짝도 하지 않지만 수없이 많은 가닥의 거미줄에 전해지는 모든 진동을 감지한다네. 그는 직접 행동에 나서지 않아. 오직 계획을 세울 뿐이지. 그의 부하들은 무수히 많은데다 놀랄 만큼 훌륭하게 조직되어 있어. 범죄를 저질러야 한다고 해보세. 이를테면 서류를 훔쳐야 한다거나 집을 털어야 한다거나 사람을 제거해야 하네. 그런 이야기가 교수에게 전해지면 범행 계획이 세워져. 얼마 후 계획은 현실이 되지. 부하가 체포될 때도 있지만 그러면 누가 보석금이나 변호사 비용을 대주지. 하지만 부하를 고용한 실세들은 결코 붙잡히지 않는다네. 애초에 의심을 받을 일이 없거든. 내가 바로 이런 조직을 쫓고 있다네, 왓슨. 그리고 조직을 만천하에 드러내 분쇄하려고 내 모든 에너지를 쏟았지.

하지만 교수는 매우 교묘하게 고안된 안전장치로 몇 겹이나 둘러싸여 있었지. 그러니 내가 어떻게 해도 법정에서 유죄판결을 내릴 증거를 잡기란 불가능할 것 같더군. 왓슨 자네도 내 능력을 잘 알지 않나. 석 달을 추적한 끝에 나는 마침내 나와 지적 능력이 동등한 적수를 만났다는 사실을 인정하지 않을 수 없었네. 그의 능력에 감탄한 나머지 그의 범죄를 보면서 느꼈던 공포가 흔적도 없이 사라질 정도였어. 하지만 그도 결국 실수를 저지르더군. 아주 작고 사소한 실수였지. 하지만 그가 수습할 수는 없었어. 왜냐하면 내가 바짝 접근했거든.

나는 찾아온 기회를 냉큼 잡았다네. 그 시점부터 나는 그의 주위에 그물을 치기 시작해 이제 그를 옭아맬 준비를 마쳤다네. 사흘 후, 그러니까 다음 월요일이면 상황이 알맞게 무르익을 테고 교수와 그의 범죄 조직에서 핵심적인 역할을 하는 놈들은 모두 경찰의 손에 넘어갈 걸세. 이번 세기 최대 규모의 형사재판이 열리겠지. 마흔 건이 넘는 미제 사건이 말끔하게 해결되고 그들은 교수형에 처해질 거야. 하지만 조금이라도 섣불리 행동했다가는 최후의 순간에 그들을 손아귀에서 놓칠 수 있어.

내 공작이 모리아티 교수에게 들키지 않고 진행되었다면 모든 일이 순조롭게 풀렸겠지. 하지만 그러기에 그는 너무나 교활한 자였네. 그는 내가 그물을 치기 위해 뭘 하는지 지켜보고 있었어. 그는 그물을 몇 번이나 빠져나가려 했고 나는 몇 번이나 그런 그를 저지했지. 왓슨, 내가 장담하는데, 우리가 소리 없이 벌인 대결을 자세하게 기록한다면 탐정 역사상 가장 치열한 공방전을 그린 명작으로 자리매김할 수 있을 걸세. 단지 한 명의 적을 상대하기 위해 이 정도로 최선을 다한 적은 없었네. 단 한 명의 적에게 이만큼 압박감을 느낀 적은 더더욱 없었지. 그가 깊숙이 공격을 해 들어오면 나는 더 깊이 파고들었다네. 마침내 오늘 아침 마지막 조치를 취했네. 앞으로 사흘이면 모든 일이 끝날 걸세. 내 방에서 이 문제를 곰곰이 생각하던 중이었는데 문이 열리더니 모리아티 교수가 보이지 뭔가.

나는 배짱이 두둑한 사람이야, 왓슨. 그런데도 그 순간만큼은 얼마나 놀랐는지 모르네. 언제나 머릿속에서만 존재하던 사람이 내 방의 문간에 서 있는 모습을 봤으니 왜 아니겠나. 그의 외모는 어쩐지 낯설지 않더군. 그는 아주 말랐고 키가 크지. 하얀 이마는 곡선을 그리며 앞으로 툭 튀어나왔고 두 눈은 푹 들어갔어. 말끔히 면도한 얼굴은 창백한데다 금욕적인 분위기를 풍기지. 외모에서 교수다운 느낌이 묻어나더군. 공부를 많이 한 탓인지 어깨가 둥글게 굽었고 머리는 앞으로 쑥 나왔다네. 신기하게도 파충류처럼 얼굴을 좌우로 천천히 흔드는 버릇이 있더군. 그는 푹 들어간 눈으로 나를 노려봤지만 그 눈빛에서 나에 대한 지대한 호기심이 느껴졌지.

마침내 그가 말문을 열었어.

'내 기대보다 전두골이 덜 발달했군. 실내복 주머니에 장전된 총을 만지작거리는 습관은 위험하다오.'

사실 집에 들어온 그를 보자마자 나는 내가 얼마나 위험한 상황에 처했는지 퍼뜩 깨달았다네. 그가 생각할 수 있는 유일한 도주로는 내 입을 봉하는 것이니까. 그래서 순간적으로 서랍에서 권총을 꺼내 주머니에 넣고 교수를 겨누고 있었거든. 그의 말에 나는 권총을 꺼내서 공이치기를 당긴 후 탁자에 내려놓았다네. 그는 미소를 머금은 얼굴로 눈을 깜박거리더군. 눈빛은 예사롭지 않았지. 권총이 바로 곁에 있어서 다행이라는 생각이 들었어. 그가 이렇게 말했네.

'당신은 확실히 날 잘 모르는군요.'

'그 반대죠. 상당히 잘 안다고 생각합니다만. 거기 앉으시죠. 오 분 드릴 테니 하실 말씀이 있으면 하십시오.'

내가 대답했어.

'내가 말하고 싶은 것은 전부 당신 머릿속에 떠올랐을 거요.'

'내 대답도 당신 머릿속에 떠올랐을 테고요.'

'변함없소?'

'물론입니다.'

내 대답을 듣자 그가 주머니에 손을 집어넣었어. 나는 순간적으로 탁자에 있던 권총을 집었지. 하지만 그가 주머니에서 꺼낸 건 날짜가 적힌 수첩이었다네.

'당신은 지난 1월 4일에 나를 방해했어. 23일에도 내 계획에 훼방을 놓았고. 2월 중순 무렵에는 당신 때문에 큰 불편을 겪었어. 3월 말에는 내 계획이 완전히 어그러졌지. 4월 말인 지금 나는 당신이 악착같이 추적하는 바람에 자유를 잃을지도 모르는 입장에 놓이고 말았어. 점점 말도 안 되는 상황으로 흐르고 있지.'

'내게 제안할 거라도 있습니까?'

내가 물었네.

'홈스 씨, 이제 그만둘 때가 되었소.'

그가 고개를 저으며 말했지.

'정말 그래야 할 때요, 당신도 알겠지.'

'월요일이 지나면 그만둘 겁니다.'

일단 이렇게 대답했지.

'쯧쯧! 당신 정도로 머리가 좋은 사람이라면 이래봤자 결과는 하나뿐이라는 사실을 잘 알 것 아니오? 이쯤에서 물러나시오. 당신이 벌인 일 때문에 이제 우리에게 남은 방법은 하나밖에 없소. 당신이 이 일을 어떻게 처리하는지 지켜보는 게 내게는 지적인 유희였던 터라 극단적인 조치를 취할 수밖에 없는 상황이 되

면 슬플 거요. 아직도 웃음이 나오는가 보군. 하지만 내 말대로 될 거라고 장담하오.'

'위험도 내 일의 일부죠.'

내가 대꾸했네.

'이것은 위험이 아니오. 돌이킬 수 없는 파멸이지. 당신이 가로막고 있는 건 한 사람의 개인이 아니야. 막강한 조직이지. 당신이 아무리 지략을 발휘해도 세력을 가늠할 수 없는 조직 말이오. 홈스 씨, 이 조직에서 멀찌감치 떨어져 있으시오. 안 그러면 짓밟히게 될 테니까.'

나는 일어서며 대꾸했어.

'대화가 너무 즐거운 나머지 다른 곳에서 나를 기다리는 중요한 볼일을 깜박했군요.'

그도 따라 일어났네. 그러고는 슬픈 듯 고개를 저으면서 말없이 나를 바라보았지.

이윽고 그가 말하더군.

'이런, 이런. 불쌍한지고. 어쨌든 나는 충분한 기회를 주었어. 당신의 움직임은 모두 알고 있소. 월요일이 오기 전에는 아무것도 할 수 없다는 것도. 홈스 씨, 이제껏 나와 당신은 결투를 벌였소. 당신은 나를 피고석에 세우고 싶겠지만 나는 절대 피고석에 서지 않아. 당신이 아무리 원해도 나를 이기는 건 불가능하지. 당신이 날 파멸시킬 정도로 영리한 만큼 나 또한 똑같이 되돌려줄 능력을 갖고 있다는 걸 기억해두시오.'

'모리아티 씨, 당신은 내게 몇 번이나 칭찬을 했죠. 그러니 보답으로 한말씀해드리죠. 당신을 확실히 파멸시킬 수만 있다면 나는 공공의 이익을 위해 기꺼이 당신의 복수를 받아들일 각오가 되어 있습니다.'

'나는 파멸하지 않을 거요. 하지만 당신에게 반드시 대가를 돌려주리라 약속하지.'

쏘아붙인 그는 굽은 등을 돌려 여기저기 두리번거리고 눈을 깜박이면서 방을 나갔네.

모리아티 교수와의 놀라운 대면은 이렇게 끝이 났다네. 솔직히 뒷맛이 개운하지 않았지. 차분하면서도 또박또박 말하는 태도에서 허투루 하는 말이 아니라는 걸 똑똑히 느꼈으니까. 자네는 왜 경찰에게 말해서 그자에 대한 대비를 시키지 않느냐고 묻겠지. 이유는 간단해. 모리아티는 나를 절대 직접 공격하지 않기 때문이야. 부하들을 시켜 공격할 게 분명하거든. 확실한 증거도 있어."

"벌써 공격을 당했다는 말인가?"

"왓슨, 모리아티 교수는 망설이다 때를 놓칠 사람이 결코 아니라네. 오늘 옥스퍼드 스트리트에 볼일이 있어서 정오 무렵에 집을 나섰네. 벤팅크 스트리트에서 웰벡 스트리트 교차로 쪽으로 접어드는 모퉁이를 지나는데, 말 두 필이 끄는 짐마차가 맹렬한 기세로 나를 향해 달려오더군. 아슬아슬하게 인도로 뛰어올라간 덕분에 목숨을 부지할 수 있었지. 마차는 메릴본 레인에서 돌아 나간 후 순식간에 자취를 감추었지. 그 후 나는 계속 인도로만 걸었다네, 왓슨.

얼마 후 비어 스트리트를 따라 걸어가는데, 어떤 건물 지붕에서 벽돌 하나가 떨어지지 뭔가. 벽돌은 내 발치에 떨어져 산산조각이 났지. 나는 경찰에 신고해 그 집을 조사하게 했네. 조만간 집수리를 하려고 지붕 위에 슬레이트와 벽돌을 잔뜩 쌓아놓았더군. 그들은 쌓아둔 자재가 바람에 기울어져 떨어진 것이라고 했어. 절대 그렇지 않을 걸세. 하지만 아무것도 증명할 수 없었지. 그래서 마차를 잡아타고 폴 몰에 있는 형의 집으로 가서 오후 내내 그곳에 머물렀네. 지금은 이렇게 자네에게 왔고.

여기 오는 길에도 곤봉을 든 깡패에게 습격을 받았다네. 나는 그를 때려눕힌 후 경찰을 불러 연행시켰지. 하지만 내 손에 앞니로 상처를 낸 깡패와 은퇴한 수학 교수 사이에서 접점을 찾을 수는 없을 걸세. 교수는 지금쯤 십 킬로미터는 떨어진 곳에서 칠판에 문제를 풀고 있겠지. 그러니 왓슨, 내가 여기에 오자마자 제일 먼저 덧문을 닫고 앞문보다 눈에 덜 띄는 곳으로 나가겠다고 양해를 구한 일이 이제 납득이 가겠지."

내 친구의 용기를 존경스러워했던 적이 몇 번 있었지만, 무서운 사건들이 연속해서 일어난 하루를 차분하게 돌아본 그때만큼 존경스러웠던 순간이 없었다.

"여기서 묵을 건가?"

"아니, 내가 묵으면 여기가 위험해질 걸세. 계획을 세워뒀으니 괜찮겠지. 지금까지 상황을 봐선 경찰은 내 도움이 없어도 체포 정도는 할 수 있을 거야. 물론 그자들에게 유죄판결을 내리려면 내가 있어야겠지만. 그러니까 나는 경찰이 움직일 수 있을 때까지 남은 며칠 동안 여기서 멀리 떠나 있는 게 최선일세. 자네가 대륙으로 함께 가준다면 무척 즐거울 거야."

"요즘 병원은 한산하다네. 이웃 의사는 나 대신 환자들을 잘 봐주고. 함께 갈 수 있다면 기쁘겠네."

"그럼 내일 아침에 바로 떠나세."

"그래야 한다면."

"그래야 하고말고. 그리고 자네가 꼭 따라줘야 할 사항이 있어. 조금도 어기지 말고 꼭 따라주게. 지금 유럽에서 가장 교활한 악당과 가장 강력한 범죄자 집단에 맞서 함께 싸워야 하니까.

잘 듣게! 짐 가방에 주소를 쓰지 말고 믿을 만한 사람에게 시켜서 오늘밤 빅토리아 역으로 보내놓게. 내일 아침에는 마차를 잡아놓을 사람에게 이렇게 지시하게. 부르지도 않았는데 그냥 오는 마차는 두 대째까지 그냥 보내버리라고. 그리고 자네는 마차에 올라타면 로더 아케이드 골목과 스트랜드 대로가 만나는 지점으로 가자고 하게. 목적지는 종이에 써서 마부에게 건네주고 그 종이는 절대 버리지 말라고 해. 요금은 미리 지불하고 마차가 서자마자 곧장 아케이드로 뛰어들게. 9시 15분에 맞춰서 아케이드 끝에 도착해야 하네. 그러면 연석 근처에 작은 사륜마차 한 대가 보일 걸세. 붉은색 깃이 달린 검은 망토를 입은 사내가 몰고 있을 거야. 그 마차에 냉큼 올라타면 대륙간 특급열차가 출발하는 시간에 맞춰서 빅토리아 역에 도착할 걸세."

"자네와는 어디서 만나나?"

"역에서. 앞에서 두 번째 일등칸을 예약할 걸세."

"객차에서 만나는 건가?"

"그래."

그날 밤 우리집에서 자고 가라고 설득했지만 소용없었다. 홈스는 머무르면 문제가 생길 거라고 생각하고 떠나려는 게 분명했다. 이튿날 계획에 대해 서둘러 몇 마디 말을 덧붙인 홈스는 자리에서 일어나 나와 함께 뒤뜰로 나갔다. 이어 담장을 넘어 모티머 스트리트로 난 길로 나가자마자 그는 휘파람으로 마차를 불렀다. 잠시 후 그가 탄 마차가 떠나는 소리가 들렸다.

다음날 아침 나는 홈스의 지시를 그대로 따랐다. 예방 조치를 잘 취한 덕에 우리를 추적하려고 기다렸을지 모르는 마차들을 피했다. 나는 아침을 먹은 즉시 마차를 타고 떠나 로더 아케이드에 도착했고, 전속력을 다해 아케이드를 달렸다. 아케이드 끝에는 덩치가 큰 마부가 검은 망토를 입은 채 대기중이었다. 내가 마차에 오르자마자 그는 채찍을 휘둘러 빅토리아 역으로 출발했다. 역에 도착해 내가 마차에서 내리자마자 마부는 내 쪽은 본체만체하며 그대로 출발했다.

거기까지는 모든 일이 순조로웠다. 내 짐은 이미 도착했고 나는 어렵지 않게 홈스가 말한 객차를 찾았다. 어차피 기차에서 '예약'이라는 표시가 붙은 객차는 그것뿐이었다. 그러나 홈스는 모습을 드러내지 않았다. 속이 바짝바짝 타들어갔다. 역의 시계를 보니 칠 분 후면 출발 시각이었다. 나는 북적거리는 여행객 무리와 배웅 나온 사람들 사이에서 내 친구처럼 호리호리한 남자를 찾아보았지만 소용없었다. 그의 모습은 어디에도 보이지 않았다.

그런 와중에 나이가 지긋한 이탈리아인 신부를 돕느라 잠시 시간을 소모했다. 신부가 짐꾼에게 짐을 파리로 보내야 한다고 서툰 영어 실력으로 힘들게 설명을 하는 중이었기 때문이다. 그를 도와주고 나서 주위를 한 번 더 둘러본 후에야 나는 객차로 돌아갔다. 그런데 짐꾼이 표도 제대로 보지 않고 늙은 이탈리아인 신부를 데려다 놓은 것이 아닌가. 나는 동행처럼 앉아 있는 신부에게 다른 객차로 가야 한다고 열심히 설명했지만 의미 없는 짓이었다. 그의 영어보다 내 이탈리아어가 더 형편없었기 때문이다. 결국 나는 설명을 포기하고 어깨를 으쓱한 후 불안하고 초조한 마음으로 계속 밖을 두리번거리며 친구의 모습을 찾았다. 문득 공포가 몰려왔다. 온몸에 한기가 들었다. 그가 나타나지 않는다는 말은 지난밤에 공격을 받았다는 뜻일 수도 있었다. 모든 문이 닫히고 기차의 경적이 울렸다. 그 순간이었다.

"이보게, 왓슨. 잘 잤느냐는 인사 정도는 하게나."

나는 혼이 쏙 빠질 정도로 놀라 소리가 난 쪽을 돌아보았다. 연로한 성직자가 나를 마주보았다. 순식간에 주름살이 펴지고 코가 턱에서 멀어졌으며 아랫입술이 쑥 들어가고 입술도 우물거리지 않았다. 멍했던 두 눈이 총기를 되찾고 웅크리고 있던 몸이 쫙 펴졌다. 하지만 다음 순간 그는 다시 쪼그라들었다. 내 친구의 모습은 나타날 때만큼 순식간에 사라졌다.

"세상에! 간 떨어지는 줄 알았네!"

내 말에 그가 목소리를 잔뜩 낮춰 말했다.

"아직 모든 것을 조심해야 해. 그들이 여전히 나를 추적중이라고 믿을 만한 근거가 있거든. 아, 저기 모리아티가 직접 나타났군."

홈스가 말하는 중에 기차가 움직이기 시작했다. 뒤를 돌아보니 키가 훌쩍 큰 남자가 인파를 과격하게 밀어젖히며 기차를 세우려는 듯 손을 흔드는 모습이 보였다. 하지만 늦었다. 우리를 태운 기차는 점점 속도를 높여서 어느새 역을 완전히 빠져나왔다.

"그렇게 조심을 했는데도 아슬아슬하게 피했군."

홈스는 웃음을 터뜨리며 말했다. 그는 자리에서 일어나 변장을 하느라 걸쳤던 긴 성직자 옷과 모자를 벗은 후 손가방에 집어넣었다.

"조간신문을 읽었나, 왓슨?"

"아니."

"그러면 베이커 스트리트에 대한 기사를 못 봤겠군?"

"베이커 스트리트?"

"그자들이 지난밤 내 방에 불을 질렀네. 큰 피해는 입지 않았지만."

"뭐라고, 홈스! 어떻게 그런 짓까지!"

"곤봉을 휘두른 깡패가 체포된 후로 그자들은 내 행방을 완전히 놓쳐버린 거야. 그게 아니라면 내가 집에 돌아갔을 거라고 생각할 리 없지. 그자들은 만약을 위해 자네도 감시했을 걸세. 그러니까 모리아티가 빅토리아 역까지 따라왔겠지. 역까지 오면서 실수는 하지 않았지?"

"자네가 지시한 내용을 그대로 따랐다네."

"사륜마차도 제대로 찾았고?"

"그랬지. 대기하고 있던걸."

"마부가 누군지 알겠던가?"

"아니."

"마이크로프트 형이었네. 이런 경우에는 돈 주고 쓰는 사람은 믿지 않는 편이 낫지. 어쨌든 지금은 모리아티를 어떻게 해야 할지 계획을 세워야 하네."

"이 특급열차에서 내리면 바로 배로 갈아탈 테니 그자를 꽤 효과적으로 따돌린 것 아닌가."

"왓슨, 이 친구야. 자네는 이 작자가 나와 지적 능력이 똑같은 수준이라는 의미를 제대로 이해하지 못했나 보군. 설마 내가 누군가를 추적할 때 이런 미미한 장애물에 금세 당황할 거라고 생각하나? 아니라면 그 남자에 대해서도 똑같이 생각해야 하는 것 아닌가?"

"그는 이제 뭘 어떻게 할까?"

"내가 생각하는 것처럼 하겠지."

"그럼 자네라면 어떻게 할 건가?"

"특급열차를 타겠지."

"그래봤자 늦을 텐데."

"그렇지 않아. 이 기차는 캔터베리에 정차하지. 게다가 배로 갈아탈 때는 최소 십오 분 정도 지연되기 마련이라네. 교수는 거기서 우리를 따라잡을 걸세."

"누가 들으면 우리가 범죄자인 줄 알겠군. 그가 도착하자마자 체포되도록 미리 손을 쓰면 어떤가?"

"그랬다간 지난 석 달간 공들인 계획이 물거품이 되어버리네. 당장은 대어를 잡겠지만, 더 작은 물고기들은 그물을 빠져나가겠지. 월요일이 되면 조직을 일망타진할 수 있어. 당장은 안 돼. 지금 체포는 금물이야."

"그럼 어떻게 해야 하나?"

"캔터베리에서 내려야지."

"그런 다음에는?"

"그런 다음에는 뉴헤이븐까지 육지로 이동한 후 프랑스의 디에프로 넘어가야 하네. 모리아티도 나와 똑같이 할 거야. 그는 파리로 건너가서 우리 짐을 확인하고 역에서 이틀 동안 우리를 기다리겠지. 우리는 그 짐을 포기하고 새 가방을 사야 해. 통과하는 나라에서 필요한 물건을 마련하고 룩셈부르크와 바젤을 지나 스위스 안으로 이동해야겠지."

나는 가져간 짐을 포기하고 불편한 여행을 감행할 만큼 젊은 나이가 아니었다. 하지만 그것보다 더 짜증나는 일은, 차마 입에 담을 수 없는 악행을 저지른 남자를 피해 이리저리 숨어 다녀야 한다는 사실이었다. 하지만 홈스가 나보다 더 상황을 명확하게 판단하고 있을 게 분명했다. 캔터베리에 도착하자 우리는 기차에서 내렸다. 뉴헤이븐까지 가는 기차를 타려면 한 시간이나 기다려야 했다.

나는 옷가지가 들어 있는 가방이 실린 수화물 칸이 순식간에 멀어지는 모습을 안타까운 눈빛으로 지켜보았다. 홈스가 내 소매를 끌어당기며 선로를 가리켰다.

"벌써 왔군."

그가 말했다.

저멀리 켄트의 숲 사이에서 가느다란 연기가 피어올랐다. 잠시 후 곡선 선로를 지나 역으로 날듯이 들어오는 기차가 보였다. 기관차에 객차가 하나 달린 기차였다. 우리가 잔뜩 쌓인 수화물 뒤로 몸을 숨기자마자 기차는 뜨거운 공기를 우리의 얼굴에 마구 뿜고 지축을 뒤흔드는 굉음을 내지르며 지나갔다.

객차가 선로 전환기 위를 갸우뚱거리며 지나가는 모습을 지켜보는데 홈스가 말했다.

"역시 저 기차에 탔군. 우리 친구의 지력에도 한계가 있어. 내가 어떻게 계획을 세우고 행동할지 추리한다면 그거야말로 기적이겠지."

"우리를 따라잡으면 어떻게 나올까?"

"당연히 죽이려고 하겠지. 의심의 여지가 없어. 하지만 나도 가만있지는 않을 거라네. 지금은 여기서 좀 이른 점심을 먹을지 아니면 뉴헤이븐의 간이식당에 도착할 때까지 굶으면서 버틸지나 정하세."

우리는 그날 밤 브뤼셀로 가서 그곳에서 이틀을 묵은 후 셋째 날 스트라스부르까지 이동했다. 월요일 아침에 홈스는 런던 경찰청에 전보를 쳤다. 그날 저녁 호텔로 돌아가니 답신이 기다리고 있었다. 서둘러 봉투를 찢고 내용을 읽은 홈스는 욕설을 내뱉으며 전보를 구겨서 벽난로에 던져 넣었다.

"예상했어야 했는데. 모리아티가 빠져나갔어!"

그가 침통하게 말했다.

"모리아티가!"

"조직은 일망타진했네. 모리아티만 빼고 말일세. 그자는 경찰의 눈을 속이고 도주했어. 하기야 내가 영국을 떠났으니 누가 그의 적수가 되겠나. 그래도 경찰의 손에 그를 넘겨준 거나 다름없다고 생각했는데. 왓슨, 자네는 이제 영국으로 돌아가는 편이 낫겠네."

"왜?"

"나와 함께 여행하면 너무 위험해. 그는 조직을 잃었어. 런던에는 아무것도 남지 않았지. 내가 그의 성격을 제대로 읽고 있다면 그는 내게 복수를 하기 위해 남은 힘을 전부 쏟을 거야. 얼마 전 나는 짧은 대화에서도 분명히 밝혔고. 그는 진심이라네. 그러니 당장 자네에게 일상으로 돌아가라고 권할 수밖에."

하지만 홈스의 오랜 친구이자 백전노장 군인인 내가 그런 부탁을 호락호락하게 받아들일 리 없었다. 우리는 스트라스부르의 어느 식당에 마주앉아서 삼십 분 동안 이 문제를 논의했다. 그리고 그날 밤 우리는 다시 길을 떠나 제네바로 향했다.

우리는 일주일 동안 론 협곡을 돌아보며 즐거운 시간을 보낸 후 뢰크에서 계곡을 나와 아직도 눈이 많이 쌓여 있는 겜미 파스 고개를 넘었다. 고개를 넘은 후에는 인터라켄을 거쳐 마이링겐으로 향했다. 유쾌한 여행이었다. 아래를 보면 파릇파릇한 봄이 돋아 있고 고개를 들면 여전히 순백의 겨울이 걸려 있었다. 하지만 여행을 하는 내내 홈스는 자신의 앞에 놓인 그림자를 단 한 순간도 잊지 않았다. 그가 굳이 말하지 않아도 나는 알 수 있었다. 알프스의 아늑한 마을을 지날 때도 깊은 산속의 외로운 협곡을 지날 때도 주위를 힐끔거리고 우리를 스치는 사람들의 얼굴을 유심히 살피는 홈스를 보는데 어떻게 모를 수 있겠는가. 어디로 도망을 치든 우리를 바짝 따라붙는 위험에서 벗어나지는 못하리라고 그는 누구보다 깊이 확신하고 있었다.

지금까지도 기억나는 일이 있다. 우리가 겜미 파스를 넘어갈 때였다. 울적한 분위기의 다우벤 호숫가를 걷고 있는데, 우리 오른쪽에 있던 산등성이에서 거대한 바위가 떨어져나오더니 굉음을 내며 굴러 내려왔다. 바위는 우리 바로 뒤를 지나쳐 그대로 호수로 떨어졌다. 순간 홈스는 산등성이로 쏜살같이 뛰어 올라갔다. 높은 바위에 올라가서 목을 길게 빼고 사방을 살펴보았다. 여행 안내원이 이 지역은 원래 봄철만 되면 산에서 바위가 굴러떨어지는 일이 흔하다며 그를 안심시켰지만 도움이 되지 않았다. 홈스는 대꾸하지 않았다. 이럴 줄 알았다는 듯한 표정으로 나를 바라보며 미소를 지을 뿐이었다.

경계를 늦추지 않는 와중에도 홈스는 결코 우울해하는 법이 없었다. 오히려 그때만큼 활기에 넘치는 모습을 본 적이 없을 정도였다. 그는 몇 번이고 이렇게 말했다. 모리아티 교수를 이 사회에서 확실하게 없애버릴 수만 있다면 탐정 경력에 기꺼이 종지부를 찍겠다고 말이다.

"왓슨, 그렇게만 된다면 나는 헛되이 산 게 아니야. 내 인생이 오늘밤 끝난대도 편안한 마음으로 과거를 되짚어볼 수 있을 거라네. 내가 있었기에 런던의 공기는 더 깨끗해졌어. 천 건이 넘는 사건에 관여하면서 내 능력을 나쁜 일에 쓴 적이 없다네. 최근 나는 사람이 만들어놓은 사회의 피상적인 문제보다 자연이 만들어놓은 문제를 파고들고 싶은 마음이 자꾸 든다네. 왓슨, 내가 유럽에서 가장 위험하고 유능한 범죄자를 검거하거나 완전히 제거해서 내 경력이 유종의 미를 거두는 날 자네의 회상록도 끝이 나겠군."

이제 이야기는 막바지로 향하고 있으니 간략하면서도 사실 그대로 정확하게 기록하겠다. 내가 선뜻 떠올리고 싶은 이야기는 아니지만 아무리 사소한 부분이라도 빠뜨리지 않고 모두 기록하는 것이 의무라고 생각한다.

우리는 5월 3일 마이링겐이라는 작은 마을에 도착했다. 페터 스타일러라는 노인이 경영하는 엥글리셔 호프 호텔에 여장을 풀었다. 호텔의 주인장은 꽤 지적인데다가 런던의 그로브너 호텔에서 삼 년간 웨이터로 일을 한 덕분에 영어도 유창했다. 그의 조언대로 우리는 구릉지를 지나서 로젠라우이라는 마을에서 하룻밤 묵기 위해 4일 오후에 출발했다. 우리가 지나야 할 산의 중턱에는 라이엔바흐 폭포가 있었다. 그런데 주인장은 폭포를 보려고 길을 둘러가지 말고 그냥 지나치라고 신신당부를 했다.

라이헨바흐 폭포는 무시무시했다. 눈 녹은 물이 흘러들어 불어난 폭포수가 급류를 이루어 보기만 해도 오금이 저리는 심연으로 곤두박질쳤다. 심연에서 사정없이 튀어오르는 물보라는 불타는 집에서 피어오르는 연기처럼 보였다. 강물이 흘러들어 기둥처럼 수직으로 떨어지는 물줄기는 반짝이는 새까만 바위 사이로 쏟아져 내리며 점점 좁아지다가, 깊이를 알 수 없는 연못으로 떨어져 크림색으로 부글부글 흘러넘치거나 주위의 삐쭉삐쭉한 바위 위로 튀어 올랐다. 초록색 물기둥이 굉음을 내며 한없이 길게 아래로 떨어지고 물보라가 펄럭거리는 커튼처럼 쉭쉭 피어오르는 모습을 보면 누구라도 끝없는 소용돌이와 요란한 물소리에 머리가 아찔해질 것이다. 우리는 절벽의 끄트머리에 서서 폭포수가 까마득한 아래쪽 검은 바위로 떨어져 번쩍이는 모습을 지켜보았다. 그리고 심연에서 피어오르는 물보라와 함께 윙윙거리며 올라오는 사람의 함성 같은 굉음에 귀를 기울였다.

절벽을 따라 폭포 앞까지 반원 모양의 길이 나 있었다. 폭포 전경을 볼 수 있는 길이었지만 계속 이어지지 않고 끊어지니 그 길에 들어섰던 여행자는 왔던 길을 되돌아가야 했다. 우리도 길을 되돌아가려는데, 스위스 청년 하나가 편지 한 통을 들고 오는 모습이 보였다. 우리가 막 떠나온 호텔의 마크가 찍힌 편지는 호텔 주인이 내 앞으로 보낸 것이었다. 편지에는 우리가 출발한 직후에 폐결핵 말기인 영국 여자가 도착했다고 적혀 있었다. 그녀는 다보스 플라츠에서 겨울을 보냈으며 지금은 루체른에 있는 친구들을 만나러 가는 중이었다. 그런데 갑자기 각혈을 한 것이다. 몇 시간 못 살 것 같지만 마지막으로 영국인 의사의 진료를 받는다면 환자에게 큰 위안이 될 것 같으니 돌아와주면 좋겠다고 했다. 사람 좋은 스타일러 노인은 그 여자가 절대 스위스 의사에게 진료를 받지 않겠다고 고집을 피우는데다 호텔 주인으로서 큰 책임이 느껴지는 일이라 내가 돌아와준다면 무척 고맙겠다고 편지에 덧붙였다.

나는 부탁을 쉽사리 거절할 수 없었다. 낯선 타국 땅에서 홀로 죽어가는 동포의 부탁을 어떻게 거절할 수 있겠는가. 하지만 홈스를 두고 가려니 차마 발길이 떨어지지 않았다. 결국 우리는 이렇게 하기로 했다. 나는 일단 마이링겐으로 돌아가고 홈스는 편지를 가져다준 스위스 청년을 안내인이자 길동무로 삼아서 출발하기로 말이다. 홈스는 폭포 주변에서 좀더 머무르다가 느긋하게 언덕을 넘어 로젠라우이로 가겠다고 했다. 우리는 밤에 그곳에서 만나기로 했다. 내가 홈스를 돌아봤을 때 그는 팔짱을 낀 채 바위에 기대서서 아래로 떨어지는 물줄기를 내려다보고 있었다. 내가 이 세상에서 본 그의 마지막 모습이었다.

거의 다 내려왔을 때 무심결에 뒤를 돌아보았다. 위치상 그곳에서는 폭포가 보이지 않았다. 하지만 산등성이를 따라 폭포 쪽으로 굽어드는 길목이 눈에 들어왔다. 그 길을 따라 남자 하나가 걸어갔다. 걸음걸이가 무척 빨랐던 것이 기억난다.

푸른 언덕을 배경으로 남자의 검은 형체가 또렷하게 눈에 들어왔다. 남자가 기세 좋게 걸어가는 모습이 기억에 남았지만 나를 기다리고 있는 일에 다시 걸음을 재촉하다 보니 어느새 그에 대한 생각은 머릿속에서 사라지고 말았다.

한 시간이 조금 지난 후 나는 마이링겐에 돌아왔다. 마침 스타일러 노인이 호텔의 현관에 앉아 있었다.

"환자는 그 후로 상태가 더 나빠지지 않았겠죠?"

나는 서둘러 다가가며 대뜸 물었다.

그의 얼굴에 놀란 기색이 번졌다. 그의 눈썹이 움찔하는 모습을 본 순간 나는 심장이 납으로 변한 것처럼 쿵 떨어졌다.

"주인장께서 이 편지를 쓰지 않으셨습니까? 지금 호텔에 결핵 말기인 영국 여성이 없습니까?"

나는 주머니에서 편지를 꺼내며 물었다.

"그런 사람은 없습니다. 하지만 편지에 정말 우리 호텔 마크가 찍혀 있군요! 하! 이건 분명히 당신들이 떠난 후에 도착한 키 큰 영국 남자가 썼을 겁니다. 그 사람 말이……."

호텔 주인의 설명을 듣고 있을 여유가 없었다. 나는 두려움에 휩싸인 채 마을의 거리를 냅다 달리기 시작해 방금 내려왔던 산길로 향했다. 그 길을 내려오는 데 한 시간이 걸렸었다. 전력을 다해 달렸지만 라이헨바흐 폭포에 다시 도착했을 때는 두 시간이 더 지나 있었다. 도착해보니 홈스가 들고 있던 등산 지팡이가 그를 마지막으로 보았던 바위에 기대어 있었다. 그의 모습은 어디에도 보이지 않았다. 큰 소리로 불러보았지만 아무 대답도 들리지 않았다. 오로지 주위를 에워싼 절벽에서 굽이치듯 되돌아오는 메아리만이 나의 외침에 대답해줄 뿐이었다.

홈스의 지팡이를 본 순간 피가 차갑게 식고 속이 울렁거렸다. 지팡이가 여기 있다면 홈스는 로젠라우이로 가지 않았다는 말이 아닌가. 그는 깎아지른 듯한 절벽을 따라 무시무시한 폭포까지 난 일 미터 너비의 오솔길에서 기어이 적에게 습격을 받은 게 틀림없었다. 스위스 젊은이의 모습도 보이지 않았다. 아마도 모리아티 교수에게 돈을 받고 고용된 자였을 것이다. 그는 두 남자를 두고 모습을 감춘 게 분명했다. 그 후 무슨 일이 일어났을까? 그 후에 일어난 일에 대해 누가 알려줄 수 있을까?

벌어졌을 일에 대한 공포로 어지러워진 마음을 가라앉히며 잠시 동안 서 있었다. 그리고 홈스의 수사법을 곰곰이 떠올려 이 비극의 현장에서 무슨 일이 일어났는지 추리해보았다. 아! 그것은 터무니없이 쉬웠다. 우리는 이야기를 하며 걸었지만 길

끝까지 가지는 않았다. 홈스의 지팡이가 있는 지점이 바로 우리가 서 있던 곳이었다. 시커먼 흙은 쉴 새 없이 떨어지는 물보라로 축축하게 젖어 작은 새 한 마리도 그 위에 발자국을 남길 수 있을 정도였다. 오솔길의 끝을 향해 걷는 두 줄의 발자국이 또렷하게 남아 있었다. 내게서 멀어지는 발자국만 보일 뿐 돌아오는 발자국은 보이지 않았다. 흙길이 끝나는 부근의 몇 미터는 온통 짓밟혀서 진창이었다. 폭포 앞의 길 끄트머리에 난 검은딸기나무와 양치식물은 온통 더럽혀지고 쥐어뜯겨 있었다. 나는 땅바닥에 엎드려 피어오르는 물보라를 얼굴에 맞으면서 아래를 내려다보았다. 내가 서둘러 떠났을 때보다 날이 꽤 어두워져서 검은 절벽 곳곳이 젖어 번들거리는 모습과 물기둥이 연못으로 떨어지며 어슴푸레하게 빛나는 모습밖에 알아볼 수 없었다. 나는 홈스를 소리쳐 불렀다. 하지만 내 귀에는 사람의 함성과 비슷한 폭포의 굉음밖에 들리지 않았다.

그래도 운명은 친구이자 전우였던 홈스로부터 마지막 인사만큼은 받을 수 있게 해주었다. 앞에서 나는 그의 지팡이가 길가에 툭 튀어나온 바위에 기대어 있었다고 했다. 바위의 꼭대기에서 반짝이는 물건이 눈에 들어왔다. 바위 위를 더듬어보니 홈스가 늘 들고 다니던 은제 담뱃갑이 손에 잡혔다. 담뱃갑을 집어 들자 밑에 깔려 있던 작은 종이 한 장이 팔랑거리며 떨어졌다. 홈스의 수첩에서 찢어낸 종이였다. 내 앞으로 쓴 세 장의 편지였다. 받는 사람으로 내 이름이 정확하게 적혀 있고, 서재에서 쓴 것처럼 안정적이고 또렷한 필체를 보니 홈스의 편지가 분명했다.

왓슨에게

모리아티 씨의 호의로 자네에게 몇 줄 남기네. 지금 그는 우리 사이에 놓인 문제에 대해 마지막으로 논의하기 위해 내가 이 편지를 다 쓰도록 기다리고 있다네. 그는 자신이 어떻게 영국 경찰을 따돌리고 우리의 동태를 계속 파악할 수 있었는지 간략하게 설명해주었어. 역시 그의 능력에 대해 내가 내린 평가는 틀리지 않았더군. 나는 세상이 그의 영향력에서 벗어날 수 있을 것이라는 생각에 무척 만족스럽다네. 물론 그 대가로 내 친구들, 특히 왓슨 자네를 고통스럽게 할까 두렵기도 하지만. 이미 자네에게 설명했다시피 상황이 어떤 식으로 진행되든 내 인생은 중대한 기로에 서 있다네. 어떤 결론이 나든 지금보다 더 내 마음에 들 수는 없으리라는 점도 벌써 말했었지.

솔직히 나는 마이링겐에서 온 편지가 가짜일 거라 확신했다네. 이런 상황이 닥칠 거라 내다보고 자네를 돌려보낸 거지. 패터슨 경위에게 악당들이 유죄판결을 받기 위해 필요한 서류는 모두 서류함의 M 칸에 넣어두었다고 전해주게. 서류는 푸른색 봉투에 들었고 봉투에는 '모리아티'라고 적혀 있네. 나는 영국을 떠나기 전에 재산을 모두 처분해 마이크로프트 형에게 남겼어. 부인에게 내 인사를 전해주게나. 그리고 나는 언제까지나 자네의 진정한 친구라는 사실을 기억해주게.

셜록 홈스

그 후의 상황에 대해서는 몇 마디 말만 덧붙이는 것으로 충분할 것이다. 전문가들의 조사 결과는 그곳에서 두 남자가 몸싸움을 벌이며 엎치락뒤치락하다가 균형을 잃고 서로를 부둥켜안은 채 추락을 했고 결국 둘 다 목숨을 잃었으리라는 추측에 한 점 의혹도 없었다. 그런 상황에서 다른 결말을 맞았으리라 생각하기도 어려웠다. 주위를 샅샅이 수색했지만 두 사람의 시신은 끝내 발견되지 않았다. 쉼 없이 소용돌이치며 포말을 뱉어내는 무시무시한 용소龍沼의 깊은 바닥에 이 시대 가장 위험했던 범죄자와 동시대 최고의 법의 수호자가 영원히 잠들어 있으리라. 스위스 청년도 끝내 찾지 못했다. 분명히 그도 모리아티가 고용한 수많은 부하 중 한 명이었을 것이다. 모리아티의 범죄 조직에 대해서라면 홈스가 그동안 모아놓은 증거들이 얼마나 완벽하게 이 조직을 만천하에 드러냈는지, 이제 망자가 된 홈스의 손이 그들을 얼마나 무겁게 짓눌렀는지 대중은 똑똑히 기억할 것이다. 재판이 열렸지만 악당들의 무시무시한 우두머리인 모리아티 교수에 대해서는 사소한 사실 몇 가지 외에는 아무것도 드러나지 않았다. 그러므로 모리아티 교수의 과거에 대해 내가 이렇게 확실하게 밝히게 된 것은, 홈스를 공격하여 악당의 기억을 미화하려는 분별력 없는 옹호자들의 탓이다. 홈스는 언제까지고 내게 살면서 만난 가장 훌륭하고 현명한 사람으로 기억될 것이다.

트리비아

TRIVIA

「실버 블레이즈 실종 사건」과 아서 코넌 도일의 작가론

이 책의 첫 작품인 「실버 블레이즈 실종 사건」은 사건의 기반이 되는 경마 관련 사실관계에 빈틈이 많고, 홈스가 해결 과정에서 윤리적으로 잘못을 저질렀다고 지적받는 단편이다. 우선 현대는 물론이고 당시에도 실종된 말을 숨기고 있던 사람이 주인을 대리해, 말을 경주에 참가시키는 것은 불가능했다. 또한 조교사 스트레이커는 바람피울 돈을 마련하기 위해 실버 블레이즈에게 상처를 내 승부 조작을 시도하는 인물로 묘사되는데, 조교사는 마권을 구매할 수 없도록 규정되어 있기 때문에 이 경우 그를 대리해 경쟁마의 마권을 구매한 공범이 존재했을 것이다. 하지만 공범은 작품에 거론되지 않고 처벌도 받지 않는다.

50쪽에서 홈스가 한 "다음 경주에 돈을 약간 걸었"다는 말도 논란을 낳았다. 대령과 왓슨과 함께 경마장에 온 홈스는 당일에 돈을 걸 시간이 없었으니 그전에 미리 돈을 건 것이 분명하다. 하지만 그는 시리즈에서 꾸준히 경마에 관심 없는 사람으로 그려지니, 굳이 이 대회에 돈을 건 이유는 실버 블레이즈의 경주 때문이었을 것이다. 하지만 실버 블레이즈의 실종 수사를 하는 사람으로서 홈스는 해당 경주의 관계자이다. 대회 규칙상 마권을 구매할 수 없는 사람은 아니더라도 마주에게도 알리지 않고 수사 정보를 이용해 마권을 구매한 것은 윤리적으로 문제가 있는 행동이라고 볼 수 있다.

당대에도 「실버 블레이즈 실종 사건」의 무리한 전개에 대해 비판이 많았다. 작품대로 사건이 실제로 일어날 경우 사건에 관계된 사람 절반은 감옥에 가고 나머지도 경마업계에서 영구 제명을 당한다는 것이다. 작품 속 홈스의 완벽한 사건 수사와 논리적인 추리가 빛을 잃는 대목이지만 코넌 도일은 작품을 수정하지 않았다. 오히려 자서전 『기억과 모험Memories and Adventures』의 11장 '셜록 홈스에 대하여'에서 그는 한 번도 경마에 돈을 걸어보지 않은 상태에서 「실버 블레이즈 실종 사건」을 썼다고 밝혔다. 또한 같은 장에서 "나는 지금까지 세부 사항을 신경쓴 적이 없고, 작가라면 대범할 필요도 있는 법이다"라며 호탕한 면모를 보였다. 관련된 다른 일화도 있다. 철도가 나오는 코넌 도일의 다른 작품을 편집하던 담당자가 "그것은 실제로는 그 위치에 없습니다" 하고 오류를 지적했을 때도 도일은 "내가 만들었네"라고 당당하게 대꾸했다.

239쪽 | 필적감정, 19세기 말의 최첨단 범죄 수사법

홈스는 1891년 발표된 「입술이 비뚤어진 남자」(『셜록 홈스의 모험』에 수록)에서 편지 겉봉의 필적과 편지 본문의 필적에서 차이를 발견하고, 서로 다른 사람이 썼다는 사실에서 진실을 추리한다. 1893년 발표된 「라이기트의 지주들」에서는 범인을 잡는 결정적인 증거로 같은 쪽지에 교대로 쓴 두 사람의 필적이 제시된다. 239쪽에서 홈스는 그 쪽지가 어떤 순서로 씌었는지 파악한 결과를 토대로 주모자를 밝히는 한편, 241쪽에서는 혈연관계에 있는 사람 둘이 쓴 게 확실하다는 증거를 보여 부자父子가 범인일 수밖에 없음을 이야기한다.

홈스의 수사 토대가 된 필적학은 필적을 분석하여 개인의 성격을 파악하는 학문으로 1871년에야 프랑스 수도사 장이폴리트 미숑에 의해 이름을 얻었고 1888년에 학문으로 자리잡았다. 시리즈 전체에 걸쳐 필적학에 대단한 조예를 가진 사람으로 그려지는 홈스는 물론이고 도일 또한 최신 지식을 적극적으로 범죄 수사에 응용한 셈이다. 필적이 과연 사람의 성격까지 드러낼 수 있는가는 오늘날까지도 첨예하게 논쟁이 이어지는 주제지만 필적학에서 태어난 필적감정법은 범죄 수사에 빠질 수 없는 기법으로 자리잡았다.

283쪽 | 「장기 입원 환자」와 「소포 상자」

「장기 입원 환자」는 1893년 8월 《스트랜드 매거진The Strand Magazine》에 발표된 단편으로, 서두의 내용이 각기 다른 판본 셋이 존재하는 작품이다. 영국판이냐 미국판이냐에 따라 두세 줄 정도 차이를 보이는 단편은 시리즈 내에 많지만, 몇 장이나 차이나는 작품은 「장기 입원 환자」뿐이다. 해당 세 판본의 원전은 《스트랜드 매거진》의 최초 연재판, 1894년 조지 뉸스 출판사판, 1928년 존 머리 출판사판인데, 「장기 입원 환자」가 어째서 각각의 판본에서 차이를 보이게 되었는가는 해당 단편에 앞서 1893년 1월에 발표된 단편 「소포 상자」(『셜록 홈스의 마지막 인사』에 수록)와 연관되어 있다.

시리즈의 두 번째 단편집인 『셜록 홈스의 회상록』을 출간하면서 도일은 영문 모를 행동을 한다. 발표 순서상 「장기 입원 환자」보다 먼저 수록되어야 할 「소포 상자」를 책에서 빼버린 것이다. 대신 「소포 상자」의 서두를 길게 차지하는 이른바 홈스의

'왓슨 생각 읽기' 장면을 「장기 입원 환자」에 거칠게 잘라 붙여 출간했다. 그래서 1894년 조지 뉸스 출판사판의 「장기 입원 환자」에는 「소포 상자」의 도입부 일화가 포함되었다.

「장기 입원 환자」의 변형은 이것으로 그치지 않았다. 존 머리 출판사는 1928년 「소포 상자」를 포함해 『셜록 홈스 단편소설 완전판The Complete Sherlock Holmes Short Stories』을 내며, 「장기 입원 환자」에서 '생각 읽기' 장면을 도로 삭제했다. 하지만 《스트랜드 매거진》의 최초 연재판으로 돌려놓지 않고 「소포 상자」의 도입부를 붙이며 삭제했던 문단 자리에 새로운 네 문장을 넣어 또 다른 판을 만들었다. 엘릭시르판에서는 내용의 중복을 고려해 「장기 입원 환자」를 《스트랜드 매거진》의 연재판으로 실었다.

323쪽 | 화이트 홀

「그리스어 통역사」에서 처음 등장한 셜록 홈스의 형 마이크로프트는 "정부의 한 부서에서 회계감사를 하"는 사람으로 언급된다. 그의 직장이 있는 거리로는 화이트 홀이 명시된다.

런던 웨스트민스터 지역에 있는 화이트 홀은 의회부터 재무부, 연방부, 해군본부 등의 중앙정부 건물들이 모여 있는 거리로 영국 정부 자체를 의미하는 말로도 쓰인다. 정부에서 회계감사를 하는 마이크로프트는 화이트 홀의 재무부로 출근할 가능성이 높다. 하지만 도일은 이후 발표한 「브루스파팅턴호 설계도」(『셜록 홈스의 마지막 인사』 수록)에서 마이크로프트가 모든 부서의 보고를 받는 "영국 정부 그 자체"라고 묘사하여 마이크로프트가 출근하는 장소에 대한 상상의 폭을 넓혔다. 화이트 홀은 총리 관저인 다우닝 스트리트 10번지 건물로도 이어지는 거리이며, 그 외 정부 고관 관저들도 화이트 홀에 근접해 있어 마이크로프트가 비밀리에 그중 한 관저의 주인으로 자리잡았을 가능성도 제기된다.

화이트 홀에는 「해군 조약문」에 등장하는 외무부도 있다. 369쪽 도면과 건물 구조는 같지 않지만 실제로도 외무부는 화이트 홀과 킹찰스 스트리트가 맞닿는 모퉁이에 위치해 있으며, 이 작품에서 왓슨의 친구인 퍼시 펠프스는 외무부에서 범인을 쫓아 킹찰스 스트리트로 갔다가 화이트 홀로 뛰어간다.

367쪽 | 1차세계대전을 앞둔 영국

'셜록 홈스' 시리즈에는 중요한 국가 문서가 외국으로 유출되는 것을 저지하거나 이미 유출된 문서를 되찾는 내용의 단편이 많다. 코넌 도일은 1887년부터 1927년까지 시리즈를 연재했으니 자연히 1914년에 일어난 1차세계대전의 전조를 그리거나 전쟁을 작중에 암시할 수밖에 없었을 것이다.

1893년 발표된 「해군 조약문」은 독일-오스트리아-이탈리아의 '삼국동맹'을 앞에 둔 영국의 입장을 소재로 다가오는 전쟁의 기미를 기민하게 반영한 단편이다. 「해군 조약문」의 배경이 된 시기는 1889년으로, 영국이 세계 각지의 식민지와 관련해 프랑스와 충돌하며 갈등이 고조되던 때였다. 한편으로 영국은 프랑스와 대결하고 있는 삼국동맹도 견제해야 했다.

이 작품에서 영국은 프랑스를 의식해 이탈리아와 밀약을 맺는다고 나온다. 실제 역사에서 영국은 1904년 프랑스와의 긴장관계를 해소하고, 삼국동맹에 대항하기 위해 프랑스와 러시아의 손을 잡아 '삼국협상'이라는 동맹을 구축한다. 삼국동맹과 삼국협상은 1914년 1차세계대전을 벌인 유럽의 양대 진영이다.

트리비아 참고 문헌

Arthur Conan Doyle, 『The Memoirs of Sherlock Holmes』, Oxford University Press, 1993

Jack Tracy, 『The Ultimate Sherlock Holmes Encyclopedia』, Doubleday & co., 1977

Nick Utechin, 『Amazing & Extraordinary Facts-Sherlock Holmes』, David & Charles, 2012

데이비드 스튜어트 데이비스 외, 이시은 · 최윤희, 『셜록 홈즈의 책』, 지식갤러리, 2015

아서 코넌 도일, 레슬리 S. 클링거, 승영조 외 옮김, '주석 달린 셜록 홈즈' 시리즈, 현대문학, 2013

해설

언제나 1895년

영국 방송사 BBC의 드라마 〈셜록〉에, 왓슨이 자기 블로그 방문자 수가 많다고 좋아할 때 셜록 홈스가 방문자 수 카운터가 항상 "1895"라고 지적하는 장면이 나온다. 왜 1895일까? 홈스는 그 숫자에 어떤 의미가 있나 생각하다가 아이린 애들러의 휴대전화 비밀번호로 넣어보기도 한다. 실제로 아이린 애들러의 휴대전화를 들여다보려면 홈스의 입장에서 매우 자아도취적인 기호를 넣어야 통과할 수 있지만(암호가 "나는 셜록에게 빠졌다I AM SHER-LOCKED"여서, 아이린 애들러가 자기에게 반했다는 추론을 바탕으로 맞힐 수 있었다), 이 숫자도 홈스의 유아독존적 자신감의 표상으로 나쁘지 않다. 귀띔하자면 이 숫자는 우리가 영영 빠져나오지 못할 세계를 상징한다. 1895는 어떤 해를 상징하는 숫자로서

『셜록 홈스의 사생활The Private Life of Sherlock Holmes』(1933)의 저자 빈센트 스태럿이 쓴 「221b」라는 시에도 나온다.

> 여기 이름난 두 남자가 아직 함께 산다.
>
> 실재하지 않았으니 영원히 죽지도 않을 자들.
>
> 이들이 얼마나 친근하게 여겨지는지,
>
> 한편 세상이 온통 어긋나기 전의 시대는 얼마나 아득한지.
>
> 하지만 여전히 게임은 계속된다.
>
> (중략)
>
> 여기, 세상이 무너져 내려도 이 두 사람은 살아남으리.
>
> 그리고 때는 언제나 1895년.

왜 때는 언제나 1895년인가. 『주홍색 연구』로 시작된 이 시리즈에서 1895년은 어떻게 셜록 홈스를 상징하는 해가 되었을까? 1895년은 한 세기가 훌쩍 지나버린 지금까지 독자들이 그에게 열광하고 그를 복제하고 새로이 생산하고 또 소비하게 만든 분기점이 된 해이기도 하다.

돌아보면 셜록 홈스가 탐정소설의 시작이자 지금까지도 끝나지 않고 계속되는 영원으로 여겨지는 것도 놀라운 일이 아닐 수 없다. 필자만 하더라도 초등학교 때 친척집에서 물려받은 낡은 문고본 '셜록 홈스' 시리즈를 읽은 이래로 죽 탐정소설의 팬이고, BBC 드라마 〈셜록〉과 프로그웨어스의 '셜록 홈스' 게임 시리즈와 피에르 바야르의 『셜록 홈스가 틀렸다』(백선희 옮김, 여름언덕, 2010) 등을 노래 〈내가 가장 좋아하는 것들My Favorite Things〉의 가사에 대입해 부르면 개한테 물렸거나 벌에 쏘였을 때의 나쁜 기분도 날려버릴 수 있을 지경이다. 이미 많은 사람들이 던지고 답한 질문이지만, 홈스가 어떻게 흔들림 없는 인기를 유지하며 계속해서 붐을 일으킬 수 있었는지를, 탐정소설의 시작부터 홈스의 영원한 상징으로 남은 1895년까지 더듬어가며 나름의 시야 안에서 그려보고자 한다.

대중문화에 스며든 붉은 실 한 가닥

왜 셜록 홈스로부터 모든 것이 시작되었다고 하는지 알기 위해 탐정소설이 시작된 빅토리아시대로 돌아가보자. 빅토리아시대라고 하면 엄숙한 도덕주의가 지배하던 시대가 떠오르지만 대중은 피비린내 나는 오락을 즐겼다. 중세의 종교화가 십자가형, 순교, 지옥 등을 폭력적인 이미지로 묘사해 보는 사람의 감정에 호소하여 도덕적 교훈을 주려고 했던 것처럼, 도덕주의에는 늘 폭력적인 요소가 함께한다. 다만 이때부터는 산업화 · 도시화와 맞물려 잔혹한 문화를 적극적으로 생산하고 소비하는 사람들이 생겨났다.

주디스 플랜더스는 『살인의 발명The Invention of Murder』(2011)에서 빅토리아시대 사람들이 살인을 어떻게 대중문화의 소재로 탈바꿈시켰는지를 자세하게 그렸다. 당시 사람들은 살인 사건 이야기를 열렬히 소비했다. 살인으로 죽는 사람의 수는 질병이나 가난, 전쟁으로 죽어나가는 사람의 어마어마한 수에 비하면 무시해도 좋을 수준이었다. 하지만 신의 섭리가 아니라 전쟁 등의 무작위적인 폭력이 삶을 지배하는 듯 느껴지면 느껴질수록 사람들은 나와는 '떨어진 곳에서 일어난 충격적인' 범죄 이야기를 통해 불안을 달랬다. 극악무도한 범죄가 벌어졌지만 범인이 잡히고 죽음으로 처벌을 받는 이야기, 길들여진 범죄 이야기에서 안락한 쾌감을 느낀 것이다.

19세기 중반까지 범죄자의 교수형은 공개적으로 치러졌는데 이런 날은 수만 명이 '관람'하러 모여들었고 웃돈을 주고서라도 처형장에서 가까운 건물의 창가 자리를 빌리려는 경쟁이 치열했다. 죽음으로 돈벌이를 하는 산업이 성장하면서 살인에 대한 대중의 관심도 점점 커졌다. 런던 뉴게이트 감옥에 갇힌 흉악범들의 이야기를 실은 싸구려 인쇄물인 《뉴게이트 캘린더》는 인기 있는 읽을거리였다. 통속극 극장에서도 실제 범죄를 주제로 한 오락물이 성행했다. 범죄 현장을 도는 관광 상품도 생겨났고, 런던 마담 투소의 밀랍 인형 전시관에서 가장 인기 있는 전시물은 당연히 공포의 방에 분리되어 있는 잔혹한 살인범들의 인형이었다. 런던 통근 기차 이용객의 읽을거리 수요는 범죄나 공포를 주제로 한 일 페니짜리 소설 '페니 드레드풀Penny Dreadful'이 충족시켰다.

이렇게 범죄를 전시하고 즐기는 문화가 무르익었다. 여기에 새로이 가미되기 시작한 요소는 '범죄를 연구'한다는 것이었다. 『주홍색 연구』에서 왓슨이 "영국의 놈팡이와 게으름뱅이라면 끌릴 수밖에 없는 거대한 수챗구멍"이라고 부른 대도시 런던의 문제들을 해결하기 위해 1829년 런던 경찰청이 설립되었다. 사람들은 범죄뿐 아니라 경찰이 어떻게 범인을 추적해서 체포하는가 하는 해결 과정에도 관심을 가졌다.

인쇄술이 발달하고 인쇄물에 붙이던 인지세가 인하된 1850년대에 이르러 신문 가격이 낮아지자, 싸구려 인쇄물이 담당하던 역할을 신문이 대신하면서 가능해진 일이기도 했다. 《뉴게이트 캘린더》나 통속극은 교훈적인 결말이 중요했지만 신문은 사건 자체에 집중했다. 독자들은 신문으로 최신 범죄 소식을 접하며 경찰의 수사 과정을 좇았다. 이렇게 하여 범죄 이야기와 그 이야기의 비밀을 푸는 퍼즐이 결합한다. 한편 범죄자였다가 개과천선하여 파리 범죄 수사국 쉬르테Sûreté를 설립한 전설적인 형사

비도크의 『회상록Memoirs of Vidocq』(1828)이 출간되자 탐정이라는 새로운 영웅도 사회에 자리잡았다. 탐정소설이라는 새로운 장르의 기반이 마련된 것이다.

탐정소설의 시작

당시 생활수준이 향상되던 중산층 대상의 소설에도 범죄와 수사가 소재로 등장했다. 에드거 앨런 포가 추리 기계 C. 오귀스트 뒤팽을 창조해 장르의 시작을 알렸고, 찰스 디킨스나 윌키 콜린스 등 당대 최고 작가들도 탐정이 등장하는 소설을 썼다. 그렇다면 아서 코넌 도일이 이전 작가들과 확연하게 다른 점은 무엇이었을까. 어떻게 그는 이 장르의 확고한 전통을 수립했을까.

줄리언 시먼스의 『블러디 머더』(김명남 옮김, 을유문화사, 2012)에 따르면 찰스 펠릭스(찰스 워런 애덤스)의 『노팅힐 미스터리The Notting Hill Mystery』(1865)가 논란의 여지는 있으나 최초의 탐정소설이라는 타이틀을 보유하고 있다. 이 작품과 셜록 홈스가 등장하는 첫 번째 소설 『주홍색 연구』(1887)를 비교해보자. 『노팅힐 미스터리』는 《원스 어 위크Once A Week》라는 잡지에 연재된 소설로, 아내를 죽였다고 의심되는 R 남작을 보험 조사원이 조사하는 내용이다. 주인공이 일기, 편지, 공술서, 화학분석 보고서, 범죄 현장의 지도 등 다양한 증거를 제시하며 당대로서는 믿기지 않을 정도로 증거 중심적인 전개를 선보였다. 이야기를 풀어가는 솜씨도 훌륭하다. 그런데 왜 오늘날에는 읽는 이 없이 그대로 잊혔을까? 작가는 최면술이나 일란성 쌍둥이 사이의 교감 등의 이론을 바탕으로 살인의 비밀을 구성했는데, 이런 근거는 현대에 들어 비과학적이라는 이유로 독자들에게 거리감을 불러일으킨다. 아무리 이야기가 교묘하고 탁월하더라도 요즘 독자 입장에서는 설득력이 없고 석연치 않다고 생각할 수밖에 없다.

"나는 머리가 전부인 사람일세, 왓슨.
나머지는 단순한 부속물에 불과하고."

한편, 『주홍색 연구』의 첫 장면에서 스탬퍼드는 왓슨에게 셜록 홈스를 과학자가 아니면서도 실험실에 틀어박혀 사는 사람이자 정확하고 명료한 지식에 대한 열정이 지나치게 넘치는 사람이라고 소개한다. 도대체 왜 그러는지는 알 수 없지만 죽은 뒤에 멍이 어떻게 생기는지 알기 위해 시신을 두들겨 패기도 한다고 한다. 왓슨은 이 괴상한 인간을 만나러 가기로 한다. 셜록 홈스가 세상에 처음 등장한 장면에서 그는 "혈색소로만 침전되는 반응물"을 발견했다며 기뻐한다. 새로운 시대에 걸맞은 새로운 캐릭터의 등장이었다. 이때는 법의학이 발전하면서 과학을 이용해 범죄를 해결한다는 생각이 막 설득력을 얻던 시기였다. 도일은 선정적인 소재에 논리적인 분석을 결합시켜 사건을 과학적으로 수사하는 방법을 보여주었다. 홈스는 관찰에 근거한 사실과 데이터만을 가지고 합리적인 추론을 통해 사건의 전말을 밝혀내는 "생각하는 기계"다. 홈스가 제시하는 해법은 무無오류성을 갖는다. 셜록 홈스 이야기에 허점이 없다는 말은 아니지만(코넌 도일이 정성을 덜 들여서인지 오히려 빈틈이 너무 많다) 홈스라는 인물에게는 아무도 이의를 제기하지 못한다.

빅토리아시대 사람들은 과학적 진보가 시대를 이끌리라고 믿고 희망을 걸었다. 셜록 홈스는 새로이 등장한 지적 노동자의 대표였고, 미래의 인간형이었다. 오늘날에도 생각하는 기계에 인류의 미래가 있다는 믿음은 여전하며 그러므로 홈스는 여전히 영웅이다. 가치의 혼란, 대도시 속에서 개인이 직면하는 외로움과 나약함, 미래에 대한 불안. 그때에나 지금이나 우리는 불안의 시대를 살고 있다. 이럴 때에 유일하게 인간에게 기대할 수 있는 것은 합리성뿐이다. 탐욕, 감정, 권력 등으로부터 초연한 인간은 옳은 판단을 내릴 수 있을 것이다. 그래서 셜록 홈스의 판단은 알파고처럼 비인간적일지언정 옳다고 신뢰할 수 있다.

끝나지 않는 이야기

과학적 · 합리적 인간형을 새로운 영웅으로 제시했다는 것만으로 셜록 홈스의 영원성을 설명하기는 부족하다. 셜록 홈스의 세계가 무한히 확장될 수 있는 까닭은 탁월한 이야기꾼인 아서 코넌 도일이 인상적인 특징을 각인시키고 이야기를 복제할 수 있는 설정과 독특한 캐릭터를 구축한 덕이다. 도일은 장편 두 편에서 창조하고 다듬은 홈스와 왓슨 캐릭터를 이용해 단편을 연재하며 완벽한 이야기의 틀을 만들어냈다. 이 단편들은 대부분 베이커 스트리트 221B번지에서 시작한다. 문제가 제시되고, 홈스가 현란한 추리로 왓슨에게 감탄을 이끌어내고, 두 사람이 같이 범죄 현장으로 떠나고, 현장을 살펴보고 경찰을 능멸하면서 또다시 기상천외한 추리를 선보이고, 최종적으로 범죄를 해결하는 형식이 만들어진 후 되풀이되었다.

「보헤미아 스캔들」(『셜록 홈스의 모험』에 수록)부터 시작하여 1891~1893년에 《스트랜드 매거진》에 연재된 단편들이 『셜록 홈스의 모험』과 『셜록 홈스의 회상록』에 실린 작품들이다. 대중은 이에 열광했고 《스트랜드 매거진》의 판매 부수는 오십만 부까지 치솟았다. 『셜록 홈스의 회상록』에 실린 이야기들이 발표될 무렵 셜록 홈스의 인기는 절정에 달했다. 「그리스어 통역사」에서 마이크로프트는 왓슨이 셜록의 사건들을 기록한 뒤로 "사방에서 셜록의 이야기를 듣게 되었"다고 말하는데 이 말은 조금도 과장이 아니었을 것이다. 하지만 도일은 사방에서 홈스의 이름이 들려오는 상황을 달가워하지 않았다. 도일에게 '셜록 홈스' 시리즈의 단편을 쓰는 일은 더이상 새로울 것이 없는 기계적 작업으로 여겨졌다. 같은 형식의 이야기를 계속 지어내다가 "푸아그라를 너무 많이 먹었을 때처럼" 홈스에게 완전히 물려버린 도일은, 「마지막 문제」에서 셜록 홈스를 끝장낸다.

그렇지만 대중은 도일처럼 홈스에 싫증을 내긴커녕 실존 인물처럼 가깝고 생생하게 여긴 홈스의 죽음에 충격을 받았다. 이미 그에게 중독되었던 걸까. 사실 싫증날 겨를도 없었다. 익숙한 이야기의 틀에 도일이 다양한 소재를 적용하면서 마법같이 새로운 이야기들을 만들어냈기 때문이다. (후반부로 가면서 겹치는 주제들이 나타나기는 하지만) 『셜록 홈스의 회상록』만 훑어보아도 스포츠, 항해, 보물찾기, 사회 비평, 멜로드라마, 사기, 암호풀이까지 가지각색의 이야기를 즐길 수 있다. 그래서 홈스 이야기가 끝나는 걸 원하지 않았던 사람들은 도일에게 홈스를 살려내라고 성화를 부렸다. 팔 년의 공백 끝에 결국 도일은 홈스를 부활시킨다.

이렇게 셜록 홈스는 되살아났을 뿐 아니라 쉽게 죽지 않는다는 것을 입증하며 영원성을 획득했다. 이 책의 끝을 장식하는 단편 「마지막 문제」는 "범죄계의 나폴레옹"인 모리아티를 세상에서 없애기 위해 죽는 홈스를 정의의 표상으로 만드는 동시에 이후 부활을 극적으로 만드는 초석이 되었다. 홈스는 도일 생전부터 무대에 올려졌고, 그 뒤에도 무수히 영화화되며(기네스 기록에 따르면 가장 많이 영화화된 캐릭터이다) 문화적 기축통화로서 자리잡았다. 셜록 홈스 이야기들은 오늘날 레고 세트를 가지고 놀듯 익숙한 조각들을 짜맞추어 새로운 이야기를 만들 수 있는 무한한 장난감이 되었다. 영화로, 연극으로, 드라마로, 소설로, 비평으로, 만화로, 게임으로, 마술쇼로 계속 다시 태어난다. 그래서 도일이 더이상 작품을 쓰지 않아도 우리는 그 세계관 속에서 즐거움을 누릴 수 있다.

빈센트 스태릿의 시에 나오는 1895년은, 「블랙 피터」(『셜록 홈스의 귀환』에 수록)에서 왓슨이 "1895년만큼 그가 정신적으로나 육체적으로나 최고 상태였던 적은 없었다"라고 말한 그해다. 그런데 이 해는 바로 홈스가 죽었다가 살아 돌아온 다음해다(홈스는 「마지막 문제」에서 1891년에 라이헨바흐 폭포에서 떨어지고 『셜록 홈스의 귀환』에 수록된 「빈집의 모험」에서 1894년에 살아 돌아온다). 1895년은 홈스에게 최고의 해이자, 독자들에게 부활한 셜록 홈스가 영원히 죽지 않으리라는 믿음을 주는 해이다. 그리하여 1895에서 카운트는 멈추고, 게임은 아직도 계속된다.

홍한별(번역가)

셜록 홈스의 회상록
The Memoirs of Sherlock Holmes

초판 발행 2016년 12월 9일

지은이 아서 코넌 도일 | **옮긴이** 이경아 | **펴낸이** 염현숙

책임편집 김세화 | **편집** 임지호 이현 이송
아트디렉팅 이혜경 | **본문조판** 이현정 백주영 | **일러스트 및 캐릭터디자인** 박해랑
저작권 한문숙 김지영 | **마케팅** 정민호 나해진 박보람 이동엽
홍보 김희숙 김상만 이천희
제작 강신은 김동욱 임현식 | **인쇄** 한영문화사 | **제본** 신안제책사

펴낸곳 (주)문학동네
출판등록 1993년 10월 22일 제406-2003-000045호
임프린트 엘릭시르

주소 10881 경기도 파주시 회동길 210
문의 031-955-2637(편집) 031-955-3576(마케팅) 031-955-8855(팩스)
전자우편 editor@elmys.co.kr | **홈페이지** www.elmys.co.kr

ISBN 978-89-546-4309-2 04840
978-89-546-4306-1(SET)

엘릭시르는 출판그룹 문학동네의 임프린트입니다.